LA CLÉ
DE L'APOCALYPSE

DU MÊME AUTEUR

Amazonia, Fleuve Noir, 2011
Mission iceberg, Fleuve Noir, 2011

DU MÊME AUTEUR CHEZ POCKET

L'Ordre du Dragon, 2009
La Bible de Darwin, 2010
La Malédiction de Marco Polo, 2011
Le Dernier Oracle, 2011

JAMES ROLLINS

LA CLÉ DE L'APOCALYPSE

*Traduit de l'anglais (États-Unis)
par Leslie Boitelle*

Fleuve Noir

Titre original :
The Doomsday Key

Le Code de la propriété intellectuelle n'autorisant, aux termes de l'article L. 122-5, 2e et 3e a, d'une part, que les « copies ou reproductions strictement réservées à l'usage privé du copiste et non destinées à une utilisation collective » et, d'autre part, que les analyses et les courtes citations dans un but d'exemple ou d'illustration, « toute représentation ou reproduction intégrale ou partielle faite sans le consentement de l'auteur ou de ses ayants droit ou ayants cause est illicite » (art. L. 122-4).
Cette représentation ou reproduction, par quelque procédé que ce soit, constituerait donc une contrefaçon sanctionnée par les articles L. 335-2 et suivants du Code de la propriété intellectuelle.

Copyright © 2009 by James Czajkowski. Published in agreement with the author, c/o Baror International, Inc., Armouk, New York, U.S.A.
© 2012, Fleuve Noir, département d'Univers Poche, pour la traduction française.

ISBN : 978-2-265-08969-3

À maman,
Avec tout mon amour

Europe du Nord et Cercle polaire arctique

Bunker de l'Apocalypse

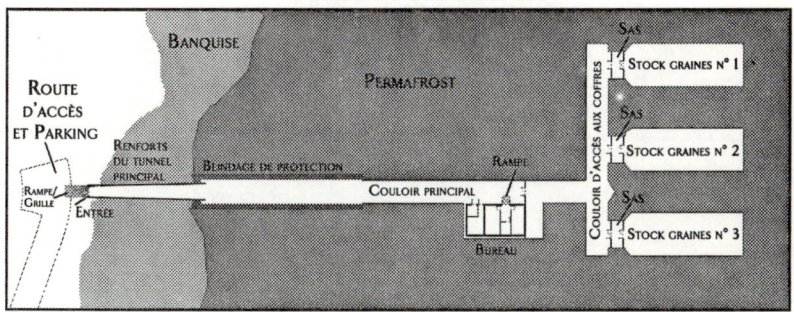

Notes historiques

Au XIᵉ siècle, Guillaume le Conquérant, roi d'Angleterre, ordonna l'inventaire complet de son pays. Les résultats de l'enquête furent consignés dans l'imposant Livre de Domesday, qui fournit encore aujourd'hui une mine d'informations sur la vie médiévale. Une majorité d'historiens estime que ce travail cadastral devait garantir et répertorier les droits fiscaux de la couronne, néanmoins il subsiste de nombreuses zones d'ombre. On ignore, par exemple, pourquoi il fut commandé si vite et pourquoi certaines villes y sont étrangement marquées d'un terme latin signifiant « ravagé ». Par ailleurs, le caractère singulier d'un tel recensement et la précision du détail lui valurent, dès le Moyen Âge, le surnom troublant de « Livre de l'Apocalypse ».

Au XIIᵉ siècle, Máel Máedóc, prêtre catholique irlandais, maintenant connu sous le nom de saint Malachie, eut une vision lors d'un pèlerinage à Rome. Sa transe extatique lui annonça la liste de tous les papes amenés à régner jusqu'à la fin du monde. L'incroyable récit – description cryptique de 112 souverains pontifes – fut conservé aux archives du Vatican mais, un jour, le livre disparut pour ne refaire miraculeusement surface qu'au XVIᵉ siècle. Certains historiens pensent qu'il s'agit d'un texte apocryphe. En tout cas, au fil des siècles, la devise correspondant à chaque saint-père s'est révélée d'une précision redoutable – et ce jusqu'à l'actuel chef de l'Église catholique, le pape Benoît XVI. Dans la prophétie de saint Malachie, il est appelé *De Gloria Olivae*, la Gloire de l'olivier. Or, l'ordre bénédictin, d'où il tire son nom, a pour symbole le rameau d'olivier. Plus déroutant encore, Benoît XVI est le 111ᵉ pape... et, selon le texte curieusement explicite, le monde s'achèvera avec le prochain.

Note Scientifique

Entre 2006 et 2008, le tiers des abeilles ont disparu aux États-Unis, de même que beaucoup d'autres en Europe et au Canada. Du jour au lendemain, des ruches prospères se sont vidées, comme si leurs occupantes s'étaient définitivement enfuies. Le phénomène, baptisé *syndrome d'effondrement des colonies d'abeilles*, était si vaste, si mystérieux qu'il a fait les gros titres des journaux à sensation et déclenché des peurs irraisonnées. Qu'est-il donc arrivé au juste à nos abeilles ?

Au gré de mon roman figure une réponse... Le plus effrayant, c'est qu'elle est vraie.

Durant la persécution finale de la Sainte Église romaine régnera Pierre le Romain, qui guidera son troupeau au travers de nombreuses épreuves. Après quoi, la ville aux sept collines sera détruite et le Juge terrible scellera le destin des hommes.

Prophétie de saint Malachie, 1139

Le pouvoir multiplicateur de la population est infiniment plus grand que le pouvoir qu'a la terre de produire la subsistance de l'homme.

Thomas Malthus,
Essai sur le principe de population, 1798

Achetez lorsque le sang coule dans la rue.

Baron Nathan Rothschild,
Homme le plus riche du XIXe siècle

PROLOGUE

Printemps 1086
Angleterre

Premier signe ? Les corbeaux.
Tandis que le chemin cahoteux traversait de vastes champs d'orge, un vol de corbeaux s'élança, tel un immense voile noir. Ils fendirent le matin bleu et, vu l'ampleur de leur débâcle, ils n'étaient pas effarouchés par un simple bruit. Pris de panique, les oiseaux tournoyaient, partaient en piqué, fonçaient n'importe où et battaient violemment des ailes, quitte à se percuter entre eux. Résultat : certains s'écrasaient sur la route, le bec et les ailes brisés, puis tressaillaient au fond des ornières en tentant de redécoller en vain.
Plus inquiétant encore, la scène se déroulait dans un silence absolu.
Sans cris ni croassements.
On n'entendait que des battements frénétiques d'ailes, suivis de l'impact feutré de corps emplumés sur la terre compacte ou les cailloux.
Le cocher se signa et ralentit. De sous ses paupières tombantes, il scruta le ciel. Son cheval rejeta la tête en arrière et renâcla dans la fraîcheur matinale.
— Continuez, ordonna le passager de la carriole.

Benjamin des coroners royaux, Martin Borr était mandaté sur ordre secret de Guillaume le Conquérant.

Au souvenir de la royale lettre de cachet, il se pelotonna dans son manteau. Ébranlé par le coût de la guerre, le monarque avait chargé des dizaines de commissaires de battre la campagne pour récolter un maximum d'informations sur les terres et les propriétés du royaume. Les résultats de l'enquête étaient consignés au sein d'un énorme recueil intitulé le *Livre de Domesday* et rédigé par un unique érudit dans une espèce de latin crypté. Objectif du recensement ? Évaluer au plus juste les impôts dus à la couronne.

Du moins, officiellement.

D'aucuns estimaient qu'une étude aussi minutieuse du pays répondait à d'autres motivations. Ils comparaient l'ouvrage à la description du Jugement dernier dans la Bible, quand Dieu répertoriait toutes les actions de l'humanité au sein du *Livre de vie*. Voilà pourquoi certaines rumeurs surnommaient la grande enquête le *Livre de l'Apocalypse*[1].

Ces dernières étaient plus proches de la vérité qu'elles ne l'auraient cru.

Martin avait lu la lettre de cachet. Il avait vu le copiste retranscrire avec application les rapports des commissaires royaux dans le grand livre, puis griffonner un mot latin à l'encre écarlate.

Vastare.

Ravagé.

Le terme désignait de nombreuses régions dévastées par la guerre ou les pillages, mais deux entrées avaient été entièrement inscrites en rouge vif. L'une décrivait une île déserte, perdue entre l'Irlande et la côte anglaise. Sur ordre du roi, Martin s'approchait à présent de l'autre. Tenu au secret, il s'était vu accorder l'aide de trois hommes, qui le suivaient à cheval quelques mètres derrière.

Auprès du coroner, le cocher secoua les rênes, histoire d'inciter son monstrueux alezan à reprendre une allure soutenue. Ils roulèrent sur les corps frémissants des corbeaux,

---

1. En anglais, *Doomsday*. D'où le jeu de mots avec *Domesday*. (*N.d.T.*)

projetant des giclées de sang dans un bruit écœurant d'os brisés.

Lorsque la carriole arriva au sommet de la colline, une splendide vallée apparut devant eux. En contrebas : un hameau délimité par un manoir de pierre et une église au clocher pointu. Le reste de la bourgade se résumait à une vingtaine de chaumières et de longères, agrémentées de bergeries et pigeonniers épars.

— L'endroit est maudit, messire, annonça le cocher. Croyez-moi, ce n'est pas la variole qui a saccagé le village.

— Notre visite a justement pour objet d'en déterminer la cause.

Une lieue derrière eux, la route avait été barrée par l'armée royale. Personne n'avait le droit de franchir le périmètre de sécurité, mais cela n'empêchait pas la rumeur des morts suspectes de s'étendre aux fermes et villages voisins.

— *Maudit*, répéta l'homme dans sa barbe. Le bruit court que ces terres appartenaient jadis aux celtes païens et qu'elles étaient essentielles à leur culte. Un peu plus haut, on trouve encore certaines de leurs pierres sacrées.

De son bras décharné, il indiqua les bois en lisière de montagne. Des bancs de brume transformaient la forêt verdoyante en sombre masse grisâtre.

— Ils ont maudit la région, je vous le dis tout net, et ils envoient à leur perte les habitants qui portent la croix.

Martin Borr n'était guère impressionné par les superstitions. À trente-deux ans, il avait suivi l'enseignement d'illustres professeurs de Rome et de Britannia.

Soucieux de découvrir la vérité, il s'était aussi entouré de spécialistes, auxquels il fit signe de se diriger vers le hameau. Les trois hommes, qui connaissaient chacun leur mission, s'élancèrent au petit galop. Comme la carriole avançait moins vite, le coroner regarda le paysage défiler. Isolé au cœur d'une vallée d'altitude, Highglen s'était forgé une belle réputation dans l'art de la poterie. La boue et l'argile utilisées provenaient des sources d'eau chaude qui noyaient de brume les forêts voisines. Les techniques de cuisson locales ainsi que la composition de la terre glaise étaient des secrets jalousement gardés par les membres de la guilde.

À présent, hélas, leur savoir était perdu à jamais.

L'attelage traversa des champs de seigle, d'avoine, de haricots et de légumes divers. Certains terrains montraient des signes de récolte récente, d'autres avaient été clairement incendiés.

Les villageois s'étaient-ils doutés de la vérité ?

Les hautes haies des bergeries peinaient à masquer l'horreur du spectacle : les prairies envahies de mauvaises herbes étaient jonchées de gros tas de laine qui, en réalité, étaient les cadavres tuméfiés de centaines de moutons. Aux abords immédiats du hameau, des porcs et des chèvres étaient aussi tombés raides morts, le corps avachi, les yeux caves. Un peu plus loin, un puissant bœuf s'était effondré, toujours attaché à sa charrue.

La carriole atteignit la place du village dans un silence de mort. Elle ne fut accueillie par aucun aboiement, ni croassement ni braiment. La cloche de l'église ne retentit pas et personne ne vint souhaiter la bienvenue aux visiteurs.

L'atmosphère était particulièrement lourde.

Comme ils s'en apercevraient plus tard, la plupart des victimes se trouvaient encore chez elles car, agonisantes, elles s'étaient senties trop faibles pour s'aventurer dehors. À quelques pas du manoir, un corps esseulé gisait sur la place, face contre terre. On aurait dit que le malheureux s'était rompu le cou sur les marches du perron mais, même du haut de son siège, Martin remarqua la silhouette émaciée, les yeux enfoncés dans les orbites, l'extrême maigreur des membres.

L'homme se trouvait dans le même état déplorable que les bêtes à travers champs, comme si l'ensemble du village assiégé avait fini par mourir de faim.

Des claquements de sabots approchèrent. Une fois arrivé à hauteur de la carriole, Reginald s'épousseta les mains sur son pantalon :

— Les greniers sont pleins.

Le grand gaillard balafré avait conduit plusieurs campagnes du roi Guillaume dans le nord de la France.

— J'ai trouvé des rats et des souris au fond des poubelles... Aussi morts que le reste. Exactement comme sur l'île maudite.

— Sauf qu'aujourd'hui, la dévastation a atteint nos côtes, marmonna Martin. Elle s'est introduite chez nous.

Voilà pourquoi on les avait envoyés là-bas, pourquoi on avait interdit l'accès au village et pourquoi ils avaient dû jurer de garder le secret sur leur mission.

— Girard vous a déniché un cadavre plus frais que les autres, reprit Reginald. Un garçonnet. Il l'a installé dans la forge.

D'un bras lourd, il indiqua une grange surmontée d'une cheminée en pierres sèches.

Martin descendit de voiture. Il devait en avoir le cœur net et il n'existait qu'une façon de découvrir la vérité. La mission d'un médecin légiste royal était de faire parler les morts... même si, pour l'heure, il avait confié la sale besogne au boucher français.

Il s'arrêta sur le seuil. Girard avait les épaules voûtées devant la forge éteinte. L'homme avait servi dans l'armée du roi Guillaume, où il avait amputé bon nombre de blessés et fait de son mieux pour sauver la vie des soldats.

L'enfant était déjà déshabillé et attaché sur une table en bois au centre de la pièce. Pâle, maigrichon, il devait avoir huit ou neuf ans, soit à peu près l'âge du fils de Martin, mais les causes de sa mort lui avaient donné un coup de vieux impressionnant.

Pendant que Girard affûtait ses couteaux, le coroner examina son sujet de plus près. En lui pinçant la peau, il constata l'absence de couche graisseuse. Il observa ses lèvres gercées, ses étranges marques de pelade, ses chevilles et ses pieds enflés mais, surtout, il caressa ses os saillants, comme s'il essayait de lire une carte du bout des doigts : côtes, mâchoire, orbite, bassin.

Que s'était-il passé ?

Les véritables réponses étaient enfouies beaucoup plus loin.

Son acolyte rejoignit la table d'autopsie, une longue lame argentée à la main :

— On se met au travail, *monsieur**1 ?

Martin acquiesça d'un signe de tête.

Un quart d'heure plus tard, le bambin ressemblait à un porc de boucherie. Girard l'avait fendu de l'aine au gosier, puis débarrassé de sa peau, qu'il avait clouée à la table. Les intestins, gonflés et rose vif, étaient entortillés dans la cavité ensanglantée. Sous les côtes, le foie brun clair paraissait beaucoup trop volumineux pour un enfant si jeune et si décharné.

Le Français enfonça les mains dans les entrailles glacées de son objet d'étude.

D'une prière silencieuse, Martin demanda pardon au garçonnet de l'offenser ainsi, mais il était trop tard pour que le défunt leur donne l'absolution : son corps ne pouvait que confirmer leurs pires craintes.

Girard brandit l'estomac, blanc et caoutchouteux, auquel pendait un pancréas violacé et dilaté. Expert en maniement du couteau, il le sectionna du reste des boyaux, le laissa tomber sur la table, puis le coupa en deux. Une bouillie verdâtre de graines et de pain encore non digérée se répandit sur la planche, à l'image d'une odieuse corne d'abondance.

Des relents fétides s'échappèrent, puissants, écœurants. Martin se couvrit le nez et la bouche – pas à cause de la puanteur mais de l'abominable vérité.

— Une chose est sûre, l'enfant est mort de faim, annonça Girard. Pourtant, il avait le ventre plein.

Atterré, le coroner recula d'un pas. Elle était là, sa preuve. Même s'il fallait encore examiner d'autres victimes afin de dissiper les derniers doutes, les causes du décès rappelaient singulièrement la situation sur l'île estampillée *« ravagée »* dans le Livre de Domesday.

Martin contempla le jeune éventré. Le secret était bien gardé mais, si le roi avait lancé sa grande enquête, c'était d'abord pour identifier un éventuel foyer du fléau sur le ter-

---

1. Les mots en italique suivis d'un astérisque sont en français dans le texte. *(N.d.T.)*

ritoire national et l'étouffer dans l'œuf. Sur l'île ou à Highglen, tous les villageois avaient succombé au même mal : ils avaient beau s'empiffrer, ils mouraient de faim, car aucun aliment ne leur profitait.

En manque d'air frais, Martin quitta la table d'autopsie et retrouva la lumière du jour. Des collines verdoyantes et fertiles se dressaient à l'horizon. Une légère brise caressait les champs d'orge, d'avoine, de blé ou de seigle. Il imagina un homme à la dérive en plein océan, assoiffé mais incapable de boire une goutte alors qu'il était entouré d'eau.

La situation n'était guère différente.

Frissonnant sous les rayons blafards du soleil, Martin aurait voulu se trouver à mille lieues de la vallée maudite. Soudain, un cri attira son attention à droite, vers le bout de la place. Une silhouette noire se tenait à l'entrée de l'église. Un bref instant, Martin craignit qu'il ne s'agisse de la Mort en personne mais, d'un signe de la main, l'individu balaya ses craintes. C'était l'abbé Orren, dernier membre de leur groupe et recteur de l'abbaye irlandaise de Kells :

— Venez voir !

Plus machinalement qu'autre chose, Martin s'approcha d'un pas mal assuré. Comme il n'avait aucune envie de regagner la forge, il laissa le bambin aux bons soins du boucher français et rejoignit le moine catholique sur le perron :

— Que se passe-t-il ?

L'abbé Orren se retourna vers l'église en pestant :

— C'est un blasphème de souiller un endroit sacré. Pas étonnant qu'ils se soient tous fait massacrer !

Martin lui emboîta le pas. D'une maigreur squelettique, le religieux flottait dans une houppelande trois fois trop grande pour lui. Il était le seul d'entre eux à avoir aussi visité l'île dévastée au large de l'Irlande.

— Vous avez trouvé ce que vous cherchiez ?

Sans répondre, Orren se dirigea vers la nef rudimentaire. Le coroner n'eut pas d'autre choix que de se précipiter à sa suite. Avec son sol en terre battue jonché de paille, l'endroit était d'une tristesse lugubre. Il n'y avait pas de bancs et le faîtage, déjà bas, était encombré de lourds chevrons. Seules deux étroites fenêtres enchâssées au fond répandaient une lumière sale sur un autel dépouillé. Une nappe devait autrefois en recouvrir la dalle de pierre, mais elle avait été déchirée et jetée au sol, probablement par l'abbé lors de ses recherches.

Les épaules frémissantes de rage, Orren désigna la stèle :

— Il est sacrilège de graver des symboles païens dans la maison du Seigneur.

Martin s'approcha de l'autel profané. La pierre avait été gravée de rayons de soleil et de spirales, de cercles et d'étranges formes entrelacées, le tout d'inspiration païenne.

— Pourquoi des croyants commettraient-ils un tel péché ?

— Ce n'est pas l'œuvre des habitants de Highglen, mon père.

Martin effleura la pierre. Sous ses doigts, il sentit la patine du temps. Les inscriptions ne dataient pas de la veille. Il se rappela que, selon le cocher, le village maudit était bâti sur d'anciennes terres celtes et qu'on trouvait des stèles du même genre dans les forêts embrumées de la région.

Les paysans en avaient sans doute rapporté une à Highglen pour constituer l'autel de leur église.

— Si les gens d'ici sont innocents, comment expliquez-vous une chose pareille ? insista l'abbé.

Une grande inscription rouge foncé maculait le mur derrière l'autel. Beaucoup plus récente et *a priori* peinte au sang, elle représentait un cercle traversé d'une croix.

Martin en avait déjà vu sur des pierres tombales et des ruines anciennes. C'était un symbole sacré de la religion celte.

— Une croix païenne, souffla-t-il.

— Toutes les portes de l'île en sont flanquées.

— Qu'est-ce que cela signifie ?

L'abbé caressa la croix d'argent qu'il portait en pendentif :

— Les craintes du roi étaient fondées, hélas. Les serpents qui ont dévasté l'Irlande et que saint Patrick a chassés de notre île viennent d'arriver sur vos côtes.

Il ne faisait pas allusion à de vrais reptiles mais aux prêtres païens munis de crosses aussi noueuses que des serpents, aux puissants druides des vieilles tribus celtes. Saint Patrick avait converti ou expulsé les païens loin des frontières irlandaises.

Sauf que sa croisade s'était déroulée six siècles auparavant.

Martin se tourna vers le village décimé. Les mots de Girard résonnèrent dans sa tête.

L'enfant est mort de faim le ventre plein.

Cela n'avait pas de sens.

Derrière lui, l'abbé marmonna :

— Il faut tout brûler et recouvrir les terres de sel.

Martin acquiesça en silence, mais une inquiétude lui serra le cœur. Les flammes pourraient-elles réellement détruire ce qui s'était tramé là-bas ? Même s'il en doutait fort, il était au moins certain d'une chose.

Ce n'était pas terminé.

De nos jours
8 octobre, 23 h 55
Cité du Vatican

Le père Marco Giovanni s'était réfugié dans une sombre forêt de pierre.

Les piliers en marbre qui soutenaient le toit de la basilique Saint-Pierre la divisaient en chapelles, voûtes et alcôves. Des chefs-d'œuvre artistiques ornaient l'enceinte sacrée : *Pietà* de Michel-Ange, baldaquin du Bernin, statue en bronze de saint Pierre.

Marco savait qu'il n'était pas seul dans sa forêt de pierre. Un chasseur le traquait, sans doute vers le fond de la nef.

Trois heures plus tôt, un ami archéologue qui servait aussi l'Église, son ancien mentor à l'université grégorienne de Rome, lui avait donné rendez-vous là-bas à minuit.

Malheureusement, il s'agissait d'un traquenard.

Adossé à un pilier, Marco plaqua la main droite sous son bras gauche pour tenter de stopper l'hémorragie. Il était blessé aux côtes. Un liquide brûlant coulait entre ses doigts. De l'autre main, le prêtre serra contre lui la preuve dont il avait tant besoin : un vieux sac en cuir à peine plus grand qu'un porte-monnaie.

Lorsqu'il lorgna vers la nef, sa plaie béante saigna sur le sol de marbre. À force d'attendre, il serait bientôt trop faible. Après avoir récité une prière silencieuse, il quitta son pilier et, à la faveur de la pénombre, il se précipita vers l'autel papal. Chaque pas lui faisait l'effet d'un coup de poignard. Pourtant, ce n'était pas un couteau qui l'avait atteint : après lui avoir tranché le côté gauche, la flèche s'était fichée dans un banc voisin. Le fer était noir, court, pesant. Un carreau d'arbalète en acier. Depuis sa cachette, Marco l'avait soigneusement observé. Tel un œil flamboyant dans l'obscurité, une diode rouge luisait à sa base.

À court de solutions, l'homme fuyait en douce. Il risquait fort d'y laisser sa peau, mais le secret qu'il détenait comptait plus que sa propre vie. Il devait résister assez longtemps pour atteindre la porte du fond, trouver une patrouille de la garde suisse et avertir le Saint-Siège.

Au mépris de sa souffrance et de sa terreur, il galopa de plus belle.

Le maître-autel se dressait droit devant. Son baldaquin en bronze dessiné par le Bernin reposait sur des colonnes torses. Marco se dirigea vers le transept de gauche, qui abritait l'imposant tombeau du pape Alexandre VII et une porte dérobée juste derrière.

C'était la sortie vers la place Sainte-Marthe.

Si seulement...

Ses espoirs furent anéantis par un coup de poing à l'estomac. Il recula d'un pas et baissa les yeux. Personne ne l'avait frappé, mais l'empenne d'une flèche métallique dépassait de sa chemise. La douleur, fulgurante, surgit une fraction de seconde plus tard. À l'image du premier carreau d'arbalète, celui-là était aussi orné d'une diode étincelante. Elle trônait au sommet d'une chambre carrée située à la base du trait.

Marco trébucha en arrière. Près de la porte, un mouvement d'ombres révéla une silhouette à laquelle l'uniforme bariolé de garde suisse servait sans doute de camouflage. L'assassin baissa son arbalète et sortit de la cachette où il avait guetté sa proie.

Marco recula vers l'autel mais, alors qu'il s'apprêtait à remonter la nef, un autre mécréant, déguisé également en garde suisse, arracha la flèche enfoncée dans le banc.

La terreur l'emportant sur la douleur, le blessé se tourna vers le transept de droite. Ses plans furent, hélas, de nouveau contrariés : un troisième individu armé d'une arbalète émergea des ténèbres d'un confessionnal.

Marco était pris au piège.

La basilique était bâtie en forme de crucifix, dont trois allées étaient désormais bloquées par des meurtriers. Il ne restait plus qu'une solution : l'abside, partie supérieure de la croix... sauf qu'il s'agissait d'une impasse.

Tant pis ! Marco s'y précipita.

Devant lui se dressait l'autel de la Chaire, auguste monument doré composé d'un nuage d'anges et de saints cernant le trône en bois de saint Pierre. Au-dessus, une fenêtre ovale en albâtre accueillait certes la colombe du Saint-Esprit, mais la vitre sombre n'offrait aucune échappée possible.

Dos à la fenêtre, Marco balaya l'endroit du regard. À gauche se trouvait le tombeau d'Urbain VIII. Une statue de la Faucheuse représentée par un squelette s'élevait de la crypte en marbre, symbolisant l'inéluctabilité de la mort... et peut-être le propre sort funeste de Marco.

— *Lilium et Rosa*, murmura-t-il en latin.

Le lys et la rose.

Au XIIe siècle, saint Malachie avait eu la vision de tous les souverains pontifes appelés à régner jusqu'à la fin du monde. Selon sa prophétie, il y aurait 112 papes, que l'Irlandais avait chaque fois décrits par une courte phrase sibylline. Urbain

VIII, né cinq siècles après le décès de Malachie, était ainsi désigné par la devise « le lys et la rose » qui, une fois de plus, s'était révélée pertinente : en effet, le saint-père avait vu le jour à Florence, surnommée la « Cité au Lys Rouge ».

Plus dérangeant, le pape actuel était l'avant-dernier de la fameuse liste. À en croire la prophétie, le prochain chef de l'Église catholique assisterait à la fin du monde.

Jusque-là, Marco n'avait jamais cru en des théories aussi saugrenues mais, les doigts crispés sur sa petite bourse en cuir, il se demanda à quel point l'humanité était proche d'Armageddon.

Des pas le ramenèrent à la réalité. Le danger approchait. Comme le temps pressait, il n'y avait plus qu'une chose à faire.

Les mains collées sur ses plaies pour ne laisser aucune trace de sang, Marco s'empressa de dissimuler ce qu'il devait absolument sauver. Après quoi, il regagna le centre de l'abside. À bout de ressources, il tomba à genoux et décida d'attendre la mort. Les pas résonnèrent de plus en plus fort. Une silhouette apparut. L'homme se figea et regarda autour de lui.

Ce n'était pas un meurtrier.

Même pas un inconnu.

D'un gémissement, le blessé attira l'attention du nouveau venu qui, surpris, se raidit, puis courut le rejoindre :

— Marco ?

Trop faible pour se relever, le religieux le dévisagea en silence, partagé entre l'espoir et le soupçon, mais l'autre avait bien l'air inquiet. C'était l'ancien professeur qui lui avait fixé rendez-vous à minuit dans la basilique.

Persuadé que cet homme-là ne le trahirait jamais, il haleta :

— Monsignor Verona...

Il leva une main vide. De l'autre, il tenait l'empenne de la flèche toujours fichée dans son ventre.

Soudain, la diode du carreau vira au vert.

Non...

L'explosion fit glisser Marco sur le sol en marbre, où il laissa une traînée de sang, de fumée et d'entrailles. Le ventre en charpie, il s'écroula au pied du maître-autel et posa un regard hébété sur le majestueux monument au-dessus de lui.

Un nom émana de son esprit embrumé.

Petrus Romanus.

Pierre le Romain.

C'était l'ultime personnage cité par saint Malachie. L'homme qui succéderait au saint-père actuel et deviendrait le tout dernier pape.

Après son échec de la nuit, Marco ne pouvait plus enrayer le cours du destin.

Sa vision s'assombrit. Il n'entendait plus rien et n'avait plus la force de parler. Étendu sur le flanc, il contempla la sépulture du pape Urbain VIII et le squelette en bronze qui s'élevait de son tombeau. À son doigt décharné, il avait pendu la minuscule besace qu'il avait protégée si longtemps. Il se remémora la vieille marque estampillée au fer rouge.

Elle symbolisait l'unique espoir du monde.

Dans un dernier souffle, il espéra de tout son cœur qu'elle pourrait suffire.

ACTE UN

LA SPIRALE ET LA CROIX

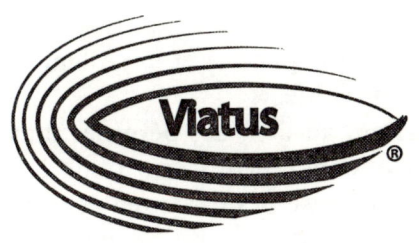

Mardi 9 mai – Pour publication immédiate

VIATUS A DES VUES
SUR LA SÉCURITÉ ALIMENTAIRE MONDIALE

OSLO, NORVÈGE (BUSINESS WIRE) – Aujourd'hui, Viatus International, société pétrochimique leader sur le marché mondial, a annoncé la création d'un département de recherche et de développement sur la biogénétique agricole.

« Cette nouvelle branche aura pour objectif d'élaborer des technologies capables de stimuler la productivité des cultures et de répondre ainsi aux besoins mondiaux croissants en nourriture, fourrage et combustibles », a expliqué Ivar Karlsen, P-DG de Viatus International.

« Avec ce département dédié à la biogénétique des cultures, a-t-il ajouté, nous mettrons toutes nos ressources à contribution afin de relever le défi et de créer l'équivalent agricole du Projet Manhattan. L'échec n'est pas envisageable – ni pour notre entreprise ni pour la planète. »

Ces dernières années, les avancées techniques brevetées de Viatus en matière d'hybridation et d'OGM ont permis d'augmenter de 35 % le rendement du blé, du maïs et du riz. Selon Karlsen, l'entreprise prévoit encore de doubler son taux d'efficacité d'ici à cinq ans.

Le P-DG a justifié la création de sa nouvelle branche lors du discours-programme qu'il a tenu aujourd'hui au Sommet mondial de l'alimentation à Buenos Aires. Citant les chiffres de l'OMS, il a expliqué que la faim touchait un être humain sur trois. « Nous sommes confrontés à une crise alimentaire généralisée, a-t-il conclu. La majorité des victimes sont originaires du tiers-monde. Les émeutes de la faim se multiplient aux quatre coins de la planète et ébranlent un nombre croissant de régions à risque. »

D'après Karlsen, au-delà des pénuries d'eau et de pétrole, la suffisance alimentaire constitue pour le prochain millénaire la principale crise à surmonter et le plus grand défi à relever. « D'un point de vue humanitaire et dans le but de garantir la paix mondiale, il est essentiel de doper la production alimentaire par le biais du progrès et des biotechnologies. »

À la pointe de l'innovation agricole : Viatus International fait partie des cent premières entreprises du classement *Fortune*. Créée en 1802 et établie à Oslo (Norvège), Viatus fournit des produits alimentaires à cent quatre-vingts pays du globe, permettant ainsi d'améliorer l'existence et la qualité de vie des populations par une politique active de recherche et d'innovation. Son titre est coté à la Bourse de New York sous le symbole VI. Le nom Viatus est tiré du latin *via*, route et *vita*, vie.

CHAPITRE 1

9 octobre, 4 h 55
Mali, Afrique de l'Ouest

Jason Gorman fut tiré de son profond sommeil par des coups de feu et il mit une fraction de seconde supplémentaire à se rappeler où il était. Dans son rêve, il nageait près de la maison de vacances de son père, au nord de l'État de New York, mais la moustiquaire du lit et la fraîcheur du désert eurent tôt fait de le ramener à la réalité.

Les hurlements aussi.

Le cœur battant, il repoussa son drap d'un coup de pied et écarta le voile de mousseline. Dans son abri de la Croix-Rouge, il faisait nuit noire mais, derrière un pan de toile goudronnée, une lueur vacillante signala un incendie à l'est du camp. D'autres flammes dansaient autour de la tente.

Oh, Seigneur...

Malgré la panique, Jason savait ce qui se passait. On l'en avait averti avant son départ pour l'Afrique. L'année précédente, plusieurs camps de réfugiés avaient été attaqués par des rebelles touareg en quête de nourriture. Depuis que le prix du riz et du maïs avait triplé au Mali, la capitale avait été la proie de violentes émeutes. Dans les régions septentrionales du pays, les denrées alimentaires étaient devenues la nouvelle richesse. Trois millions de personnes souffraient de la faim.

Voilà pourquoi Jason avait débarqué là-bas.

Son père parrainait une ferme expérimentale de vingt-cinq hectares, au nord du camp, financée par Viatus Corporation et supervisée par des agrobiologistes et des généticiens de la prestigieuse université Cornell. Toujours en phase de test, ils cultivaient du maïs OGM sur des sols desséchés avec à peine un tiers de l'eau habituellement requise pour l'irrigation. Les premières récoltes ayant eu lieu huit jours plus tôt, la nouvelle avait dû chatouiller des oreilles malveillantes.

Jason se précipita dehors. Pieds nus, il portait son short kaki et sa chemise ample de la veille. Dans l'obscurité de l'aube à peine naissante, les feux étaient l'unique source de lumière.

Quelqu'un avait saboté les groupes électrogènes.

Des cris et des tirs de mitraillette résonnèrent. Les ombres des réfugiés dansaient de tous côtés : affolés par les rafales d'armes automatiques, ils ne savaient pas où s'enfuir.

Jason, si.

Krista était encore au laboratoire de recherche. Il l'avait rencontrée aux États-Unis trois mois plus tôt, lors de son briefing d'avant-départ, mais elle ne partageait sa tente que depuis un mois. La veille, elle ne l'avait pas rejoint, préférant boucler ses essais ADN sur le maïs fraîchement moissonné.

Il fallait qu'il la retrouve.

À contre-courant, il se dirigea vers le nord du camp, là où, comme il le craignait, les détonations et les brasiers étaient les plus nourris. Les rebelles voulaient faire main basse sur la récolte. Tant qu'on n'essaierait pas de les en empêcher, personne ne serait en danger de mort. Eh bien, soit ! Qu'ils emportent les céréales… Une fois leur butin en poche, ils disparaîtraient aussi vite qu'ils avaient débarqué. De toute façon, le maïs devait être détruit. Dans l'attente d'analyses complémentaires, il n'était même pas destiné à la consommation humaine.

Au détour d'un virage, Jason trébucha sur une jeune victime qui avait été abattue et piétinée entre deux rangées de taudis branlants. Il recula en crabe, se releva et prit ses jambes à son cou.

Cent mètres de course effrénée plus tard, il atteignit le nord du camp. Les cadavres s'entassaient partout : hommes, femmes, enfants... Quel carnage ! Certains corps avaient été tranchés en deux par une salve de mitraillette. Au-delà du charnier, les préfabriqués de l'équipe scientifique ressemblaient à de sombres vaisseaux embourbés dans la savane africaine. Aucune lampe n'y brillait – que des flammes.

Krista...

Tétanisé, Jason eut beau maudire sa lâcheté, il ne pouvait plus avancer. Des larmes de frustration lui piquèrent les yeux.

Soudain, un *flap-flap* résonna derrière lui. Deux hélicoptères volaient à basse altitude vers le camp assiégé. Sans doute s'agissait-il des forces gouvernementales de la base militaire voisine. Viatus Corporation avait dépensé une fortune pour assurer la protection optimale du site.

Jason frissonna de soulagement. Les appareils allaient vite disperser les Touareg. Regonflé à bloc, il s'élança tête baissée vers un hangar situé à moins de cent mètres de là. Non seulement l'ombre du bâtiment lui offrirait un meilleur abri, mais Krista avait installé son laboratoire dans le préfabriqué voisin et, avec un peu de chance, elle y avait trouvé un refuge sûr.

Au moment où l'Américain touchait au but, le premier hélicoptère balaya du faisceau éblouissant d'un projecteur le camp de réfugiés. Jason poussa un gros soupir.

Voilà qui devrait mettre les pillards en fuite.

Tout à coup, des mitrailleuses situées sur les flancs de l'appareil crépitèrent le long des allées de tentes. Le sang de Jason se figea. Rien à voir avec une frappe chirurgicale contre une attaque de rebelles ! Le jeune homme assistait à une destruction en règle du camp.

Le second hélicoptère décrivit un vaste arc de cercle en lisière des premières habitations. Des fûts se déversèrent du hayon arrière et explosèrent au sol en crachant d'immenses flammes vers le ciel. Les hurlements redoublèrent. Un homme nu détala vers le désert, la peau en feu.

Quand les bombardements approchèrent dangereusement de sa cachette, Jason contourna le préfabriqué.

Les terres cultivées et les greniers s'étendaient à perte de vue, mais il n'y trouverait aucune tanière valable. Des ombres se mouvaient au bout des rangées de maïs. S'il voulait rejoindre Krista, Jason devait tenter un dernier sprint à découvert. Les fenêtres du laboratoire n'étaient pas éclairées et l'unique porte se dressait face aux champs.

Il s'arrêta un instant pour reprendre ses esprits mais, avant qu'il esquisse le moindre geste, de nouvelles gerbes de feu illuminèrent l'horizon. Un bataillon de types armés de lance-flammes avait décidé de détruire les cultures d'OGM encore sur pied.

Putain, c'est quoi ce cirque ?

L'explosion de l'unique silo fit jaillir un tourbillon flamboyant qui tutoya le ciel. Choqué, Jason profita de la diversion pour plonger par la porte béante du laboratoire.

À la lueur rougeoyante des brasiers, la pièce semblait intacte, presque rangée. Le fond du bâtiment était encombré de matériel scientifique utilisé en recherche génétique et biologique : microscopes, centrifugeuses, étuves à incubation, thermocycleurs, unités d'électrophorèse sur gel. À droite, on avait installé des postes de travail munis d'ordinateurs connectés en Wi-Fi à des liaisons satellites et même des onduleurs de secours.

Un économiseur d'écran luisait sur le seul portable encore allumé de la salle. La machine se trouvait dans le box de Krista... mais aucune trace de sa propriétaire.

Dès que Jason effleura le pavé numérique, un compte de messagerie ouvert apparut à l'écran. C'était encore celui de Krista.

Le jeune homme fouilla le laboratoire du regard.

Sa dulcinée avait dû s'échapper, mais où ?

Très vite, il ouvrit sa propre boîte mail et pianota l'adresse du bureau de son père au Congrès américain. Quasi en apnée, il décrivit par quelques phrases laconiques l'assaut dont ils étaient victimes. Au cas où il n'en ressortirait pas vivant, il voulait laisser une trace écrite. Juste avant d'appuyer sur *Envoyer*, il eut une idée. Les fichiers de Krista figuraient toujours à l'écran. Par un cliquer-glisser, il les joignit au message, puis expédia le tout. La jeune scientifique aurait regretté que son travail soit perdu.

Le courrier ne partit pas sur-le-champ. Vu la taille du fichier, le téléchargement durerait une bonne minute. Impossible d'attendre ! Il fallait juste espérer que la batterie tiendrait jusqu'à l'envoi du mail.

De peur d'avoir déjà trop tardé, Jason pivota vers la porte. Il n'avait aucun moyen de savoir où Krista avait disparu. Peut-être avait-elle gagné le désert. En tout cas, c'était l'option qu'il avait choisie. Au besoin, il pourrait se cacher des jours entiers dans l'incroyable dédale de ravines et de ruisseaux à sec de la région.

Une silhouette sombre lui bloqua le passage. Surpris, il recula d'un pas. L'étrange visiteur entra et balbutia, incrédule :

— Jase ?

Un immense soulagement envahit l'Américain :

— Krista...

Il s'élança vers elle, les bras grands ouverts. Les deux amoureux pouvaient encore s'échapper.

— Oh, Jason, Dieu merci !

L'euphorie paraissait réciproque... jusqu'à ce que la fille brandisse un pistolet et lui tire trois fois dans la poitrine. Les balles, semblables à des coups de poing, lui firent perdre l'équilibre, puis une douleur cuisante rendit la nuit encore plus noire. Au loin, on entendait des tirs, des explosions et d'autres hurlements.

Krista se pencha au-dessus de son amant :

— Ta tente était vide. On a cru que tu t'étais barré.

Du sang plein la bouche, Jason toussa, incapable d'articuler un mot.

Manifestement satisfaite de son silence, elle tourna les talons pour retrouver l'horreur des incendies et de la mort. Elle s'arrêta brièvement sur le seuil, son profil se découpa sur les champs embrasés, puis elle s'évanouit dans l'obscurité.

Jason s'efforça de comprendre.

Pourquoi ?

Lorsqu'un voile de ténèbres s'abattit sur lui, il sut que sa question resterait sans réponse mais, juste avant de sombrer, il entendit l'ordinateur tinter. Son message avait été envoyé.

CHAPITRE 2

10 octobre, 7 h 04
Forêt du comté de Prince William
Virginie

Il fallait qu'il prenne plus de vitesse.
Plaqué sur le guidon étroit de sa moto, le commandant Grayson Pierce amorça un virage très serré. Il allongea son mètre quatre-vingt-cinq dans la courbe et faillit s'arracher la rotule en couchant son deux-roues à la limite du raisonnable.
Après quoi, il remit bruyamment les gaz et redressa sa trajectoire. Sa cible, au guidon d'une petite sportive Honda, avait cinquante mètres d'avance. De son côté, il chevauchait une Yamaha V-Max plus ancienne. Les deux motos étaient équipées d'un moteur V4, mais Gray était gêné par son châssis plus imposant et plus lourd. S'il voulait rattraper sa proie, il devait tabler sur toutes ses qualités de pilote hors pair.
Et peut-être sur un coup de pouce de la chance.
Ils abordèrent une portion de route à deux voies qui traversait en ligne droite la forêt de Prince William. Sous un dais de trembles et de hêtres majestueux, la balade était superbe et pittoresque, surtout à l'automne, quand les arbres touffus changeaient de couleurs. La veille, hélas,

un orage avait transformé les feuilles mortes en flaques glissantes.

Gray appuya sur le champignon. L'accélération lui colla le pantalon aux cuisses et, avec un infime frémissement, la moto fila à vive allure, jusqu'à brouiller la ligne médiane.

La route 619 avait enchaîné les virages en épingle, les lacets périlleux, les collines onduleuses mais, là, la cible profitait d'un tracé enfin rectiligne pour prendre l'avantage. Après une heure de course très rude, Gray refusait néanmoins de laisser son adversaire s'échapper.

L'écart se réduisit quand l'autre motard ralentit à l'approche de la courbe suivante. Trop téméraire peut-être, le commandant connaissait bien les capacités de sa Yamaha. Il avait même demandé à un ingénieur en robotique du DARPA[1] de procéder à quelques améliorations.

Ils lui devaient une faveur.

Gray appartenait à Sigma Force, qui était en quelque sorte le bras armé du DARPA. On y trouvait d'anciens soldats des forces spéciales reconvertis dans diverses disciplines scientifiques afin d'agir en son nom sur le terrain.

Entre autres modifications, le commandant Pierce disposait désormais d'un collimateur de pilotage intégré à son casque. Des informations frémissaient à gauche sur la visière : vitesse, compte-tours, rapport engagé, température de l'huile. À droite, une carte de navigation affichait la meilleure conduite à adopter en fonction de la route.

Quand l'aiguille du tachymètre passa en zone rouge, le navigateur clignota pour alerter Gray qu'il approchait trop vite du virage mais, inébranlable, le commandant ne relâcha pas son effort.

La distance entre les deux engins s'amenuisa encore.

À l'entrée de la courbe, ils n'étaient plus séparés que d'une trentaine de mètres.

---

1. *Defense Advanced Research Projects Agency*. Organe du ministère de la Défense des États-Unis chargé de la recherche et du développement des nouvelles technologies à usage militaire. *(N.d.T.)*

Devant lui, le pilote inclina sa moto qui vrombit dans le virage. Quelques secondes plus tard, Gray arriva au même endroit. Malgré une visibilité quasi nulle, il chercha encore à gagner un mètre en flirtant avec la ligne médiane jaune. Par chance, à une heure aussi matinale, il n'y avait pas d'automobiliste en face.

Hélas, on ne pouvait pas en dire autant de la faune locale.

Une ourse noire et son petit étaient accroupis sur le bas-côté, le museau fourré dans un sac en papier McDonald's. La première moto les dépassa en trombe. Effrayée par le bruit, la mère se dressa sur ses pattes arrière, tandis que, d'instinct, l'ourson détalait sur la route.

Impossible de s'écarter à temps. Gray donna un violent coup de guidon. Ses pneus fumèrent sur le bitume. Juste avant de percuter la terre meuble de l'accotement opposé, il lâcha sa monture et tapa du pied contre le carénage. Entraîné par son élan, il dérapa sur le dos le long d'un tapis de feuilles mouillées. Derrière, son deux-roues heurta un chêne avec fracas.

Gray échoua dans une rigole remplie d'eau et vit l'arrière-train de l'ourse disparaître au cœur de la forêt, son petit sur ses talons. Apparemment, ils avaient eu leur compte de fast-food pour la journée.

Un nouveau bruit surgit.

Le vrombissement d'une Honda arrivant à pleins gaz.

Gray se redressa sur son séant. Sa cible rebroussait chemin vers lui.

Génial...

Il arracha sa mentonnière et ôta son casque.

L'autre motard pila en cabrant la roue arrière. Il était trapu mais aussi musclé qu'un pit-bull. Il retira son casque de son crâne rasé et fronça les sourcils :

— Rien de cassé ?

C'était Monk Kokkalis, membre de Sigma Force et meilleur ami de Gray. Sur son visage taillé au burin se lisait une réelle inquiétude.

— Ça va... sauf que je ne m'attendais pas à me faire barrer la route par un ours.

— Tu m'étonnes !

Tout sourire, Monk déplia sa béquille et mit pied à terre.

— Enfin, n'essaie pas de m'entuber au sujet de notre pari. Tu n'avais fixé aucune règle sur les obstacles naturels. Après la conférence, c'est toi qui paies le dîner. Un chateaubriand et la bière la plus brune qu'ils servent au restaurant du lac.

— Pas de problème, mais je veux ma revanche. Tu as été injustement favorisé.

— Favorisé ? Moi ?

Monk ôta le gant qui recouvrait sa prothèse.

— Je suis amputé d'une main... et d'une bonne partie de ma mémoire à long terme. Sans compter mon année d'invalidité ! Tu parles d'un avantage !

Sans se départir de son sourire radieux, il tendit sa prothèse conçue par les spécialistes du DARPA. Dès qu'il l'effleura, Gray sentit l'étau de plastique glacé se refermer sur ses doigts. Cette main-là aurait pu broyer des noix.

Monk l'aida à se relever.

Alors qu'il époussetait les feuilles mortes collées à sa combinaison de moto en kevlar, Gray entendit son portable sonner à l'intérieur de sa poche poitrine. Lorsqu'il découvrit l'identité du correspondant, sa mâchoire se crispa.

— C'est le QG, annonça-t-il avant de décrocher. Commandant Pierce à l'appareil.

— Pierce ? Enfin ! C'est la quatrième fois que je vous appelle en une heure. Je peux savoir ce que vous fichez en pleine forêt de Virginie ?

Painter Crowe, qui dirigeait Sigma, était le patron de Gray.

Interloqué, le motard se tourna vers la Yamaha : sans doute avait-il été trahi par son système GPS. Il s'efforça de trouver une explication, mais il n'avait aucune excuse valable. Monk et lui avaient été envoyés à Quantico pour assister à un symposium du FBI sur le bioterrorisme. Au deuxième jour de réunion, les deux compères avaient cependant décidé de sauter les conférences du matin.

— Laissez-moi deviner, reprit Painter. Vous vous êtes payé une petite virée dans la nature ?

— Chef...

— Et ça a aidé Monk ? lâcha-t-il, radouci.

Comme d'habitude, leur patron avait eu le nez creux. Il possédait le don troublant d'évaluer toutes les situations. Même celle-là.

Gray observa son ami. L'air préoccupé, Monk avait les bras croisés sur la poitrine. L'année qui venait de s'écouler avait été éprouvante. D'odieux chercheurs ennemis l'avaient charcuté au point de lui retirer un bout de cerveau et donc de détruire sa mémoire. Bien qu'il ait récupéré bon nombre de ses capacités, il lui restait quelques blancs et Gray savait qu'il en souffrait beaucoup.

Au cours des deux derniers mois, Monk s'était lentement réhabitué à travailler chez Sigma, mais les tâches qu'on lui confiait n'étaient pas très exaltantes : cantonné à son bureau, il n'était affecté qu'à des missions mineures sur le sol américain. Son travail se limitait à collecter des informations, souvent aux côtés de son épouse, le capitaine Kat Bryant, qui travaillait aussi chez Sigma après un crochet par les renseignements de la marine militaire.

Monk, lui, avait hâte de retrouver sa vie d'antan. À force d'être traité comme s'il était en sucre, il commençait sérieusement à s'irriter des regards compatissants et des gentils encouragements.

Quand son meilleur ami l'avait défié à moto dans le parc voisin des marines de Quantico, le miraculé avait enfin eu l'occasion de relâcher la pression, de recevoir un peu de poussière au visage et de prendre des risques.

Gray posa la main sur le micro du téléphone et chuchota :
— Painter est furax.

En voyant Monk retrouver le sourire, il rapprocha le portable de son oreille.

— J'ai entendu, annonça Painter. Quand vous aurez fini de jouer, rendez-vous au siège de Sigma cet après-midi. Tous les deux.

— À vos ordres, monsieur. Je peux savoir de quoi il s'agit ?

Pendant de longues secondes, le directeur parut peser le poids de ses mots, puis il répondit sur un ton prudent :

— Ça concerne l'ancienne propriétaire de votre moto.

Gray contempla sa monture en piteux état.

L'ancienne propriétaire ?

Deux ans plus tôt, par une nuit sans lune, une Yamaha rugissante avait descendu une rue de banlieue tous feux éteints. À son guidon se trouvait un assassin d'une loyauté très relative.

Le commandant ravala sa salive :

— Que devient-elle ?

— Je vous le dirai de vive voix.

13 h 00
Washington, D.C.

Quelques heures plus tard, Gray avait pris une douche et il était assis en jean et sweat-shirt dans la salle de surveillance satellite du QG de Sigma. Painter et Monk étaient là aussi. Sur la carte affichée par l'ordinateur, une ligne rouge serpentait de la Thaïlande à l'Italie.

La meurtrière avait terminé sa route à Venise.

Sigma la suivait à la trace depuis plus d'un an. Sa position était signalée à l'écran par un triangle écarlate qui lui-sait au milieu d'un plan de la cité des Doges. Les bâtiments, les rues tortueuses et les entrelacs de canaux étaient représentés avec une précision redoutable sur une image en niveaux de gris : on distinguait même de minuscules gondoles, comme photographiées sur le vif. En haut à gauche du PC figuraient l'heure du cliché ainsi que la longitude et la latitude approximatives de l'emplacement de l'assassin :

**10:52:45 GMT 9 OCT
LAT 41°52'56.97"N
LONG 12°29'5.19"E**

— Depuis quand se trouve-t-elle à Venise ? demanda Gray.

— Plus d'un mois.

Painter plissa les yeux d'un air suspicieux. Il semblait épuisé. L'année écoulée avait été particulièrement harassante pour le patron de Sigma. Obligé d'enchaîner les réunions de bureau, il avait le teint cireux et ses origines amérindiennes ne se retrouvaient plus que dans les traits de son visage taillé à la serpe et dans la mèche blanche qui saillait de sa tignasse noire, telle une plume immaculée.

— On sait où elle habite ?

— Quelque part du côté de Santa Croce, répondit Painter. C'est l'un des plus vieux quartiers de la ville, peu fréquenté par les touristes. Un labyrinthe de ponts, de ruelles et de canaux. Bref, la planque idéale.

Un peu en retrait, Monk rajusta sa prothèse de main :

— De toutes les villes du globe, pourquoi Seichan a-t-elle choisi celle-là pour se cacher ?

L'ordinateur affichait dans un coin une photo de la jeune meurtrière. À même pas trente ans, l'Eurasienne, mi-vietnamienne et peut-être mi-française, avait le teint hâlé, la silhouette svelte et les lèvres pulpeuses. Quand Gray l'avait rencontrée trois ans plus tôt, elle avait failli le tuer d'une balle en plein torse. D'ailleurs, il la revoyait encore dans sa combinaison noire à col roulé qui épousait à merveille ses formes douces et musclées.

Il se rappela aussi leur dernière collaboration. Capturée par l'armée américaine, Seichan avait perdu beaucoup de sang et se remettait d'une opération de l'abdomen. À l'époque, Pierce l'avait aidée à s'échapper, car il lui était redevable d'avoir eu un jour la vie sauve, mais la jeune femme avait payé sa liberté au prix fort.

Painter Crowe avait demandé au chirurgien de lui implanter discrètement un mouchard passif en polymère dans le ventre. C'était la condition *sine qua none* de son évasion, la garantie supplémentaire de suivre ses déplacements en temps réel. Seichan était trop importante pour qu'on la laisse filer, trop liée à un mystérieux réseau terroriste surnommé la Guilde. Nul ne savait qui en tirait les ficelles… mais l'organisation, particulièrement bien implantée, possédait des ramifications aux quatre coins de la planète.

Seichan se targuait d'être une agent double censée infiltrer la Guilde et découvrir le véritable cerveau des opérations. Problème : il fallait la croire sur parole. Tout en facilitant sa fuite, Gray lui avait soigneusement caché la présence de la puce, de sorte que les services de renseignements américains puissent en apprendre un maximum sur l'organisation.

De l'avis du commandant, la présence de Seichan à Venise n'avait rien à voir avec la Guilde. Il sentit le regard de Painter Crowe posé sur lui, comme s'il attendait une réponse. Son patron resta impassible, stoïque, mais une lueur au fond de ses yeux bleu glacier suggéra qu'il s'agissait d'un test.

Pierce se redressa sur son siège :

— Elle revient sur les lieux du crime.

— Quoi ? lâcha Monk.

— Le quartier de Santa Croce accueille parmi les plus vieilles facultés de l'université de Venise. Il y a deux ans, Seichan a assassiné de sang-froid un conservateur de musée lié à cette vénérable institution. Soi-disant qu'elle voulait protéger la famille de sa victime. Une épouse et une fille.

Painter confirma :

— L'enfant et sa mère habitent le quartier. Sur place, nos agents essaient de déterminer sa position précise, mais il s'agit d'un mouchard passif. Impossible de réduire le périmètre à moins de cinq kilomètres carrés. Au cas où la meurtrière pointerait le bout de son nez, on a placé la veuve du conservateur sous surveillance. Vu le nombre d'yeux à l'affût, elle est obligée de faire profil bas, voire de se déguiser.

Gray se rappela le visage tendu de Seichan le jour où elle avait tenté de justifier l'assassinat du conservateur. C'était peut-être la culpabilité, plus que la Guilde, qui l'avait ramenée à Venise, mais à quelles fins ? Et s'il se fourrait le doigt dans l'œil ? S'il ne s'agissait que d'une ruse particulièrement habile ? À tout le moins, la fille était brillante, excellente stratège.

Il contempla l'écran.

Quelque chose le chiffonnait :

— Pourquoi me montrer ça maintenant ?

Sigma traquait Seichan depuis plus d'un an, alors pourquoi Gray avait-il été rapatrié si vite au poste central de commande ?

— La nouvelle vient de la NSA. Elle a transité par le nouveau directeur du DARPA avant de descendre jusqu'à nous. Comme Seichan se balade tranquillement depuis un an sans qu'on recueille de véritables renseignements, les autorités constituées ont perdu patience et décrété sa capture immédiate. Elle doit être amenée dans un centre d'interrogatoire secret.

— Quelle connerie ! Elle ne parlera jamais. Notre meilleure chance d'obtenir des informations concrètes sur la Guilde, c'est de poursuivre la filature.

— Hélas, nous sommes les seuls à en être convaincus. Si Sean était encore à la tête du DARPA...

La voix de Painter se brisa de chagrin. Le Dr Sean McKnight avait fondé Sigma à l'époque où il dirigeait le DARPA. L'année précédente, un assaut au siège de Sigma lui avait coûté la vie. Le général Gregory Metcalf, son remplaçant, continuait de gérer les retombées politiques de l'attaque sanglante. Depuis sa nomination, les deux hommes se crêpaient souvent le chignon. Selon Gray, Painter pouvait remercier le président américain de lui avoir sauvé son poste, mais même un soutien aussi prestigieux avait ses limites.

— Metcalf refuse de froisser les agences de renseignements et, cette fois, il s'est rangé du côté de la NSA.

— Donc ils vont transférer Seichan ici.

— Si possible, souffla Painter, désabusé. Sauf qu'ils n'ont aucune idée de la fille à qui ils ont affaire.

— Je suis entre deux missions. Je pourrais y aller. Proposer un coup de main.

— Pour faire quoi ? Aider à la retrouver ou lui permettre de s'enfuir à nouveau ?

En proie à des sentiments partagés, Gray se tut un moment, puis reprit sur un ton ferme :

— J'obéirai aux ordres, chef.

— Non. Si elle vous voit ou vous soupçonne même d'être à Venise, Seichan comprendra qu'on la piste et ce sera le retour à la case départ.

Il avait raison. Gray se rembrunit mais, par chance, une sonnerie de téléphone lui donna l'occasion de rassembler ses esprits.

— Qu'y a-t-il, Brant ?

En écoutant son assistant, Painter fronça les sourcils d'un air inquiet.

— Passez-la-moi.

Au bout de quelques secondes, il tendit le combiné à Gray :

— C'est la lieutenante Verona qui appelle de Rome.

Visiblement étonné, l'intéressé prit le téléphone et s'éloigna d'un pas ou deux :

— Rachel ?

D'emblée, il devina la vive émotion de son interlocutrice. Elle ne sanglotait pas, mais son débit de parole, d'ordinaire si fluide, était hésitant et entrecoupé de silences :

— Gray... j'ai besoin d'aide.

— Tout ce que tu veux. Qu'est-ce qui t'arrive ?

Voilà des mois qu'il ne lui avait pas parlé. Pendant plus d'un an, il avait entretenu une liaison romantique avec la brune incendiaire, ils avaient même parlé mariage mais, en fin de compte, leur couple n'avait pas fonctionné. Rachel était accaparée par son travail chez les carabiniers italiens. De son côté, Gray était trop enraciné aux États-Unis, que ce soit sur le plan professionnel ou personnel. La distance avait eu raison de leur amour.

— C'est mon oncle Vigor, souffla-t-elle en essayant de ne pas fondre en larmes. Hier soir, il y a eu une explosion à la basilique Saint-Pierre. Il est dans le coma.

— Seigneur, que s'est-il passé ?

— Un de ses anciens étudiants, prêtre lui aussi, a été tué. Ils soupçonnent un acte terroriste, mais je ne... ils ne me laisseront pas... Je ne savais pas qui d'autre appeler.

— Pas de problème. Je prends le prochain vol pour Rome.

Gray jeta un coup d'œil à Painter, qui acquiesça en silence sans demander de plus amples précisions.

Par deux fois, Monsignor Vigor Verona avait aidé Sigma. Ses connaissances en archéologie et en histoire ancienne s'étaient révélées d'une importance déterminante, de même que son gros carnet d'adresses au sein de l'Église catholique. Toute l'équipe lui devait une fière chandelle.

— Merci, Gray, bredouilla Rachel, rassérénée. Je te transmets le dossier d'enquête. Certains détails ne figurent pas au rapport. Je t'en informerai *de visu*.

Gray regarda le mouchard rougeoyer à l'écran en plein cœur de Venise. Seichan le fixait par photo interposée, d'un air glacial et furieux. Elle aussi avait un passé commun avec Rachel et son oncle.

Or, voilà qu'elle était de retour en Italie.

Le commandant eut un mauvais pressentiment.

Quelque chose ne tournait pas rond. Une violente tempête couvait, mais Gray ignorait encore le sens du vent. Il n'avait qu'une seule certitude.

— J'arrive au plus vite, promit-il à Rachel.

CHAPITRE 3

10 octobre, 19 h 28
Rome, Italie

En quittant l'hôpital, la lieutenante Rachel Verona avala une grande bouffée d'air frais pour évacuer son stress. Les effluves âcres de désinfectant masquaient à peine l'odeur des corps alanguis sur les lits. De ces bâtiments-là émanait toujours un parfum de peur.

Pour la première fois depuis des années, elle aurait bien fumé une cigarette, n'importe quoi du moment que cela apaisait l'angoisse de voir son cher oncle dans le coma. Il était sous perfusion, des électrodes le reliaient à des machines qui contrôlaient ses fonctions vitales et un respirateur soulevait sa poitrine à intervalles réguliers. Subitement vieilli de dix ans, il avait de sombres ecchymoses autour des yeux et la tête bandée. Comme il souffrait d'un hématome sous-dural doublé d'une petite fracture du crâne, l'équipe soignante surveillait de près sa pression intracrânienne. L'IRM n'avait révélé aucune lésion cérébrale, mais Vigor n'avait toujours pas repris connaissance, ce qui était très préoccupant. D'après le rapport médico-judiciaire, le prélat avait été hospitalisé en proie à un semi-délire. Avant de sombrer dans le coma, il n'avait cessé de répéter frénétiquement un mot.

Morte.
La mort.
Pourquoi ? Savait-il ce qui était arrivé à l'autre prêtre ? Ou s'agissait-il d'une simple crise de démence ?
Nul ne pouvait lui poser la question. Il ne réagissait pas.
Sa nièce, elle, se faisait un sang d'encre. Elle venait de passer de longues heures à lui tenir la main et, de temps à autre, elle l'avait serrée dans l'espoir qu'il se réveille. Hélas, les doigts du vieil homme étaient restés flasques, sa peau glacée, comme si la vie l'avait quitté.
Rachel enrageait de se sentir aussi impuissante. Vigor, qui l'avait pratiquement élevée, était sa seule véritable famille. Elle l'avait veillé toute la journée, ne quittant son chevet que pour téléphoner aux États-Unis.
Seule bonne nouvelle en vingt-quatre heures ? Gray arriverait le lendemain matin. Si elle ne pouvait secourir Vigor d'un point de vue médical, elle était en revanche capable d'unquêter sur les causes de l'agression.
L'explosion à la basilique Saint-Pierre mobilisait dans la plus grande confusion un nombre considérable d'agences – des bureaux de renseignements italiens jusqu'à Europol et Interpol. Tout le monde s'accordait sur la nature terroriste de l'attaque, notamment à cause de la mutilation *post mortem* du second prêtre : la victime avait eu le front marqué d'un curieux symbole au fer rouge.
Quelqu'un avait voulu laisser un message, mais quelle en était la teneur et qui l'avait envoyé ? À l'heure actuelle, personne n'avait revendiqué l'attentat.
Rachel savait que le moyen le plus rapide de découvrir la vérité était de mener sa propre enquête, de procéder à un examen des faits plus précis que le chaos sans nom déclenché par les multiples agences de renseignements.
Voilà pourquoi elle avait contacté Pierce. Sur un plan personnel, elle était un peu gênée de l'appeler à la rescousse mais, pour élucider le mystère, elle avait besoin des ressources mondiales de Sigma. De plus, elle ne pourrait jamais s'en sortir seule : il lui fallait un ami digne de confiance, en l'occurrence Gray.

Son coup de téléphone ne dépassait-il pas néanmoins le cadre strictement professionnel ?

Mieux valait ne pas y penser. Elle traversa le parking souterrain de l'hôpital et ressortit dans les rues de Rome au volant de sa Mini Cooper cabriolet bleue. Alors qu'une brise fraîche l'aidait à s'éclaircir les idées, un gros car de tourisme débarqua devant elle en lui soufflant ses gaz d'échappement au visage.

Rachel quitta l'artère principale et se faufila dans des ruelles bordées de boutiques, de cafés et de restaurants. Elle avait prévu de rentrer dormir chez elle, histoire de se remettre de ses émotions, mais, presque sans s'en rendre compte, elle prit la direction du Tibre. Au bout de quelques virages, le dôme étincelant de la basilique Saint-Pierre apparut sur la berge opposée.

Depuis l'explosion, la cité du Vatican avait été fermée au public. Par précaution, même le pape avait rejoint sa résidence d'été de Castel Gandolfo. Cela n'avait pas empêché badauds et vacanciers d'affluer. La curiosité avait peut-être même attiré une foule encore plus compacte.

Cohue oblige, Rachel mit une demi-heure de plus à se garer. Le temps qu'elle atteigne le cordon de police établi autour des lieux de l'attentat, il faisait nuit noire. D'ordinaire, la place Saint-Pierre grouillait de pèlerins et de touristes bruyants mais, là, elle était quasi déserte. Seuls quelques hommes armés patrouillaient en uniforme le long des colonnes et sur l'esplanade. L'un d'eux se tenait au pied de l'obélisque égyptien qui dominait la place.

Rachel montra son badge à l'entrée du périmètre sécurisé.

Le garde fronça les sourcils. Âgé d'une cinquantaine d'années, il avait de la bedaine et les jambes légèrement arquées. À vrai dire, la police municipale et les carabiniers n'étaient pas les meilleurs amis du monde.

— Que fabriquez-vous ici ? lâcha-t-il à brûle-pourpoint. Pourquoi l'attaque concernerait-elle le *Comando Carabinieri per la Tutela del Patrimonio Culturale* ?

Question judicieuse ! Dans son métier, Rachel s'occupait de vols d'œuvres d'art et de ventes d'antiquités au marché noir. Rien à voir avec une affaire de terrorisme intérieur. Elle n'avait pas le droit d'examiner les lieux. En raison de son lien de parenté avec une victime, on lui avait même demandé de garder ses distances.

Sauf qu'elle voulait voir la scène de crime de ses propres yeux.

Elle se racla la gorge et pointa l'index devant elle :

— Je viens vérifier qu'aucune œuvre d'art n'a été dérobée après l'explosion.

— Ah ! Du boulot de secrétariat, lâcha-t-il avec dédain. Pas étonnant qu'ils aient envoyé une bonne femme, ajouta-t-il à voix basse.

Elle refusa de mordre à l'hameçon et reprit son badge :

— Si vous avez terminé, il est tard et j'ai du pain sur la planche.

L'homme s'écarta à peine d'un pas, ce qui obligea Rachel à le frôler. Au passage, il tenta de l'intimider par sa carrure de déménageur. La lieutenante Verona connaissait le manège. Dans un milieu professionnel dopé à la testostérone, on la considérait soit comme une menace, soit comme un trophée à conquérir.

Sa colère l'emportant un bref instant sur son inquiétude, elle dépassa la brute épaisse... non sans lui avoir écrasé le pied d'un coup de talon rageur.

Surpris, le mufle grogna et recula d'un bond.

— *Scusi*, souffla-t-elle, glaciale, avant de continuer son chemin sans se retourner.

— *Zoccola !*

Elle ne releva pas et traversa l'esplanade déserte. Encadrée par les colonnades du Bernin, elle longea l'obélisque, les fontaines, puis, d'un pas leste, elle se dirigea vers l'entrée principale de la basilique. Au-dessus de sa tête, l'impressionnant dôme de Michel-Ange luisait dans la nuit.

Après être passée entre les statues monumentales de saint Pierre et de saint Paul, gardiens de l'édifice sacré, elle jeta un coup d'œil à l'inscription gravée sous l'apôtre Paul. « *Je puis tout en Celui qui me rend fort.* » La jeune femme ne parlait pas hébreu mais, quand elle était petite, Vigor lui avait appris le sens de la phrase. Elle puisa de nouvelles forces dans le message biblique et le tendre souvenir de son oncle.

Plus déterminée que jamais, elle gravit les marches du perron. Les portes n'étaient pas fermées à clé. Après avoir franchi le portique, elle atteignit une nef gigantesque de presque deux cents mètres de long. À l'exception de quelques bougies votives frémissantes, l'église était plongée dans la pénombre mais, au fond de la nef, l'autel papal était éclairé par la lumière douce de lampes à sodium portables. Même de loin, on distinguait l'enchevêtrement de bandes jaunes délimitant la scène de crime.

L'attentat avait eu lieu dans l'abside, zone située derrière le maître-autel. Lorsqu'elle remonta l'allée centrale, Rachel était tellement focalisée sur son but qu'elle ne prêta aucune attention aux chefs-d'œuvre artistiques, architecturaux et historiques qui l'entouraient.

Elle s'arrêta à proximité immédiate de la scène de crime. Vu l'heure tardive, l'endroit était désert. Depuis quarante-huit heures, enquêteurs et experts s'y étaient succédé avec sachets à indices, brosses, cotons-tiges, éprouvettes et autres fioles de produits chimiques. Il était déjà établi qu'on avait affaire à une nouvelle catégorie d'explosifs puissants : l'heptanitrocubane sous forme dense.

Quand Rachel posa les yeux sur le marbre noirci, un frisson lui parcourut l'échine. C'était le tout dernier signe matériel de l'agression. On avait même nettoyé les taches de sang. Au sol, en revanche, des bouts de ruban adhésif indiquaient encore l'angle des projections et la trajectoire estimée de la déflagration. À l'autre bout de l'abside, une silhouette tracée à la craie signalait l'emplacement où le père Marco Giovanni avait rendu l'âme. Son corps avait été retrouvé au pied de l'autel de la Chaire de saint Pierre, sous la fenêtre d'albâtre où figurait la colombe du Saint-Esprit.

Rachel avait lu le rapport consacré au jeune prêtre. Ancien disciple de son oncle, c'était un collègue archéologue au Vatican. Il venait de passer dix ans en Irlande à enquêter sur les racines des chrétientés celtiques et à étudier le premier syncrétisme des rites païens avec la foi catholique. Son étude se concentrait sur le mythe de la Madone noire, figure souvent considérée comme l'illustration parfaite d'une fusion entre la terre nourricière païenne et la Vierge Marie.

Pourquoi donc viser un archéologue ? À moins que la cible n'ait été prise au hasard ? Vigor et son étudiant s'étaient-ils juste trouvés au mauvais endroit au mauvais moment ?

Cela n'avait pas de sens.

Rachel ravala sa salive et fit volte-face. On avait retrouvé son oncle avachi près du maître-autel, atteint par le souffle de l'explosion, à peine conscient.

De peur de contaminer la scène de crime, Rachel respecta le périmètre de sécurité. Elle gravit les deux marches qui menaient à gauche de l'abside. L'endroit était exigu. Elle contourna le monument dédié au pape Paul III dont les statues des vertus cardinales, Justice et Prudence, étaient incarnées par la sœur et la mère du souverain pontife défunt.

Elle ralentit.

Qu'est-ce que je fiche ici ?

Tout à coup, la jeune femme prit douloureusement conscience du silence accablant qui régnait à l'intérieur de la basilique, du poids des siècles et de la mort, des nombreuses sépultures qui la cernaient. Sans compter que, de l'autre côté de l'abside, se dressait le tombeau d'Urbain VIII. Une statue en bronze du pape trônait au sommet de l'édifice funéraire, la main levée en signe de bénédiction. Sous ses pieds, un squelette du même métal s'élevait de la stèle et écrivait d'une main osseuse le nom du pape disparu sur un rouleau de parchemin.

Rachel frissonna.

Elle n'était pas d'un naturel superstitieux mais, avec l'oncle Vigor au bord du trépas... Et si elle le perdait ?

Elle voulut détourner la tête, mais son regard fut attiré par la sculpture macabre, symbole de la mort. Un souvenir lui revint en mémoire et lui donna la chair de poule.

La mort.

Un seul mot avait obsédé Vigor pendant son délire.

— *Morte*, murmura sa nièce.

Elle examina le bronze accroupi au-dessus du tombeau. Et si Vigor avait essayé de leur dire quelque chose, quelque chose qu'il savait ?

Rachel rebroussa vite chemin. Elle se hissa sur la pointe des pieds pour scruter la statue mais, malgré un examen minutieux, elle faillit rater l'essentiel. Le cordon de cuir brun était de la même couleur que le métal patiné.

Après avoir enfilé des gants en latex, elle grimpa sur le coin de la sépulture. La cordelette était attachée à une minuscule besace à moitié cachée derrière la paume décharnée de la Faucheuse. Rachel redescendit de son piédestal avec le précieux butin. Sa découverte avait-elle une importance ? Ou s'agissait-il d'une simple babiole déposée par un suppliant ou un touriste ?

Le cuir était orné d'une curieuse marque sans intérêt : une spirale rudimentaire, comme un talisman magique.

Déçue, elle retourna le petit sac et découvrit, la gorge nouée, ce qui avait été imprimé de l'autre côté.

Un cercle flanqué d'une croix.

Elle avait déjà vu ce signe-là quelque part.
Dans le rapport d'autopsie du père Marco Giovanni.

Le même symbole avait été gravé au fer rouge sur le front du prêtre. Il y avait forcément un sens, mais lequel ?

Rachel sut où chercher la réponse. Elle ouvrit le pochon et en vida le contenu au creux de sa main. Intriguée, elle vit tomber une espèce de brindille noircie. Elle se pencha dessus... et comprit d'emblée son erreur.

Le bout de branche avait un ongle.

Horrifiée, elle faillit le lâcher.

Ce n'était pas une brindille qu'elle avait trouvée.

C'était un *doigt humain*.

14 h 55
Washington, D.C.

Assis à son bureau dans une pièce sans fenêtres, Painter fit rouler un tube d'aspirine entre ses mains. La douleur sourde qu'il sentait derrière ses yeux annonçait une puissante migraine. Il secoua le tube et regretta de ne pas avoir quelque chose de plus fort, du genre un grand scotch pur malt.

Il aurait préféré de loin que sa petite amie lui masse la nuque. Manque de chance, Lisa était partie voir son frère alpiniste sur la côte Ouest, au parc national de Yosemite. Comme elle serait absente encore une semaine, il n'avait plus qu'à se rabattre sur l'aspirine extra-forte Bayer.

Painter venait de passer une heure à analyser une tonne de rapports, dont la plupart luisaient encore sur ses immenses écrans LCD. Pour la énième fois, il regretta l'absence de véritable fenêtre sur l'extérieur. Cela venait peut-être de ses origines indiennes de Mashantucket, mais il avait besoin d'être relié au ciel bleu, aux arbres et aux rythmes simples d'une vie ordinaire.

Son rêve, hélas, n'était pas près de se réaliser.

Il avait son bureau enterré sous le National Mall. En fait, tout le quartier général de Sigma se trouvait sous les fondations de la Smithsonian Institution, dans d'anciens bunkers de la Seconde Guerre mondiale. C'était un emplacement idéal et discret, à deux pas des grands ministères, du Pentagone et des laboratoires de recherche.

Painter aurait donné n'importe quoi pour une simple fenêtre, mais il était très attaché à son vieux bureau. Après la violente attaque de l'année précédente, Sigma était encore en convalescence. Les dégâts ne se cantonnaient pas à quelques murs noircis et à du matériel détruit. À Washington, la politique était un entrelacs complexe de pouvoirs, d'ambitions et d'amères inimitiés. Les faibles y étaient mis en pièces par les puissants et, juste ou pas, Sigma avait perdu du terrain par rapport aux autres agences américaines de renseignements.

Cerise sur le gâteau, Painter avait l'intime conviction que les cerveaux de l'attaque couraient encore en liberté. L'homme qui avait conduit l'assaut avait été renvoyé, mais Painter continuait de nourrir quelques soupçons. Pour mener son opération à bien, le traître, chef de section à la DIA[1], comptait forcément sur le soutien d'un allié secret, encore plus intriqué dans les mailles de la politique washingtonienne.

Mais qui ?

Désabusé, Painter leva les yeux vers l'horloge. Ses questions devraient attendre. D'ici à quelques minutes, il mènerait une autre bataille acharnée. Il n'était pas prêt à croiser le fer, mais il n'avait pas le choix. Deux heures plus tôt, il avait déjà eu une vive discussion avec Gray Pierce. Ce dernier voulait emmener Monk Kokkalis en Italie, mais son patron n'était pas persuadé que le miraculé puisse déjà assumer une mission complète. Ni les médecins ni les psychiatres n'avaient encore donné leur feu vert.

Comme les détails en provenance de Rome restaient très succincts, Painter s'était aussi demandé quels agents Sigma étaient les plus aptes à partir là-bas, quelle discipline scientifique compléterait au mieux l'expertise de Gray en biophy-

---

1. *Defense Intelligence Agency*. Une des principales sources de renseignements militaires du ministère américain de la Défense, à peu près équivalent de la Direction du renseignement militaire en France. (*N.d.T.*)

sique. Monk Kokkalis était spécialisé en médecine légale et, pour l'heure, ses talents ne semblaient pas requis sur place. Conscient de la situation, Gray avait fini par obtempérer, mais son chef ne l'avait pas envoyé seul en Europe. En l'absence de précisions sur l'affaire, le commandant Pierce avait simplement besoin d'un partenaire baraqué.

Et il en avait eu un.

Alors que Painter hésitait à avaler une autre aspirine, l'interphone sonna.

— Monsieur le directeur, j'ai le général Metcalf à l'appareil, annonça la voix de Brant.

Painter s'attendait à son appel. Il avait lu le mail top secret du patron du DARPA. Un lourd soupir aux lèvres, il accepta la téléconférence et, après avoir pivoté sur son fauteuil, il contempla l'écran mural derrière lui.

Une image en couleurs apparut. Diplômé de West Point, Gregory Metcalf était assis à un bureau et, malgré ses cinquante ans bien tassés, l'Afro-Américain avait conservé la carrure d'athlète de ses jeunes années de défenseur dans l'équipe de football américain de l'académie militaire. Seuls signes de l'âge ? Ses cheveux poivre et sel ainsi qu'une paire de lunettes de vue qu'il tenait de la main gauche. Quand Metcalf avait été promu à la tête du DARPA, Painter avait vite appris à ne pas sous-estimer son intelligence.

Les deux hommes restaient néanmoins sur leurs gardes.

Sans préambule, le général lança :

— Vous avez lu le rapport que je vous ai envoyé sur le conflit en Afrique ?

Au diable les amabilités d'usage.

Painter désigna un écran de contrôle :

— Oui, avec le compte rendu de l'OTAN sur l'assaut au camp de la Croix-Rouge. Je me suis aussi renseigné sur l'entreprise qui a monté sa ferme expérimentale là-bas.

— Très bien. Je ne serai donc pas obligé de vous mettre à niveau sur les détails.

Hérissé par le ton condescendant de son interlocuteur, Painter rétorqua :

— Enfin, je ne vois pas le rapport avec nous.

— Parce que je ne vous en ai pas encore parlé, Crowe.

Le patron de Sigma sentit sa migraine s'aggraver.

Metcalf pianota sur son clavier. L'écran mural se scinda en deux et afficha une photo à côté du général. On y voyait un jeune Blanc en caleçon, pendu à une croix en bois au milieu d'un champ calciné. L'image faisait moins penser à la victime d'un crucifiement qu'à un épouvantail morbide. À l'arrière-plan, on apercevait les vastes étendues desséchées de la savane africaine.

— Je vous présente Jason Gorman, annonça froidement Metcalf.

Painter fronça les sourcils :

— Gorman... Comme le sénateur Gorman ?

Le nom était apparu au cours de ses recherches sur Viatus. Sebastian Gorman, qui dirigeait la commission sénatoriale sur l'agriculture, l'alimentation et la gestion des forêts, était un ardent défenseur des OGM comme moyen de nourrir les populations affamées *et* comme nouvelle source de biocarburants.

— C'est son fils. À vingt-trois ans, diplômé en biologie moléculaire des plantes, il travaillait sur sa thèse, mais il est allé au Mali pour y être les yeux et les oreilles de Gorman.

Painter commença à comprendre pourquoi l'affaire avait atteint les hautes sphères de Washington. Le puissant sénateur, sans doute bouleversé et pressé d'obtenir des réponses sur la mort de son enfant, devait remuer ciel et terre au Congrès. Le chef Crowe ne voyait néanmoins toujours pas en quoi son équipe était concernée. Selon le rapport de l'OTAN, l'attaque avait été perpétrée par des rebelles touareg qui semaient la terreur au Mali.

Metcalf enchaîna :

— Le matin du drame, Gorman a reçu un mail de son fils racontant l'assaut en quelques phrases lapidaires. D'après la description des hélicoptères et des bombardements au napalm, il s'agissait d'une opération militarisée à grande échelle, tant au niveau des forces en présence que de l'ampleur des dégâts.

Painter se redressa sur son siège.

— Le message était assorti de plusieurs dossiers de recherche en pièces jointes. Intrigué, le sénateur n'a pas réussi à en décrypter le contenu scientifique. Il les a donc transmis au Dr Henry Malloy, directeur de thèse de son fils à Princeton.

— J'aimerais bien voir ces fichiers.

Voilà pourquoi on avait fait appel à Sigma. La mystérieuse attaque, les recherches sibyllines... Tout correspondait au champ d'action de l'équipe. Painter songea déjà tactique et logistique :

— Je peux dépêcher quelqu'un au Mali en moins de vingt-quatre heures.

— Non. Votre rôle sera restreint, répliqua Metcalf sur un ton tacitement menaçant. L'imbroglio est en train de virer au foutoir politique : Gorman s'est lancé dans une chasse aux sorcières pour retrouver les assassins de son fils, quels qu'ils soient.

— Général...

— Et Sigma marche déjà sur des œufs. Au moindre faux pas, personne ne pourra plus ramasser les morceaux.

Painter s'abstint de tout commentaire et laissa l'apparente défiance de Metcalf vis-à-vis de ses hommes lui passer au-dessus de la tête. Il devait choisir avec soin les combats à mener contre le patron du DARPA. Celui-là n'en faisait pas partie.

— Quel rôle voulez-vous donc attribuer à Sigma ?

— Je vous demande de déterminer si nous avons intérêt à approfondir l'enquête. Commencez par interroger le Dr Malloy et passez les dossiers au peigne fin.

— J'envoie une équipe là-bas dès cet après-midi.

— Parfait. Maintenant, j'ai une dernière mission à vous confier en personne sur une information top secret.

Le général zooma sur le visage de Jason Gorman.

— Celui qui a crucifié le gamin l'a aussi mutilé.

Painter s'approcha de l'écran. Un symbole avait été gravé sur le front du jeune martyr, comme si on avait utilisé un fer à marquer à chaud. Un cercle et une croix.

— Je veux savoir pourquoi. Et ce que ça signifie.

Painter hocha lentement la tête.

Lui aussi.

21 h 35
Rome, Italie

Une fois la Mini garée dans le parking de son immeuble, Rachel réfléchit quelques secondes à son geste. Sur le siège passager, un sachet en plastique transparent abritait la vieille besace en cuir et son contenu macabre.

Elle avait quitté la basilique sans parler de sa découverte à personne.

Il est tard, s'était-elle défendue. *Je pourrai tout rendre aux enquêteurs demain matin et leur faire un rapport complet.*

Enfin, Rachel n'était pas dupe. Comme c'étaient les paroles de son oncle qui l'avaient guidée jusqu'à la bourse cachée, elle se montrait d'autant plus possessive. Si elle livrait son butin aux autorités, non seulement on lui reprocherait d'avoir outrepassé ses fonctions, mais elle serait écartée de l'affaire et n'apprendrait peut-être jamais la signification du petit sac en cuir. Comment nier, par ailleurs, une part de fierté personnelle ? Cet indice-là, personne ne l'avait trouvé avant elle. Elle se fiait plus à son propre instinct qu'à la pagaille causée par une enquête d'envergure interdépartementale et mondiale.

Son instinct lui dictait aussi qu'elle boxait en dehors de sa catégorie. Elle avait besoin d'aide. Elle attendrait donc l'arrivée de Gray le lendemain matin, lui demanderait son avis et agirait en conséquence.

Une fois son plan d'action établi, elle fourra la pièce à conviction dans sa poche, descendit de voiture et se dirigea vers l'escalier. Elle habitait au deuxième étage. Ce n'était pas un palace mais, depuis son balcon, elle avait une belle vue sur le Colisée.

Lorsqu'elle arriva sur le palier, deux choses attirèrent son attention. *Primo*, Mme Rosselli abusait encore d'ail en cuisine. *Secundo*, il y avait de la lumière sous sa propre porte.

Rachel se figea. Elle éteignait toujours la lumière avant de sortir mais, ce matin-là, bouleversée par l'agression de son oncle, elle avait peut-être oublié.

Prudente, elle longea le couloir à pas de loup. Rome était une ville gangrenée par le vol, les pickpockets et, dans son quartier, les cambriolages étaient monnaie courante. Les yeux rivés sur le rai de lumière, elle vit une ombre passer derrière la porte.

Son sang se glaça.

Quelqu'un s'était bien introduit chez elle.

Rachel recula d'un pas en pestant tout bas. Elle n'était pas armée. Elle songea à se réfugier chez Mme Rosselli, mais l'ail lui piquait déjà le nez. Dans le minuscule appartement de la vieille dame, les effluves de cuisine seraient insoutenables. Mieux valait sortir son téléphone portable.

L'œil rivé sur sa porte, Rachel battit en retraite vers la cage d'escalier. Dès qu'elle posa le pied sur le palier, un objet froid se colla contre sa nuque.

Elle reconnut le canon d'un pistolet.

Une voix sévère confirma le danger :

— Pas un geste.

CHAPITRE 4

10 octobre, 15 h 28
Rockville, Maryland

Monk faisait sauter sa fillette sur ses genoux et Penelope glapissait de joie en affichant le sourire béat qu'elle avait hérité de son père. Par chance, c'était tout ce qu'il lui avait transmis. Ses boucles blond-roux et ses traits fins lui venaient de sa maman.

— Monk, si tu la fais dégobiller...

Kat sortit de la cuisine, un torchon entre les mains. Elle était revenue depuis une heure du Congrès, où elle avait sollicité quelques anciens contacts afin d'aider Painter Crowe à recueillir des soutiens politiques pour Sigma. Encore en uniforme, elle ne s'autorisait qu'une seule faiblesse à la maison : détacher son chignon et laisser ses cheveux tomber en cascade sur ses épaules.

Son mari avait gardé son T-shirt et son bas de survêtement. Après avoir déposé Gray à l'aéroport, il avait rejoint directement leur nouvelle maison du Maryland. De toute façon, il n'avait pas eu le choix. Son ami avait fait des pieds et des mains pour qu'il l'accompagne en Italie, mais leur patron était resté inflexible.

Monk installa confortablement le bébé sur ses genoux.

— Le biberon est en train de chauffer, annonça Kat.

En les rejoignant, elle faillit perdre l'équilibre, s'écarta d'un bond et baissa les yeux à terre :

— Combien de fois t'ai-je répété de ne pas laisser traîner ta main n'importe où ?

Monk frotta son moignon :

— Ma nouvelle prothèse me démange.

Soupir aux lèvres, Kat prit Penelope :

— Tu sais le prix que ça coûte un joujou pareil ?

Il haussa les épaules. Merveille de bio-ingénierie fondée sur des mécanismes et des servomoteurs dernier cri, la prothèse conçue par le DARPA offrait un excellent rendu sensoriel et permettait des mouvements d'une précision chirurgicale. Par ailleurs, le poignet était enchâssé dans un manchon polysynthétique relié aux tendons et aux terminaisons nerveuses du corps.

Grâce aux contacts en titane sans fil, Monk ordonna à sa main désincarnée de se hisser sur le bout des doigts. La prothèse était peut-être le muscle, mais son manchon lui tenait lieu de cerveau. Monk la téléguida jusqu'au canapé, la fixa à son poignet et plia les articulations.

— Elle me gratte toujours, ronchonna-t-il.

Alors que Kat s'apprêtait à regagner la cuisine, il l'attira près de lui et sentit le parfum de ses cheveux mêlé d'une odeur de jasmin. Elle se blottit contre son torse. Un silence apaisé envahit la pièce. Penelope s'assoupit, le poing collé contre la bouche. Quel bonheur de serrer toute sa petite famille en même temps !

D'une voix douce, Kat reprit :

— Désolée pour l'Italie.

Son époux leva les yeux au ciel. Comme le sujet était délicat entre eux, il ne lui en avait pas touché mot, mais il aurait dû se douter qu'elle serait au courant. Avec ses nombreuses relations au sein des agences de renseignements, il était presque impossible de lui cacher quoi que ce soit.

À son regard inquiet et ses lèvres crispées, il comprit qu'elle éprouvait des sentiments contradictoires. Kat savait qu'il rêvait de retrouver le terrain, mais elle craignait aussi qu'il ne lui arrive malheur. Il contempla sa main artificielle. Les craintes de sa femme n'étaient pas infondées.

Le problème, c'était qu'il adorait son travail et qu'il en connaissait l'importance.

Il en avait pris pleinement conscience durant son année de convalescence physique et mentale. Il avait beau aimer sa famille, s'en sentir responsable, il savait aussi que Sigma jouait un rôle clé dans le maintien de la sécurité internationale... et il détestait être mis sur la touche.

— J'ai appris qu'on t'avait confié une autre mission.

— Encore de la paperasserie, maugréa-t-il. Je pars interroger un intello de Princeton sur des travaux de recherche. Je serai rentré d'ici à minuit.

Kat consulta sa montre :

— Tu ne devrais pas déjà te préparer ?

— J'ai le temps. Le chef Crowe m'a collé un agent aux basques. Une nouvelle recrue experte en génétique.

— John Creed.

Monk la dévisagea :

— Y a-t-il quelque chose que tu ignores ?

Son épouse l'embrassa en souriant :

— En tout cas, je sais que le biberon de Penelope refroidit.

La prothèse de Monk se resserra sur son épaule pour l'empêcher de partir.

— Moi, je sais qu'on pourra le réchauffer plus tard, susurra-t-il d'une voix rauque. Et il me reste une demi-heure.

— Toute une demi-heure ? ironisa-t-elle. Tu deviens ambitieux.

Monk se fendit d'un sourire niais :

— Ne te moque pas de moi, femme.

Kat l'embrassa de nouveau et murmura entre ses lèvres :

— Jamais.

16 h 44
Princeton, New Jersey

Seul au sous-sol, le Dr Henry Malloy lança la simulation informatique pour la troisième fois et secoua la tête. Cela n'avait pas de sens ! Il s'étira dans son fauteuil. Il venait de passer vingt-quatre heures à compiler les informations envoyées par le bureau du sénateur Gorman. En raison du volume de données brutes, il avait eu besoin de la station d'analyse Affymetrix pour passer en revue tous les tests ADN.

Un coup frappé à la porte le tira de sa rêverie. Pour garantir un environnement de travail sans ozone, on n'accédait au laboratoire qu'au moyen d'un badge sécurisé.

Comme le programme informatique continuait de tourner, Henry alla ouvrir la porte, qui laissa échapper le chuintement typique d'une atmosphère pressurisée. C'était son assistante, Andrea Solderitch. Avec sa jolie silhouette et ses cheveux auburn, l'étudiante en doctorat était séduisante, mais elle ne ressemblait guère aux gamines de la faculté. Après une carrière d'infirmière dans un service de dialyse, à cinquante ans, elle avait décidé de changer d'orientation professionnelle. Comme ils passaient de longues heures ensemble, le généticien se réjouissait qu'elle soit de sa génération. Ils appréciaient d'ailleurs la même musique, qu'il l'entendait souvent fredonner à voix basse.

Cette fois-là, elle paraissait préoccupée.

— Qu'y a-t-il, Andrea ?

— Le bureau du sénateur a téléphoné trois fois pour connaître l'avancée des travaux.

Il s'empara de la liasse de Post-it. Même s'il détestait avoir quelqu'un sur le dos, il comprenait l'émoi de Gorman. Jason n'avait été que son étudiant, mais Henry était déjà très attristé par une mort aussi violente et prématurée.

— N'oubliez pas que, dans une heure, vous avez rendez-vous avec le Dr Kokkalis de Washington. Voulez-vous que je vous rapporte quelque chose de la cafétéria ?

— Pas la peine. En revanche, puisque vous êtes ici, j'aurais besoin d'un regard neuf, surtout avant de parler à l'émissaire de Washington. Je voudrais votre avis.

Andrea esquissa un sourire ravi.

— Et je vous remercie d'être venue travailler pendant votre journée de congé. Sans votre aide, je ne m'en serais jamais sorti.

— Pas de problème, docteur Malloy.

La troisième modélisation informatique était enfin terminée. L'écran affichait la cartographie chromosomique de l'échantillon de maïs planté dans le champ africain. Tous les chromosomes étaient noirs, à l'exception d'un seul coloré en blanc.

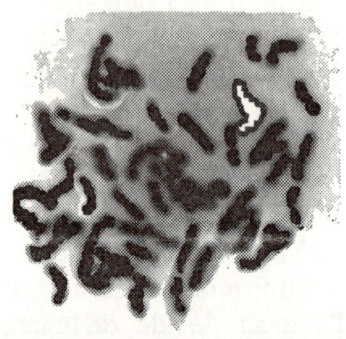

— Voici l'ADN étranger qu'on a intégré au maïs OGM.

Intriguée, Andrea s'approcha de l'ordinateur :

— D'où vient-il ? D'une bactérie ?

— Sans doute, mais je ne peux pas l'affirmer à 100 %.

L'assistante avait visé juste. La plupart des modifications génétiques résultaient d'une recombinaison bactérienne et d'un épissage, ce qui permettait de sélectionner une qualité propre de la bactérie pour l'introduire dans le génome de la plante. Les chercheurs avaient connu un de leurs premiers succès en greffant des gènes de *Bacillus thuringiensis* sur du tabac. Comme les végétaux obtenus résistaient mieux aux insectes, on avait pu réduire l'usage des pesticides agricoles. La même méthode était désormais appliquée au maïs. En dix ans, les biotechnologies s'étaient tellement répandues qu'un tiers du maïs cultivé aux États-Unis était aujourd'hui de nature OGM.

— Si on exclut l'ADN bactérien, alors de quoi s'agit-il ?

— Aucune idée, Andrea. La variété est brevetée et classifiée par Viatus. Elle ne figure au dossier que sous la référence Rs222, *Rs* signifiant « résistant à la sécheresse ». Enfin, ce n'est pas ce que je voulais vous montrer.

Le généticien indiqua l'écran.

— Cette analyse m'a été transmise par Jason Gorman il y a deux mois.

— Deux mois ?

— Je sais. Sa participation à une grande étude expérimentale le mettait dans tous ses états. Il n'était pas censé divulguer d'informations. C'était une violation de son accord de confidentialité. Je lui ai conseillé de se montrer plus discret et de ne pas en parler. Je ne peux qu'imaginer sa détresse le dernier matin. Il a pourtant eu la présence d'esprit de sauver un maximum de renseignements.

— Qu'a-t-il envoyé avant de mourir ?

En quelques clics, Henry afficha les dernières données :

— Ils ont moissonné la première génération du nouveau maïs transgénique. Jason a transféré l'étude détaillée de la récolte, y compris la série d'analyses ADN. Voici les résultats.

Un autre lot de chromosomes apparut à l'écran. Une fois encore, la majorité d'entre eux, teintés en noir, représentaient l'ADN normal du maïs mais, en plus du seul spécimen blanc, un autre chromosome situé juste au-dessus était figuré en pointillés noir et blanc.

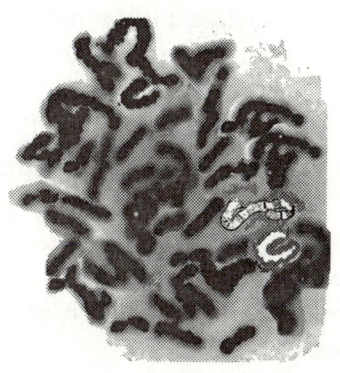

— Je ne comprends pas.

— Regardez de plus près, Andrea.

Henry zooma sur le mystérieux chromosome, ce qui laissa apparaître une cartographie subtile des gènes individuels sous forme de rayures blanches et noires.

— L'ADN étranger s'immisce de lui-même dans un autre chromosome et envahit son voisin, expliqua-t-il.

— Il se propage ?

L'éminent professeur se cala au fond de son siège et répondit d'une voix plutôt enthousiaste :

— Je n'en suis pas absolument certain, mais c'est la troisième fois que je compile les données. Le premier échantillon que Jason m'a envoyé provenait peut-être d'un hybride différent. Il se pourrait que les chercheurs testent plusieurs sortes de maïs. Sinon, la modification génétique paraît instable. Elle muterait d'une génération à l'autre. L'échantillon est devenu un peu plus *étranger* et moins *maïs*.

— Qu'est-ce que ça veut dire ?

— Aucune idée mais, en tout cas, quelqu'un doit être au courant. J'ai déjà sollicité le département de biogénétique agricole de Viatus. Je parie qu'il voudra récupérer les informations. Je réussirai peut-être même à lui soutirer une nouvelle subvention.

— Ce qui pourrait enfin me valoir l'augmentation que vous me promettez sans arrêt, sourit Andrea.

— On verra.

L'assistante consulta sa montre :

— Si vous n'avez plus besoin de moi, je rentre. Mes chiens sont enfermés depuis ce matin. Ils doivent trépigner d'impatience en serrant les fesses.

— Merci encore d'avoir sacrifié votre jour de congé.

Andrea se planta sur le seuil :

— Vous ne voulez vraiment pas que j'aille vous chercher un en-cas ?

— Non, je boucle mon rapport d'analyse et je le télécharge sur le serveur. Il ne devrait plus y en avoir pour longtemps.

Tandis que la porte se refermait en sifflant, Henry regagna son poste de travail. Il mettrait moins d'une heure à rédiger ses conclusions. Le dossier que Jason avait envoyé d'Afrique n'élucidait pas la mort du jeune homme, mais le sénateur Gorman pouvait s'enorgueillir du courage de son fils.

— Bon boulot, mon grand, murmura Henry.

Durant le quart d'heure qui suivit, il tâcha d'impressionner les responsables de Viatus par ses observations. Leur département de biogénétique agricole était sous contrat avec divers laboratoires d'analyses à travers le monde, mais la plupart d'entre eux se trouvaient en Inde et en Europe de l'Est, où le travail coûtait moins cher. L'institut de génomique de Princeton comptait cependant parmi les meilleurs de la planète. Si le professeur réussissait à convaincre l'entreprise de lui confier certaines missions...

Malgré sa concentration intense, il se dérida un peu.

Toc, toc.

Son sourire s'élargit. Si Henry connaissait Andrea, elle ne l'avait pas pris au mot et lui rapportait de quoi grignoter.

— J'arrive !

Il traversa le laboratoire et déverrouilla la porte avec son badge.

17 h 30

Tandis que Monk grimpait dans le taxi qui l'attendait à la gare, son nouveau camarade donna les instructions au chauffeur :

— Laboratoire Carl Icahn sur le campus de Princeton. Washington Road.

Monk ajusta sa veste de costume et caressa le cuir à brides anglais de son attaché-case Tanner Krolle. Son épouse lui avait fait confectionner une mallette sur mesure deux mois auparavant, lorsqu'il avait officiellement repris ses fonctions chez Sigma, aussi limitées fussent-elles. Message implicite d'un cadeau aussi luxueux ? Kat se réjouissait de le voir traiter la paperasse, s'occuper des entretiens et mener des débriefings de routine. N'importe quoi, du moment qu'il restait à l'abri du danger.

D'un léger soupir, il attira l'attention de son collègue.

John Creed était un peu tassé sur son siège. Il avait beau être aussi maigre qu'un terrier affamé, le rouquin mesurait près de deux mètres quinze. C'était une des dernières recrues de Sigma, rasé de frais et le visage constellé de taches de son. Malgré ses traits juvéniles, il affichait une mine sévère.

Monk lui posa une question qui le titillait depuis le début :

— Quel âge as-tu, gamin ? Quatorze ? Quinze ans ?

— Vingt-cinq.

Impossible !

Ils n'avaient que sept ans de différence ?

Conscient qu'il pouvait se passer une montagne de choses en peu de temps, Monk plia les doigts de sa prothèse et tenta de jauger le jeune homme.

Il avait profité du trajet en train pour lire un dossier très complet sur le Dr Henry Malloy. En revanche, il ne savait presque rien de son compagnon de voyage. Originaire de l'Ohio, Creed avait abandonné ses études de médecine au bout d'un an et participé à deux expéditions à Kaboul comme simple troufion. Depuis qu'il avait été touché par un éclat d'obus, il boitait. Alors qu'il était candidat à une troisième campagne militaire, il avait quitté l'armée dans des circonstances obscures. Fort de son passé et de ses résultats aux tests, il avait été embauché par Sigma, puis orienté vers une formation de génétique à Cornell.

En tout cas, le môme avait une vraie bouille de lycéen.

— Dis-moi, Doogie, depuis quand es-tu en service actif ? ironisa Monk.

Coutumier des taquineries sur son visage poupin, Creed rétorqua avec une certaine raideur :

— J'ai terminé mon stage à Cornell il y a trois mois et je suis à Washington depuis deux mois. Je commence à prendre mes repères.

— Il s'agit donc de ta première mission ?

— Si on peut parler de mission, marmonna-t-il, le nez collé à la vitre.

Bien qu'il partage son état d'esprit, Monk s'agaça :
— Sur le terrain, rien n'est à prendre par-dessus la jambe. Chaque détail compte. Une information adéquate peut résoudre ou ruiner une enquête. Enfonce-toi ça dans le crâne, Doogie.
— D'accord, admit Creed, penaud. Vous marquez un point.
Monk croisa les bras sans être pleinement satisfait.
Les gosses... Ils croient toujours avoir la science infuse.
Désabusé, il se concentra sur leur arrivée au campus de Princeton. On aurait dit qu'un morceau de campagne anglaise avait atterri au cœur du New Jersey. Les pelouses verdoyantes étaient jonchées de feuilles mortes. Le lierre s'accrochait à la pierre d'augustes édifices gothiques. Même les résidences universitaires paraissaient sorties d'une gravure de Currier & Ives.
Ils ne mirent que quelques minutes à traverser le paysage bucolique et, une fois à destination, ils descendirent du taxi.
Le laboratoire Carl Icahn se situait à l'angle d'un immense jardin. Alors que de nombreux pavillons de Princeton dataient des XVIIIe et XIXe siècles, celui-là était un exemple réussi d'architecture moderne. Les deux bâtiments parallélépipédiques et perpendiculaires qui accueillaient les laboratoires principaux étaient reliés, face au parc, par un atrium cintré sur deux niveaux.
C'était là-bas que les agents Sigma devaient retrouver le Dr Henry Malloy. Ils avaient cinq minutes de retard.
— Prêt à mener l'entretien ? demanda Monk.
— Je pensais que c'était vous qui interrogiez le professeur.
— Non. À toi de jouer, Doogie.
— D'accord, soupira Creed.
Ils rejoignirent l'atrium. Un grand mur courbe en verre donnait sur la pelouse du campus. Des persiennes de dix mètres de haut réglées sur la course du soleil permettaient de plonger l'endroit dans une douce pénombre. Des groupes d'étudiants bavardaient en serrant un gobelet de café entre leurs mains.
Monk repéra vite le point de rendez-vous :
— Par ici.

Près de l'escalier trônait une sculpture monumentale au faux air de conque à moitié fondue. D'emblée, il reconnut la patte du célèbre architecte Frank Gehry. La voûte abritait entre ses replis une petite salle de réunion. Quelques personnes discutaient autour d'une grande table carrée.

À bien y regarder, elles étaient toutes trop jeunes. D'après la photo du Dr Malloy qui dormait dans le fameux attaché-case Tanner Krolle, l'homme n'était pas là.

Peut-être était-il venu et déjà reparti.

Monk quitta la conque, sortit son téléphone et appela le bureau du professeur. Après plusieurs sonneries, il tomba sur le répondeur.

S'il a déjà mis les voiles et que je me suis tapé la route pour rien...
Monk décida de contacter l'assistante de Malloy.

— Il n'est pas là ? s'étonna-t-elle au bout du fil.

— Non. Il n'y a qu'une tripotée de gosses qu'on croirait encore au collège.

— Je sais, gloussa-t-elle. Les étudiants sont de plus en plus jeunes, non ? Désolée, le Dr Malloy doit encore être au laboratoire. C'est là que je l'ai vu la dernière fois. Hélas, il n'entend jamais son portable. Il est si absorbé par son travail que, quelquefois, il oublie ses cours d'amphi. Je crains qu'il ne lui soit arrivé la même chose aujourd'hui. Il est très excité par sa découverte.

La dernière phrase éveilla l'intérêt de Monk. Le généticien avait-il trouvé un indice susceptible de faire progresser l'enquête ?

— Je suis juste de l'autre côté de la rue, à terminer quelques recherches avec mon binôme, annonça-t-elle. Nos deux bâtiments sont reliés par un passage souterrain. Demandez le chemin. J'emprunte un badge d'accès et je vous retrouve sur place. Le Dr Malloy travaille au sous-sol. À mon avis, il voudra vous montrer lui-même les analyses ADN.

— D'accord, rendez-vous là-bas.

Monk raccrocha, puis agita sa mallette vers Creed :

— Viens, on retrouve directement le type à son labo.

Renseignements pris auprès d'une étudiante en pull moulant, ils n'eurent aucun mal à trouver le tunnel.

Une quinquagénaire leur fit signe au bout de la galerie, se dépêcha de les rejoindre et, essoufflée, leur tendit la main :
— Andrea Solderitch.

Une fois les présentations terminées, elle s'engagea dans un couloir adjacent et débita avec une certaine nervosité :
— Vu le nombre limité de salles d'étude, il est très facile de se perdre. Le reste de l'étage est occupé par des réserves, des locaux techniques... Oh ! et le vivarium du bâtiment, où on élève les animaux de laboratoire. Le département de génomique s'est installé ici pour bénéficier d'une atmosphère garantie sans ozone. Suivez-moi.

Son badge à la main, elle s'approcha d'une porte fermée.
— Le service d'administration a essayé de téléphoner... sans succès. Je vais jeter un œil à l'intérieur. Je suis sûre que le Dr Malloy n'a pas quitté le campus.

Après avoir glissé sa carte à puce dans le lecteur, elle actionna la poignée. Dès que la porte s'ouvrit, Monk détecta une odeur âcre de fumée électrique et de cheveux brûlés. Il voulut attraper Andrea par le bras mais ne réagit pas assez vite. Le visage de l'assistante se décomposa de stupeur, puis d'horreur. Elle porta la main à sa bouche.

Monk la poussa vers Creed :
— Qu'elle reste ici.

Il lâcha son attaché-case et dégaina son pistolet de service : un Heckler & Koch de calibre 45. Les yeux ronds, Andrea se blottit contre l'épaule de Creed.
— Tu es armé, Doogie ?
— Non... Je pensais qu'il s'agissait d'un simple entretien.
— Laisse-moi deviner, tu n'as jamais été scout.

Sans attendre de réponse, Monk entra et balaya les moindres recoins de la salle. Il n'y avait sûrement plus personne, mais il ne voulait courir aucun risque. Le Dr Henry Malloy était ligoté à une chaise au milieu du laboratoire, la tête tombant sur la poitrine. Une flaque de sang s'était formée à ses pieds.

Son ordinateur, lui, n'était plus qu'une ruine carbonisée.

Monk jeta un coup d'œil à la ronde. On avait désactivé les détecteurs de fumée.

Il s'approcha de la victime et vérifia son pouls. Aucun signe de vie, mais le corps était tiède. Les meurtriers n'étaient pas partis depuis longtemps. Le professeur avait les doigts brisés. On l'avait torturé, sans doute pour lui soutirer des informations.

Malloy avait été tué d'un coup de couteau bien placé au thorax. À en juger par la rapidité de la mort, il avait dû parler.

Monk huma l'atmosphère. Les relents étaient plus forts près du corps. En fait, cela sentait la chair brûlée. Du bout du doigt, il releva le menton du généticien. La tête se renversa en arrière, révélant l'origine de la puanteur. Au milieu du front, on lui avait tracé une marque au fer rouge, encore couverte de cloques aux entournures, qui lui avait détruit la peau jusqu'à l'os.

Un cercle flanqué d'une croix.

Une sonnerie de portable résonna dehors. Pour ne pas souiller la scène de crime, Monk regagna le couloir.

Le téléphone collé à l'oreille, Andrea avait les yeux humides et le nez qui coulait.

— Quoi ? s'exclama-t-elle, choquée. Non ! Pourquoi ?

Elle s'effondra le long du mur. Le portable lui échappa des mains. Monk s'agenouilla près d'elle :

— Qu'est-ce qui ne va pas ?

— Quelqu'un... Ma voisine vient d'appeler, bredouilla-t-elle, incrédule. Elle a entendu mes chiens aboyer et vu un type sortir de chez moi. Elle est allée vérifier. La porte était ouverte. On... on a tué mes chiens.

Elle s'enfouit le visage entre les mains.

— Pourquoi ne suis-je pas rentrée directement à la maison comme je l'avais dit au Dr Malloy ?

Monk lorgna vers Creed. Son jeune collègue ne semblait rien y comprendre.

Lui, si. Il aida Andrea à se relever :

— Quand votre voisine a-t-elle aperçu l'intrus ?

— Je... je ne sais pas, bafouilla-t-elle. Elle ne me l'a pas dit. Elle a prévenu la police.

Monk se retourna vers le cadavre de Malloy. Le professeur avait craqué. Il avait lâché des noms, dont certainement celui de son assistante. Il croyait qu'Andrea était rentrée chez elle. Il avait dû donner l'adresse à ses tortionnaires, qui avaient décidé de la faire taire.

Et comme ils ne l'avaient pas trouvée là-bas...

Il suffirait de quelques questions, quelques coups de fil.

— Fichons le camp d'ici. Vite !

Tout le monde fonça vers le tunnel qui conduisait au bâtiment universitaire voisin où, cinq minutes plus tôt, Andrea se trouvait encore.

— Vous m'avez dit travailler avec votre binôme, haleta Monk. Sait-il où vous alliez ?

Dès qu'ils arrivèrent au bout du couloir, il eut sa réponse : un grand type marchait vers eux, vêtu d'un long imperméable noir... alors qu'il n'avait pas plu depuis des jours.

Les pupilles de l'inconnu brillaient d'un éclat féroce. Monk poussa Andrea derrière lui et brandit son pistolet. Au même instant, l'autre écarta les pans de son manteau, révéla une mitrailleuse à canon court et arrosa le groupe. L'étrange arme n'était pas plus bruyante qu'un robot ménager, mais les rafales de balles criblèrent le mur derrière lequel ses proies avaient disparu. Des éclats de plâtre et de carrelage giclèrent.

— L'atrium ! rugit Monk.

À peine était-il arrivé au pied de l'escalier que des bruits de bottes émanèrent du rez-de-chaussée.

Monk ordonna à Creed et Andrea de s'arrêter. Un homme en imperméable noir fonçait vers eux. Un deuxième meurtrier ! Le trio se dépêcha de rebrousser chemin vers le dédale de couloirs.

Ils devaient trouver un autre moyen de sortir.

Tandis qu'ils cavalaient dans la pénombre, une lourde porte métallique claqua au fond du bâtiment.

— Je crois que ça vient de l'issue de secours, chuchota l'assistante, épouvantée.

Il n'y avait qu'une seule explication.

Un troisième meurtrier.

CHAPITRE 5

10 octobre, 18 h 32
Washington, D.C.

— Le symbole ne figure dans la base de données d'aucun groupe terroriste connu.

Un écran mural affichait la version agrandie du cercle barré de la croix.

La salle de conférence était une nouvelle pièce du QG de Sigma, construite après le terrible assaut de l'année précédente. Sa table circulaire dotée de postes de travail informatisés pouvait accueillir jusqu'à douze participants mais, pour l'heure, seules trois personnes écoutaient Painter Crowe.

Kat apportait son expérience en matière de renseignements internationaux. À sa droite, Adam Proust était cryptologue et, en face, Georgina Rowe, nouvelle recrue Sigma, était experte en bio-ingénierie.

— Partons donc du début.

Painter commença à faire les cent pas. Il avait justement conçu la pièce de manière à s'y déplacer sans quitter ses interlocuteurs du regard.

— *Que* signifie ce symbole ? *En quoi* est-il lié à la destruction du camp de la Croix-Rouge et à la mutilation du fils Gorman ?

En simple jean, pull fin noir et veston de tweed, Adam pointa un doigt timide vers l'écran :

— Cette marque a une histoire qui remonte aux premiers hommes. On parle parfois de cercle en quartiers. Sa signification est assez homogène d'une civilisation à l'autre. Le cercle représente la terre. Quant à la croix, elle divise le monde en quatre entités. Dans la culture amérindienne, cela correspond...

— Aux quatre vents, termina Painter.

Son père lui avait enseigné des croyances similaires.

— Exact. Ailleurs, elle renvoie aux quatre éléments : terre, eau, air et feu. Parfois, on les figure de la sorte.

Il pianota sur son clavier. À l'écran, l'image changea.

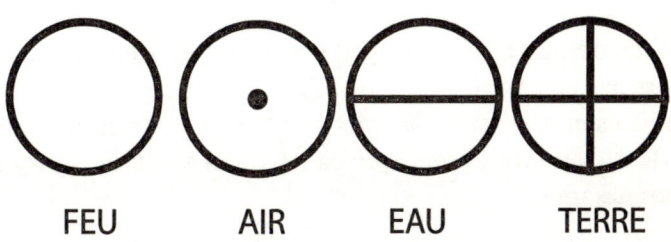

FEU   AIR   EAU   TERRE

— Le cercle en quartiers, symbole de la terre elle-même, englobe ainsi les quatre éléments. Il existe d'un bout à l'autre de la planète. Son étymologie historique fascinante date de l'époque païenne. Dans plusieurs pays nordiques, on le retrouve gravé sur des dalles ou des pierres levées. Il s'accompagne souvent d'un autre pétroglyphe : la spirale. Les deux sont intimement liés.

— Liés ? répéta Painter. Comment ça ?

D'un geste, le cryptologue sollicita la patience de son auditoire, puis il modifia l'image à l'écran :

— Voici une spirale païenne stylisée. On en dénombre de multiples variantes dans toute l'Europe du Nord.

D'un glissement de souris, il positionna la spirale sur le cercle en quartiers.

— Elle démarre au centre de la croix et s'élargit jusqu'à embrasser l'ensemble du rond. Alors que le cercle en quartiers représente la terre, la spirale incarne l'existence, notamment le voyage de l'âme, qui passe de la vie à la mort, puis à la renaissance.

— Vos explications sont très jolies, soupira Kat, mais comment relier ces dessins aux atrocités commises en Afrique ? On ne s'éloignerait pas un peu du sujet ?

— Peut-être pas, intervint Georgina Rowe. J'ai lu le rapport de l'OTAN. Bien que les détails soient encore loin d'être définitifs, on a apparemment plus affaire à une attaque censée détruire la ferme de Viatus qu'à une simple rivalité entre rebelles et gouvernement malien.

— Je suis d'accord, confirma Kat. Les Touareg n'ont jamais déployé une telle violence. Ils se contentent souvent d'attaques éclairs. Rien à voir avec un massacre à grande échelle.

— Sans parler du pauvre garçon qu'on a marqué au fer rouge et ligoté au milieu d'un champ de maïs calciné, renchérit tristement Georgina. Il devait s'agir d'un avertissement contre le programme de recherche Viatus sur l'alimentation OGM. En tant que spécialiste en bio-ingénierie, j'ai conscience de la controverse qu'elle suscite. Un mouvement se développe contre de telles manipulations de la nature et, même si elle vient souvent d'une peur irraisonnée ou d'un manque d'information, la grogne est aggravée par la mollesse des autorités à superviser une industrie en plein essor. Je peux entrer dans les détails...

— Concentrons-nous d'abord sur les liens avec l'enquête, demanda Painter.

— Facile. Le mouvement anti-OGM est très puissant en Afrique. Il y a peu, la Zambie et le Zimbabwe ont interdit toute aide alimentaire renfermant des produits transgéniques, alors que leurs populations meurent de faim. À la base, ils appliquaient la politique absurde du *« plutôt mort que le ventre plein »*. Aujourd'hui, leur folie se propage à vitesse grand V. La destruction du camp de la Croix-Rouge viserait donc Viatus... et je pense que l'étymologie du symbole telle qu'Adam nous l'a exposée renforce ma théorie.

— C'est un emblème de la terre, comprit Painter.

— Les auteurs du massacre sont persuadés de protéger la planète, assena Georgina sur un ton ferme. À mon avis, on est confrontés à un nouveau groupe d'écoterroristes militants.

— Ça paraît logique, souffla Kat. Je vais dire à mes informateurs de se focaliser là-dessus. On réussira peut-être à déterminer qui sont ces terroristes et où ils sont installés.

Painter se retourna vers Adam Proust qui, par ses explications, les avait déjà bien avancés :

— On vous a coupé la parole. Quelque chose à ajouter ?

— Le cercle en quartiers et la spirale étaient d'une importance capitale pour les païens d'Europe du Nord, notamment les druides. Quand la Scandinavie s'est convertie au christianisme, ces signes ont été intégrés à la nouvelle foi. La croix druidique est ainsi devenue l'actuelle croix celte.

À l'écran, Adam allongea le trait vertical du sigle païen pour former une croix chrétienne.

— La spirale a aussi fini par représenter le Christ, illustrant son passage de vie à trépas et, au bout du compte, sa résurrection.

— Et alors ? s'impatienta Kat.

Painter comprit où Adam voulait en venir :

— Vous ne pensez pas que ce groupe écoterroriste ait son centre névralgique en Afrique ?

— Non, répondit l'expert. Le cercle en quartiers se retrouve dans certaines civilisations africaines, mais il représente plus le soleil que la terre. À votre place, je m'intéresserais plutôt à l'Europe du Nord, d'autant que le siège de Viatus se situe à Oslo, capitale de la Norvège.

— En d'autres termes, on cherche une bande de druides en rogne, sourit Georgina.

Toujours aussi sérieux, Adam haussa les épaules :

— L'Europe connaît un regain puissant de néopaganisme. En fait, la plupart de ces groupes ne datent pas d'hier. Cercle druidique du lien universel, Ancien Ordre des druides... Leur création remonte au XVIIIe siècle, tandis que d'autres se réclament d'un héritage encore plus ancien. Quoi qu'il en soit, le mouvement prend de l'ampleur et, aujourd'hui, certaines sectes assument des positions clairement militantes et anticommerciales. Votre enquête devrait donc se concentrer en Europe du Nord.

Kat, qui songeait déjà à un plan, acquiesça en silence.

— Je pense que ça nous donne un bon point de départ, conclut Painter. Si vous voulez tous...

Interrompu par la sonnerie de son BlackBerry, il vit que son assistant cherchait à le joindre. Mauvais présage ! Il avait demandé à n'être dérangé qu'en cas d'extrême urgence.

— Que se passe-t-il, Brant ?

— Les opérations viennent d'appeler, chef. Police secours a reçu une vague d'appels en provenance de Princeton. Une fusillade aurait éclaté au laboratoire Carl Icahn.

Le directeur de Sigma ne broncha pas. C'était là-bas que Monk Kokkalis et John Creed avaient rendez-vous. Ils avaient dû arriver à Princeton depuis une bonne heure.

Tout en évitant de croiser le regard de Kat, épouse Kokkalis, Painter feignit d'être plus agacé qu'inquiet :

— Occupez-vous des autorités locales et des informations satellites. J'arrive.

Il raccrocha et annonça à la ronde :

— Vous savez ce qui vous reste à faire. Au travail !

Lorsqu'il se dirigea vers la sortie, Painter sentit le regard de Kat posé sur son dos. Elle avait des doutes mais, tant qu'il n'aurait pas plus d'éléments, il était inutile de l'affoler.

Surtout depuis qu'elle était enceinte.

18 h 45

Pistolet au poing, Monk entraîna son groupe dans les couloirs du sous-sol. Il n'avait que dix cartouches... et au moins trois agresseurs. Les statistiques ne jouaient pas en sa faveur et, face à des adversaires équipés de mitrailleuses à canon court, il ne fallait gâcher aucune munition. Sa mallette contenait bien un chargeur de rechange, mais il l'avait laissée à l'entrée du laboratoire de Malloy.

— Il existe un autre moyen de sortir d'ici ?

Andrea balaya l'allée du regard :

— Non... mais...

Creed l'avait attrapée par le bras pour l'obliger à avancer.

— Mais quoi ? insista Monk.

— L'architecture modulaire du bâtiment permet de modifier facilement les configurations de salles. Les deux étages sont séparés par un vaste niveau d'entretien, où les ouvriers circulent sur des passerelles.

Monk contempla le plafond.

Pourquoi pas ?

— Où se trouve le point d'accès le plus proche ?

Toujours choquée, l'assistante secoua la tête :

— Je ne sais pas...

Monk lui empoigna l'épaule avec sa prothèse :

— Respirez un bon coup, Andrea, reprenez vos...

Une rafale de tirs automatiques crépita. Au bout du couloir, une silhouette brandit une arme étincelante. Des balles se fichèrent dans le sol et les murs. Monk se planta devant l'innocente civile et tira à l'aveuglette, quitte à gaspiller de précieuses munitions. L'agresseur disparut de nouveau. Monk en profita pour pousser Andrea dans la première pièce venue. Creed s'élança derrière eux.

Le petit vestibule donnait sur une salle voisine.

— Allez ! hurla Monk.

Dès qu'ils s'y engouffrèrent, l'éclairage automatique fit apparaître des rangées de cages en inox. Assailli par des relents d'urine animale et de musc, Monk se rappela la description qu'Andrea avait donnée du sous-sol. Il devait s'agir du vivarium, où on élevait les animaux de laboratoire. Un chien aboya au fond. Plus près, des bêtes – petites et grandes – s'agitèrent.

Des cochons nains vietnamiens grognaient bruyamment. Certains glapissaient et tournaient en rond. Très jeunes, ils mesuraient à peu près la taille d'un ballon de football et apportaient une nouvelle signification à l'expression « rond comme un ballon ».

Monk poussa Creed et l'assistante dans l'allée. Ils n'avaient aucun moyen de barricader la porte et le tireur pouvait resurgir d'une seconde à l'autre.

— Il existe une autre sortie, Andrea ?

Mâchoires serrées, elle désigna le fond de la pièce.

— D'accord, on se magne.

Un cliquetis résonna derrière eux. Creed ouvrait les cages du bas. Aussitôt, de petits animaux rose et noir s'en déversèrent en braillant à tue-tête. La horde de cochons grossissait à vue d'œil.

— Qu'est-ce que tu... ?

— J'installe des obstacles, répliqua le jeune homme.

Monk approuva d'un air entendu. Pour ralentir l'ennemi, rien de tel que de joncher le chemin de dizaines de ballons de football surexcités !

Alors qu'ils avaient presque atteint la sortie, Monk entendit la première porte s'ouvrir. Une décharge de mitrailleuse retentit, mais elle fut vite interrompue par un cri effrayé, suivi du fracas d'un corps par terre.

1-0 pour les petits ballons.

Les trois fugitifs quittèrent le vivarium.

— Y a-t-il un moyen d'accéder au niveau d'entretien tout près d'ici ? se renseigna Monk.

— Le seul que je connais se trouve au laboratoire du Dr Malloy.

— Vous pouvez nous ramener là-bas ?

— Pas de problème, suivez-moi.

Désormais plus déterminée que traumatisée, Andrea s'élança dans le labyrinthe. Creed se tenait le haut de la cuisse. Sa jambe de pantalon était humide.

Il croisa le regard de son collègue et le rassura :

— Ce n'est qu'une égratignure. Continuez d'avancer.

Ils n'avaient pas le choix. Après un énième virage, Monk reconnut le couloir : ils étaient de retour chez Malloy. La preuve ? Son luxueux attaché-case gisait toujours sur le seuil.

Un nouveau tireur surgit en faisant voler les pans de son imperméable noir. La porte béante du laboratoire se dressait encore à dix mètres de là.

Monk visa l'assaillant. Comme ses compagnons d'échappée avaient ralenti, il mugit :

— Courez vite jusqu'au labo !

Il pouvait paraître insensé de foncer *vers* un type armé d'une mitrailleuse, mais l'antre du généticien était leur unique espoir de salut.

Monk tira deux balles qui déstabilisèrent l'ennemi du fond, mais la brève fusillade n'était pas passée inaperçue : un autre bandit armé se dressa derrière eux. L'ennemi tentait de les prendre entre deux feux.

Par chance, ils touchaient au but.

Andrea et Creed se précipitèrent à l'intérieur. Monk évita une rafale de balles au-dessus de sa tête, ramassa sa mallette et roula sur le flanc vers la salle de recherche.

Dès qu'il fut entré, Creed claqua la porte derrière lui.

— Elle se verrouille automatiquement, annonça Andrea, les bras serrés contre la poitrine.

Elle n'osait pas approcher de la chaise où le Dr Malloy était encore ligoté.

Monk se releva, son pistolet d'une main et son porte-documents Tanner Krolle de l'autre :

— Elle est où votre trappe vers le niveau d'entretien ?

Andrea indiqua le plafond au-dessus d'une paillasse. Un panneau carré était signalé par un pictogramme de risque électrique.

— Fais-la monter là-haut, fiston, et ne vous arrêtez pas.

— Et vous ? demanda Creed.

— Ne t'inquiète pas. J'arrive. Filez !

Tandis que Creed hissait Andrea sur la paillasse, Monk s'agenouilla. Il devait gagner un maximum de temps pour s'enfuir et mettre l'assistante à l'abri. Malloy lui avait sans doute raconté quelque chose qui valait la peine de la tuer et, quelle que soit la nature du secret, Monk avait envie de savoir.

Creed poussa la quinquagénaire par la trappe d'entretien.

Réfugié derrière le cadavre du professeur, Monk ouvrit son attaché-case. Vu l'arsenal des salauds lancés à leurs trousses, la porte, verrouillée ou pas, ne leur offrirait pas plus de protection qu'un mouchoir en papier.

Or, il ne lui restait que deux cartouches. Au moment où Monk allait s'emparer du nouveau chargeur, le bouton de porte explosa en même temps qu'une bonne partie du jambage. Sous l'impact, le battant céda.

Monk aperçut le reflet d'un imperméable noir et tira deux fois. La culasse du pistolet, désormais vide, resta bloquée en arrière.

L'adversaire disparut de la ligne de mire.

Monk éjecta le chargeur et attrapa l'autre. Du coin de l'œil, il vit un objet métallique noir de la taille d'une balle de base-ball fuser dans la pièce.

Oh, merde...

Une grenade.

Il lâcha son arme et son magasin de rechange. Toujours un genou à terre, il brandit sa mallette béante, piégea l'engin incendiaire à l'intérieur, la referma d'un coup sec, puis balança le tout dans le couloir.

Avant même que la grenade eût franchi le seuil, Monk avait détalé. Il bondit sur la paillasse et se hissa par la trappe. Les bottes de Creed avaient à peine disparu devant lui.

— Barrez-vous !

Trop tard.

L'explosion fut terrible et, de son souffle, elle poursuivit Monk jusqu'à l'intérieur du vide sanitaire. Il se cogna la tête contre une gaine d'aération, s'effondra sur Creed et les deux hommes eurent quelque mal à se désemmêler. Monk reçut même un coup de coude dans l'œil.

Rageur, hébété, il fit signe aux autres de continuer. L'ennemi ne les traquerait sans doute pas jusque-là mais, tant qu'ils n'étaient pas à l'abri dans un endroit bourré d'armes à feu, l'agent Sigma ne baisserait pas la garde.

Mi-aveugles, mi-sourds, ils avancèrent en trébuchant.

Comme Andrea l'avait annoncé, le palier d'entretien était équipé de passerelles destinées à faciliter les déplacements des ouvriers. Ils ne tardèrent donc pas à s'extraire des entrailles du bâtiment pour retrouver le chaos en surface. La police était déjà là. Des véhicules de patrouille, des camionnettes blindées des forces d'élite et un véritable cirque médiatique les accueillirent dès qu'ils foulèrent la pelouse du campus.

D'emblée, ils furent cernés par des policiers. Avant même que Monk puisse s'expliquer, un solide gaillard l'entraîna à l'écart et lui montra son badge :

— Sécurité intérieure, docteur Kokkalis. Washington nous a donné l'ordre de vous conduire tous en lieu sûr.

Monk ne protesta pas. Voilà des instructions qui lui convenaient à merveille. Au moment de partir, il jeta néanmoins un dernier regard triste vers le bâtiment.

Kat allait le tuer.

Son attaché-case valait une fortune.

CHAPITRE 6

11 octobre, 6 h 28
Fiumicino, Italie

Où était-elle ?
Gray quitta le terminal de l'aéroport principal de Rome et se dirigea vers la station de taxis. Les klaxons s'en donnaient à cœur joie et les cars de tourisme ronronnaient. Malgré l'heure matinale, le secteur grouillait déjà de voyageurs.

Par chance, un colosse ouvrait la route, tel un buffle d'Asie traversant une rivière en crue. Portable à l'oreille, Gray suivit le sillage de son garde du corps. Joe Kowalski n'aimait guère voyager. Lui qui préférait la haute mer aux vols commerciaux, il ronchonna :

— Je n'ai jamais vu de sièges aussi étroits.

L'air mauvais, il fit craquer les os de son cou.

— Mes genoux me chatouillaient les oreilles, comme si cette compagnie aérienne voulait m'infliger un foutu examen de la prostate. Ça ne m'aurait pas dérangé non plus qu'on ait des hôtesses de l'air à la place des stewards... *(Il se retourna un bref instant.)* Et la nana à moustache ne compte pas.

— Vous n'étiez pas obligé de vous porter volontaire pour cette mission, rétorqua Gray.

— Me porter volontaire ? Quand on m'offre un salaire une fois et demie supérieure à la normale ? Autant me tirer une balle dans le pied. J'ai une petite amie à entretenir, moi !

Gray avait toujours du mal à comprendre sa relation avec une professeure de faculté mais, au moins, l'ancien marin se douchait plus souvent. Même sa coupe de cheveux était plus soignée.

D'un geste, le commandant l'incita à avancer. Il était toujours en ligne avec le bureau du *Comando Carabinieri per la Tutela del Patrimonio Culturale*, où Rachel travaillait. Avant de quitter Washington, ils s'étaient donné rendez-vous au terminal international, mais la jeune femme ne faisait pas partie de la foule compacte. Il avait essayé de la joindre chez elle et sur son portable. En vain. Au cas où elle aurait été coincée dans un embouteillage, il avait patienté une demi-heure de plus à l'aéroport.

Entre-temps, il avait appelé Sigma. Aux États-Unis, il était un peu plus de minuit. Le patron l'avait informé des derniers événements qui avaient secoué le New Jersey : Monk s'était retrouvé au cœur d'une fusillade, un groupe écoterroriste était peut-être impliqué mais, pour l'heure, on manquait encore de détails.

D'emblée, Pierce avait souhaité rentrer au bercail, mais Painter lui avait assuré que la situation était sous contrôle. Un témoin clé avait été mis à l'abri et interrogé. Gray avait donc reçu l'ordre de poursuivre sa mission.

Au bout de longues secondes, il entendit résonner à son oreille la voix sévère d'une Italienne qui s'exprimait à toute vitesse. Heureusement, grâce à sa relation de plus d'un an avec Rachel, il parlait bien la langue.

— La lieutenante Verona ne vient pas aujourd'hui. Le tableau de service indique qu'elle est en congé. Un autre officier pourrait vous aider à...

— Non, merci. *Grazie.*

Gray raccrocha. Rachel avait posé quelques jours de repos, mais il avait espéré que, pour une raison quelconque, elle serait repassée à son bureau. Il commença à s'inquiéter. Où était-elle ?

Kowalski héla un taxi. Une fois à l'intérieur, il lança :
— Et l'hôpital où son oncle est soigné ?
— Exact.

Gray aurait dû y penser. Si l'état du vieil homme avait empiré, Rachel s'était rendue d'urgence à son chevet. Bouleversée, elle pouvait facilement avoir oublié l'heure.

Il appela les renseignements et fut mis en liaison avec une infirmière de l'hôpital :

— Désolée, Monsignor Verona est en soins intensifs. Toute demande doit passer par sa famille ou la *polizia*.

— Je voulais juste savoir si sa nièce était là. La lieutenante Rachel Verona.

L'interlocutrice se radoucit :

— Ah ! sa *nipote* Rachel. *Bellissima ragazza*. Elle a passé beaucoup de temps ici, mais elle est partie hier soir et n'est pas revenue ce matin.

— Si elle arrive, auriez-vous la gentillesse de lui dire que j'ai téléphoné ?

Gray laissa ses coordonnées, puis il s'avachit sur son siège et regarda la banlieue de Rome défiler au carreau. Rachel lui avait réservé une chambre dans une petite pension de famille. À l'époque où ils sortaient ensemble, il y avait souvent séjourné.

Il s'efforça de trouver une explication à la mystérieuse absence de son amie. Où avait-elle disparu ? Son inquiétude dégénéra peu à peu en panique. Il aurait voulu que le taxi roule plus vite.

Après avoir vérifié ses messages à l'hôtel, il se rendrait directement chez Rachel : elle habitait à peine quelques rues plus loin.

Il n'empêche qu'il mettrait du temps à arriver là-bas.

Trop de temps.

Au fil des kilomètres, son pouls s'accéléra et sa main gauche se crispa sur son genou. À peine eurent-ils franchi une porte de la vieille ville que le trajet devint très sinueux : les rues étaient de plus en plus étroites, les piétons jaillissaient sur le côté, un vélo zigzagua même entre les voitures.

Enfin, le taxi arriva à destination. Gray empoigna son sac et laissa à Kowalski le soin de régler la course.

L'hôtel ne payait pas de mine. Seule une modeste plaque en cuivre, pas plus grande que la paume de la main, annonçait *Casa di Cartina*. En fait, l'établissement regroupait trois bâtiments contigus du XVIII siècle.

Le nom de l'hôtel s'expliqua dès qu'un carillon annonça l'entrée de Gray dans le petit hall : les quatre murs étaient tapissés de cartes anciennes et d'extraits d'atlas. Il fallait dire que les propriétaires des lieux étaient issus d'une longue dynastie d'explorateurs et de marins qui remontait même avant Christophe Colomb.

Derrière son modeste bureau en bois, un vieillard ratatiné salua Gray d'un grand sourire et dit en anglais :

— Ça faisait longtemps, *signor* Pierce.

— En effet, Franco.

Pendant qu'ils échangeaient quelques civilités, Kowalski scruta la pièce. Marin de cœur, il approuva le choix du décor.

— Franco, je me demandais si vous aviez eu des nouvelles de Rachel, reprit Gray en masquant son inquiétude. Elle n'aurait pas laissé de message par hasard ?

Interloqué, le vieil Italien fronça les sourcils :

— Un message ?

Gray sentit son estomac se nouer. Manifestement, il n'y avait rien pour lui. Peut-être était-elle retournée à son...

— Pourquoi la *signorina* Verona laisserait-elle un mot ? Elle vous attend dans votre chambre.

— Là-haut ? lâcha l'Américain, soulagé.

Franco sortit une clé d'une petite armoire :

— Troisième étage. Je vous ai donné une jolie chambre avec balcon. La vue sur le Colisée y est superbe.

— *Grazie*.

— Je demande à quelqu'un de monter vos bagages ?

Kowalski ramassa le paquetage de son collègue :

— Non, je m'en charge.

Après avoir remercié de nouveau l'hôtelier, Gray se dirigea vers un escalier en colimaçon qui ressemblait plus à une échelle qu'autre chose. Il fallait s'y engager à la queue leu leu. Kowalski contempla l'ouvrage d'un air dubitatif :

— Où est l'ascenseur ?

— Il n'y en a pas.
— Vous vous fichez de moi ?

Le grand gaillard tenta de se dépatouiller avec sa carrure de déménageur et ses valises. Au bout de deux paliers, il était devenu rouge écrevisse et débitait un chapelet ininterrompu de jurons.

Arrivé au troisième étage, Gray suivit les panneaux jusqu'à la chambre. Les couloirs formaient un labyrinthe alambiqué de virages en épingle et de culs-de-sac.

Enfin, il trouva la bonne porte. Même s'il s'agissait de sa propre chambre, il frappa avant d'utiliser sa clé. Il poussa la porte, à la fois impatient de revoir son ancienne maîtresse et surpris par l'intensité de son désir. Cela faisait un bail... peut-être trop longtemps.

— Rachel ? C'est Gray.

Assise sur le lit, elle avait le visage baigné par le soleil matinal. Elle se leva quand il entra dans la chambre.

— Pourquoi ne m'as-tu pas prévenu ?

Avant qu'elle ouvre la bouche, une autre femme répondit :

— Parce que je lui ai demandé de s'abstenir.

Gray s'aperçut alors que Rachel avait le bras droit menotté à la tête du lit. Il se retourna.

Une fille svelte drapée d'un peignoir émergea de la salle de bains. Ses cheveux noirs encore mouillés étaient lissés derrière ses épaules. Des yeux vert jade en amande le fixèrent. Elle était adossée au montant de la porte et, avec désinvolture, croisait ses jambes nues jusqu'à mi-cuisse.

Elle braqua un pistolet sur lui.

— Seichan...

1 h 15
Washington, D.C.

— On n'en tirera plus rien, annonça Monk. Elle est épuisée et encore choquée.

Painter le dévisagea : il avait l'air tout aussi exténué.

— Creed a bouclé l'examen des données génétiques ?

— Depuis plusieurs heures, chef. Par prudence, il souhaite demander l'avis d'un statisticien mais, pour l'instant, il confirme la version de Mlle Solderitch. Du moins, en ce qui concerne les éléments vérifiables.

Le patron de Sigma se tenait au courant de l'enquête. Andrea avait discuté avec le Dr Malloy une heure avant le drame. Le chercheur avait analysé une grande partie des fichiers transmis par Jason Gorman à son père. Résultat : une carte génétique du maïs moissonné en Afrique. Les marqueurs radioactifs y indiquaient quels gènes étaient étrangers à la plante.

Deux chromosomes.

— Et le dossier d'origine ? Celui que Jason a envoyé à son tuteur il y a deux mois et qui contenait le descriptif génétique des semences utilisées *à l'origine* dans le champ ?

Monk caressa son crâne chauve :

— Les techniciens de Princeton tentent de le récupérer. Ils ont passé au crible l'ensemble des serveurs. Malloy devait conserver le fichier à l'abri, sur son seul ordinateur. Celui que ses meurtriers ont fait brûler. Tous les indices ont disparu.

Pfff...

Encore une impasse ! Même les tireurs s'étaient évanouis dans la nature. Aucun cadavre n'avait été retrouvé. L'ennemi avait dû échapper à l'explosion et déjouer la surveillance du cordon de sécurité établi autour du laboratoire.

— Bien qu'on manque de preuves tangibles, je crois à l'histoire d'Andrea, assura Monk. D'après elle, le professeur n'avait trouvé qu'*un seul* chromosome d'ADN étranger dans la semence de départ. La récolte serait donc l'objet d'une modification génétique instable.

— Sans le premier fichier, hélas, on ne peut rien démontrer.

— C'est sûrement la raison pour laquelle on a torturé et assassiné Malloy. Ses bourreaux devaient avoir reçu l'ordre de détruire toute trace du premier dossier et d'éliminer les témoins. Ils ont presque réussi leur coup.

Painter fronça les sourcils :

— Malheureusement, on ne peut se fier qu'à la parole de Mlle Solderitch et, selon elle, même son mentor n'était pas sûr à 100 % de l'instabilité. Les échantillons pourraient venir de deux hybrides différents, sans lien l'un avec l'autre.

— Alors, on fait quoi maintenant ?

— Il est temps de remonter à la source de l'affaire.

Le directeur de Sigma avait posé sur son bureau un dossier flanqué d'un logo en forme de graine.

— Viatus, souffla Monk.

— Tout converge vers cette entreprise norvégienne. Vous avez lu le rapport des RG concernant le symbole gravé au fer rouge sur le gosse et le professeur.

Monk esquissa une moue de dégoût :

— Le cercle en quartiers. Une espèce de croix païenne.

— Selon nos premières hypothèses, ce serait la signature d'un groupe écoterroriste. Des cinglés mènent peut-être une vendetta personnelle contre Viatus... et le fichier n° 1 renfermerait des indices cruciaux sur le sujet.

Painter soupira et s'étira.

— Quoi qu'il en soit, il est grand temps d'avoir une conversation avec Ivar Karlsen, P-DG de Viatus International.

— Et s'il refuse de parler ?

— Deux meurtres sur deux continents. Il a intérêt à se montrer bavard. Une mauvaise presse pourrait couler ses actions en bourse plus vite que n'importe quelle publication de résultats médiocres.

— Quand voulez-vous...

Toc, toc. Kat débarqua en trombe dans la pièce. Monk tendit la main vers elle, mais elle n'y prêta même pas attention.

Painter se redressa. Ce n'était pas bon signe.

La mine inquiète, les joues rouges, la jeune femme avait couru jusqu'au bureau :

— On a des ennuis.

— Quoi ? demanda Painter.

— J'aurais dû en être informée plus tôt, grogna-t-elle, frustrée. L'enquête d'Interpol et la nôtre se sont sans doute croisées quelque part au-dessus de l'Atlantique et mélangées. Personne ne s'est rendu compte qu'on parlait de deux incidents liés. Quelle bêtise ! Comme des chiens qui se courent après la queue.

— Quoi ? répéta Painter.
Monk prit sa femme par la main :
— Ralentis un peu, chérie. Reprends ton souffle.
Kat fulmina de plus belle mais ne lâcha pas son mari :
— Un autre meurtre. Un autre corps frappé de la croix dans son cercle.
— Où ça ?
— À Rome. Au Vatican.
Inutile d'en dire davantage.

7 h 30
Rome, Italie

Le doigt sur la détente, Seichan souffla :
— Que tout le monde reste calme.
Kowalski lâcha ses bagages, leva les mains et maugréa :
— Franchement, je déteste voyager avec vous, Gray.
L'intéressé ne releva pas et dévisagea l'ancienne meurtrière de la Guilde... enfin, à supposer qu'elle ait quitté le métier.
— Qu'est-ce que vous faites, Seichan ?
Ses mots recouvraient une foule d'interrogations diverses.
Que fabriquait-elle à Rome ? Pourquoi retenait-elle Rachel en otage ? Qu'est-ce qui lui prenait de pointer un pistolet sur lui ? Comment pouvait-elle même être là-bas ?
Le signal satellite de son implant la situait à Venise. Si elle avait mis les pieds dans la capitale italienne, Painter les aurait avertis sur-le-champ.
— Vous avez des flingues ? rétorqua-t-elle.
— Non.
Seichan scruta le commandant Pierce, comme si elle cherchait à juger de sa sincérité, mais il disait vrai : ils avaient volé sur une ligne commerciale et n'avaient pas eu le temps de se procurer d'armes.
Elle finit par hausser les épaules, ranger son pistolet et s'avancer dans la chambre. Elle se déplaçait avec une grâce féline, tout en jambes, en puissance dérobée, et n'aurait mis qu'une fraction de seconde à ressortir son arme.

— On peut donc discuter entre amis, ironisa-t-elle avant de lui jeter la clé des menottes de Rachel.

Gray s'approcha du lit pour détacher son ex-fiancée.

— Ça va ? chuchota-t-il discrètement.

Le parfum familier de Rachel réveilla de vieux sentiments et raviva un feu que l'Américain croyait éteint depuis longtemps. La jeune femme avait désormais les cheveux longs. Elle avait aussi minci, ce qui faisait ressortir ses pommettes hautes et accentuait sa ressemblance avec Audrey Hepburn jeune.

Une fois libre, elle se frictionna le poignet.

— Je vais bien et je te conseille d'écouter ce qu'elle a à dire, grogna-t-elle, mi-furieuse, mi-gênée avant de baisser d'un ton. En revanche, fais gaffe. Elle est tendue comme une corde de piano.

Seichan flâna jusqu'à la fenêtre et, face aux courbes du Colisée, elle lança :

— On commence par où, Pierce ? Déjà, vous ne vous attendiez pas à me voir ici, hein ?

D'une main accusatrice, elle désigna son côté gauche, à l'endroit précis où le chirurgien lui avait greffé le mouchard, puis elle confirma les craintes de Gray :

— Je trouvais déjà louche de m'évader aussi facilement de Bangkok. Quand aucune traque digne de ce nom n'a été lancée contre moi, j'ai compris qu'il y avait un souci. *(Elle se retourna et haussa le sourcil.)* Un agent de la Guilde se fait la malle et c'est à peine si on émet un vague avis de recherche ?

— Vous avez découvert l'implant.

— Je reconnais votre mérite : cela n'a pas été une partie de plaisir. À Saint-Pétersbourg, même une IRM complète n'a rien révélé. Il y a cinq mois, j'ai demandé à un médecin de procéder à une exploration en commençant évidemment par la zone où on m'avait opérée.

La faille du plan de Painter était là : ils avaient sous-estimé le degré de paranoïa de leur cible.

— Je suis restée trois heures sur le billard et j'ai tout vu. La puce était enfouie dans ma cicatrice – une ancienne blessure dont j'avais écopé en essayant de *vous* sauver la vie, Pierce.

Le visage de Seichan était durci par la colère, mais Gray remarqua aussi une lueur de souffrance au fond de ses yeux.

Il songea aux pérégrinations tortueuses de l'Eurasienne sur l'écran de contrôle :

— Vous vous êtes donc fait retirer le mouchard, mais vous le gardiez sur vous.

— C'était pratique. Il me permettait de me cacher en pleine lumière. À tout moment, je pouvais le poser quelque part et sortir me balader.

— Comme à Venise, la ville du conservateur que vous avez assassiné. Là où sa famille habite encore.

Gray laissa son accusation en suspens. Seichan secoua légèrement la tête et détourna le regard. Il avait du mal à déchiffrer la palette d'émotions qui défilaient devant lui.

— La gamine avait un chat, reprit-elle sur un ton plus calme. Un roux tigré affublé d'un collier clouté.

La *gamine* en question était la fille du conservateur. Seichan s'était approchée suffisamment près pour étudier le quotidien d'un foyer dévasté par la mort d'un mari et d'un père. Elle avait dû fixer l'implant sur le collier du chat. Malin ! Les déambulations du matou donnaient l'impression que le mouchard fonctionnait toujours. Pas étonnant que les agents de terrain n'aient retrouvé aucune trace d'elle à Venise ! Les chiens suivaient la mauvaise piste et le vrai félin s'était échappé.

Gray voulait d'autres réponses. Une question en particulier le taraudait, une conversation qu'ils n'avaient jamais terminée :

— Et vous affirmez toujours être une agent dou...

Seichan le fusilla du regard. Malgré des traits impassibles, ses méchantes prunelles l'exhortèrent à battre en retraite. Le commandant s'interrogeait sur son prétendu statut de taupe envoyée par les puissances occidentales au sein de la Guilde mais, manifestement, elle refusait d'aborder le sujet en public. À moins qu'il n'ait mal interprété sa réaction... L'amertume qui brillait au fond de ses yeux se moquait peut-être de sa crédulité. Il se rappela les derniers mots de Seichan à Bangkok.

Faites-moi confiance, Gray. Ne serait-ce qu'un peu.
Il décida de la laisser tranquille.
Pour l'instant.
— Pourquoi êtes-vous venue à Rome ? Pourquoi nous rencontrer de cette manière ? reprit-il, le doigt pointé vers Rachel.
— Parce qu'il me faut une monnaie d'échange.
— Un truc pour faire pression sur moi ?
— Non, quelque chose à offrir à la Guilde. Depuis l'échec au Cambodge, des soupçons circulent sur ma loyauté et, autant que je sache, l'organisation a des doutes sur la récente explosion à la basilique Saint-Pierre. Sa curiosité est piquée au vif. J'ai ensuite appris que Monsignor Verona était concerné par l'incident...
— L'incident ? protesta sa nièce. Il est dans le coma !
Seichan enchaîna :
— J'ai donc débarqué ici. Je voulais tirer profit de la situation. En obtenant une information clé sur l'attentat, je regagnerai peut-être la confiance des hauts membres de la Guilde.
Gray dévisagea la jeune espionne. Malgré la dureté de son discours, sa stratégie confortait ce qu'elle avait revendiqué deux ans auparavant. Selon ses dires, elle aurait été envoyée vers la Guilde pour débusquer ses leaders. Or, le seul moyen de grimper dans la nébuleuse hiérarchie, tout en haut de la macabre chaîne alimentaire, était de produire des résultats.
— J'espérais interroger Rachel mais, à mon arrivée, quelqu'un mettait déjà son appartement à sac.
Gray se tourna vers l'Italienne, qui approuva en silence mais conserva un regard étincelant de rage.
— Selon la Guilde, les assassins cherchent un truc que le prêtre avait en sa possession et qu'ils veulent s'accaparer à tout prix. Ils ont sûrement passé le cadavre au peigne fin, mais la déflagration ne leur a pas laissé le temps de fouiller l'autre religieux.
— Quelqu'un en a donc déduit que Vigor l'avait sur lui... et que l'équipe soignante avait peut-être remis ses effets personnels à sa nièce.
— Ils sont venus récupérer leur dû, confirma Seichan.

Gray frémit d'horreur. S'ils avaient trouvé Rachel, ils l'auraient sans doute torturée avant de la tuer. Ressortis bredouilles de chez elle, ils devaient être aux trousses de la jeune femme et surveiller ses endroits stratégiques : appartement, lieu de travail, voire hôpital.

Pour Gray, il n'existait qu'un moyen de protéger son amie :

— Il faut découvrir quel est cet objet.

Après avoir échangé un regard avec Seichan, Rachel annonça :

— Je l'ai.

L'agent Sigma ne put masquer sa stupeur.

— Sauf qu'on n'a aucune idée de sa signification, précisa Seichan. Montrez-lui.

Rachel sortit de sa poche une minuscule besace en cuir, pas plus grosse qu'un porte-monnaie. En quelques mots, elle raconta comment elle l'avait trouvée pendue au doigt d'un squelette en bronze de la basilique Saint-Pierre.

— C'est oncle Vigor qui m'y a conduite mais, Seichan et moi, on n'a pas réussi à en savoir plus. Surtout à propos de son contenu.

Seichan et moi... ?

La tournure désinvolte de sa phrase donnait l'impression d'être en présence de deux complices et non d'un couple ravisseuse/otage. Gray lorgna vers la salle de bains. Seichan s'était éclipsée en abandonnant sa serviette à terre. Il l'entendit s'affairer dans la pièce voisine, mais il aurait mis sa main à couper qu'elle les écoutait et, à la moindre tentative de fuite, elle leur sauterait dessus.

Il attira l'attention de Rachel et murmura :

— Tu vas vraiment bien ?

— Oui. Elle m'a juste menottée le temps de prendre sa douche. Plutôt méfiante, la fille !

Gray apprécia la prudence de Seichan. Rachel était aussi impétueuse que lui. Elle n'aurait pas hésité à s'enfuir et les choses auraient sans doute mal tourné. Si les autres prédateurs l'avaient attrapée, ils n'auraient pas été aussi cléments.

Kowalski s'approcha de la besace :

— Il y a quoi là-dedans ?

Sous le regard appuyé de Rachel, Gray en versa le contenu au creux de sa paume.

— Est-ce que c'est..., balbutia Kowalski avant de s'écarter. Beurk !

Gray aussi paraissait dégoûté :

— Un doigt humain.

— Momifié, renchérit Rachel.

Kowalski se rembrunit :

— Comme je nous connais, il est certainement maudit.

— D'où vient-il ? s'enquit Gray.

— Aucune idée, mais le père Giovanni travaillait sur un champ de fouilles en montagne, dans le nord de l'Angleterre. Le rapport de police n'en dit pas plus.

Lorsqu'il rangea le doigt parcheminé à l'intérieur du sac, Gray remarqua une spirale gravée dans le cuir. Intrigué, il retourna le pochon et repéra une marque rudimentaire sur la face opposée.

Un cercle et une croix.

D'emblée, il se rappela le récit que Painter lui avait fait de l'enquête à Washington. Il s'était produit, sur deux continents différents, deux autres meurtres dont les victimes avaient été flanquées du même signe.

Gray observa Rachel :

— Ce symbole-là... Tu disais que la besace avait forcément un rapport avec l'attentat. Pourquoi en es-tu aussi persuadée ?

Son amie lui donna la réponse qu'il attendait :

— Le détail n'a pas filtré dans la presse, mais les agresseurs ont mutilé le père Giovanni de la même manière. À l'heure actuelle, Interpol tâche de découvrir le sens d'une telle marque au fer rouge.

Gray contempla la bourse au creux de sa main.

Trois meurtres sur *trois* continents ! En quoi étaient-ils liés ?

Rachel devina son inquiétude :

— Qu'y a-t-il ?

Avant qu'il puisse répondre, le téléphone de la chambre sonna. Tout le monde se figea. Seichan reparut, vêtue d'un pantalon noir et d'un corsage bordeaux. Elle enfila une veste en cuir élimée.

— Quelqu'un décroche, oui ou merde ? s'irrita Kowalski.
Gray s'empara du combiné :
— Allô ?
C'était Franco, le propriétaire de l'hôtel :
— Ah, *signor* Pierce, je voulais vous prévenir que vos trois amis sont en train de monter.

Un bref instant, Gray s'interrogea. En Europe, il était d'usage d'annoncer les visiteurs au cas où leurs hôtes ne seraient pas en état de les recevoir. Franco savait que Rachel et Gray étaient d'anciens amants. Il ne voulait pas qu'on les surprenne, pour ainsi dire, en petite tenue.

L'Américain, lui, n'attendait personne. Après avoir marmonné un *Grazie* à la hâte, il lança aux autres :
— On a de la compagnie.
— De la compagnie ? s'étonna Kowalski.
Seichan comprit aussitôt :
— On vous a suivis ?
Gray réfléchit. Préoccupé par l'absence inexpliquée de Rachel, il n'avait pas prêté attention aux autres voitures. De leur côté, les adversaires avaient peut-être mis Rachel et son entourage sous surveillance. Or, il avait passé plusieurs coups de fil.

A priori, son inquiétude n'était pas tombée dans l'oreille d'un sourd.

Pistolet au poing, Seichan s'élança vers la porte :
— Les enfants, il va falloir quitter l'hôtel avant l'heure !

CHAPITRE 7

11 octobre, 8 h 04
Oslo, Norvège

Ivar Karlsen regarda la tempête grossir au bout du fjord. Il aimait les climats rudes et se réjouissait de voir l'automne céder brutalement sa place aux rigueurs de l'hiver. Une pluie glacée mêlée de neige balayait déjà les nuits les plus fraîches. Le matin, il gelait et, les mains posées sur les vieilles pierres de la fenêtre cintrée, Ivar sentit un froid vif lui piquer les joues.

Le château d'Akershus, dominé par la tour Munk, comptait parmi les grands monuments d'Oslo. Situé en bord de mer, il avait été construit par le roi Haakon V au XIIIe siècle pour protéger la ville. Au fil du temps, on lui avait ajouté des douves, des remparts et des créneaux. La tour Munk, d'où Ivar surveillait les environs, avait été érigée au milieu du XVIe siècle, époque où des canons étaient venus parfaire la défense de l'imposante forteresse.

Le Norvégien se redressa et caressa une pièce ancienne d'artillerie. Le fer glacé lui rappela son devoir, sa responsabilité de préserver non seulement son pays mais la Terre entière. Voilà la raison pour laquelle il avait choisi d'accueillir la nouvelle édition du Sommet mondial de l'alimentation de l'UNESCO au sein de la vieille citadelle. En une période aussi troublée, elle incarnait le bastion idéal. Sur la planète, un milliard de gens souffraient de la faim et, malheureusement, ce n'était qu'un début. La conférence revêtait donc une importance cruciale à la fois vis-à-vis de son entreprise, Viatus International, et du monde.

Rien ne contrarierait ses plans – ni ce qui s'était passé en Afrique ni même le remue-ménage à Washington. Ses objectifs étaient vitaux pour la sécurité du globe, sans parler de son propre héritage familial.

En 1802, quand Oslo s'appelait encore Christiania, les frères Knut et Artur Karlsen avaient réuni une exploitation forestière et une fabrique de poudre à canon pour fonder un empire. Leur fortune devenue légendaire en avait fait des barons de l'industrie. Cependant, même à l'époque, les deux hommes compensaient leur réussite éclatante par de bonnes actions : ils finançaient des écoles, construisaient des hôpitaux, perfectionnaient les infrastructures nationales et, surtout, ils soutenaient l'innovation dans un pays en plein essor économique. Voilà pourquoi ils avaient baptisé leur société Viatus, du latin *via*, « chemin » et *vita*, « vie ». Selon les frères Karlsen, Viatus était le *chemin de la vie*, ce qui illustrait à merveille leur conviction selon laquelle, d'une, l'objectif ultime de l'industrie était d'améliorer le monde et, de deux, la richesse devait être tempérée par la responsabilité.

Ivar avait la ferme intention d'entretenir un héritage aussi ancestral que la Norvège elle-même. Le bruit courait que l'arbre généalogique des Karlsen remontait au temps des premiers colons vikings, que ses racines s'enchevêtraient même avec celles d'Yggdrasil, l'Arbre Monde de la mythologie scandinave, mais Ivar savait qu'il s'agissait uniquement d'histoires pittoresques racontées par ses vieux *bestefar* et *bestemor*, de jolis contes transmis de génération en génération.

Quoi qu'il en soit, il restait fier de l'histoire de sa famille et du riche passé norvégien. Il appréciait beaucoup la comparaison avec les Vikings, car c'étaient eux qui avaient fondé les pays du Nord en sillonnant, à bord de drakkars à tête de dragon, l'Europe, la Russie et même les côtes américaines.

Pourquoi Ivar Karlsen ne s'en serait-il pas enorgueilli ?

Du haut de la tour Munk, il regarda les nuages menaçants s'amonceler. Il allait tomber des trombes d'eau en milieu de matinée, de la bouillasse glacée l'après-midi et, le soir, on assisterait peut-être aux premières vraies chutes de neige. Cette année-là, l'arrivée précoce des flocons apportait la preuve du dérèglement climatique : accablée, la nature se révoltait contre les toxines étouffantes et l'augmentation des émissions de carbone. Que les autres continuent de s'interroger sur le rôle de l'homme dans le réchauffement du globe ! Ivar habitait un pays de glaciers. Il connaissait la vérité. La banquise et le permafrost diminuaient à vue d'œil. En 2006, on n'avait jamais enregistré un tel recul des névés norvégiens.

Le monde était en train de changer, de fondre sous son nez. Quelqu'un devait protéger l'humanité.

Même s'il fallait que ce soit un putain de Viking, songea-t-il en esquissant un sourire sans joie.

Il s'en voulut d'avoir pensé une telle bêtise, surtout à son âge. Bizarrement, avec le temps, l'histoire lui pesait de plus en plus sur le cœur. Son soixante-cinquième anniversaire approchait à grands pas et, même si ses tempes rousses avaient blanchi, Ivar portait encore sa tignasse hirsute aux épaules. Il entretenait aussi sa forme par un sévère entraînement quotidien : séances de sauna suivies de sorties dans le froid glacial ou, comme ce matin-là, ascension de la tour Munk. Au gré des ans, son corps s'était endurci, son teint avait rougi et son visage s'était parcheminé.

Il consulta sa montre. Le sommet de l'UNESCO ne débutait officiellement que le lendemain matin, mais Ivar devait assister à plusieurs réunions préliminaires.

Alors que la tempête grondait sur le fjord, il quitta son poste d'observation et aperçut de loin les préparatifs au centre de la cour. Malgré le risque de pluie, on installait des tables et des stands. Par chance, la plupart des conférences se dérouleraient dans les prestigieuses pièces de l'étage et les salles de réception du château d'Akershus. Même la chapelle médiévale accueillerait, en soirée, des chorales venues du monde entier. Les musées militaires associés à la citadelle

– musée de la Résistance norvégienne et musée des Forces armées – se préparaient à l'arrivée des visiteurs, mais des guides feraient aussi visiter les anciens donjons et les sombres corridors du château en racontant les histoires des fantômes et des sorcières qui avaient toujours hanté la lugubre enceinte.

Bien sûr, la réalité d'Akershus était tout aussi épouvantable. Pendant la Seconde Guerre mondiale, le fort avait été investi par les Allemands, qui y avaient torturé et assassiné bon nombre de citoyens norvégiens. À la suite de quoi, des procès de guerre s'y étaient déroulés et des exécutions avaient eu lieu, notamment celle du célèbre traître et collaborateur nazi Vidkun Quisling.

Perdu dans sa rêverie, Ivar ne vit pas l'homme bedonnant planté en travers de sa route et il faillit le percuter de plein fouet. Antonio Gravel, secrétaire général du Club de Rome, n'avait pas l'air content.

Et le P-DG savait pourquoi. Il aurait voulu l'éviter encore quelques heures mais, à l'évidence, cela ne pouvait pas attendre. Depuis que le Norvégien avait rejoint l'association, les deux hommes ne cessaient de se chercher des noises.

Le Club de Rome était un groupe de réflexion réunissant industriels, chercheurs, leaders internationaux et même membres de familles royales. Depuis sa création en 1968, il s'était mu en une organisation implantée dans trente pays aux quatre coins de la planète. Objectif n° 1 ? Attirer l'attention des populations sur les graves crises mondiales qui menaçaient l'avenir.

Lorsqu'il avait repris le siège de son défunt père, Ivar avait découvert que le Club de Rome correspondait à la fois à sa personnalité et à ses besoins. Au fil des ans, il s'y était pleinement épanoui et avait pris de l'importance dans la hiérarchie du groupe. Résultat : Antonio Gravel se sentait en péril et, depuis quelques mois, il était devenu sa bête noire.

Ivar ne se départit pourtant pas de son sourire chaleureux :

— Ah ! Antonio, je n'ai pas beaucoup de temps. On fait un bout de route ensemble ?

— Vous allez devoir trouver un créneau, Ivar. J'ai accepté que la conférence se déroule à Oslo cette année. La moindre des choses serait de répondre décemment à mes inquiétudes.

Ivar resta de marbre. Gravel n'avait rien accepté du tout : il lui avait plutôt mis des bâtons dans les roues. Il aurait voulu organiser le sommet à Zurich, siège du nouveau secrétariat international du club, mais Ivar lui avait coupé l'herbe sous le pied en organisant une excursion exceptionnelle le dernier jour de la conférence, un voyage réservé aux grands pontes de l'UNESCO.

— En tant que secrétaire général du Club de Rome, insista Antonio, je trouverais normal d'accompagner les V.I.P. au Spitzberg.

— J'entends bien, mais je crains de vous décevoir. Vous comprenez la dimension hautement sensible du site. Si cela ne tenait qu'à moi, je vous inviterais avec plaisir. Hélas, le gouvernement norvégien a limité de manière drastique le nombre de visiteurs dans l'archipel du Svalbard.

— Mais...

Le regard étincelant d'envie, Antonio s'efforça de trouver un argument valable.

Ivar le laissa mariner. Viatus avait déboursé une petite fortune pour affréter plusieurs avions d'affaires qui achemineraient l'élite de la conférence vers l'île reculée du Spitzberg, en plein océan Arctique. À la clé : une visite privée de la Chambre forte mondiale de graines du Svalbard. L'immense banque souterraine servait à stocker les semences des quatre coins du globe, en particulier les céréales. Elle était enfouie dans un endroit constamment glacé et très inhospitalier. Si une catastrophe planétaire – d'origine naturelle ou autre – devait se produire, les graines ainsi congelées et enterrées seraient préservées pour les générations futures.

Voilà pourquoi le Svalbard avait été surnommé le Bunker de l'Apocalypse.

— Mais... sur ce genre d'expédition, reprit Antonio, le comité exécutif du Club de Rome devrait montrer un visage uni. La sécurité alimentaire est aujourd'hui une question vitale.

Ivar se retint de lever les yeux au ciel. Son ambitieux interlocuteur voulait surtout approcher les nouveaux leaders internationaux.

— Cher ami, vous avez raison au sujet de la sécurité alimentaire. D'ailleurs, ce sera le thème principal de mon discours-programme.

Ivar avait l'intention d'orienter les ressources du Club de Rome dans un autre sens. Il était temps de passer à l'action. Antonio, désormais plus amer que mielleux, rétorqua :

— À propos de votre discours, je m'en suis procuré une première version et je l'ai lu.

— Vous l'avez lu ? répéta Ivar, interloqué.

Personne n'était censé en connaître la teneur.

— Où l'avez-vous trouvé ?

— Peu importe. L'essentiel est que vous ne pouvez pas prononcer une telle allocution en espérant toujours représenter le Club de Rome. Le coprésident Boutha est d'accord avec moi. Ce n'est pas le moment d'agiter la menace d'un effondrement mondial imminent. Votre attitude est… irresponsable.

La colère monta au visage jusque-là glacé d'Ivar.

— Et il tombe *quand* le moment ? grogna-t-il, les mâchoires serrées. Quand notre planète aura sombré dans le chaos et que 90 % de la population aura disparu ?

— C'est exactement ce que je dis ! Vous allez nous faire passer pour une bande de cinglés et d'oiseaux de malheur. Nous ne le tolérerons pas.

— Le tolérer ? Mon discours se fonde en grande partie sur les conclusions du Club de Rome.

— Je suis au courant. *Halte à la croissance ?* Vous citez souvent cet ouvrage publié en 1972.

— Aujourd'hui, il est encore plus d'actualité. Il expose en détail la situation catastrophique qui guette le monde.

Ivar, qui avait étudié de près *Halte à la croissance ?*, en avait extrait une série de données et de schémas. Le rapport dressait un portrait de l'avenir de la planète, où la croissance exponentielle de la population se heurtait à l'augmentation purement arithmétique des ressources alimentaires. Au final, l'humanité ne réussirait plus à produire de quoi se nourrir. Elle atteindrait le point de non-retour avec la force d'une locomotive lancée à plein régime. Une fois la limite dépassée, il s'ensuivrait un mélange de chaos général, de famine et de guerre qui entraînerait l'anéantissement quasi total du genre humain. Même les estimations les plus prudentes tablaient sur l'éradication de 90 % de la population mondiale. Les études avaient été répétées ailleurs avec les mêmes résultats terribles.

D'un haussement d'épaules, Antonio préféra clore le débat. Ivar serra le poing et se retint de lui démolir le portrait.

Inconscient du danger, le secrétaire général reprit :

— Dans votre discours, vous préconisez un contrôle radical des populations. Ça ne passera jamais.

— Il le faudra pourtant. Impossible d'éviter ce qui nous pend au nez. En à peine vingt ans, l'humanité a crû de quatre à six milliards et on n'observe aucun signe de ralentissement. D'ici à vingt autres années, nous serons neuf milliards sur Terre. Or, aujourd'hui déjà, on manque de terres arables, le réchauffement climatique sème la zizanie et nos océans meurent peu à peu. On risque de percuter le mur plus vite que prévu.

Emporté par son ardeur, il empoigna le bras d'Antonio.

— Nous pouvons encore juguler la violence de l'impact en agissant dès aujourd'hui. Il n'existe qu'un seul moyen d'éviter le naufrage général : réduire de façon lente et régulière la biomasse humaine de la planète *avant* qu'il soit trop tard. Notre avenir en dépend.

— On se débrouillera, répliqua Antonio. À moins que vous n'ayez pas confiance en vos propres recherches ? Les aliments OGM brevetés par votre société ne sont-ils pas censés nous ouvrir de nouveaux horizons, offrir de meilleurs rendements ?

— Nous n'en retirerons qu'un maigre délai supplémentaire.

Antonio jeta un coup d'œil à sa montre :

— En parlant de temps, je dois y aller. Je vous ai transmis le message de Boutha. Si vous voulez toujours prononcer le discours-programme, modifiez votre propos en conséquence.

Tandis qu'il s'éloignait vers le pont-levis qui enjambait l'entrée de Kirkegata, les premières gouttes annonciatrices du déluge s'écrasèrent sur la citadelle. Ivar laissa la fine pluie glacée rafraîchir son cœur battant. Il réglerait le problème avec le coprésident plus tard. Peut-être devrait-il tempérer un peu sa véhémence. En fait, il valait mieux tenir d'une main plus souple le gouvernail de la planète.

Apaisé et déterminé, Ivar se dirigea vers l'imposante chapelle d'Akershus ornée d'une rosace en vitrail. Il était déjà en retard à sa réunion. Au Club de Rome, il s'était entouré de gens de même sensibilité, capables d'opérer des choix difficiles et de rester fidèles à leurs convictions. Antonio et les deux coprésidents avaient beau être les chefs de file de l'association, Ivar Karlsen et sa clique avaient conclu leur propre pacte, un club à l'intérieur du club – un cœur de fer qui battait au rythme de l'espoir de la planète.

Tout le monde était déjà rassemblé dans la petite nef en brique. On avait poussé les chaises sur le côté et installé l'estrade de la chorale à gauche de l'autel. Comme les fenêtres cintrées peinaient à diffuser la lumière du jour, les rayons scintillants d'un grand lustre doré tentaient d'égayer l'atmosphère.

Douze visages se braquèrent sur Ivar.

Au sein du club, ils incarnaient les véritables puissances à l'œuvre : patrons d'industrie, chercheurs lauréats du prix Nobel, délégués des pays les plus importants et même une star hollywoodienne dont le fervent plaidoyer avait attiré l'attention du public et des mécènes sur les causes du groupe.

Chacun tenait un rôle bien précis.

Même l'homme qui s'approcha de Karlsen. Vêtu d'un costume noir, la mine hagarde, il lui tendit la main :

— Bonjour, Ivar.

— Sénateur Gorman, je vous présente toutes mes condoléances. Ce qui est arrivé au Mali... J'aurais dû dépenser plus d'argent pour sécuriser le camp.

— Ne vous en voulez pas. Jason connaissait les risques et il était fier de participer à un projet d'envergure.

Malgré ses propos réconfortants, l'homme politique, choqué par la mort de son fils, avait du mal à aborder le sujet. De loin, les deux hommes auraient pu passer pour des frères. Sebastian Gorman était aussi grand et buriné que le P-DG, mais ses cheveux blancs étaient impeccables et ses vêtements repassés à la perfection.

Ivar n'aurait pas dû s'étonner de sa présence. Par le passé, le sénateur avait fait preuve d'une détermination inébranlable. Il avait joué un rôle décisif dans le développement des biocarburants en Occident. Le sommet d'Oslo était essentiel pour son combat et, à l'approche d'une nouvelle élection, l'homme pleurerait sa progéniture plus tard.

Ivar comprenait sa douleur. Il avait perdu son fils et sa femme en couches. À l'époque, le jeune trentenaire avait failli ne jamais s'en remettre et, d'ailleurs, il ne s'était pas remarié.

— Prêt ?
— Oui, sénateur. Allons-y, on a du pain sur la planche.
— Parfait.

Tandis que Gorman rassemblait tous les participants, Ivar fixa sa nuque. Il n'éprouvait pas une once de remords. Viatus signifiait le *chemin de la vie* et la route, difficile, exigeait parfois des sacrifices.

Comme la mort de Jason.

Sur ordre d'Ivar, le garçon avait été exécuté.

Une perte tragique, mais le Norvégien ne pouvait pas se permettre de nourrir des regrets.

CHAPITRE 8

11 octobre, 8 h 14
Rome, Italie

Ils avaient moins d'une minute. Les *visiteurs*-surprises dont l'hôtelier leur avait parlé étaient en chemin et Gray ne voulait pas être là quand ils débarqueraient.

Il entraîna tout le monde vers l'échelle d'incendie. Une fois la fenêtre ouverte, il laissa passer Rachel :

— Descends et planque-toi.

La jeune femme enjamba le châssis et posa un pied sur le premier barreau métallique

— Kowalski, restez avec elle.

— Inutile de me le dire deux fois.

Seichan pointait son Sig Sauer noir vers le fond du corridor.

— Vous avez un autre flingue ? lui demanda Gray.

— Pas de souci, je vous couvre. Sauvez-vous.

Des voix étouffées résonnèrent, le plancher de l'étage craqua : les meurtriers approchaient. Par chance, l'architecture tarabiscotée de l'hôtel avait sauvé la vie de leurs proies en leur laissant le temps d'échapper au guet-apens... mais pas plus.

Gray se faufila dehors. Sur ses talons, Seichan sortit à reculons sans quitter le couloir des yeux.

Rachel et Kowalski avaient entamé la descente. Alors qu'ils atteignaient l'étage inférieur, ils furent la cible de coups de feu. Gray n'entendit pas les détonations, mais il reconnut le *ping* caractéristique des ricochets et les giclées de poussière de brique.

Un juron aux lèvres, Kowalski fit écran de son corps pour protéger Rachel et remonta l'échelle dare-dare.

À en croire le sniper caché derrière sa benne à ordures, les salauds couvraient déjà la sortie par la ruelle. Seichan riposta. Le type esquiva mais, comme le Sig Sauer n'était pas muni d'un silencieux, les puissantes déflagrations étaient forcément parvenues aux oreilles des meurtriers restés à l'intérieur de l'hôtel.

— Vers le toit ! mugit Gray.

En contrebas, l'adversaire leur tira dessus au jugé, mais Seichan l'empêcha de trop se découvrir et la cage en fer de l'échelle d'incendie les sauva aussi des balles. Par chance, ils n'avaient pas à grimper très haut : le bâtiment ne comptait que quatre étages.

Arrivé au sommet, Gray rassembla ses troupes. Dans le vaste fouillis de fientes de pigeon, de gaines d'aération et des installations de chauffage taguées à la bombe, il devait trouver le moyen de redescendre. Des bottes résonnèrent sur les barreaux de l'échelle. Les autres étaient déjà à leurs trousses.

Il fallait disparaître de leur champ de vision ou, du moins, de leur ligne de mire.

Le groupe galopa vers un muret qui séparait l'hôtel d'un bâtiment mitoyen à peine plus petit. Premier sur place, Gray se pencha par-dessus bord : une échelle en métal blanchi permettait d'accéder au toit voisin.

— Allez !

Rachel escalada la rambarde et commença à descendre. Sans attendre son tour, Kowalski attrapa le rebord du muret, s'y pendit par le bout des doigts et se laissa tomber sur les fesses.

Un coup de feu attira l'attention du commandant.

Une tête dissimulée sous un masque noir se baissa derrière les barreaux métalliques.

— Maintenant ou jamais, Pierce !

Seichan tira deux fois, histoire de dissuader quiconque de se montrer. Gray en profita pour bondir par-dessus le muret et dévaler l'échelle comme un pompier le long de son mât.

D'autres détonations retentirent.

Dès qu'il atterrit sur le toit bitumé, il releva la tête. Armée de son pistolet fumant, Seichan tenta d'agripper l'échelle d'une main. Dans sa hâte, elle rata le barreau supérieur et entama une chute dangereuse. Elle lâcha son Sig Sauer, se rattrapa *in extremis* mais, après un sursis de courte durée, elle redégringola de plus belle.

Gray s'élança. Elle atterrit lourdement dans ses bras, le forçant à mettre un genou à terre, mais elle était indemne. Sonnée, elle haleta, la main crispée sur le poignet de son sauveur.

Kowalski récupéra le pistolet, puis les aida à se relever.

Seichan se dégagea de l'étreinte de Gray, chancela un peu, puis reprit son équilibre et récupéra habilement son arme sans que le colosse américain ait eu le temps de réagir.

— Hé !

Il contempla sa main vide, comme si elle l'avait trahi.

— Il y a une autre issue de secours par là ! annonça Rachel.

Son regard s'attarda un instant sur Gray et Seichan, puis tout le monde se précipita. L'escalier était caché derrière un gros système de ventilation. Pour descendre plus vite, ils sautèrent de palier en palier et débouchèrent dans une ruelle. Certes, ils gagnaient une demi-seconde de répit, mais l'ennemi avait sûrement étendu le périmètre de ses recherches. Ils devaient filer avant que le piège se referme sur eux.

Incapables d'identifier les meurtriers, ils couraient un grave danger. Ils pouvaient tomber sur l'un d'eux sans même en avoir conscience. Une seule solution : quitter rapidement le quartier et la ville.

— Quelqu'un a une bagnole ?

— Moi, répondit Rachel. Garée à l'angle de l'hôtel.

Gray secoua la tête. Il serait trop périlleux de rebrousser chemin et, comme l'intense circulation du matin avait déjà transformé le secteur en parking géant, une voiture ne leur serait peut-être d'aucune utilité.

Averti par un grondement à gauche, il évita de justesse une moto qui zigzaguait dans les embouteillages en flirtant avec le trottoir. Kowalski, qui mit une seconde de trop à réagir, faillit être renversé et sortit de ses gonds :

— Va t'acheter un permis, connard !

Il le repoussa à deux mains et le fit voler de sa selle. Le deux-roues heurta une voiture en stationnement et se renversa sur le flanc. Un second motard, qui n'avait pas vu l'altercation et empruntait le même chemin tortueux, ne put s'écarter à temps. Il lâcha son guidon et dérapa le long du caniveau.

Seichan interrogea Gray du regard.

Ça fera l'affaire, répondit-il en silence.

Elle rejoignit une moto. Il se dirigea vers l'autre.

Il leur fallait un moyen de transport.

Effrayé par le Sig Sauer, le premier pilote n'opposa aucune résistance. De son côté, Rachel réagit au quart de tour, dégaina son badge de carabinier et vociféra en italien des ordres qui poussèrent le second motard à céder sa monture.

Gray redressa le deux-roues et l'enfourcha. Rachel grimpa derrière lui et l'attrapa par la taille.

Alors que Kowalski restait planté là sans savoir quoi faire, Seichan tapota sa selle en cuir.

— Vous plaisantez ? Plutôt crever que de monter à l'arrière !

Elle lui tendit son pistolet par la crosse : elle ne pouvait pas piloter et tirer en même temps.

Autant offrir un os à un chien !

Séduit, Kowalski prit l'arme et s'installa derrière elle :

— Il y a du progrès.

Ils démarrèrent alors que des sirènes de police mugissaient au loin. En tête, Gray serpenta entre d'interminables files de voitures et évita les vélos. Rachel lui indiquait la route à l'oreille, ce qui leur permit de rejoindre les artères moins embouteillées. Peu à peu, ils accélérèrent.

Hélas, ils n'allèrent pas très loin.

Un crissement de pneus incita Pierce à regarder par-dessus son épaule.

Une Lamborghini noire, surgie d'une rue adjacente dans un nuage de fumée, fonçait droit vers Seichan et Kowalski. Un type en veste sombre se pencha à la vitre et épaula une arme de gros calibre.

D'emblée, Gray reconnut un lance-grenades M32.

Seichan aussi.

Elle se plaqua sur sa selle et mit les gaz mais, dans une circulation aussi dense, il n'y avait aucun espoir de fuite.

Une fois sa cible piégée, l'ennemi tira.

2 h 22
Washington, D.C.

Monk et Kat attendaient patiemment, lovés dans le canapé en cuir du bureau. Blotti contre sa femme, l'Américain appréciait la chaleur de son corps, la douceur de sa peau. Le QG de Sigma disposait certes de petites chambres, mais aucun d'eux n'aurait pu fermer l'œil avant d'avoir de nouvelles de Gray.

— Je devrais être là-bas avec lui.

— Il a Kowalski, objecta Kat.

Monk la dévisagea en silence.

— D'accord, c'est peut-être pire, mais on n'est même pas sûrs qu'il y ait du grabuge.

— Il ne répond pas au téléphone.

Kat souffla sur un ton lourd de sous-entendus :

— Il avait *rendez-vous* avec Rachel.

Monk n'y croyait pas une seconde.

Pendant de longues minutes, le couple resta perdu dans ses pensées. Painter faisait jouer ses relations pour savoir ce qui se passait à Rome. Kat avait aussi lancé une enquête complémentaire sur l'attentat du Vatican. Elle attendait le rapport détaillé d'Interpol. Leur bref répit n'était en réalité que l'œil du cyclone. Pourtant, Monk se raccrochait à ce qu'il pouvait.

Il posa la main sur le ventre de son épouse. Elle la recouvrit à son tour et leurs doigts s'entrecroisèrent.

— Dis, chérie, c'est mal d'espérer un garçon ?

De sa main libre, elle lui flanqua une tape sur la cuisse :

— Oui...

Monk la serra dans ses bras d'un air taquin :

— Mais un fils... quelqu'un avec qui jouer au ballon, marquer des paniers, aller à la pêche...

— Tout ça, tu peux le faire avec une fille, espèce de gros sexiste.

— Tu viens de m'appeler gros sexy ?

— *Sexiste*... Oh, peu importe.

Il l'embrassa sur la bouche :

— Je préfère *sexy*.

Elle marmonna entre ses lèvres. Monk ne comprit pas ce qu'elle disait, mais le silence satisfait qui s'établit entre eux ne fut interrompu qu'au moment où on frappa à la porte. Ils se redressèrent sur le canapé. Kat s'empressa d'aller ouvrir en lissant les plis de son tailleur. Au passage, elle gronda son mari du regard, comme s'il était le seul fautif.

— Chef...

— Je vais en salle de transmission satellite, annonça Painter. On a des ennuis à Rome.

— Gray ? lança Monk.

— Qui d'autre ?

8 h 21
Rome, Italie

Sous le regard impuissant du commandant Pierce, la Lamborghini fonça vers la seconde moto.

Dès que l'adversaire fit feu, Kowalski riposta et lui étoila son pare-brise. La voiture vacilla un peu – suffisamment pour que le deuxième tir soit dévié.

Une spirale de fumée jaillit du lance-grenades, leur passa au-dessus de la tête et percuta un bâtiment du carrefour suivant.

Un panache noir de feu et de brique s'éleva dans le ciel.

Les piétons affolés s'enfuirent de tous côtés, des voitures s'emboutirent. En tête de la course, Gray arriva le premier au croisement. Il tenta de se frayer un chemin au cœur de la mêlée en essayant de profiter d'une brèche pour s'échapper.

Tandis que Seichan et Kowalski regagnaient du terrain, la Lamborghini, coincée au milieu des embouteillages, monta sur le trottoir et accéléra sans s'inquiéter une seconde des passants.

Après le carrefour, la route se dégagea. Gray mit le turbo et fila sur le bitume, Seichan à sa droite.

— Gray ! hurla Rachel, le bras tendu devant elle.

Une autre Lamborghini noire chassa dans un virage et s'élança vers eux à vive allure. La première voiture, elle, se rapprochait dangereusement à l'arrière.

— L'escalier à gauche ! s'époumona Rachel.

Une galerie piétonne séparait deux bâtiments. Gray freina d'un coup sec, puis il dérapa sur un bon mètre avant de redresser sa monture et de foncer vers l'escalier en pierre. Seichan le suivit à la faveur d'une manœuvre un peu plus large.

Entre deux tirs contre les voitures de sport, Kowalski débita un chapelet d'injures.

Au pied de l'escalier, Gray rétrograda en faisant ronfler son moteur et, tel un équilibriste, il se servit de son élan pour escalader l'ouvrage en première sur la roue arrière. Heureusement, au bout de quelques marches, l'allée, toujours aussi étroite et sinueuse, redevint plate.

Gray continua au même train d'enfer et compta sur le vrombissement guttural des deux motos pour écarter d'éventuels promeneurs. Lorsqu'il se risqua à lorgner par-dessus son épaule, il ne vit pas la rue, mais une chose était sûre : un ou deux tireurs les traquaient à pied. Quant à leurs voitures, elles faisaient sans doute le tour, histoire de les coincer de l'autre côté.

Sur quoi l'allée pouvait-elle bien déboucher ?

Réponse : une vaste place cernée par une voie de circulation routière. Lorsqu'il se retrouva à l'air libre, Gray resta bouche bée devant l'impressionnant édifice antique qui se dressait au centre de l'esplanade.

Le Colisée.

Hélas, ce n'était pas l'heure de faire du tourisme.

— On a de la compagnie ! rugit Kowalski, l'index pointé vers la droite.

Les deux voitures avaient resurgi sur le boulevard extérieur.

— Gray ! À gauche ! brailla Rachel.

Apparut une troisième Lamborghini, aussi noire et racée que les autres. Quelqu'un avait vraiment de l'argent à dépenser.

Acculé, le commandant Pierce traversa les voies de circulation et se retrouva sur l'esplanade piétonne du Colisée, où se croisaient allées en ciment, pelouses verdoyantes et rubans de bitume. Leur seul espoir de survie ? Combiner vitesse et agilité.

Manque de chance, il s'agissait aussi des deux qualités principales d'une Lamborghini.

Les trois bolides quittèrent la route, s'engagèrent sur la place et tentèrent de les prendre en tenaille.

Gray n'avait pas le choix.

Si c'était une course qu'ils voulaient...

2 h 23
Washington, D.C.

Painter étudiait les données satellites fournies par le NRO[1]. À l'image : la place du Colisée, dans le centre-ville de Rome. Le vieil amphithéâtre ressemblait à un gigantesque œil de pierre rivé sur lui.

— Zoomez encore, ordonna-t-il au technicien.

— Vous êtes sûr qu'il s'agit de Gray ? demanda Monk.

Kat et lui encadraient le patron de Sigma de chaque côté de l'écran.

---

1. *National Reconnaissance Office.* Bureau de renseignements chargé, notamment, des programmes de satellites espions. *(N.d.T.)*

— L'explosion a eu lieu à une rue de son hôtel. Les rapports de police font état d'une course-poursuite à proximité du Colisée.

L'image s'agrandit et se concentra sur la place. Malgré un rendu un peu flou, on voyait clairement deux voitures noires tourner autour du prestigieux monument. Devant elles, deux motos traversaient les allées piétonnes et les espaces verts. L'une d'elles emprunta un escalier à pleins gaz, atterrit sur la roue arrière et détala.

— Ah, oui ! apprécia Monk. C'est sûrement Gray.

Les voitures gagnaient vite du terrain.

— Là ! s'exclama Kat, l'index pointé sur l'écran.

Un troisième véhicule, venu d'en face, se rua vers les motos. Soudain, une détonation fit voler une poubelle et un pan de mur à proximité de ses cibles.

— Une grenade, marmonna Painter.

Que se passait-il ?

Bloqués sur trois côtés, les motards s'élancèrent vers l'unique voie libre qui leur restait.

— Ils ne peuvent pas..., balbutia Kat, incrédule. Ils ne pensent pas...

Monk s'approcha de l'écran :

— Alors, là, plus de doute, c'est bien Gray.

CHAPITRE 9

11 octobre, 8 h 23
Rome, Italie

Gray s'appuya de tout son poids sur le guidon. Rachel serrée contre lui, il fonça vers le magistral édifice, dont les arcades colossales et les immenses colonnades mesuraient cinquante mètres de haut. Au niveau inférieur, chaque entrée cintrée était scellée par une grille métallique, mais il choisit l'accès principal, où les touristes avaient coutume de faire la queue.

Le Colisée n'était pas encore ouvert au public, néanmoins les premiers visiteurs se massaient déjà devant les portes béantes. Si les coups de feu et les explosions avaient chassé le gros des troupes, quelques groupes épars s'étaient réfugiés où ils pouvaient. Deux hommes en costume de gladiateur avaient même escaladé un arbre.

À cause des touristes et des badauds, les policiers chargés d'assurer la sécurité du site avaient renoncé à tirer dans le tas, mais ils avaient fait évacuer l'entrée du monument.

Ravi d'avoir le champ libre, Gray s'élança.

Un seul garde tenta de s'interposer. Il brandit son pistolet et vociféra une sommation. Rachel hurla à son tour en agitant son insigne de carabinier.

L'homme hésita, visiblement troublé.

Il n'en fallut pas davantage.

Gray lui laissa à peine le temps de s'écarter et s'engouffra dans le couloir extérieur de l'arène centrale, Seichan sur ses talons. Bordé d'arcades, soutenu par des colonnes, l'espace sombre et confiné faisait penser à une grotte. Le rugissement des motos contre les murs devint assourdissant.

Une rafale de balles attira l'attention de Pierce vers la gauche ; une Lamborghini les coursait sur l'esplanade baignée de soleil. Un type armé d'un fusil d'assaut était penché à la fenêtre, mais les fugitifs furent sauvés par les remparts de pierre et les nombreuses grilles. Des étincelles crépitèrent sur le métal.

Un énorme fracas résonna derrière eux.

Une deuxième Lamborghini les traquait à l'intérieur du couloir qui, hélas, était assez large pour laisser passer la petite voiture de sport.

Une violente explosion poussa Gray à regarder de nouveau devant lui : une grille en acier, tordue et fumante, jaillit au milieu du corridor. La troisième Lamborghini émergea des décombres et bloqua la route dans un grand crissement de pneus.

Lorsqu'une silhouette sombre brandit son arme par la vitre, Rachel indiqua une rampe en pierre toute proche :

— À droite !

Aussitôt dit, aussitôt fait. Gray amorça un virage serré en s'aidant du genou. La moto se retrouva en équilibre précaire, *trop* précaire même. Il se racla la rotule contre la pierre, mais il serra les dents et tenta de redresser sa monture.

En fin de compte, l'angle de l'engin lui sauva la vie. Un gros *boum* retentit et une spirale de fumée fusa à quelques centimètres. Gray sentit même sa chaleur lui raser la joue.

La grenade termina sa course dans le pare-brise de l'autre Lamborghini, qui prit feu et se renversa sur l'aile.

Malgré l'intensité du brasier, l'Américain continua de rouler. Seichan et Kowalski convergeaient déjà vers eux. Les deux motos atteignirent la rampe ensemble et, après un petit tunnel sombre, elles retrouvèrent la lumière du jour.

Un stade immense se dressait sur quatre imposants niveaux et plus de deux hectares. Au cours des siècles, l'amphithéâtre avait subi l'outrage des vandales, des incendies, des séismes et des guerres, mais il témoignerait toujours d'une grandeur sans âge. Droit devant s'étendait le lieu des plus belles batailles : l'arène, là où la mort était un sport. Rongé par la moisissure, le plancher d'origine avait disparu depuis longtemps, laissant apparaître un dédale souterrain de couloirs et de cellules en pierre qui abritaient jadis les animaux, les esclaves et les gladiateurs.

Depuis peu, une promenade en bois avait été aménagée au-dessus du cratère béant et débouchait sur une estrade. Toujours à fond de train, Gray s'y précipita. Avec le rugissement caverneux des motos, on se serait cru de retour à la Rome antique, devant une foule de spectateurs qui applaudissaient à tout rompre et réclamaient du sang.

Ce jour-là, leurs fantômes ne seraient pas déçus.

Une nouvelle salve de tirs retentit. Dans son rétroviseur, Gray vit deux adversaires prendre position au bout de la promenade, fusil d'assaut sur l'épaule. Comme une balle avait touché son pneu arrière, Seichan dut lâcher sa moto, qui dérapa sur le flanc. Ses passagers roulèrent sur les planches, enchevêtrés l'un dans l'autre.

Kowalski tenta de se remettre à genoux mais, d'un bon tacle, Seichan lui évita de recevoir une balle en pleine tête. D'un même élan, ils basculèrent de la passerelle et disparurent au fond du puits.

C'était la seule solution.

À découvert, Gray et Rachel n'arriveraient jamais indemnes de l'autre côté. Dès qu'ils auraient ajusté leur tir, les ennemis n'en feraient qu'une bouchée. Le commandant donna un coup de frein. Il lui restait moins d'une seconde. Il se retourna, saisit Rachel par la taille et se jeta hors de la moto.

Quelques plombs se fichèrent dans les planches devant eux.

Gray tint bon, passa par-dessus le rebord de la passerelle et sombra vers les ténèbres du cratère.

2 h 35
Washington, D.C.

— Vous pouvez encore zoomer ? demanda Painter.

— Non, c'est la meilleure image satellite disponible, répondit le technicien. Je peux encore filtrer les données en haute résolution, mais leur compilation va prendre des heures.

Kat, qui était au téléphone, annonça :

— L'armée italienne est en route. Ils arriveront dans dix minutes. La police locale a bouclé le périmètre.

Painter contempla l'écran. Ils avaient perdu les motos de vue lorsqu'elles étaient entrées au Colisée. Soudain, elles resurgirent au centre de l'arène. Une moto fit demi-tour et s'arrêta. Quelques secondes plus tard, l'autre freina aussi. Une belle confusion s'empara de la scène, puis tout redevint d'un calme absolu.

À cause de la résolution très médiocre, impossible de savoir si la rampe était jonchée de corps.

— Chef, je crois voir un truc, intervint Monk. Sur le pont.

— On dirait deux personnes, confirma le technicien. Peut-être trois.

Du bout du doigt, il effleura le frémissement de pixels à l'écran. Les ombres se dirigeaient vers les motos renversées. Malgré la piètre qualité de l'image, Painter reconnut leur allure typique de prédateurs et murmura sur un ton quasi implorant :

— Fichez le camp de là, Gray...

8 h 36
Rome, Italie

Rachel sautilla, appuyée sur l'épaule de Gray. Elle s'était tordu le genou droit en dégringolant dans les entrailles du Colisée et chaque pas lui faisait souffrir le martyre.

Comme il était encore très tôt, une pénombre épaisse les enveloppait. Vigor avait appris à sa nièce que les niveaux inférieurs de l'édifice étaient baptisés *hypogée*, c'est-à-dire « souterrain ». C'était là qu'on hébergeait toutes sortes d'animaux sauvages (lions, éléphants, tigres, girafes...) mais aussi les esclaves et les gladiateurs. Les cages et les éléments sophistiqués du décor étaient actionnés par des ascenseurs rudimentaires.

De la grandiose installation, il ne restait néanmoins que des cloisons en ruine, des cagibis aveugles et de minuscules cellules. Dépourvu de toit, l'étage supérieur était exposé au soleil et aux intempéries. Le sol était couvert de mauvaises herbes et les murs tapissés de mousse. En raison de la fragilité du bâtiment et des risques d'effondrement inopiné, l'accès était interdit aux touristes – mais pas aux archéologues. Oncle Vigor y avait ainsi fait entrer Rachel en douce quand elle était encore adolescente.

Si jamais j'arrivais à me repérer...

Gray se figea. Un mouvement furtif résonna derrière eux : un bruit de frottement contre la pierre, un halètement lourd. Ils se réfugièrent à l'intérieur d'une cellule. Deux silhouettes apparurent.

Rachel sentit Gray soupirer de soulagement.

— Seichan...

Le doigt posé sur les lèvres, l'Eurasienne lui intima de se taire. Kowalski la suivait de près, le visage ensanglanté par une vilaine entaille à l'arcade sourcilière. D'un geste, il exhorta aussi ses compères à la discrétion.

À son tour, Rachel entendit des bottes sur la passerelle.

Les tireurs ne s'étaient pas enfuis comme elle l'avait espéré : ils traquaient toujours leurs proies.

Seichan leva l'index, puis tendit le bras. Sa pantomime était claire. En restant sous la promenade en bois, ils risquaient moins de se faire repérer, mais il fallait avancer le plus discrètement possible.

Alors que Gray s'apprêtait à gagner le fond de l'hypogée, Rachel l'en empêcha. Il lui adressa un regard interrogateur. Elle connaissait la disposition des lieux : s'ils longeaient la passerelle, ils tomberaient sur un mur infranchissable. En fait, il n'y avait pas trente-six manières de rejoindre la sortie.

L'Italienne mima un mouvement de guillotine et secoua la tête. En langage des signes militaire, cela voulait dire *impasse*. Elle se retourna et indiqua une issue beaucoup moins évidente. Son oncle la lui avait montrée de nombreuses années auparavant mais, pour y arriver, ils devraient troquer la pénombre rassurante de la passerelle contre le labyrinthe exposé au grand jour.

Gray la fixa de ses prunelles bleu glacier.

Tu es sûre ?

Rachel confirma sans bruit. Les doigts de l'Américain se crispèrent sur son épaule en signe de remerciement et de réconfort. Elle aurait voulu qu'il la serre contre lui, mais il s'écarta, s'accroupit et entama des messes basses avec Kowalski.

Seichan s'approcha. Persuadée qu'elle lisait sur leurs lèvres, Rachel lui jeta un regard en coin. Un hématome violacé s'étendait peu à peu sur la joue de sa ravisseuse. Depuis leur dernière rencontre, la fille avait aussi beaucoup maigri. Avec son visage émacié, creusé et cerné, on l'aurait dit sculptée dans un bloc de pierre, dure et inébranlable, mais ses pupilles vert foncé brillaient toujours d'un éclat glacé.

Gray ramena tout le monde sous la passerelle. Il dressa l'oreille quand un des poursuivants passa au-dessus de leurs têtes. Les tireurs les guettaient de part et d'autre de l'hypogée. Au moindre mouvement, ils leur tomberaient dessus à bras raccourcis. Vu leur position dominante, c'était aussi facile que d'abattre du poisson dans un tonneau.

Une fois l'assassin parti, Gray chuchota :

— Il faut créer une diversion. Kowalski a encore une cartouche dans son chargeur. Ce n'est pas terrible, mais...

Les bottes qui, jusque-là, avançaient d'un pas prudent cavalèrent bruyamment vers eux.

Quelqu'un avait dû entendre Gray.

Kowalski brandit son pistolet, prêt à tirer, mais, d'une main posée sur son épaule, Seichan le retint.

Les pas précipités résonnèrent sur la promenade, puis s'éloignèrent. L'ennemi s'enfuyait. Quelque chose semblait l'avoir effarouché.

— La police..., devina Gray à haute voix.
— Il était temps, lâcha Kowalski.
Seichan ne partageait pas leur soulagement. Son visage se rembrunit. Elle figurait sur plusieurs listes des terroristes les plus recherchés du globe, y compris celle d'Interpol.
Avant qu'ils puissent prendre une décision, un nouveau bruit surgit. Le *flap-flap* d'un hélicoptère. Gray émergea de sous la passerelle et, bientôt rejoint par Rachel, il leva les yeux au ciel.
Un appareil noir survolait l'enceinte du Colisée.
— Ce n'est pas la *polizia*, souffla l'Italienne.
Aucune inscription n'ornait la carlingue fuselée et, quand le pilote vira de bord au-dessus du stade, une porte latérale coulissa.
Gray attrapa Rachel par l'épaule :
— Cours !
Les tireurs n'avaient pas fui par peur des forces de l'ordre mais parce qu'ils avaient franchi un nouveau palier de violence. Pourquoi tuer le poisson dans un tonneau quand des grenades sous-marines étaient dix fois plus efficaces ?
— Par ici ! hurla Rachel.
Galvanisée par l'adrénaline, elle détala sans penser à son genou douloureux et longea un mur cintré bordé de cellules.
— Que se passe-t-il ? mugit Kowalski.
La jeune éclopée emprunta le couloir de droite, puis le suivant à gauche et déboucha sur une impasse.
— Demi-tour !
Le groupe s'exécuta tant bien que mal. Pendue au bras de Gray, Rachel boitait toujours. Elle avait beau savoir où se trouvait la sortie, elle ne connaissait pas par cœur les innombrables recoins du labyrinthe. Après avoir rebroussé chemin, elle bifurqua enfin au bon carrefour et se retrouva dans une galerie donnant sur une arcade étroite. Bingo ! La voûte marquait l'emplacement d'un escalier qui menait au tréfonds de l'hypogée.
Elle allait s'y engager quand Gray l'agrippa par-derrière et la poussa à l'intérieur d'une cellule. Les autres s'y entassèrent aussi, puis il fit écran de son corps au moment où un

vlouf tonitruant ébranlait le sol et les murs. Quelques instants plus tard, une gerbe de feu fusa au ras de leurs têtes, enveloppée d'une fumée qui empestait les produits chimiques toxiques.

Gray extirpa son amie de leur abri de fortune. Elle vacilla, les oreilles bouchées et les yeux humides. Dans le ciel, l'hélicoptère faisait vibrer les tourbillons de flammes et de fumée. Un baril d'acier noir dégringola de la trappe béante.

Oh, non...

Affolée à l'idée de ce qui allait leur tomber dessus, Rachel galopa au fond du couloir et, malgré la douleur qui la suffoquait, elle sauta par-dessus les pierres et les pans de murs écroulés. Encore dix mètres ! Concentrée sur son objectif, elle sentit son talon riper sur la mousse d'un caillou et sa jambe se tordit. Elle trébucha... mais ne s'écrasa pas par terre.

Gray l'avait habilement rattrapée par la taille. Il la porta sur les derniers mètres et, ensemble, ils plongèrent vers l'arcade. Des corps les percutèrent à l'arrière et tout le groupe dévala l'escalier.

Au moment où ils atterrissaient pêle-mêle au bas des marches, le monde en surface explosa.

La déflagration, particulièrement forte près de l'entrée, fut tonitruante. Rachel eut l'impression que son crâne se fracassait. Les rochers dégringolaient et rebondissaient. Des flammes léchaient le haut de la cage d'escalier et balayaient le plafond. La jeune Italienne avait la peau en feu, les poumons asphyxiés.

Soudain, la pression retomba. Les flammes furent aspirées vers l'extérieur, hors du tunnel. Un courant d'air venu des niveaux inférieurs rafraîchit l'atmosphère.

À quatre pattes, ils rampèrent vers les ténèbres des lugubres galeries souterraines. Au bout de quelques mètres, ils se relevèrent l'un après l'autre. Rachel avait du mal à respirer, des haut-le-cœur et, pour s'éviter de vomir, elle avala de grandes bouffées d'air frais.

— Continue, insista Gray.

Alors que les autres s'éloignaient d'un pas chancelant, elle s'appuya au mur. Il fallait avancer. Ébranlé par l'explosion et les incendies, l'étage supérieur menaçait de s'effondrer sur eux. Ils devaient sortir à tout prix.

— Tu peux trouver la sortie ?

— Je crois..., toussa-t-elle. Peut-être...

— Rachel ! la secoua Gray.

Aussitôt, la jeune femme se remit d'aplomb, à la fois physiquement et mentalement :

— Oui, par ici.

Elle ouvrit son téléphone portable à clapet. L'écran rétroéclairé ne projetait qu'une pâle lueur, mais c'était toujours mieux que rien.

Cramponnée à Gray, elle repartit. Bien qu'il y ait peu de chemin à parcourir, ils évoluaient dans un dédale ahurissant de cellules, de couloirs et d'éboulis.

Perdue entre le passé et le présent, elle se souvint que son oncle Vigor l'avait emmenée là-bas et l'avait fait saliver avec des histoires de monstres et de héros, de bêtes mystérieuses et de grand apparat. Il lui avait aussi parlé d'un spectacle particulièrement prodigieux que le Colisée avait organisé en de très rares occasions : les *naumachies*.

En tête du groupe, elle expliqua :

— Au début de l'Empire romain, avant que le sous-sol soit aménagé en plusieurs niveaux, on inondait parfois cette zone pour créer un vaste bassin au centre du Colisée. L'installation permettait de rejouer d'illustres batailles navales mais aussi d'y faire nager des chevaux et des taureaux.

Un peu à la traîne, Kowalski était poussiéreux, maculé de sang et souffrait de quelques brûlures :

— Là, tout de suite, je piquerais bien une tête dans la piscine.

— Comment évacuaient-ils l'eau après le spectacle ? s'étonna Gray.

— Vous allez voir, répondit Rachel.

Deux virages plus tard, ils arrivèrent devant un mur. Une grille en fer bloquait l'accès à une galerie basse et étroite qui, malgré la lumière faiblarde, tombait à pic.

— Sa découverte l'an dernier a confirmé ce qu'Oncle Vigor savait déjà.

Rachel eut à peine le temps de soulever le loquet qu'un grand fracas résonna au loin. Un nuage épais de poussière de roche les frôla.

— Les bombes provoquent des éboulements.

Plus près, un bloc de marbre se détacha du plafond et s'écrasa à un mètre d'eux, suivi de gémissements et de grondements inquiétants. Comme dans un jeu de dominos, le niveau tout entier était en train de se disloquer.

— Par ici, chuchota Rachel. Grouillez-vous.

Ses comparses la suivirent en file indienne sur la pente abrupte. Ils n'avaient esquissé qu'une demi-douzaine de pas quand le sol trembla, accompagné d'un sinistre roulement de tonnerre. Assaillis de poussière, ils se mirent à tousser et n'y virent plus rien.

Le bras collé sur la bouche, Rachel se dépêcha d'avancer à tâtons. Le chemin était de plus en plus raide. D'une main, elle se tenait à la paroi. De l'autre, elle brandissait l'écran de son portable.

— C'est encore loin ? haleta Gray.

Comme elle n'en avait aucune idée, elle ne répondit pas.

Au bout d'une longue minute de silence, elle entendit l'écho d'un maigre cours d'eau. Elle se précipita. Dans sa hâte, elle perdit l'équilibre, atterrit sur les fesses et lâcha son téléphone, qui ricocha devant elle... puis disparut.

Incapable de s'arrêter, elle le suivit. Pendant une seconde d'angoisse absolue, le monde se déroba sous ses pieds. Elle bascula dans le vide. Un glapissement s'échappa de ses lèvres mais, après une simple chute d'un mètre, elle s'écrasa au milieu d'un ruisseau glacé.

— Attention ! lança Gray.

Rachel s'écarta pour laisser les autres tomber à leur tour dans l'eau. Elle ramassa son portable. Comme il luisait toujours, elle le brandit à la ronde.

Ils avaient échoué à l'intérieur d'un tube de pierre qui, à en croire l'aspect grossièrement taillé des dalles, avait été créé par la main de l'homme. Un pâle filet d'eau coulait au fond.

— Où sommes-nous ? demanda Gray.

Rachel longea le courant :

— Dans les anciens égouts de la ville. Voilà comment les Romains de l'Antiquité vidaient le stade inondé.

Le reste du groupe pataugea derrière elle.

— J'aurais dû m'en douter, soupira Kowalski. Avec Pierce, une visite de Rome se termine forcément au fond d'une saleté d'égout.

CHAPITRE 10

11 octobre, 15 h 12
Washington, D.C.

Assis à son bureau, Painter se préparait au combat. Après une longue nuit sans sommeil, il s'était accordé une courte sieste, avait pris une douche et enfilé une tenue propre. Bref, il était dans les starting-blocks.

Quelques heures plus tôt, ses agents avaient quitté Rome sans encombre. Le commandant Pierce lui avait déjà livré un bref compte rendu de leurs déboires en Italie, mais il avait vite dû reprendre la route. Dès qu'il aurait trouvé refuge à l'extérieur de la ville, il s'attarderait sur les détails.

L'interphone bourdonna.

— Le général Metcalf vient d'arriver, monsieur, annonça Brant sur un ton sec.

Painter savait que le patron du DARPA allait débarquer chez Sigma. Ses visites étaient rares et, d'ordinaire, elles n'auguraient rien de bon.

— Faites-le entrer, Brant.

Dix secondes plus tard, la porte s'ouvrit sur le général Gregory Metcalf, la casquette sous le bras et la mine soucieuse.

Painter voulut lui serrer la main, mais l'autre fonça vers un fauteuil, jeta son couvre-chef sur le bureau, lui fit signe de se rasseoir et lâcha en guise de bonjour :

— Vous avez une idée du bordel politique en Italie ?

— J'ai conscience de la situation, général. Nous surveillons tout ce qui se dit sur les différents canaux de renseignements.

— D'abord, une fusillade dans un hôtel, ensuite, une course-poursuite meurtrière en pleine rue et, cerise sur le gâteau, une des sept nouvelles merveilles du monde se fait bombarder. Or, vous m'apprenez qu'un de nos... de *vos* hommes est au cœur d'un tel cirque ?

— Oui, monsieur. Un de nos meilleurs agents de terrain.

— Meilleurs ? ironisa Metcalf. Eh bien, je n'aimerais pas voir les pires !

— On lui a tendu une embuscade, s'irrita Painter. Il faisait le nécessaire pour protéger un indice clé et sauver la vie du groupe.

— À quel prix ? Sauf erreur, il a mis le nez dans une enquête qui était du ressort de la police italienne. Que leurs propres services de renseignements et Interpol menaient sans problème. Si l'intervention de votre agent a étalé ou abîmé...

— Les ramifications de l'affaire dépassent de loin le strict cadre national. Voilà pourquoi j'ai sollicité ce rendez-vous en tête à tête. Jusqu'à présent, nul ne sait que Sigma est impliqué et j'entends garder le secret.

Alors que Metcalf le dévisageait avec curiosité, Painter le laissa mijoter. Le commun des mortels avait sans doute du mal à soutenir le regard d'acier de son interlocuteur. Lui ne cilla pas et ce fut le général qui ronchonna d'un air exaspéré :

— Racontez-moi ce qui s'est passé.

Les épaules de Painter se relâchèrent. Il ouvrit un dossier posé sur son bureau et fit glisser une photo vers le chef du DARPA :

— Voici un cliché médico-légal de la victime tuée au Vatican.

— C'est la même marque..., souffla Metcalf, incapable de masquer sa sidération. Gravée au fer rouge sur le front, comme chez le fils Gorman.

— Et le professeur de Princeton.

Painter savait que le général avait lu le rapport au sujet du meurtre commis à l'université.

— Quel est le rapport entre ce prêtre et l'assaut en Afrique ? Je comprends le lien de Jason avec son directeur de thèse mais, là, ça n'a pas de sens !

— Notre agent de terrain en Italie – le commandant Gray Pierce – a récupéré et protégé une pièce essentielle du puzzle. Un élément pour lequel quelqu'un était prêt à détruire le Colisée.

— Et nous l'avons en notre possession.

Painter confirma en silence.

— De quoi s'agit-il ?

— Nous essayons toujours de le découvrir. C'est un vieil objet qui pourrait nous renvoyer à un site archéologique anglais. Pour l'instant, je préfère ne pas divulguer de détails au grand public.

— Et vous pensez que, moi, je fais partie du grand public ?

Painter le fixa du regard :

— Vous voulez vraiment savoir ?

Metcalf, qui avait d'abord froncé les sourcils de colère, esquissa un sourire sans joie :

— Vous marquez un point. Après les événements de Rome, peut-être pas. À l'heure qu'il est, il vaut mieux jouer la carte du démenti plausible.

— Vous m'en voyez fort aise.

Painter était sincère : jamais son interlocuteur ne lui avait octroyé une telle marge de manœuvre.

Cependant, il allait encore tirer sur la corde :

— L'affaire dépasse de loin les frontières italiennes. Pour débusquer la vérité, autant agir sans se faire remarquer.

Le général approuva d'un signe de tête.

— Avant ce gros micmac en Europe, j'avais abouti à la conclusion qu'il nous fallait des informations supplémentaires sur le projet génétique mené sur le camp de la Croix-Rouge.

— La ferme gérée par Viatus Corporation.

— Jusqu'à maintenant, la mort des deux Américains – Jason et son professeur – est liée à ce programme. Comment et pourquoi, mystère, mais c'est par là qu'il faut étendre l'enquête. Nous manquons de détails, d'éléments disponibles à un seul et unique endroit.

— Vous parlez de la société Viatus elle-même ?

— Le Sommet mondial de l'alimentation débute demain à Oslo. Le P-DG de Viatus, Ivar Karlsen, va y prononcer un discours. Quelqu'un doit le coincer et l'obliger à cracher le morceau sur la véritable nature des recherches menées en Afrique.

— Je connais la réputation de Karlsen. Il est coriace. Avec lui, la manière forte ne servira à rien.

— Message reçu.

— Il a aussi des amis puissants, notamment aux États-Unis.

— J'en suis bien conscient.

Painter avait reçu un dossier complet sur l'homme d'affaires norvégien et son entreprise. Viatus avait réalisé d'importantes percées sur le sol américain : financement d'un consortium sur les biocarburants en plein Middle West, prise d'intérêts dans une grande entreprise pétrochimique produisant des engrais et des herbicides et, bien sûr, partage de plusieurs brevets lucratifs avec Monsanto sur des souches de plants OGM.

— Je suis déjà au courant du sommet d'Oslo, lâcha Metcalf. Figurez-vous qu'un de nos amis communs y participe. Quelqu'un qui harcèle le DARPA pour élucider le meurtre de son fils.

— Le sénateur Gorman ?

— Il est déjà arrivé en Norvège. En dépit des circonstances qui entourent la mort de Jason, il reste un proche associé d'Ivar Karlsen. Pas question de fâcher l'un ou l'autre. L'interrogatoire du puissant P-DG devra se dérouler dans la plus grande discrétion.

— Je comprends... et cela renforce l'autre raison pour laquelle je vous ai demandé de venir.

— À savoir ?

— Étant donné la nature délicate de l'affaire et le risque de ramifications mondiales, j'aimerais m'entretenir moi-même avec M. Karlsen.

Surpris, Metcalf eut du mal à digérer la nouvelle :

— Vous voulez aller à Oslo ? Mais qui s'occupera de Sigma en votre absence ?

— Kathryn Bryant, ma directrice adjointe. Ses années de carrière dans le renseignement naval lui ont assuré des liens privilégiés avec toutes les communautés internationales. Elle assurera parfaitement le commandement du groupe et, au besoin, coordonnera les opérations sur le terrain.

Songeur, Metcalf se renfonça dans son siège.

L'homme était très à cheval sur le principe de responsabilité personnelle. Voilà pourquoi il avait gravi si vite les échelons de la hiérarchie militaire. Soucieux de toucher la corde sensible, Painter ajouta avec conviction :

— Vous m'avez expliqué que Sigma se trouvait en situation très précaire. Donnez-nous l'occasion de faire nos preuves et, si ça rate, je porterai le chapeau. J'en assumerai l'entière responsabilité.

Sans broncher, Metcalf planta son regard d'acier dans les yeux de son interlocuteur, qui, une fois encore, resta imperturbable.

Après un léger coup de menton, il se leva et, cette fois-là, il lui serra la main :

— N'oubliez pas que vous marchez sur des œufs, Crowe, et parlez doucement aussi.

— Ne vous inquiétez pas. Mes ancêtres avaient la réputation d'avoir le pied très léger.

Un petit sourire aux lèvres, le général se dirigea vers la porte :

— Peut-être, mais je faisais allusion à Teddy Roosevelt.

Après son départ, Painter resta songeur. Force était de reconnaître que Metcalf avait raison. La devise du bon Teddy convenait à n'importe quel agent envoyé sur le terrain.

Parlez doucement... et tenez un gros bâton.

16 h 10

— Et ce sont les mots du directeur Crowe ?

Monk se tenait debout devant Kat :

— Ses mots *exacts*. Il a besoin d'un gros bâton.

— Pourquoi faudrait-il que ce soit toi ?

Il s'agenouilla afin d'observer droit dans les yeux son épouse assise sur le canapé. La négociation s'annonçait serrée.

Painter lui avait proposé de l'accompagner à Oslo, mais Monk avait eu besoin d'une bonne demi-heure pour trouver le courage d'en parler à Kat.

— Ce n'est qu'un banal entretien, comme j'en enquille depuis plusieurs mois aux États-Unis, promit-il. Je pars juste un peu plus loin.

La jeune femme fixa obstinément ses mains sur ses genoux :

— Oui... D'ailleurs, ta dernière mission était d'une simplicité enfantine.

Monk se glissa entre les genoux de Kat :

— On s'en est tous sortis sains et saufs.

Il venait de prendre des nouvelles d'Andrea Solderitch. La Sécurité intérieure l'avait transférée en lieu sûr et placée sous protection de l'agent Scot Harvath, en qui Monk avait entièrement confiance.

— Ce n'est pas la question.

Kat avait raison. Il glissa les mains sous son corsage et caressa son ventre nu. Elle frémit à son contact. Sa peau était brûlante.

— Je sais ce que tu penses, souffla-t-il d'une voix rauque. Ma mémoire ressemble peut-être à du gruyère, mais pas une seconde je n'oublie l'essentiel. Je veillerai à ce qu'il ne m'arrive rien.

— Tu ne peux pas tout contrôler.

— Toi non plus.

Kat paraissait toujours inquiète. Elle s'était battue comme une lionne pendant la convalescence de son mari et, même encore à présent, elle détestait se séparer de lui. Son attitude protectrice découlait directement d'une peur primale. Des mois durant, elle avait cru que Monk était mort. Il ne pouvait qu'imaginer son calvaire. Ce n'était salutaire ni pour l'un ni pour l'autre, mais il décida de ne pas lui forcer la main.

Si elle ne voulait pas qu'il parte, il ne partirait pas.

Kat extirpa les mains de son époux de sous son chemisier et les serra entre les siennes :

— Je déteste l'idée de te savoir sur le terrain, mais je me détesterais encore plus de t'empêcher d'y aller.

Soudain, il se sentit égoïste :

— Tu n'es pas obligée de le dire. Tu le sais, je comprends. Il y aura d'autres missions. Quand on sera prêts tous les deux.

Elle le dévisagea durement, puis s'avachit un peu, fit les gros yeux et lui attrapa la nuque, les lèvres à quelques centimètres de sa bouche :

— Toujours à jouer les martyrs, hein Kokkalis ?

— Qu'est-ce...

D'un baiser langoureux, elle le força à se taire, puis s'écarta et le laissa haletant, presque en manque.

— Promets-moi juste de revenir entier cette fois, murmura-t-elle en tapotant sa prothèse.

Monk, qui avait constamment un train de retard sur elle, s'efforça de suivre le cheminement de sa pensée :

— Insinuerais-tu que...

— Bon sang, Monk ! Oui, tu peux y aller.

Une joie intense mêlée d'un réel soulagement l'envahit. Il afficha un large sourire qui, d'emblée, bascula vers une idée plus salace.

Kat lut dans son esprit et posa l'index sur sa bouche :

— Non, pas de blague sur le fait que tu sois un gros bâton.

— Oh, chérie... J'en serais capable ?

Elle retira son doigt et l'embrassa de nouveau. Il glissa les mains sous les fesses de son épouse et l'attira sur ses genoux en susurrant :

— Pourquoi le dire quand je peux le prouver ?

22 h 15
Terni, Italie

Gray surveillait les ténèbres du jardin qui jouxtait la vieille ferme. Il avait aussi une vue plongeante sur le parking et la Via Tiberina toute proche. Après cent trente kilomètres de route, ils avaient rejoint une petite ville d'Ombrie réputée pour ses thermes et ses ruines antiques.

C'était Rachel qui avait suggéré l'endroit. L'exploitation agricole avait été transformée en hôtel mais, avec ses poutres en châtaignier, ses arcades en brique et ses lustres en fer forgé, elle avait gardé tout son charme d'antan. Pour ne rien gâcher, l'établissement était isolé, loin des sentiers battus.

Gray refusait néanmoins de baisser sa garde. Après les événements de Rome, il ne voulait courir aucun danger... et il n'était pas le seul.

Dehors, un point de cendre rouge frémit. Le commandant ignorait que Seichan fumait mais, à bien y réfléchir, il ne savait presque rien d'elle. Dans son équation, elle était à la fois une inconnue et un risque inutile. Il n'avait pas oublié les consignes de Washington : la capturer à tout prix.

Ce jour-là, pourtant, elle avait assuré leurs arrières et, par le passé, elle lui avait même sauvé la vie.

Le robinet de la salle de bains se ferma bruyamment. Rachel avait fini de prendre sa douche. Certes, ils devaient décider d'un plan d'action mais, après une heure de crapahutage dans les égouts, ils avaient tous besoin de se savonner sous une eau brûlante.

L'Italienne sortit de la pièce embuée. Pieds nus, les cheveux trempés, elle était drapée d'une simple serviette.

— La place est libre, annonça-t-elle avant de jeter un coup d'œil à la ronde. Où est passé ton collègue ?

— Kowalski est descendu nous chercher de quoi grignoter à la cuisine.

— Oh.

Soudain gênée, elle se figea, les bras croisés sur la poitrine, et évita son regard. C'était la première fois qu'ils se retrouvaient en tête à tête depuis qu'ils avaient refait irruption dans leurs vies respectives. Gray savait qu'il aurait dû détourner la tête, lui laisser un moment d'intimité, mais il en était incapable.

Elle s'approcha du lit en boitillant. Un cachet de paracétamol et une genouillère avaient soulagé son entorse, mais il lui faudrait encore au moins un jour de repos. Une pile de vêtements neufs encore étiquetés et enveloppés de papier de soie était posée sur le matelas. Pour elle : un jean, un chemisier bleu nuit et un manteau long.

Rachel se cramponna à sa serviette comme à un bouclier, mais ce n'était pas la peine. Gray connaissait par cœur le corps dissimulé sous le rectangle d'éponge. Ce que ses mains n'avaient pas exploré, ses lèvres s'en étaient chargées. Pourtant, il était moins troublé par la chair de la jeune femme que par le souvenir de sa douce chaleur, des mots tendres en pleine nuit, des promesses jamais tenues.

Il finit par se retourner vers la fenêtre – non pas par timidité ni même par politesse, mais parce qu'un sentiment d'immense perte le submergeait.

Il entendit Rachel s'affairer près du lit, écouta le bruissement du papier de soie. Au lieu de regagner la salle de bains, elle s'habilla derrière lui, audace qu'il n'interpréta pas comme une tentative de séduction mais plutôt comme un acte de défi, car elle savait qu'il en serait à la fois attristé et honteux.

À moins que son imagination ne lui joue encore des tours.

Une fois prête, Rachel le rejoignit près de la fenêtre :

— Toujours à faire le guet, je vois.

Il ne broncha pas.

Elle resta auprès de lui sans rien dire. Dans le jardin, l'éclair d'une allumette découpa la silhouette de Seichan s'offrant une nouvelle cigarette. Gray sentit Rachel se raidir. Elle lui jeta un regard, puis tourna les talons et repartit vers le lit.

Avant que l'un ou l'autre puisse ouvrir la bouche, on frappa un coup sec à la porte, puis Kowalski entra avec un grand plateau en bois et deux bouteilles de vin sous le bras :

— Service d'étage.

Il remarqua la serviette à terre et observa tour à tour les anciens amants d'un air entendu. Après quoi, il déposa son fardeau sur la table en sifflotant mais garda les deux bouteilles :

— Si vous avez besoin de moi, je vais prendre un long bain chaud. Et, quand je dis long, c'est long. Je pourrais bien y rester plus d'une heure.

Il fixa longuement Gray d'un air qui se voulait subtil.

Rachel rougit un peu.

Le commandant fut sauvé de l'embarras par la sonnerie de son portable sur la table de chevet. Il vérifia l'heure. C'était sans doute Painter qui tentait de le joindre sur sa connexion sécurisée.

— Ici, Pierce.
— Alors, vous êtes installés ?
— Pour l'instant, chef.

Gray était ravi de se concentrer à nouveau sur sa mission. Kowalski se dirigea vers la salle de bains avec son vin. Quant à Rachel, elle s'assit sur le lit pour écouter la conversation. Pendant un bon quart d'heure, les deux hommes comparèrent leurs observations : trois meurtres sur trois continents, une débauche de violence censée cacher le nœud du problème, la signification du symbole païen qui semblait être le point commun de l'affaire.

Le directeur de Sigma annonça sa décision d'enquêter personnellement en Norvège sur Viatus et son P-DG.

— Et Monk vous accompagne ? demanda Gray, à la fois étonné et content pour son ami.

— Avec John Creed, notre nouvel expert en génétique. C'est lui qui a décrypté le mail de Jason Gorman, expliqua Painter avant d'adopter un ton plus grave. On en arrive donc à ce que la lieutenante Verona a découvert et que quelqu'un cherche manifestement à détruire.

— Le doigt momifié.

Gray contempla Rachel. Dans le train qui les emmenait loin de Rome, ils avaient eu une longue discussion. Le père Marco Giovanni avait travaillé sur un site de fouilles anglais, dans une obscure région montagneuse à la frontière de l'Écosse. Pour l'heure, ils n'avaient pas d'autres détails. Ils savaient juste que l'ancien élève de Vigor s'intéressait aux racines des chrétientés celtiques, à l'époque où les rites païens avaient fusionné avec le catholicisme.

Gray en avait parlé à son supérieur, mais il ne s'était pas étendu sur ce que Rachel lui avait raconté dans le train.

— Je vous conseille d'écouter la lieutenante Verona en personne, chef. Même si je ne suis pas sûr de ce que ça veut dire, autant avoir une vue d'ensemble détaillée.

— Très bien. Passez-la-moi.

Gray tendit le téléphone à Rachel :

— Répète-lui ce que tu as appris.

La jeune femme acquiesça en silence. Une fois passées les civilités d'usage, elle aborda l'étrange obsession du prêtre :

— Avant que tout parte en vrille à Rome, je m'étais procuré des articles de presse et des traités écrits par le père Giovanni. Certains remontent au temps où il était étudiant. Une chose est sûre : il était obnubilé par un mythe précis de la foi catholique, une incarnation de la Vierge Marie connue sous le nom de *Madone noire*.

Gray écouta d'une oreille distraite. Il connaissait bien le sujet. Avant d'être embauché chez Sigma, il avait étudié la religion comparée. Les histoires et mystères entourant le culte de la Madone noire n'avaient pas de secret pour lui. Depuis les prémices de la chrétienté, la mère de Jésus était parfois représentée avec la peau noire ou foncée. Statues et tableaux faisaient même l'objet d'un véritable culte. En Europe, il en subsistait plus de quatre cents images, dont certaines remontaient au XIe siècle. Beaucoup d'entre elles étaient toujours révérées : la Madone noire de Częstochowa en Pologne, Notre-Dame des Ermites en Suisse, la Vierge de Guadalupe au Mexique... La liste était longue.

Malgré une vénération assidue, les étranges Madones suscitaient aussi la controverse. Alors que d'aucuns leur attribuaient des propriétés miraculeuses, d'autres affirmaient que la peau noire n'était qu'une accumulation de suie de bougie ou une patine naturelle des vieilles statues en marbre ou en bois. Pour sa part, l'Église catholique évitait de reconnaître à ces incarnations-là une quelconque signification ou des pouvoirs spirituels.

— Marco était persuadé que les chrétientés celtiques s'étaient fondées sur la Madone noire, que son image incarnait la fusion de la vieille terre nourricière païenne avec le nouveau culte de la Vierge Marie. Il a passé sa carrière à rechercher le lien entre les deux, la source véritable derrière le mythe.

Rachel se tut un instant, le temps d'écouter une question de Painter, puis elle lâcha :

— J'ignore s'il est parvenu à ses fins, mais il a trouvé un truc, quelque chose digne d'y laisser sa peau.

Après avoir écouté la réponse, elle souffla :
— Oui, d'accord. Je vous repasse le commandant Pierce.
Gray reprit le combiné et regagna sa place à la fenêtre :
— Monsieur ?
— Étant donné l'histoire de Rachel, votre prochaine destination me semble claire.
— Il faut enquêter sur le site de fouilles anglais.
— Tout juste. Je ne sais pas en quoi les meurtres perpétrés en Afrique et à Princeton sont liés aux recherches du père Giovanni, mais il y a forcément un rapport. Je vais m'occuper des questions génétiques à Oslo. Vous, voyez vers quoi pointe le doigt momifié.
— À vos ordres, chef.
— Vous avez besoin de renfort ? Ou ça suffit avec Joseph Kowalski et la lieutenante Verona ?
— Moins on sera nombreux, moins on se fera remarquer.

Malgré ses efforts, sa voix s'était crispée : il restait un détail dont Gray n'avait pas parlé à Painter Crowe. Il contempla le bout de cigarette rougeoyant dans le jardin. Il détestait mentir à son patron, ne fût-ce que par omission, mais, si le commandant divulguait à Sigma le nom de leur nouvelle alliée, Painter serait obligé d'envoyer une équipe la capturer et l'emmener pour interrogatoire.

Il n'en était pas question.

Toutefois, il y avait de quoi hésiter.

Gray faisait-il le bon choix ? Ou mettait-il inutilement leur mission en péril ?

En se détournant de la fenêtre, il s'aperçut que Rachel le fixait. Dans ses yeux, il comprit que sa décision engageait plus que sa propre vie. Toujours est-il qu'il se souvint d'une supplique deux ans plus tôt, remplie de peine et d'espoir.

Faites-moi confiance, Gray. Ne serait-ce qu'un peu.

L'agent chevronné contempla son reflet dans la vitre sombre et, après mûre réflexion, il répondit au téléphone :
— On se débrouillera très bien seuls.

CHAPITRE 11

11 octobre, 23 h 22
Oslo, Norvège

Ivar Karlsen tira sur le lourd battant en chêne bardé de ferrures. Des rafales de flocons balayèrent la nuit sans lune et s'engouffrèrent dans la porte cintrée. Le froid pinçait les joues. La poignée métallique était si glacée qu'elle brûlait les doigts. Comme attendu, la pluie avait cédé sa place aux premières chutes de neige.

Galvanisé par un temps aussi rude, Ivar avait le cœur battant, le souffle court. Sa vieille *bestemor* avait peut-être raison de dire qu'il avait du sang viking dans les veines.

Il tapa du pied pour ôter la neige coincée sous ses semelles. Une sombre cage d'escalier menait aux entrailles du château d'Akershus. Ivar rabattit la capuche de son gros manteau en mouton retourné, alluma sa lampe torche et descendit.

Les marches dataient de l'édification du fort au Moyen Âge et, pour éviter de se cogner, il dut courber la nuque. L'escalier en pierre déboucha sur un vieux corps de garde dont les crochets aux murs et les porte-flambeaux étaient encore intacts. D'énormes poutres soutenaient le plafond.

Au loin, une arcade en brique donnait sur un couloir de cachots sordides où on avait jadis enfermé les nobles opprimés et toutes sortes de dangereux criminels. C'était là-bas que les nazis avaient torturé les Norvégiens opposés à l'occupation allemande. Ivar y avait même perdu un grand-oncle. En l'honneur de son sacrifice, Viatus continuait de financer grassement la préservation et l'entretien d'Akershus.

Du faisceau de sa torche, Ivar scruta l'entrée lugubre du donjon. Cette partie-là du château était fermée au public. D'ailleurs, peu de gens étaient au courant de son existence... et de sa sombre histoire. Autrefois, on y cloîtrait les scélérats coupables de haute trahison contre la couronne et le pays. Le collaborateur nazi Vidkun Quisling en avait fait les frais avant son exécution et, depuis des siècles, beaucoup d'autres y avaient trouvé la mort.

Au fond de sa poche, Ivar serra un vieux sou qui ne le quittait jamais. C'était une pièce de quatre marks frappée en 1725 par Henrik Christofer Meyer. L'homme avait aussi péri à Akershus, fouetté au sang pour avoir remplacé l'argent de ses pièces par du cuivre et encaissé les bénéfices.

Le roi Frédéric IV – considéré en son temps comme un chef bienveillant et clément – défendait un code strict de l'honneur. Le bruit courait qu'il était d'origine viking et, d'après l'ancestrale loi scandinave, toute félonie devait être sévèrement punie.

Sur ordre du monarque, Meyer avait été fouetté au pilori, puis condamné à la prison à vie, mais sa trahison de la couronne lui avait aussi valu d'être marqué au fer rouge sur le front et, pour cela, le roi avait utilisé une des pièces non conformes du faussaire.

Le sou d'Ivar faisait partie du lot incriminé. La famille Karlsen le possédait depuis des siècles et, à force de se transmettre de génération en génération, l'histoire symbolisait désormais son code d'honneur : exercer la compassion et la générosité mais ne tolérer aucune traîtrise d'aucune sorte.

Un grincement de porte tira l'éminent P-DG de sa rêverie. Des pas pressés résonnèrent dans l'escalier.

Une grande femme svelte surgit en laissant passer un courant d'air froid. Des flocons de neige s'étaient accrochés à sa chevelure flamboyante et, si elle portait un long manteau gris sur des vêtements sombres, ses prunelles dorées étincelaient.

— Pardon, Ivar, je suis en retard.

Lorsqu'elle renversa la tête en arrière, elle sema quelques flocons, telle une vénérable déesse de l'hiver.

À même pas trente ans, Krista Magnussen dirigeait le département de biogénétique agricole de Viatus. Brillante et dotée d'une ingéniosité hors normes, elle avait vite gravi les échelons de l'entreprise. Ivar n'avait appris que l'année précédente la véritable raison de son talent. La révélation avait eu lieu à un moment où les plans du Norvégien commençaient à péricliter. Le château de cartes qu'il avait mis un soin tout particulier à construire penchait dangereusement. Il avait fallu redresser la situation.

Une fois encore, Krista avait prouvé ses qualités. Ivar avait été sidéré de découvrir qu'elle n'était pas à 100 % ce qu'elle semblait être. Certes, l'espionnage industriel était monnaie courante, mais l'homme d'affaires n'aurait jamais soupçonné une fille si jeune et si douée. Et il avait été loin d'imaginer l'ampleur de ses relations. Elle travaillait pour le compte d'un mystérieux réseau caméléon. Ses membres proposaient leurs services de mercenaires en échange d'un droit de passage et d'un intérêt sur les bénéfices futurs. Au cours des douze derniers mois, ils s'étaient révélés d'une aide précieuse pour étayer ses plans, voire leur donner un coup d'accélérateur.

D'ailleurs, c'était Krista elle-même qui avait orchestré la disparition délicate et regrettable du fils Gorman.

Elle serra Ivar dans ses bras et effleura sa joue d'un chaste baiser. Ses lèvres étaient encore toutes froides.

— Je suis navrée aussi d'avoir appelé d'urgence à une heure pareille.

— Si c'est important...

— Ça l'est.

Elle secoua son manteau, qui laissa échapper une pluie de gouttelettes par terre.

— Je viens d'apprendre que nos cibles à Rome s'en étaient sorties.

— Les types sont vivants ? Vous m'aviez dit qu'ils étaient morts.

— Bah ! Nous les avons sous-estimés.

Elle n'essayait ni de se justifier, ni de noyer le poisson, ni même de fuir ses responsabilités. Comme d'habitude, Ivar apprécia sa franchise :

— Ils sont toujours en possession de l'objet ?

— Oui.

— Comment êtes-vous au courant ? s'étonna-t-il.

Krista esquissa un sourire glacé :

— Notre attaque a attiré l'attention d'une personne qui a quelque chose à prouver. Après les événements de Rome, on nous a contactés. Proposé un marché. Maintenant, nous avons une taupe.

— Fiable ?

— Oh ! Je ne me contente pas d'une simple impression de confiance, Ivar. Notre organisation l'a à l'œil et reste sur le qui-vive.

— Je ne comprends pas. Si vous avez un espion, pourquoi ne pas lui demander de récupérer l'objet ou de le détruire ?

— Ce ne serait pas la meilleure solution.

Dans la pénombre, les pupilles de la jeune femme scintillèrent de mille feux.

— Comment ça ?

— Le père Giovanni était un traître. Il a pris l'argent, s'est fait financer ses recherches par Viatus mais, quand il a trouvé son trésor, il l'a volé et s'est enfui.

Les doigts d'Ivar se crispèrent sur le sou.

Le prêtre avait dû payer pour son crime.

Peu après avoir découvert l'entourage de Krista, Ivar lui avait raconté le sort cruel d'Henrik Meyer, histoire qu'il lui serve de leçon et d'avertissement... sauf que, séduite par l'histoire, elle avait proposé de mutiler leurs victimes pour déguiser les crimes et faire ainsi accuser d'éventuels écoterroristes. Ivar retirait aussi une certaine satisfaction du châtiment, retour à une forme ancienne de justice, où les félons étaient frappés du sceau de l'opprobre.

Krista enchaîna :

— Comme l'objet se trouve en lieu sûr, c'est l'occasion ou jamais de traquer ce qui nous manque. De récupérer ce que Giovanni cherchait.

Ivar ne put retenir une pointe de désir dans sa voix :

— La clé de l'Apocalypse...

Une telle découverte garantirait la réussite de son plan, mais elle marquerait aussi l'histoire en élucidant un mystère vieux de plusieurs millénaires.

Krista expliqua son plan :

— Les détenteurs actuels de l'objet ont déjà prouvé qu'ils avaient de la ressource. Correctement motivés, ils pourraient réussir là où le père Giovanni a échoué.

Malgré l'enthousiasme, Ivar n'en oublia pas son sens pratique :

— Et vous avez la certitude de mener à bien une telle opération ?

— Je ne serai pas seule, sourit Krista avec une belle assurance. Comme je l'ai promis depuis le début, Viatus jouira du soutien sans faille de la Guilde.

Elle s'approcha de lui.

— On ne vous décevra pas. Je ne te décevrai pas.

Elle se blottit dans ses bras et l'embrassa... goulûment cette fois-là. Ses cheveux humides et glacés effleurèrent le cou d'Ivar. Il en eut la chair de poule, mais les lèvres, la bouche et la langue de Krista brûlaient comme de la lave en fusion.

Il oublia le sou de Meyer, prit la fille par les hanches et l'attira contre lui. Il savait qu'elle cherchait à le séduire, elle avait sans doute deviné qu'il n'était pas dupe, mais aucun ne s'écarta.

Ils avaient tous deux conscience des risques encourus et de l'enjeu final.

L'avenir de l'humanité.

Et le pouvoir d'en contrôler le destin.

ACTE DEUX

LE FEU ET LA GLACE

CHAPITRE 12

12 octobre, 10 h 12
Hawkshead, Angleterre

Comment la piste d'un meurtre pouvait-elle mener à une campagne aussi idyllique ?
La voiture de Gray serpentait entre les collines verdoyantes mais, de kilomètre en kilomètre, la route se rétrécissait au point que le Land Rover de location avait du mal à s'y faufiler. Un bosquet de feuillus créa un tunnel sombre de branches emmêlées, puis l'horizon s'ouvrit de nouveau sur les gros mamelons alentour – ou ce que les Anglais considéraient comme des montagnes. La veille, une tempête de neige précoce avait d'ailleurs blanchi les roches escarpées.
Les haies découpaient le paysage en un joli patchwork de prairies brunes et de champs en jachère. Des ruisseaux étincelaient entre les lacs d'altitude. Toutes les voies navigables étaient bordées de glace et les rafales de neige avaient pétrifié la nature.
La beauté authentique des lieux imposait le silence.
Enfin, presque.
— Je me trompe ou vous êtes paumé ? lança Kowalski à l'arrière.
— Je ne suis pas paumé, mentit Gray.

Sa carte routière entre les mains, Rachel le fixa d'un air sceptique.

D'accord, ils avaient peut-être un peu dévié de la route...

Deux heures plus tôt, ils étaient partis de Liverpool et, grâce aux indications claires de l'autoroute, ils avaient facilement rejoint la région du Lake District, au nord de l'Angleterre. En revanche, depuis que Gray avait quitté le réseau principal, ce n'était plus qu'un entrelacs de chemins tortueux et de chaussées anonymes, le tout entouré de collines, de forêts et de lacs.

Même le GPS n'était d'aucun secours. Le logiciel n'y reconnaissait rien, comme s'ils roulaient en rase campagne, au milieu de nulle part.

Leur destination ? Hawkshead, bourgade pittoresque nichée au cœur de la merveilleuse nature du Lake District. Ils devaient y rencontrer un collègue du père Giovanni : le Dr Wallace Boyle, historien à l'université d'Édimbourg. L'homme supervisait des fouilles dans un coin de montagne isolé. Il leur avait donné rendez-vous au pub d'un hôtel de la ville.

Sauf que Gray devait d'abord arriver à bon port.

Sur la carte, Rachel chercha l'encadré dédié aux points de repère géographiques. Assise à l'arrière avec Kowalski, Seichan regardait le paysage champêtre défiler à la fenêtre. D'humeur maussade depuis leur départ d'Italie, elle avait à peine desserré les dents et maintenait une distance méfiante vis-à-vis du groupe.

— Si on n'arrive pas vite quelque part, reprit Kowalski, il va falloir s'arrêter au prochain arbre ou au prochain buisson. J'ai super envie de pisser.

— Si vous n'aviez pas sifflé quatre pintes de bière à Liverpool...

— Ce n'est pas ma faute, Gray. Vous avez vu les noms farfelus qu'ils leur donnent ? Flibustier de Blackwater, Double Bock de Cains, Brune de Boddington, Barrique de Tetley... Impossible de savoir ce qu'on commande avant de goûter ! J'ai mis un bout de temps à en trouver une bonne.

— Vous les avez quand même toutes bues jusqu'à la dernière goutte.

— Bien sûr ! Je ne voulais pas paraître grossier.

Découragée, Rachel replia sa carte et lâcha sans conviction :

— On ne doit plus être très loin. Si on demandait notre chemin ?

Inutile. Le Land Rover gravit une énième colline et, enfin, un village apparut au creux de la vallée.

Vu le soulagement manifeste de la jeune femme, il devait s'agir de Hawkshead. Les ruelles pavées s'entrecroisaient devant des jardins clôturés et de petites maisons en bois. Les toits d'ardoise étaient recouverts de neige et des filets de fumée s'échappaient des cheminées. Une vieille église grisâtre campée au sommet d'une butte dominait le hameau, tel un diacre surveillant ses ouailles d'un œil sévère.

À mesure que la voiture redescendait, des murs en pierres sèches s'élevèrent le long de la route. Un pont cintré en granit marquait l'entrée du village. Les maisons en torchis avec poutres apparentes étaient typiques du style Tudor. Les petites plates-bandes en façade et les jardinières donnaient une idée de la splendeur des lieux aux beaux jours mais, après les chutes de neige de la veille, on se serait plutôt cru à Noël.

Les pneus crissèrent sur les pavés verglacés. Gray se dirigea au pas vers le Kings Arms Hotel, leur point de rendez-vous, et se gara sur une minuscule place de parking. Ils avaient déjà vingt minutes de retard.

Dehors, un froid mordant les saisit. Le climat humide de Liverpool et le long trajet en voiture bien chauffée ne les avaient pas préparés aux rigueurs de la montagne anglaise. Une odeur de fumée de bois emplissait l'atmosphère. Pelotonnés dans leur gros manteau, ils se mirent en route.

Le Kings Arms Hotel trônait au fond de la grand-place. Construit à l'époque élisabéthaine, le bâtiment trapu au toit d'ardoise accueillait les voyageurs depuis cinq cents ans. Les tables et les chaises de la terrasse étaient recouvertes d'une fine couche de neige fraîche mais, derrière le muret en pierre, l'éclat rougeoyant des fenêtres du rez-de-chaussée présageait une douce chaleur et des boissons réconfortantes. Il n'y avait pas à hésiter.

Un peu à la traîne, Kowalski s'écria :

— Hé ! Regardez tous les ours...

Le ton de sa voix, un brin nostalgique, parut aussi incongru qu'un taureau entonnant une aria.

Gray se retourna. Son collègue contemplait une vitrine. Derrière la pellicule de givre, une lumière orangée éclairait une ribambelle d'ours en peluche de toutes tailles et de toutes formes. Le nom de la boutique ? Sixpenny Bears[1].

— Il y en a même un habillé en boxeur !

Gray l'empêcha de s'approcher :

— On est déjà en retard.

Les épaules de Kowalski s'affaissèrent et, après un dernier regard plein d'envie, il lui emboîta le pas.

Rachel le dévisagea d'un air étonné.

— Quoi ? grogna-t-il. Je pensais à Liz, ma petite amie. C'est... c'est elle qui collectionne les nounours.

Sceptique, elle l'observa quelques instants, tandis qu'il rejoignait l'auberge d'un pas lourd en ronchonnant.

— Allez discuter avec l'historien, annonça Seichan. Moi, je monte la garde dehors.

Gray la fixa en silence. Ce n'était pas le plan convenu. Malgré sa mine impassible, l'Eurasienne scruta la place, sans doute à l'affût de perchoirs de sniper, d'issues de secours et de bonnes planques. À moins qu'elle n'évite juste de croiser ses yeux... Son but était-il réellement d'assurer leur sécurité ou de maintenir une distance froide ?

— Un problème ?

— Non, rétorqua-t-elle en fusillant presque l'Américain du regard. Et j'ai bien l'intention que ça continue.

Gray ne se sentait pas d'humeur à discuter. De toute façon, après leurs déboires en Italie, il valait mieux être prudent.

Il rejoignit donc les deux autres, traversa la terrasse de l'hôtel et s'arrêta à la porte. Une pancarte annonçait : « *Bien-*

---

1. Littéralement, *Nounours à six sous*. (*N.d.T.*)

venue aux enfants et aux chiens gentils ». Voilà qui excluait sans doute Kowalski. Gray songea à lui dire de rester dehors, mais Seichan n'en aurait été que plus agacée.

À peine entré, il fut submergé par une chaleur entêtante aux effluves de malt et de houblon. Le pub jouxtait directement le hall de l'hôtel. Quelques voix résonnèrent, accompagnées d'un rire tonitruant.

Tandis que Kowalski se ruait aux toilettes, Gray resta planté sur le seuil à inspecter la salle. Le modeste pub du Kings Arms accueillait quelques tables autour d'une cheminée en pierres sèches. Pour lutter contre le froid, on y avait allumé une belle flambée. Près de l'âtre se dressait la statue en bois grandeur nature d'un roi couronné, sans doute homonyme de l'établissement[1].

Un nouveau rire retentissant attira l'attention de Gray sur un box voisin. Deux habitants du coin en tenue de chasse et cuissardes se tenaient devant une table et son unique occupant.

— Tombé en plein dans le marais, le Wallace ! gloussa l'un d'eux.

Il se frotta l'œil et brandit une chope de bière brune.

— Oui, cul par-dessus tête ! Direct au fond, confirma le client avec un accent écossais très marqué.

— J'aurais bien voulu être là, tiens !

— Ah, mais la puanteur après, les gars... Ça, je vous garantis que vous vous en seriez passés.

Nouveau rire franc de l'homme assis à table.

Gray reconnut le Dr Wallace Boyle d'après sa photo publiée sur le site Internet de l'université d'Édimbourg. Contrairement au professeur rasé de frais et en costume, ce type-là avait une barbe grisonnante de trois jours. À l'image de ses amis chasseurs, il portait une veste à chevrons élimée et un gilet matelassé. Sur la table : une casquette vert mousse en tweed, des mitaines et une écharpe. Le siège voisin accueillait un fusil rangé dans son étui.

Le Dr Boyle aperçut le commandant Pierce :

— Tavish, Duff, on dirait que mes journalistes sont arrivés.

---

1. *Kings Arms Hotel*, littéralement « Aux Armes du Roi ». *(N.d.T.)*

À en croire leur couverture, Gray et Rachel étaient deux reporters internationaux qui enquêtaient sur l'attentat au Vatican et la mort du père Giovanni. Kowalski jouait le rôle du photographe.

Méfiance des habitants envers les étrangers oblige, le visage des deux chasseurs se durcit, mais ils les saluèrent d'un signe de tête, avalèrent une dernière lampée et prirent congé :

— À la revoyure, Wallace ! De toute manière, il faut qu'on y aille. On se les caille déjà dehors.

— Et ça ne va pas s'arranger, renchérit le professeur.

Au sortir des toilettes, Kowalski s'arrêta au bar, hypnotisé par l'ardoise qui, au-dessus de la cheminée, répertoriait les différents breuvages locaux :

— Copper Dragon's Golden Pippin... La « pomme de reinette du dragon en cuivre » ? C'est une bière ou un cocktail de fruits ? Moi, je ne veux rien qui contienne des fruits. À part une olive...

Gray ne releva pas et se dirigea vers Wallace qui, pour l'accueillir, déplia son mètre quatre-vingt-dix. Le sexagénaire robuste et carré d'épaules avait un faux air de Sean Connery. Quand il leur serra la main, ses yeux s'attardèrent sur Rachel. Il fronça légèrement les sourcils mais, d'un sourire, il masqua vite la raison de sa perplexité.

Au moment de s'asseoir, la jeune femme se figea : le banc était occupé. Une petite tête poilue posa le menton sur la table, à dix centimètres d'une assiette à moitié remplie de saucisse-purée.

— Descends de là, Rufus, gronda Wallace sans grande méchanceté. Laisse la place à nos invités.

Le terrier noir et feu renâcla d'un air exaspéré, puis il sortit tranquillement de sous la table, tourna deux fois en rond devant l'âtre et se coucha en poussant un gros soupir.

— Voici mon chien de chasse. Je le gâte un peu trop mais, à son âge, il l'a bien mérité. C'est le meilleur dénicheur de renards du pays. Et pourquoi en serait-il autrement ? Il est né et a été élevé ici. Un véritable Lakeland Terrier !

Le Dr Boyle n'avait rien d'un enseignant attendant la préretraite ni même d'un professeur qui se reposerait sur ses lauriers. Pourtant, à en juger par sa biographie, c'était un ponte de l'histoire des îles Britanniques, en particulier de l'ère néolithique à l'occupation romaine.

Tout le monde s'assit à table. En bon « faux journaliste », Gray sortit un dictaphone numérique. Après quelques banalités sur la météo et le trajet, Wallace entra dans le vif du sujet :

— Vous avez donc parcouru des milliers de kilomètres pour voir ce que nous avions découvert au cœur de la montagne.

Il s'était adapté à son auditoire : son accent écossais était moins prononcé, son style plus formel.

— Depuis la mort du père Giovanni, je suis assailli par les questions de la presse, mais personne n'était encore venu me voir en personne. Remarquez, le bon prêtre lui-même n'avait pas mis les pieds ici depuis des mois.

— Comment ça ? s'étonna Rachel.

— Le père Giovanni est parti sur la côte à la fin de l'été. La dernière fois que j'ai eu de ses nouvelles, il était en Irlande.

Wallace secoua tristement la tête et, du bout de l'ongle, il tapota sa bière en guise d'hommage au défunt.

— Marco était un garçon brillant. Franchement, c'est une perte immense. Ses recherches sur l'origine des chrétientés celtiques auraient pu bouleverser notre conception de l'histoire.

— Pourquoi a-t-il entamé son enquête de terrain ici, dans le Lake District ?

— Oh ! Il aurait bien fini par y atterrir, monsieur Pierce. Même si je ne l'avais pas incité à m'y rejoindre.

— Pourquoi ?

— La passion de Marco – ou plutôt son obsession – le poussait à sillonner les endroits où paganisme et christianisme se chevauchaient. Or, l'histoire de la région reflète parfaitement ce conflit gravé dans les ruines et la pierre. Ce sont les Scandinaves qui, les premiers, ont débarqué d'Irlande au IXᵉ siècle pour défricher la terre. Ils y ont apporté toutes leurs traditions. Ainsi, le village de Hawkshead a été fondé par un certain Haukr, dont le patronyme survit encore ici. Ça vous donne une idée de la longue histoire du coin, non ?

Wallace désigna l'église qui surplombait la bourgade.

— Seulement, les temps changent. Au XIIᵉ siècle, la région est passée sous le contrôle de l'abbaye de Furness, dont les vestiges se dressent non loin d'ici. Les moines cultivaient les champs, faisaient le commerce de la laine et des moutons mais, surtout, ils dirigeaient les villageois superstitieux d'une main de fer. Pendant des siècles, des tensions ont perduré entre les anciens rites païens et la nouvelle religion. Les vieilles traditions continuaient d'être célébrées en secret, souvent au milieu des sites préhistoriques qui jalonnent la campagne environnante.

— Qu'entendez-vous par sites « préhistoriques » ? se renseigna Rachel.

— Des endroits qui remontent au néolithique, il y a cinq mille ans : vieux cromlechs, menhirs, tumulus, dolmens, castra, énuméra-t-il sur ses doigts. Stonehenge est peut-être l'endroit le plus célèbre, mais il en existe des centaines d'autres répartis sur l'ensemble des îles Britanniques.

Gray tenta de le ramener au sujet de l'enquête :

— En quoi vos fouilles intéressaient-elles le père Giovanni ?

— Ça, il faudra le découvrir par vous-mêmes, mais je peux vous dire ce qui m'a amené ici, moi.

— Quoi donc ?

— Un simple paragraphe d'un texte du XIᵉ siècle surnommé le *Livre de l'Apocalypse*.

Kowalski s'approcha. Une grande pilsner dans chaque main, il buvait aux deux verres à la fois mais, en entendant Wallace, il s'arrêta à mi-gorgée :

— L'Apocalypse ? Génial... Comme si on n'avait pas déjà assez d'emmerdes.

11 h 05

En arpentant la place du village, Seichan s'élabora mentalement une carte détaillée des lieux, brique par brique, jusqu'au moindre chemin, bâtiment ou voiture stationnée. Tout était gravé dans son esprit.

Deux chasseurs sortirent du pub et rejoignirent un camion sur le parking.

Après s'être assurée de leur départ, elle se trouva un poste d'observation avec vue imprenable sur le Kings Arms Hotel : le seuil d'une boutique fermée. Grâce au renfoncement de la devanture, elle pouvait s'abriter du vent glacé et monter la garde en toute discrétion. La vitrine exposait une kyrielle d'animaux en céramique pastel soigneusement habillés : cochons, vaches, canards et, bien sûr, d'adorables lapins... des dizaines de lapins. Et pour cause ! Le Lake District était le berceau de Beatrix Potter et de son célèbre Pierre Lapin.

Même si elle surveillait l'hôtel, Seichan ne put s'empêcher d'admirer le magasin. Le peu de souvenirs qu'elle avait de son enfance, elle aurait voulu les oublier. Elle n'avait pas connu ses parents et avait grandi dans un orphelinat en banlieue de Séoul. L'endroit sordide était d'un confort spartiate mais, quelque temps auparavant, un missionnaire catholique y avait apporté des livres, dont ceux de Beatrix Potter. C'était dans la lecture qu'elle avait passé ses jeunes années et trouvé le moyen d'échapper à la faim, aux mauvais traitements et au manque de soins. Fillette, elle s'était même fabriqué un petit lapin en remplissant de riz sec un lambeau de sac de jute. Pour qu'on ne le lui vole pas, elle le cachait derrière une planche descellée du mur, mais un rat avait fini par en dévorer le rembourrage. Elle avait pleuré une journée entière, jusqu'à ce qu'une surveillante générale la frappe, histoire de lui rappeler que même le chagrin était un luxe.

Seichan tourna le dos à la boutique, chassa les mauvais souvenirs de son esprit... mais ce n'était pas seulement le passé qui la rendait triste. Au pub, Gray discutait avec un homme en costume de tweed, sans doute le Dr Wallace Boyle. Seichan observa l'Américain. Ses cheveux noirs avaient poussé et quelques mèches lui retombaient sur le front. Son visage s'était aussi durci, ce qui faisait saillir ses pommettes. Au coin de ses prunelles bleu glacier, on apercevait même quelques pattes d'oie, non parce qu'il avait trop ri mais parce que les deux dernières années avaient été éprouvantes.

Malgré le froid et la neige, Seichan se remémora la douceur de ses lèvres. Dans un instant d'égarement, elle l'avait embrassé. Il n'y avait eu aucune tendresse, rien qu'un élan désespéré, mais elle se rappelait sa chaleur, ses joues mal rasées, son étreinte puissante. À ce moment-là, ni l'un ni l'autre n'avaient accordé d'importance à leur baiser.

À travers sa poche, elle effleura sa cicatrice au ventre.

Ils avaient simplement joué un jeu de dupes.

Comme encore à présent.

Son portable vibra.

Enfin.

Voilà pourquoi elle était restée dehors dans le froid. Elle sortit son téléphone :

— Je vous écoute.

— Ils ont toujours le paquet ?

Avec son accent américain, la voix au bout du fil était calme, sereine mais plutôt sèche. C'était son seul contact : une certaine Krista Magnussen.

Seichan détestait obéir aux ordres, mais elle n'avait pas le choix. Elle devait faire ses preuves :

— Oui, il est à l'abri. En ce moment, ils discutent avec l'informateur.

— Parfait. Nous agirons lorsqu'ils seront sur le site de fouilles. Notre équipe a installé les charges hier soir. Les récentes chutes de neige devraient couvrir ses traces.

— Et l'objectif ?

— Inchangé : leur mettre le feu aux fesses. En l'occurrence, littéralement. Le site archéologique constitue aujourd'hui plus un handicap qu'un avantage, mais sa destruction doit paraître naturelle.

— Et vous y avez veillé.

— En effet. Vous aurez donc tout le loisir de vous concentrer sur votre tâche.

Seichan sentit la menace implicite. Si elle voulait avoir la vie sauve, elle n'avait pas le droit à l'échec.

Tandis qu'on lui précisait les détails de sa mission, elle épia l'intérieur du pub. Son regard se porta sur l'Italienne assise à côté de Gray. La mine radieuse, Rachel Verona sourit à une remarque du professeur.

Seichan n'avait rien contre elle... mais cela ne l'empêcherait pas de l'empoisonner.

11 h 11

La discussion se poursuivit sous l'œil attentif de Rachel. Le cours d'histoire avait beau être fascinant, il semblait cacher quelque chose de plus profond – non seulement à propos du père Giovanni mais aussi d'une réalité encore tacite. Sans être lascif, le Dr Boyle la fixait avec insistance, comme s'il tentait de la jauger, et elle avait un mal fou à soutenir son regard.

Que se passait-il ?

— Je ne comprends pas. En quoi le Livre de l'Apocalypse est-il lié à votre trouvaille archéologique ?

D'un geste, Wallace pria Gray d'être patient :

— À l'origine, il s'intitulait le Livre de *Domesday*, de la racine *dom* qui, en vieil anglais, signifie « compte » ou « calcul ». Guillaume le Conquérant l'avait commandé afin d'estimer la valeur de ses nouveaux territoires annexés et d'y appliquer les impôts en conséquence. Toute l'Angleterre était concernée et l'enquête recensait les ressources locales, du nombre de bêtes et de charrues dans les champs jusqu'à la quantité de poisson des lacs et des rivières. Aujourd'hui encore, l'ouvrage nous offre une des meilleures descriptions de la vie à l'époque.

Pressé d'arriver au but, le commandant Pierce insista :

— Vous avez dit que vos fouilles avaient été motivées par *un seul* paragraphe. De quoi parlez-vous ?

— Voilà le hic ! En fait, le Livre de Domesday a été compilé par un seul copiste et rédigé dans une espèce de latin codé. On ignore la raison de telles mesures de sécurité. Certains historiens suggèrent que l'enquête d'envergure nationale répondait à un autre besoin, une forme de comptabilité occulte... d'autant que plusieurs lieux répertoriés sont étrangement signalés par un mot latin signifiant « ravagé ». Ils se concentrent en majorité dans le nord-ouest de l'Angleterre, où les frontières étaient encore très flottantes.

— Par « nord-ouest », vous entendez notamment la région du Lake District ? intervint Rachel.

— Exact. Le comté de Cumbria était l'enjeu de nombreuses guerres de conquête. Quand l'armée du roi avait détruit un bourg ou un hameau, il était estampillé « ravagé », car on ne pouvait pas taxer ce qui n'existait plus.

— Sérieux ? lâcha Kowalski, le nez plongé dans sa double bière. Vous n'avez jamais entendu parler des droits de succession ?

Wallace lui adressa un regard interrogateur.

— Ne l'écoutez pas, conseilla Gray.

Le professeur se racla la gorge :

— Un examen approfondi du Livre de l'Apocalypse a révélé un drôle de mystère. Tous les sites dits *ravagés* n'ont pas été anéantis par l'armée anglaise. Une poignée de références ne trouve aucune explication. Ces rares exemples sont écrits à l'encre rouge, comme si quelqu'un avait tenté de mener l'enquête. Moi qui voulais résoudre l'énigme, j'ai passé presque dix ans à étudier une allusion à un village de montagne disparu. J'ai épluché les archives, mais l'endroit semblait avoir purement et simplement été rayé de la carte. Alors que je m'apprêtais à jeter l'éponge, j'ai découvert un truc bizarre dans le carnet de voyage d'un certain Martin Borr, légiste royal de son état. Son livre se trouvait à Saint-Michel.

Il indiqua l'église qui trônait sur les hauteurs du village.

— Ce sont des ouvriers qui, au cours d'une rénovation, ont sorti l'ouvrage d'une cave murée. Borr repose au cimetière de Saint-Michel et ses biens ont été légués à la paroisse. Même si ses notes ne racontent pas exactement ce qui est arrivé au village, l'homme évoque une histoire effroyable et sous-entend que le terme « apocalypse » serait peut-être plus conforme à la réalité des choses. Il a même marqué son journal d'un symbole païen, ce qui m'a mis la puce à l'oreille.

— Un symbole païen ? répéta Rachel.

Les doigts de la jeune femme descendirent vers sa poche de manteau, où dormaient la bourse en cuir et son macabre contenu.

Gray lui pressa la main. Le message était clair : tant qu'on n'en saurait pas plus sur le professeur, la lieutenante ne devait pas lui montrer sa trouvaille. Émue par la chaleur du contact charnel, elle ravala sa salive et reposa la main sur la table.

Wallace ne remarqua pas leur manège silencieux :

— Ah, ça, pour être païen, il était païen ! Laissez-moi vous montrer.

Il trempa son index dans la bière et, en quelques traits habiles, il traça un cercle et une croix sur la table. Le dessin était familier.

— Un cercle en quartiers.

— Absolument, monsieur Pierce ! s'étonna l'Écossais. On le trouve gravé sur de nombreux sites archéologiques, mais ce qui m'a frappé, c'est qu'il figurait sur un journal de bord chrétien.

Rachel sentit qu'ils touchaient au cœur du mystère :

— Et ce fameux carnet vous a donc conduit jusqu'au village perdu en montagne ?

— Non, sourit-il. Ma découverte était encore plus excitante.

Wallace se cala au fond de son siège, croisa les bras et fixa tour à tour ses trois interlocuteurs :

— Avant que je vous en parle, pourquoi ne me dites-vous pas d'abord ce qui se passe ? Et ce que vous fabriquez ici ?

Gray tenta de préserver leur couverture en feignant l'incompréhension :

— Je ne vous suis pas.

— Ne me prenez pas pour un imbécile. Si vous êtes journalistes, moi, je suis la reine d'Angleterre.

Wallace s'attarda de nouveau sur Rachel.

— Je vous ai tout de suite reconnue, jeune fille. Vous êtes la nièce de Monsignor Verona.

Gray parut recevoir un coup de poing à l'estomac. Quant à Kowalski, il leva les yeux au ciel et vida son verre d'un trait.

Médusée, l'Italienne ne vit aucune raison de prolonger la mascarade. Elle comprenait à présent pourquoi le professeur l'avait dévisagée si bizarrement :

— Vous connaissez mon oncle ?

— Pas très bien, mais je suis navré d'apprendre qu'il est toujours dans le coma. Nous nous sommes rencontrés lors d'un symposium il y a quelques années et nous avons entamé une correspondance. Votre oncle était très fier de vous – de votre poste de carabinier en charge des enquêtes sur les vols d'antiquités. Il m'a envoyé des photos et, à mon âge, on n'oublie pas un si joli minois.

Rachel jeta un regard désolé à Gray : elle ignorait tout de leur connexion personnelle.

Wallace enchaîna :

— Je ne vois pas l'intérêt de votre subterfuge mais, avant de continuer, j'exige des explications.

Soudain, le chien de chasse émit un grognement sourd. Il se releva près du feu et guetta l'entrée de l'hôtel. Lorsque la porte s'ouvrit, il gronda plus fort.

Une silhouette s'avança et ôta la neige collée à ses bottes.

Ce n'était que Seichan.

CHAPITRE 13

12 octobre, 13 h 36
Oslo, Norvège

Le déjeuner s'acheva sur une mise en garde d'Ivar Karlsen campé sur son estrade :
— L'humanité doit vite répondre à la crise. Notre génération ou la suivante risquent en effet de subir une catastrophe planétaire.

Painter partageait sa table avec John Creed et Monk. Arrivés à Oslo depuis une heure, ils avaient failli rater le repas d'inauguration du Sommet mondial de l'alimentation.

Poutres au plafond, parquet chevron en chêne, lustres étincelants et splendides nappes en lin : la salle de réception du château d'Akershus semblait tout droit sortie d'un conte médiéval.

Ironie du sort pour une conférence dédiée à la faim dans le monde, on avait proposé un menu en cinq services parmi lesquels, honneur à la gastronomie norvégienne, figuraient des médaillons de renne aux champignons et un plat très relevé de *lutefisk*, spécialité locale de poisson séché. Monk était en train de mélanger son dessert en quête de la dernière mûre blanche cachée sous la chantilly. Quant à Creed, il sirotait son café en écoutant attentivement l'orateur.

Comme l'estrade avait été installée au fond de la salle, Painter avait du mal à décrypter le célèbre Ivar Karlsen mais, même de loin, on ne pouvait contester sa passion et son sérieux :

— Les gouvernements de la planète mettront trop de temps à réagir. Seul le secteur privé possède la fluidité et la capacité d'innovation nécessaires pour éviter le pire.

Le scénario du P-DG donnait la chair de poule. Tous ses modèles de perspective se terminaient de la même manière : quand la démographie galopante se heurterait à la stagnation des ressources alimentaires, il s'ensuivrait un chaos qui tuerait 90 % de la population mondiale et il ne semblait exister qu'un seul espoir, une solution finale aux relents de philosophie hitlérienne.

— Le contrôle des naissances doit démarrer sur-le-champ. Il faut prendre des initiatives dès aujourd'hui ou, mieux encore, dès *hier*. Unique moyen d'éviter le drame ? Ralentir la croissance des populations, appuyer sur le frein avant de foncer dans le mur. Ne vous méprenez pas : ce mur, nous allons forcément le percuter. La collision est inéluctable. Reste à savoir si on veut tuer tous les passagers ou s'en sortir avec quelques égratignures. Pour le bien de l'humanité, pour notre avenir, nous devons agir maintenant.

D'un geste, Karlsen remercia les maigres applaudissements d'un auditoire peu enthousiaste. Son discours d'inauguration avait jeté un froid.

Un homme assis à la première table lui succéda au micro. Painter reconnut le sévère Dr Reynard Boutha, économiste sud-africain et coprésident du Club de Rome. En montant sur l'estrade, Boutha salua Karlsen d'un signe de tête, mais on sentait bien son irritation : le ton alarmiste du Norvégien lui avait beaucoup déplu.

Painter écouta à peine son intervention, qui se voulait plus conciliante, plus optimiste et soulignait l'ampleur des progrès déjà accomplis dans l'aide aux affamés. Il préféra se concentrer sur Karlsen : le P-DG de Viatus ne broncha pas, mais ses doigts se crispèrent sur son verre et, preuve qu'il n'adhérait pas au propos, il détourna la tête de la scène.

Monk aboutit à la même conclusion :

— On dirait qu'il veut flanquer son poing quelque part.

Quand la péroraison de Boutha eut scellé la fin du déjeuner, Painter bondit de sa chaise :

— Rentrez à l'hôtel, messieurs. Je vais bavarder quelques instants avec Karlsen et je vous retrouve là-bas.

John Creed se leva :

— Je croyais que nous avions rendez-vous demain matin.

— Oui, mais ça ne mange pas de pain d'aller dire bonjour.

À contre-courant, Painter se fraya un chemin dans la cohue des invités qui se pressaient vers la sortie. Karlsen était entouré de quelques admirateurs qui le félicitaient, lui posaient des questions et lui serraient la main. Un peu à l'écart, Boutha discutait avec un homme au nez busqué et au costume mal coupé :

— Antonio, vous ne deviez pas déconseiller à M. Karlsen de prononcer un discours aussi incendiaire ?

— Je l'ai fait, répondit l'autre, le visage couperosé. Le problème, c'est qu'il n'écoute jamais... Heureusement, il a quand même édulcoré son sermon. En première version, il réclamait un contrôle obligatoire des naissances dans les pays du tiers-monde. Vous imaginez l'accueil ?

— Au moins, il ne participera pas au sommet qui débute demain, soupira Boutha.

— Piètre consolation. Il accompagne certains de nos plus gros mécènes au Svalbard. Je n'ose imaginer ce qu'il va leur dire quand il se retrouvera seul face à eux. Si j'étais aussi du voyage...

— Les vols programmés sont complets, Antonio, et comme, moi, j'y participe, je pourrai calmer les esprits.

Les deux hommes s'éloignèrent, ce qui laissa le champ libre à Painter pour aller serrer chaleureusement la main du P-DG en posant la paume sur son poignet :

— Permettez-moi de me présenter. Capitaine Neal Wright, du bureau américain de l'Inspection générale.

Karlsen dégagea sa main mais garda le sourire :

— Ah, l'enquêteur du ministère de la Défense ! Vous pouvez compter sur mon entière collaboration au sujet de la tragédie au Mali.

— Notre entretien n'est prévu que demain, je sais, mais j'ai trouvé votre discours fascinant.

Painter se servit alors de ce qu'il venait d'entendre :

— Quoique vous ne reteniez pas un peu vos coups ?

— Comment ça ? souffla le Norvégien, intrigué.

— Il faudra sans doute recourir à des méthodes drastiques pour enrayer la croissance démographique. J'espérais que vous entreriez plus dans les détails au lieu de vous cantonner à des généralités.

— Vous avez peut-être raison, mais le sujet prête à controverse et il vaut mieux y aller avec des gants. Trop souvent, les gens ont du mal à distinguer contrôle de population et eugénisme.

— Comme de savoir qui a le droit d'élever des enfants ou pas ?

— Exact. Ce n'est guère la tasse de thé des gens tributaires de l'opportunisme politique ou de l'opinion publique. Voilà pourquoi les gouvernements ne résoudront jamais le problème. C'est une question de volonté et de timing.

Karlsen consulta sa montre.

— En parlant d'heure, mon prochain rendez-vous m'attend, mais je serais ravi d'en rediscuter demain à mon bureau.

— Parfait. Et merci encore pour votre discours éclairant.

Le grand patron acquiesça en silence et prit congé, déjà concentré sur la suite de son planning.

Painter le regarda s'éloigner dans le hall, puis, au fond de sa poche, il appuya sur le bouton latéral de son téléphone portable. Aussitôt, l'appareil émit une fréquence radio à ondes courtes qui activa le récepteur polysynthétique coincé au niveau de son tympan.

Un brouhaha de voix accompagné de cliquetis de vaisselle qu'on débarrassait lui résonna au creux de l'oreille. Les sons amplifiés venaient du mouchard que l'Américain avait caché dans la manche de veste d'Ivar Karlsen au moment où il lui avait serré la main. Pas plus gros qu'un grain de riz, le dispositif d'espionnage électronique avait été conçu par les ingénieurs du DARPA sur une idée propre de Painter. Ce dernier dirigeait peut-être Sigma, mais il avait fait ses classes sur le terrain. Ses domaines de prédilection ? La micromécanique et la surveillance.

Karlsen salua un homme grisonnant de haute stature. Painter reconnut Sebastian Gorman. Il tendit l'oreille, supprima les bruits de fond et se focalisa sur la voix du Norvégien :

— ... voir, sénateur. Vous avez pu assister au discours ?

— Juste la fin, mais je connais vos convictions. Comment ont-elles été reçues ?

— Bah ! Je crains qu'elles n'aient pas encore fait mouche.

— Les choses vont changer.

— Hélas, oui, confirma tristement Karlsen. Pour parler d'autre chose, je viens de rencontrer l'enquêteur de Washington. Il m'a l'air très compétent.

Painter esquissa un sourire.

Rien de tel que de faire une bonne première impression...

Gorman scruta la salle de réception. Painter baissa la tête et s'immisça dans un groupe d'invités. Le sénateur n'était pas assez haut placé pour avoir été informé de l'arrivée de Sigma. Il croyait n'avoir affaire qu'à un simple agent du ministère de la Défense, mais l'anonymat restait de mise. Le général Metcalf ne voulait pas qu'on vole dans les plumes de Gorman. Soupe au lait, l'homme politique exprima d'ailleurs son impatience :

— C'est une stupide perte de temps d'envoyer quelqu'un ici ! L'enquête devrait concentrer tous ses moyens au Mali.

— Je parie qu'ils ont seulement à cœur de ne rien oublier. Ça ne me dérange pas.

— Vous êtes trop généreux.

Quand les deux amis s'éloignèrent, Painter se dirigea à son tour vers la sortie en continuant d'épier leur conversation.

Pour une fois, cela faisait du bien d'avoir le dessus.

Dans une pièce voisine, Krista Magnussen contempla l'homme figé sur l'écran d'ordinateur. Avec son corps musclé, ses cheveux noirs et ses yeux bleus étincelants, il était d'une beauté saisissante. Au cours du déjeuner, grâce à une discrète caméra sans fil braquée vers l'avant de la salle, elle avait observé toutes les personnes ayant abordé Ivar Karlsen. Il n'y avait pas de bande-son, mais elle pouvait passer chaque image au scanner à reconnaissance faciale et croiser ses informations avec la vaste base de données de la Guilde.

Le programme numérisa le visage du beau brun selon un schéma d'une centaine de points de référence et le chargea. Quelques secondes plus tard, l'écran afficha un mot en rouge et, juste au-dessous, un code d'opération.

Le mot lui glaça le sang.

Sigma.

Quant au code, elle le connaissait bien aussi.

À éliminer d'office.

Krista revint aux images en direct. L'homme avait disparu.

Antonio Gravel passait une sale journée.

Après le déjeuner, il avait décidé d'attaquer Ivar Karlsen de front pour tenter une dernière fois de décrocher son invitation au Svalbard. Il était même prêt à faire des concessions, à lui lécher les bottes si nécessaire. Au lieu de quoi, le Norvégien était tombé sur le sénateur. Antonio avait attendu en coulisse qu'on le présente mais, comme d'habitude, le fumier l'avait superbement ignoré et, tout en bavardant, les deux hommes avaient quitté la pièce.

Suffoqué par l'insulte, aveuglé de rage, Antonio pivota sur ses talons et percuta de plein fouet une femme qui sortait à la hâte d'une pièce adjacente. Elle portait un long manteau de fourrure et un fichu sur les cheveux. Le choc fut tel qu'elle perdit ses grosses lunettes de soleil Versace, mais elle les rattrapa d'une main habile et les reposa sur son nez.

— *Entschuldigen Sie bitte*, s'excusa Antonio.

Surpris et mortifié, il avait réagi dans sa langue natale, le suisse allemand. De plus, il lui sembla bizarrement reconnaître un visage familier.

Qui... ?

La fille jeta un coup d'œil à la salle de réception, puis fonça vers le hall en faisant voler les pans de son manteau. De toute évidence, elle était en retard à un rendez-vous.

Irrité, il la regarda disparaître dans l'escalier mais, alors qu'il partait en sens inverse, la mémoire lui revint.

Il sursauta et fit volte-face.

Impossible !

Il devait y avoir erreur sur la personne. Il n'avait croisé la généticienne qu'une seule fois, lors d'une assemblée consacrée au programme de recherche Viatus en Afrique. Son nom lui échappait, mais il s'agissait bien de la même femme. Pour tromper l'ennui de la réunion, il n'avait cessé de l'admirer et de la déshabiller du regard en imaginant lui faire du rentre-dedans.

C'était forcément elle.

Elle était pourtant censée être morte, victime du carnage au Mali. On n'avait retrouvé aucun rescapé.

Que fabriquait-elle donc à Oslo, vivante et indemne ? Et pourquoi se cachait-elle derrière des lunettes noires et des vêtements longs ?

Antonio fronça les sourcils à mesure qu'il prenait conscience de la situation. Quelque chose se tramait en douce à propos de Viatus. Or, depuis des années, il cherchait des casseroles sur Ivar histoire d'obliger le salaud à se plier à sa volonté.

Enfin, l'occasion semblait se présenter, mais comment tourner l'affaire à son meilleur avantage ?

Antonio avait déjà une idée. Il savait quelle carte abattre en premier. Un homme qui avait perdu son fils pendant le massacre. Comment le sénateur Gorman réagirait-il en apprenant que quelqu'un avait survécu à l'attaque et qu'Ivar taisait son identité ?

Un sourire narquois aux lèvres, il quitta la salle.

D'un seul coup, sa journée s'était éclairée.

15 h 15

Painter quitta la citadelle d'Akershus. À quelques encablures du cercle polaire arctique, le soleil avait déjà décliné à l'horizon. Le port du fjord s'étendait au loin. Sur la promenade, une couche de neige recouvrait les vieux canons vert-de-gris dirigés vers le large, prêts à protéger la côte des navires de guerre. Quoiqu'à l'heure actuelle, seul un paquebot de croisière Cunard mouillait à quai.

Tandis que les mouettes piquaient vers la mer en criant dans les effluves de gasoil, Painter longea l'énorme bateau et se dirigea vers la ville à proprement parler. Voilà une heure qu'il épiait les conversations d'Ivar Karlsen. Grâce au mouchard, il avait l'occasion d'apprendre un maximum de détails sur le P-DG, informations qui pourraient se révéler d'une valeur inestimable pour l'entretien du lendemain.

Le Norvégien n'avait pas lâché de scoop mais, une chose était sûre, les problèmes de surpopulation et de faim dans le monde lui tenaient à cœur. Il ne parlait que de solutions réalistes et de sens pratique. C'était manifestement la mission de sa vie.

Painter avait aussi surpris une discussion intéressante sur les souches de maïs résistant à la sécheresse testées au Mali. En huit jours, des cargaisons de semences OGM avaient été expédiées aux quatre coins de la planète, ce qui avait fait flamber le cours de l'action Viatus. Pourtant, Ivar n'était pas rassasié. Il avait promis que son département de biogénétique agricole élaborait de nouvelles plantes bourrées de qualités : blé résistant aux insectes, agrumes insensibles au gel, soja tueur de mauvaises herbes... La liste était longue. Il avait même parlé d'une graine de colza capable de produire une huile essentielle à la fabrication des plastiques biodégradables.

La conversation s'était toutefois achevée sur une note sombre. Lorsqu'on lui avait demandé pourquoi son entreprise était passée de la pétrochimie aux OGM, Karlsen avait paraphrasé Henry Kissinger :

— Contrôlez le pétrole et vous contrôlerez les nations, mais contrôlez la *nourriture* et vous contrôlerez l'ensemble de la population mondiale.

En était-il vraiment convaincu ?

Quelques minutes plus tard, le P-DG avait emprunté une limousine de fonction pour rejoindre son complexe de recherche en périphérie d'Oslo. Comme le microémetteur avait une portée limitée, Painter avait dû renoncer à jouer les espions... et ce n'était pas plus mal. L'allusion de Karlsen au département de biogénétique agricole l'avait mis sur des charbons ardents. À peine sentit-il le froid lorsqu'il se retrouva à l'ombre du paquebot de croisière et se faufila entre les passagers débarqués sur le ponton.

Il devait se préparer à une autre facette de l'enquête qui, ce soir-là, exigerait un effort accru de discrétion.

Soudain, au milieu des vacanciers, un grand gaillard en parka lui rentra dedans. Comme il avait flairé l'impact une fraction de seconde plus tôt, Painter s'écarta d'instinct. Une douleur fulgurante le prit au côté.

Il se retourna et aperçut l'éclat argenté d'un couteau dans la main du mystérieux inconnu. S'il n'avait pas esquivé à temps, la lame lui aurait perforé l'estomac. Il n'aurait pas deux fois la même chance. L'homme revint à la charge.

Jusqu'à présent, personne n'avait rien remarqué.

Painter empoigna le gros reflex Nikon pendu au cou d'un touriste innocent et s'en servit pour frapper son agresseur à la tempe. Quand ce dernier trébucha, l'Amérindien bondit, lui enroula la bandoulière en cuir autour du poignet et, d'une clé de bras, le plaqua au sol.

Le visage du type heurta le ciment. Un os de son bras cassa net. Le couteau lui échappa des mains.

Painter profita de l'affolement général pour enjamber le corps gesticulant de son adversaire. Au même instant, la dague tressauta, émit un sifflement strident et fusa le long du débarcadère verglacé. À la vue de l'arme mortelle, il hésita un instant.

Un couteau à air comprimé.

Le manche contenait une cartouche de CO_2 qui rendait la lame doublement dangereuse. Une fois qu'on l'avait plantée dans sa victime, il suffisait d'appuyer sur un bouton pour libérer un gaz glacé qui pulvérisait les organes internes. On pouvait ainsi tuer un ours brun en une seule frappe.

Propulsé par le jet de gaz, le poignard fila entre les jambes des touristes. L'attaque avait semé le chaos sur le quai. Des gens s'enfuyaient, d'autres accouraient. Quelqu'un cria :

— Il m'a piqué mon appareil photo !

Les agents de sécurité du port débarquèrent en masse. Certains se frayaient déjà un chemin parmi la foule.

La main collée sur le flanc, Painter s'enfonça vite dans la mêlée. Son manteau épais et son esquive *in extremis* lui avaient sauvé la vie, mais un filet de sang chaud coulait entre ses doigts. Une douleur vive lui enflammait l'abdomen. Il ne pouvait pas se faire prendre, mais la sécurité n'était pas son unique motif d'inquiétude. Lancé à pleine vitesse, il surveilla l'assemblée du regard.

L'assaillant était-il venu seul ?

Probablement pas.

Le temps de zigzaguer entre les croisiéristes, Painter examina les visages et les mains. Combien y en avait-il déguisés comme le premier, anonymes parmi les badauds mais sentinelles intraitables à la sortie d'Akershus ?

En tout cas, on ne l'avait pas agressé par hasard. Pas avec un couteau à air comprimé. Quelqu'un avait découvert sa véritable identité et jeté un filet autour de la citadelle médiévale.

Painter devait quitter les docks, s'éloigner rapidement du guet-apens. À l'entrée du parc qui jouxtait le port, la foule se clairsema. La neige crissait sous les bottes. Des gouttelettes rouge vif s'écrasaient sur le tapis immaculé. Comme piste, il n'y avait pas plus facile...

À cinquante mètres de là, un homme en anorak bondit par-dessus la clôture et avança vers lui d'un pas lourd. Au diable la discrétion ! Ignorant si son poursuivant était armé, Painter détala vers le secteur boisé du parc. Il devait se cacher quelque part.

L'assassin remonta la piste fraîche sur la neige. Il courait le dos voûté, son couteau serré dans la main gauche. À l'orée du bois, il garda un œil sur les traces, l'autre sur les environs. Sous les branches, il ne faisait pas assez sombre pour qu'il perde le fil de sa traque. Personne n'avait mis les pieds là-bas depuis les dernières chutes de neige : on ne distinguait qu'une seule paire d'empreintes.

Ainsi que des mouchetures de sang.

La piste serpentait entre les pins. Manifestement, la cible avait adopté une stratégie défensive de peur qu'il ne soit armé, mais son effort était inutile : l'assassin coupait en ligne droite.

Une clairière apparut. La piste continuait sans détour. Renonçant à toute précaution, sa proie tentait de rejoindre les rues du centre-ville. Les doigts crispés sur son couteau, l'homme galopa de plus belle pour la rattraper.

Au moment où il arrivait en bout de clairière, une branche basse lui fouetta les tibias avec la force d'un bélier. Il sentit ses jambes se dérober et tomba face en avant dans la neige. Aussitôt, une masse lui atterrit sur le dos et lui coupa le peu de souffle qui lui restait.

D'emblée, il comprit sa méprise. Painter Crowe avait rebroussé chemin, trouvé refuge derrière un pin et lui avait tendu une embuscade en retenant la branche qui lui avait balayé les mollets.

Ce fut sa dernière erreur.

Une main lui agrippa le menton. L'autre lui maintint la nuque à terre. Un coup sec. Son cou craqua. Une douleur vive jaillit, comme si le haut de son crâne avait explosé... et puis les ténèbres.

17 h 34

— Restez tranquille, gronda Monk. Je n'ai plus qu'un point à faire.

Assis en caleçon sur le rebord de la baignoire, Painter sentit l'aiguille lui percer la peau. Le spray anesthésiant atténuait à peine la douleur mais, au moins, Monk travaillait vite. Il avait déjà débridé et nettoyé la plaie, procédé à une injection préventive d'antibiotiques et, à grands points habiles, il refermait l'entaille de dix centimètres sous la cage thoracique de son patron.

Après avoir terminé la suture, il s'arma d'une bande de gaze et de sparadrap pour emmailloter le torse de Painter :

— Et maintenant ? On s'en tient au programme ?

Après son agression, le chef Crowe avait pris la poudre d'escampette en ville et, une fois certain de ne pas être suivi, il avait appelé Monk. Par prudence, il lui avait ordonné de changer d'hôtel, de réserver leurs chambres sous de nouvelles fausses identités et il les avait rejoints là-bas :

— Je ne vois aucune raison de le modifier.

Monk hocha la tête vers la blessure :

— Moi, j'en ai dix bons centimètres sous les yeux.

— On a affaire à des branquignoles. Le cerveau de l'opération a agi dans la précipitation. D'accord, je me suis fait avoir mais, à mon avis, on n'est pas plus en danger que ça.

— Ce n'est déjà pas mal comme danger...

— Il faudra juste prendre quelques précautions supplémentaires. Je dois éviter le sommet, me faire discret. En d'autres termes, l'enquête va davantage reposer sur Creed et vous.

— Ce soir, on part donc toujours en reconnaissance au laboratoire de recherche ?

— Oui, je vous surveillerai par radio. Rien d'extravagant : vous entrez en douce, vous piratez les serveurs et vous fichez le camp.

Grâce aux relations de Kat Bryant, ils disposaient de badges d'identification, de clés électroniques et d'un plan détaillé des lieux. Ils s'introduiraient là-bas après minuit, quand les employés seraient presque tous partis.

John Creed fit irruption dans la salle de bains. Il portait une blouse blanche flanquée du logo Viatus sur la poche. Sans doute était-il en train d'essayer son déguisement.

— Votre portable sonne, chef !

Painter s'empara du téléphone et vit, perplexe, le numéro du général Metcalf à l'écran. Quelle était la raison de son appel ? Tant qu'il n'en savait pas plus, il s'était gardé de raconter sa mésaventure aux autorités de Washington. Personne ne verrait d'un très bon œil l'annulation de l'opération avant même qu'elle ait commencé.

Surtout Painter.

— Allô, général ?

— J'imagine que vous êtes encore en pleine installation, donc je serai bref. Le sénateur Gorman a téléphoné. Il était dans tous ses états.

Painter s'efforça de comprendre. Il n'avait rien fait qui puisse froisser l'homme politique.

— Il y a une demi-heure, Gorman a reçu un mystérieux appel. Quelqu'un prétend avoir des informations sur l'attaque en Afrique. Apparemment, il y aurait un rescapé.

— Un rescapé ? s'étonna Painter.

— Le type veut le rencontrer au bar de son hôtel pour lui fournir de plus amples détails. En tête à tête.

— Je ne crois pas que ce soit une bonne idée.

— Nous non plus. Voilà pourquoi vous allez vous y rendre. Le sénateur sait qu'un enquêteur du ministère de la Défense se trouve déjà à Oslo. Il a expressément réclamé votre présence. Vous devrez faire profil bas et n'intervenir qu'en cas de nécessité.

— Quand le rendez-vous est-il fixé ?

— Ce soir à minuit.

Évidemment.

Dès que son directeur eut raccroché, Monk demanda :

— Alors ?

À l'annonce de l'étrange nouvelle, il fronça les sourcils et Creed exprima une crainte qu'ils partageaient tous les trois :

— C'est peut-être un piège censé vous attirer hors de votre tanière.

— Je suggère de reporter l'expédition chez Viatus, chef. On vous accompagne en renfort.

Painter pesa le pour et le contre. Kokkalis n'avait pas effectué de mission depuis des années et Creed avait à peine trempé les orteils dans le grand bain. Il semblait périlleux de les envoyer seuls en reconnaissance.

Monk comprit pourquoi il le dévisageait en silence :

— On s'en sortira, si c'est ce qui vous tracasse. Le gosse est peut-être un peu vert, mais on fera le boulot.

Devant tant d'assurance, Painter soupira et cessa de suranalyser la situation. Il n'était plus assis à son bureau de Washington. C'était une opération sur le terrain. Il devait se fier à son instinct... et son instinct lui disait que les choses échappaient vite à tout contrôle.

Pas question d'atermoyer.

— On s'en tient au planning, annonça-t-il sur un ton qui ne souffrait pas la discussion. Il faut accéder aux serveurs. Vu l'attaque d'aujourd'hui, il est clair que quelqu'un devient plus téméraire et plus agité, ce qui est un mauvais cocktail. On ne peut pas se laisser mettre sur la touche. Cette nuit, il suffira de se séparer.

— Et si vous vous faites encore agresser ? frémit Creed.

— Ne vous inquiétez pas. Ils ont eu droit à leur seul coup franc contre moi.

Painter récupéra au fond du lavabo le couteau à air comprimé qu'il avait confisqué à son adversaire dans le parc.

— Ce soir, ce sera moi le chasseur.

18 h 01

Vêtue d'un gros manteau doublé de renard, Krista descendit l'allée centrale du parc Frogner, dans les quartiers ouest d'Oslo. Son appartement donnait sur le jardin enneigé, mais elle n'en pouvait plus de patienter à l'intérieur. Elle avait emporté son téléphone portable.

Depuis la tombée de la nuit, le froid était devenu glacial.

Seule dans le parc, elle déambula entre les sculptures. Elle était si tendue qu'elle avait besoin de bouger, mais sa démarche était plutôt raide et son haleine tiède formait des halos de givre.

Autour d'elle se dressaient plus de deux cents statues créées par l'icône nationale Gustav Vigeland. La plupart des œuvres représentaient des corps nus diversement combinés et parfois imbriqués dans des positions acrobatiques. Ce jour-là, avec la neige, elles semblaient drapées de grandes capes blanches élimées.

Placé sous le feu des projecteurs, le clou de l'exposition ornait la plus haute butte du parc. Son nom ? Le Monolithe. Il rappelait à Krista quelque chose de *L'Enfer* de Dante, surtout la nuit. Voilà peut-être pourquoi elle s'y sentit attirée.

La sculpture était une tour circulaire haute de quatre étages et taillée d'un seul bloc. Sa surface entière était une masse grouillante de silhouettes humaines entortillées, enchevêtrées, emmêlées, bref une sombre orgie au cœur du granit. L'œuvre était censée figurer le cycle éternel de l'humanité mais, aux yeux de la jeune femme, cela ressemblait plutôt à un charnier.

Consciente de la suite des événements, Krista releva la tête.

Ce que nous sommes sur le point de relâcher...

Elle frissonna et serra sa capuche fourrée contre sa gorge. En cause : non pas le remords mais l'énormité de ce qui était en train de se déployer. Tout était en branle depuis plus de dix ans. Or, d'ici à quelques jours, ils ne pourraient plus revenir en arrière. Le monde allait changer et, dans l'affaire, elle avait joué un rôle primordial.

Sauf qu'elle n'avait pas agi seule.

Son téléphone vibra. Elle inspira à fond et exhala un nuage de condensation blanche. Ce jour-là, elle avait échoué. Quel serait son châtiment ? Elle fouilla le parc du regard. Étaient-ils déjà sur ses talons ? Elle n'avait pas peur de la mort. En revanche, elle était terrifiée à l'idée d'être exclue du jeu à la toute dernière seconde. Dans sa hâte et son désir de réussir, elle avait agi en dépit du bon sens. Elle aurait dû contacter ses supérieurs avant d'essayer de neutraliser l'agent Sigma par ses propres moyens.

Vu que le parc était désert et que la liaison satellite était cryptée, elle n'avait pas à s'inquiéter d'éventuelles oreilles indiscrètes.

Prenant son courage à deux mains, elle coinça le portable à l'intérieur de sa capuche :

— Allô ?

Jamais elle n'aurait cru entendre la voix au bout du fil. Un froid intense la saisit, comme si elle se retrouvait toute nue dehors.

— Il est vivant, annonça-t-on sur un ton impassible. Vous auriez dû réfléchir.

La gorge nouée, Krista ne pouvait pas parler. Cette voix-là, elle ne l'avait entendue qu'une fois dans sa vie. Elle venait d'être recrutée après un examen d'admission féroce lors duquel elle avait dû assassiner une famille entière, dont un nourrisson. Un politicien vénézuélien avait décidé de soutenir une enquête sur une société pharmaceutique française et il avait fallu y mettre le holà. Le garde du corps avait blessé Krista à la jambe, mais elle avait réussi à s'enfuir sans laisser de traces. Pas même une goutte de sang.

Pendant sa convalescence, elle avait reçu un appel de félicitations.

De la part de son interlocuteur actuel.

On disait de lui qu'il faisait partie des hauts responsables de la Guilde, connus sous le seul nom de code « Échelon ».

La Norvégienne finit par retrouver sa langue :

— J'assume l'entière responsabilité de mon échec.

— Et j'imagine que vous avez tiré la leçon de votre erreur, répondit-on sur un ton toujours aussi neutre.

Difficile de dire si l'homme était fâché ou pas.

— Oui, monsieur.

— À partir de maintenant, laissez-nous faire, on s'en occupe. Une nouvelle menace vient de surgir, beaucoup plus critique que de voir Sigma fureter à notre porte. Un problème que vous avez intérêt à régler sans tarder.

— Je vous écoute.

— Quelqu'un sait qu'il existe un rescapé du carnage au Mali. Il a rendez-vous ce soir avec le sénateur Gorman.

Les doigts de la jeune femme se crispèrent sur le téléphone. Comment était-ce possible ? D'une prudence absolue, elle avait veillé à rester bien cachée. La rage au ventre, elle se repassa le film des derniers jours.

— La rencontre ne doit pas avoir lieu, reprit son interlocuteur avant de lui préciser les circonstances du rendez-vous nocturne.

— Et le sénateur ?

— On peut s'en dispenser. S'il apprend quelque chose avant que vous ayez étouffé l'affaire, éliminez-le. Il ne faut laisser aucune preuve derrière nous... À propos de l'opération en Angleterre, tout est sous contrôle ?

— Oui, monsieur.

— Il est capital que nous retrouvions la clé du Livre de l'Apocalypse.

Krista en était consciente. Elle contempla l'enchevêtrement de corps humains du Monolithe. La clé pouvait soit les sauver, soit les condamner.

— Avez-vous confiance en votre informateur là-bas ?

— Bien sûr que non, répondit-elle. La confiance n'est jamais nécessaire. Seuls le pouvoir et le contrôle comptent.

Une fois n'était pas coutume, l'homme approuva d'une voix presque amusée :

— On vous a bien éduquée.

Il raccrocha, non sans avoir lâché une dernière phrase mystérieuse :

— Échelon garde un œil sur vous.

Krista resta plantée devant le Monolithe. Le téléphone vissé à l'oreille, elle frissonna encore de soulagement, de terreur mais surtout d'une certitude.

Elle n'avait plus le droit à l'erreur.

CHAPITRE 14

12 octobre, 16 h 16
Lake District, Angleterre

Dubitatif, Gray contempla son moyen de transport, qui le dévisagea à son tour avec méfiance et frappa le sol d'un coup de sabot.

Le Dr Boyle se fraya un chemin entre les montures :

— Ah ! Le poney Fell... Vous ne trouverez pas meilleur compagnon de voyage. Idéal pour la randonnée en montagne. Fort comme un bœuf et le pied très sûr.

— Vous appelez ces machins-là des *poneys* ? bredouilla Kowalski.

Gray comprenait sa consternation. L'étalon noir cendré qu'on lui sellait mesurait près d'un mètre cinquante au garrot. Il renâclait dans le froid et grattait la boue à moitié gelée.

— Du calme, Pip ! lança le palefrenier en resserrant la sous-ventrière d'un cran.

Parti de Hawkshead en voiture une heure plus tôt, Wallace avait emmené son groupe dans une ferme équestre d'altitude. Apparemment, le seul moyen de rejoindre le site de fouilles était d'y aller à pied ou à cheval. En un coup de téléphone, le professeur avait donc arrangé la suite du voyage à dos d'animal.

— Le poney Fell possède une longue histoire dans la région. Les féroces Pictes s'en servaient déjà contre les Romains. Les Vikings les utilisaient aux labours. Quant aux Normands, arrivés plus tard, ils en avaient fait des bêtes de somme pour transporter le plomb et le charbon.

Après avoir frotté le nez de son hongre brun, Wallace monta en selle. Son terrier trottina entre les chevaux et leva la patte sur un piquet de clôture. La méfiance initiale du chien envers Seichan semblait s'être mue en une trêve prudente. Tandis que la demoiselle enfourchait habilement une solide jument baie, il la contourna de loin.

— Veuillez excuser le vieux Rufus, avait expliqué Wallace au pub. Il tient à ses habitudes et cela me chagrine de vous avouer qu'il est plutôt raciste. Au printemps dernier, il a croqué les mollets d'un étudiant pakistanais.

Rachel avait paru atterrée, mais Seichan avait fixé l'animal d'un œil impavide jusqu'à ce qu'il baisse la queue et se réfugie à l'ombre de son maître. Après quoi, elle les avait rejoints à table.

Démasquée, la lieutenante avait avoué à Wallace leurs véritables intentions sans s'étendre, pour autant, sur certains détails. Par exemple, elle n'avait pas parlé du doigt momifié.

L'Écossais avait sagement écouté, puis haussé les épaules :
— Pas de problème, jeune fille. Avec moi, votre secret ne craint rien. Si je peux vous aider à pincer les salauds qui ont tué Marco et envoyé votre oncle à l'hôpital, tant mieux.

Ils reprirent leur chemin, mais n'étaient pas arrivés au bout de leurs peines.

Gray enfourcha son étalon, Pip, et, après quelques piaffements, ils quittèrent la ferme. Derrière le professeur Boyle et son hongre, tout le monde serpenta en file indienne.

Il y avait une éternité que le commandant n'était pas monté à cheval et il lui fallut près de deux kilomètres pour se sentir à l'aise. Le paysage devint de plus en plus montagneux. Au loin, la couronne enneigée du pic Scafell, point culminant de l'Angleterre, brillait sous les derniers rayons enflammés du soleil couchant.

Au fil du trajet, un silence hivernal s'abattit sur la région. On n'entendait plus que la neige crisser sous les sabots. En tout cas, Wallace n'avait pas surestimé la qualité des poneys : Pip savait toujours où marcher, même dans la poudreuse. En descente, il ne trébuchait jamais et restait droit comme un i.

Après trois autres kilomètres, le chemin s'élargit suffisamment pour que Gray avance de front avec Rachel et Seichan. Depuis quelque temps, les deux femmes discutaient à voix basse.

Quand il arriva à leur hauteur, Rachel tentait de détacher sa gourde en plastique. Seichan s'aperçut de son embarras, lâcha ses rênes, puis, tout en guidant sa monture avec les jambes, elle prit son propre Thermos et lui tendit une tasse :

— Un peu de thé ?

— Merci.

Le visage baigné de vapeur, Rachel avala une gorgée :

— Délicieux ! Ça vous réchauffe de l'intérieur.

— C'est un mélange d'herbes spécial de ma fabrication.

D'un coup de menton, l'Italienne la remercia encore, termina son thé et lui rendit la tasse.

À l'avant, Kowalski, avachi sur sa selle et à moitié endormi, laissait son poney suivre Wallace.

Ils traversèrent une forêt clairsemée de chênes et d'aulnes, foulèrent des massifs de fougère, puis abordèrent une région de prairies enneigées et de ruisseaux gelés. Gray se réjouissait de ne pas voyager à pied... au contraire de Rufus qui, insouciant, trottinait à leurs côtés et bondissait de monticule en monticule dans les zones humides. À mesure que le soleil disparaissait à l'horizon, l'atmosphère se rafraîchit.

— C'est encore loin, tu crois ? chuchota Rachel, impressionnée par le silence glacé.

Gray secoua la tête. Wallace n'avait lâché qu'un laconique « là-haut dans la montagne », mais le commandant était sûr de retrouver son chemin. Avant de partir, il avait activé son GPS de poche. L'appareil enregistrait donc leur progression et laissait des miettes de pain numériques derrière eux.

Transie, Rachel murmura dans un halo de condensation :

— On aurait peut-être dû attendre demain matin.

— Non, rétorqua Seichan, plutôt tendue. S'il y a des réponses là-bas, il vaut mieux les trouver vite et faire avancer l'enquête.

Gray était d'accord mais, pour l'heure, il aurait aussi apprécié un bon feu de cheminée.

Il se laissa distancer de quelques mètres et observa les deux filles. C'était le jour et la nuit. Rachel oscillait tranquillement sur sa monture en s'adaptant à son nouvel environnement et profitait du paysage. Seichan, au contraire, semblait mener un combat incessant. Cavalière émérite, elle rectifiait le moindre faux pas de son poney, comme si tout devait se plier à sa volonté. Elle aussi contemplait la région mais d'un regard beaucoup plus attentif et calculateur.

Malgré leurs différences, elles présentaient néanmoins d'étonnants points communs. L'une et l'autre affichaient une volonté de fer, une confiance à toute épreuve et un esprit de compétition. Sans oublier que, parfois, elles pouvaient lui couper le souffle d'un battement de cils.

En prenant conscience qu'il n'avait d'avenir avec aucune des deux, Gray se força à détourner le regard. Il avait refermé le chapitre avec Rachel depuis longtemps et préférait ne jamais l'ouvrir avec Seichan.

Chacun perdu dans ses pensées, les voyageurs continuèrent leur route en silence. Au bout d'une heure, ils commencèrent à enchaîner escarpements rocheux, falaises enneigées et sombres carrés de forêt. Au sommet d'une énième côte, une vallée apparut enfin. La pente était dangereusement raide.

Wallace leur fit signe de s'arrêter :

— Nous sommes presque arrivés.

Si, jusque-là, le ciel clair et étoilé leur avait permis d'avancer sans trop de difficultés, en contrebas, c'étaient les ténèbres : une forêt lugubre envahissait la vallée.

Quoique...

L'obscurité était semée de lueurs rougeâtres semblables à de minuscules feux de camp. De jour, on pouvait facilement passer à côté.

— Qu'est-ce qui brille là-bas ? s'enquit Gray.

Wallace souffla dans ses mains gantées pour faire fondre le givre de sa barbe :

— Des feux de tourbe. Une bonne partie du massif est recouvert de tourbières de couverture, notamment à cause de l'abondance de sphaignes.

— Vous pouvez parler plus clair ? intervint Kowalski.

Le professeur s'expliqua, mais Gray connaissait bien la tourbe. C'était une accumulation de matières végétales en décomposition : arbres, feuilles, mousses, champignons. Les dépôts se formaient en milieu humide, surtout quand d'anciens glaciers avaient sculpté un relief montagneux comme dans le Lake District.

Wallace indiqua la vallée :

— Cette forêt a poussé sur l'une des plus grandes tourbières du secteur. Elle s'étend sur des milliers d'hectares. En général, les dépôts ne descendent qu'à trois mètres de profondeur. Ici, la couche est parfois dix fois plus épaisse. Il s'agit d'un site très ancien.

— Et les feux ? lança Rachel.

— L'avantage de la tourbe, c'est qu'elle brûle. Depuis la nuit des temps, l'homme la récolte pour cuisiner et se chauffer. À mon avis, nos ancêtres ont pris exemple sur ces feux naturels quand ils ont décidé d'allumer une motte d'humus.

— Depuis combien de temps la vallée se consume-t-elle ? demanda Gray.

— Aucune idée. Quand j'ai débarqué il y a trois ans, les braises couvaient déjà. Comme elles se propagent lentement dans le sous-sol, elles sont presque impossibles à éteindre. Le phénomène perdure, alimenté par une réserve inépuisable de combustible. Certains feux de tourbe ont la réputation de durer depuis des siècles.

— Ils sont dangereux ? s'inquiéta Rachel.

— Bien sûr ! Faites attention où vous posez le pied. Le sol peut vous paraître solide, même recouvert de neige, mais, à un mètre de profondeur, des poches de tourbe enflammées et des torrents de feu diffusent une chaleur infernale.

D'un coup de botte, Wallace ordonna à son poney de rejoindre la vallée.

— Enfin, ne vous tracassez pas. Je connais les chemins les plus sûrs. Ne vous écartez pas et restez sur mes talons.

Personne ne trouva à redire. Même Rufus se rapprocha de son maître. Gray vérifia que le GPS de poche enregistrait toujours leur itinéraire : le petit écran afficha une carte topographique, où une ligne de pointillés rouges figurait la route déjà parcourue. Rassuré, le commandant Pierce rangea l'appareil dans son manteau.

Il se rendit compte que Seichan l'observait mais, prise sur le fait, la jeune femme s'empressa de détourner la tête.

Wallace les entraîna sur un sentier tortueux. Des éboulis et des carrés de terre meuble rendaient la descente périlleuse, mais le professeur tint parole : ils arrivèrent tous sains et saufs en bas.

— Maintenant, restez bien sur la piste, les avertit-il avant de redémarrer.

— Quelle piste ? marmonna Kowalski.

Gray comprit son trouble. Devant eux s'étendait une vaste plaine enneigée, à peine émaillée de touffes de bruyère et de rochers couverts de lichen qui ressemblaient à des géants de pierre recroquevillés. À l'ouest, un coin d'herbe noire encadré de sphaigne dégageait une lumière rosée. Une colonne de fumée s'éleva vers le crépuscule blanchâtre. Un parfum de jambon brûlé flottait dans l'air glacé.

Wallace inspira à pleins poumons :

— J'ai l'impression d'être chez moi. Rien de tel qu'une odeur de tourbe en feu pour accompagner un bon whisky écossais !

Kowalski dressa l'oreille :

— Ah oui ?

L'archéologue commença à serpenter entre les rochers. Malgré ses mises en garde, il ne semblait guère inquiet. La plupart des brasiers se situaient en périphérie de la vallée. Certains frémissaient même sur les hauteurs. Le feu se déclenchait généralement en sous-sol et couvait pendant des années. Les lisières des dépôts de tourbe étaient donc les endroits les plus exposés au risque d'incendie.

Par-delà la plaine se dressait le rempart de la forêt. Les étoiles se reflétaient sur les branches alourdies de neige mais, sous le dais des arbres, il faisait nuit noire. Prévoyant, Wallace alluma la lanterne sanglée à sa selle. Comme à l'intérieur d'une grotte, le faisceau lumineux éclaira très loin.

Le groupe s'enfonça sous les arbres à la queue leu leu. Les effluves de fumée s'atténuèrent. La forêt se composait de myrtes, de bouleaux, de pins mais aussi de majestueux chênes centenaires au tronc noueux et aux branches encore chargées de feuilles mortes. Le sol immaculé était jonché de glands, ce qui expliquait la profusion d'écureuils qui s'enfuyaient devant eux en couinant.

Gray vit une grosse bestiole détaler à ras de terre.

Rufus l'aurait bien coursée, mais son maître gronda :

— Laisse tomber ! Ce blaireau t'arracherait le museau d'un coup de griffe.

Kowalski scruta la forêt d'un air suspicieux :

— Et les ours ? Vous en avez en Angleterre ?

— Bien sûr !

Aussitôt, le colosse se rapprocha de l'homme au fusil.

— On en a plein nos zoos, sourit Wallace, mais aucun en liberté depuis le Moyen Âge.

Vexé d'avoir été mené en bateau, Kowalski resta toutefois dans son sillage.

Une demi-heure de marche plus tard, Gray avait irrémédiablement perdu ses repères, tant la forêt était dense et obscure. Au bout d'un moment apparut, enfin, une clairière d'un demi-hectare. À la lueur des étoiles, la poudreuse laissait entrevoir quelques herbes folles, des fougères et les souches des arbres abattus pour dégager l'espace.

Même s'il n'était pas indiqué, l'endroit n'était pas vide.

À côté de deux tentes-cabines en toile foncée, de petites pyramides de tourbe étaient prêtes à servir de combustible aux campeurs. Sauf qu'il n'y avait personne. En hiver, le risque d'une violente tempête de neige chassait les archéologues.

Pourtant, ce ne fut pas le bivouac qui attira l'attention générale. Au centre de la cuvette, le site de fouilles était signalé par un quadrillage de cordeaux jaune vif. Comme emprisonnées dans la toile d'araignée, d'immenses pierres levées formaient un cercle rudimentaire. Sur deux d'entre elles reposait une énorme dalle qui semblait en symboliser l'entrée.

Wallace leur avait décrit les sites néolithiques de la région. Apparemment, il en avait trouvé un perdu depuis des siècles au cœur d'une forêt de tourbières.

— On se croirait à Stonehenge, souffla Kowalski.

Wallace descendit de son poney et le prit par la longe :

— Ce site-là est beaucoup plus ancien.

Tout le monde mit pied à terre. Un enclos avait été construit près des tentes : ils y amenèrent leurs chevaux, les dessellèrent et commencèrent à les brosser. Kowalski alla puiser de l'eau au ruisseau voisin.

En fait, les indices du Livre de Domesday avaient conduit Wallace jusqu'à un endroit signalé « ravagé » en latin.

— Je n'ai trouvé aucune trace de la ville elle-même, expliqua-t-il. Sans doute a-t-elle été totalement rasée. En revanche, durant une partie de chasse, je suis tombé sur ce cromlech à moitié enfoui sous la tourbe. Un œil inexercé aurait confondu les pierres avec des cailloux ordinaires, d'autant qu'elles étaient recouvertes de mousse et de lichen, mais il s'agit de chalcanthite, introuvable par ici à l'état naturel.

Sa voix frémissait d'excitation.

Une fois les poneys installés, Wallace s'arma de sa lanterne et entraîna le groupe vers le site. Gray sortit aussi une torche électrique de son sac. Ils enjambèrent les cordeaux du quadrillage et foulèrent l'épaisse couche de neige. Le cromlech se situait dans un carré de terre nettoyé. Au fil des ans, les archéologues avaient extrait les stèles des nombreuses couches de tourbe.

— La première fois que j'ai mis les pieds ici, les pierres étaient à moitié ensevelies, car, au cours des millénaires, leur poids colossal les avait fait doucement sombrer dans la boue.

— Des millénaires ? s'étonna Rachel. De quand l'endroit date-t-il ?

— Selon mes calculs, il aurait deux mille ans de plus que Stonehenge, ce qui correspondrait à l'arrivée des premiers colons sur les îles Britanniques. Pour vous donner un ordre d'idées, c'est mille ans *avant* l'édification des Grandes Pyramides.

Gray braqua sa lampe sur la pierre la plus proche. Débarrassée de la mousse et du lichen, elle portait indiscutablement la signature de l'homme : sa face éclairée était ornée de pétroglyphes rudimentaires représentant tous le même motif.

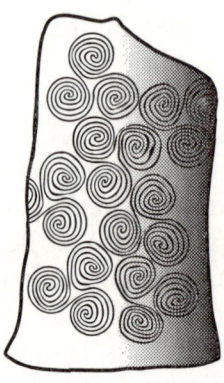

— Des spirales, murmura le commandant.

— Chez les païens, ce symbole très courant représentait le voyage de l'âme, précisa Wallace. Vous avez sous les yeux la réplique quasi exacte des marques retrouvées à Newgrange, célèbre tumulus préceltique irlandais. Les spécialistes estiment que Newgrange date d'environ 3 200 ans avant Jésus-Christ, à peu près comme le cromlech ici présent, ce qui laisserait supposer qu'ils ont été érigés par la même tribu.

— Les druides ? demanda Kowalski.

— Hé ! Où avez-vous appris l'histoire, jeune homme ? grogna le professeur. Les druides étaient des prêtres celtes. Ils ne sont apparus que trois mille ans plus tard... Non, les pierres de ce site néolithique ont été posées par la première tribu à avoir colonisé les îles Britanniques, un peuple beaucoup plus ancien que les Celtes et leurs druides.

Loin de s'offusquer de l'affront fait à son ignorance culturelle, Kowalski haussa les épaules en silence.

— Oh ! Je comprends que beaucoup de gens se trompent, soupira Wallace. Les Celtes vénéraient les membres de ce peuple disparu. Ils les considéraient comme des dieux et avaient intégré une grande partie de leur culture. Ils honoraient des sites ancestraux qui se mêlaient à leur propre mythologie et pensaient que leurs dieux avaient élu domicile dans ces vieilles pierres. En fait, les chefs-d'œuvre de l'art celte se fondent entièrement sur les gravures païennes. Bref, tout part d'ici, conclut-il. Il n'empêche qu'une grande question demeure : *qui* étaient ces fameux édificateurs de cromlechs ?

À entendre son enthousiasme grandissant, Wallace n'avait pas tout dit mais, par souci d'effet théâtral, il aimait toujours en garder sous le coude.

— Venez voir par ici ! lança Rachel.

Elle se tenait à l'intérieur du cercle, l'index pointé sur l'envers de la stèle.

Tout le monde enjamba les cordeaux jaune vif pour la rejoindre. Gray brandit sa torche. De ce côté-là, on n'avait gravé qu'un seul symbole. Il balaya son faisceau lumineux à la ronde, vers les autres pierres du site – douze au total, marquées du même signe.

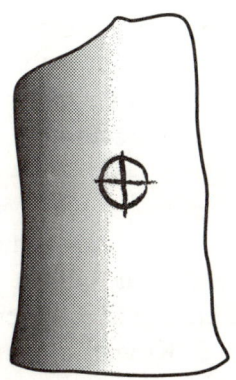

— Le cercle en quartiers.

— Maintenant, vous savez pourquoi j'avais l'intime conviction que Martin Borr, l'érudit du Moyen Âge, parlait d'ici, reprit Wallace. Le même dessin figurait sur la couverture de son journal.

Gray tourna lentement en rond.

Qu'est-ce que cela voulait dire ?

De nouveau face à la première stèle, il réfléchit à sa signification. Des spirales, une croix païenne. En fait, il s'agissait des deux symboles imprimés au fer rouge sur la besace en cuir : *une spirale d'un côté, une croix de l'autre.*

À voir sa mine, Rachel aussi avait compris. Il lisait même dans ses pensées : s'ils voulaient obtenir des réponses, il était grand temps de jouer franc jeu avec le Dr Boyle.

20 h 42

À la lumière de sa lanterne, Wallace étudia l'objet posé sur la table de la tente. Sa voisine, Rachel, se réchauffait les mains sur la dernière tasse de thé que Seichan lui avait servie. Elle le sirotait doucement et, quand bien même elle en aurait atténué la fine amertume par un nuage de lait, elle apprécia la chaleur qui lui envahit le corps.

Deux heures durant, l'équipe avait bravé un froid intense pour prendre des photos et des mesures du site sous toutes les coutures... mais dans quel but ?

Au fil de l'inspection, Gray s'était replié sur lui-même, signe qu'un détail le troublait et qu'il avait l'impression de passer à côté de l'essentiel. Assise face à lui, Rachel le sentait cogiter à plein régime et elle devinait la question majeure qui le taraudait.

En quoi le site de fouilles était-il si important ?

Jusqu'alors, Seichan ne s'était guère impliquée dans l'enquête, comme si elle leur laissait le soin de résoudre l'énigme, mais, à présent, elle aussi attendait la bonne parole du professeur. Quant à Kowalski, vautré sur un des lits superposés, il se protégeait les yeux de la lumière avec l'avant-bras. Sachant que ses ronflements ne faisaient pas encore vibrer la toile de tente, il ne devait pas dormir.

Après examen du doigt momifié, Wallace brandit la besace :

— Je ne sais pas quoi en penser. J'ignore où Marco l'a trouvée et pourquoi on serait prêt à tuer pour la récupérer.

— Reprenons du début, dit Gray. Qu'est-ce qui a poussé le père Giovanni à venir ici ? Qu'espérait-il tirer de sa visite ?

— Il était intéressé par les corps.

— Les corps ? lança Rachel. Quels corps ?

— Les tourbières ont longtemps été vénérées par les Celtes et leurs druides, qui y enterraient des objets de culte. Ce sont de véritables mines d'or archéologiques. Épées, couronnes, bijoux, poteries, voire chars entiers... mais on en a aussi extrait des restes humains.

Le temps que son auditoire assimile l'information, Wallace alla se réchauffer les mains au-dessus du feu de camp :

— La tourbe étant source de vie, elle devait être honorée, notamment par des sacrifices humains. Pour apaiser les dieux, les Celtes y jetaient les cadavres des victimes immolées. Or, dans ce milieu naturel, les offrandes se conservent quasi indéfiniment.

— Je ne comprends pas, lâcha Rachel.

— La tourbe, acide et pauvre en oxygène, les empêche de pourrir, expliqua Gray.

— Exact. Des jattes de beurre centenaires ont été retrouvées dans des tourbières... et le beurre est toujours frais et comestible.

Dégoûté, Kowalski roula sur le flanc :

— Rappelez-moi de ne jamais prendre mon petit déjeuner chez vous.

— Les corps sacrifiés se sont conservés de la même façon, enchaîna Wallace. On parle de « momies des tourbières ». Le spécimen le plus célèbre est l'Homme de Tolund, au Danemark. Il est si bien préservé qu'on le croirait tombé dans la terre la veille. Peau, organes, cheveux, cils... tout est intact. On distingue même ses empreintes digitales ! D'après les experts, il a été étranglé de manière rituelle. Il avait encore son nœud coulant autour du cou. On sait aussi qu'il a été tué par des druides, car il avait l'estomac bourré de gui, leur plante sacrée.

— Et vous avez exhumé une momie des tourbières ici ?

— Deux, monsieur Pierce. Une femme et un enfant. On a découvert leurs corps en dégageant le cromlech. Ils gisaient au centre, enlacés l'un contre l'autre dans la mort.

Après avoir jeté un bref coup d'œil à Rachel, Seichan intervint enfin :

— Ils ont été sacrifiés ?

— Bonne question. On sait maintenant que les cercles de pierres levées servaient à la fois de calendrier solaire et de lieu de sépulture, mais celui-là devait être particulièrement sacré. Vous imaginez ? Un cromlech au sein d'une vénérable tourbière ! Il fallait déterminer s'il s'agissait d'une inhumation naturelle ou d'un meurtre.

Sa dernière phrase parut empreinte de culpabilité.

— Malgré la consigne de ne pas toucher aux cadavres, de les envoyer tels quels à l'université, nous voulions en avoir le cœur net. Certes, ils n'étaient pas entravés au niveau du cou, mais il existait un autre moyen d'établir si on avait affaire à un sacrifice rituel.

— L'estomac rempli de gui, comprit Rachel.

— Nous avons procédé à un petit examen. Très bien documenté, oserais-je ajouter.

Wallace sortit un dossier de son sac :

— Je n'étais pas censé en conserver une copie.

Il exhiba une poignée de photos. L'une d'elles représentait les deux momies recroquevillées dans la terre noire, comme endormies. La femme tenait l'enfant blotti contre elle. Même si les corps étaient desséchés et émaciés, ses longs cheveux noirs lui couvraient le visage. Cliché suivant : la même personne nue sur la table, une main armée d'un scalpel au-dessus d'elle.

— Avant d'envoyer sa dépouille à l'université, on a voulu savoir si elle avait du pollen de gui dans le ventre. Pas de quoi en faire un plat !

— Et vous en avez trouvé ? s'enquit Rachel, au bord de la nausée.

— Non. En revanche, on a fait une découverte troublante. Si vous êtes une petite nature, je vous conseille d'éviter.

Courageuse, l'Italienne se força à regarder l'image suivante, qui montrait une incision en Y en travers de l'abdomen. La masse des organes internes apparaissait dans la plaie béante mais, à l'évidence, quelque chose clochait. Une autre photo affichait en gros plan un foie jaune boursouflé de mystérieuses excroissances.

— La cavité abdominale en était envahie, expliqua Wallace.

La lieutenante Verona se couvrit la bouche :

— C'est bien ce que je pense ?

— Oui. Des champignons.

Choqué, écœuré, le commandant Pierce tâcha de comprendre ce qu'on avait découvert là-bas. Soucieux de fonder son enquête sur des bases tangibles, il repartit de zéro :

— Revenons au père Giovanni. Vous racontiez qu'il avait débarqué ici à cause des corps.

Wallace s'assit à califourchon sur sa chaise :

— En effet. Il a entendu parler de notre trouvaille dans un secteur où le christianisme et les rites païens s'affrontaient toujours.

— Ce n'est pourtant pas le conflit lui-même qui l'a attiré.

Impossible de se tromper. Sur le premier cliché, les deux victimes rappelaient franchement une représentation de la Vierge à l'enfant. Et pas n'importe laquelle ! Les tanins de la tourbe avaient fait virer la peau de la jeune femme au brun sombre.

— Je lui ai envoyé une photo des momies. Le lendemain, il était là. Il s'intéressait à toutes les manifestations ou évocations de la Madone noire. Après la mise au jour des corps dans un lieu de sépulture sacré mi-chrétien, mi-païen, il devait déterminer par lui-même s'il existait un rapport avec la mythologie de sa déesse noire.

— Et il y en avait un ? se renseigna Rachel.

— Pendant des années, Marco a mené une enquête qui lui a fait sillonner les îles Britanniques. Depuis le mois dernier, quelque chose le mettait dans tous ses états. Hélas, il n'a jamais voulu m'en parler.

— Et, vous, que pensez-vous des momies ? demanda Gray.

— Comme je vous le disais, on n'a pas retrouvé de gui. À mon avis, les victimes étaient déjà mortes quand on les a enterrées, mais qui s'en est chargé et pourquoi ? Et qu'est-ce qui a poussé Martin Borr à frapper son livre d'un symbole païen ? Voilà ce que je voulais savoir.

— Et ? insista l'Américain.

Le professeur avait la fâcheuse manie de répondre toujours un peu à côté pour ménager le suspense.

— Depuis que j'étudie le Livre de Domesday, j'ai élaboré l'hypothèse que quelque chose avait ravagé la bourgade voisine. Un truc assez effroyable pour rayer l'endroit de la carte, à l'exception d'une mystérieuse référence dans l'ouvrage monumental et de l'allusion sur les carnets de Martin Borr. Quelle catastrophe peut justifier une telle réaction ? Moi, je parierais sur une espèce de fléau ou d'épidémie. Afin d'endiguer la contamination et de garder le secret, tout a été détruit.

Rachel hocha la tête vers les photos :

— Et ces corps-là ?

— Fermez les yeux et remontez à l'époque du drame. Un village isolé assiégé par une maladie terrible. Une population tiraillée entre de fervents chrétiens et des habitants qui continuaient de pratiquer leurs rites païens en douce, connaissaient l'existence du cromlech et y organisaient peut-être encore des cérémonies. Quand le malheur s'est abattu sur la vallée, chaque camp a dû implorer le salut de ses dieux. Certains ont même essayé de sauver leur peau en combinant les deux cultes. Ils ont pris une mère et un bébé, représentatifs de la Vierge et de son enfant, pour les inhumer dans un ancien site païen. Selon moi, ce sont les deux seuls corps à avoir échappé au brasier purgatif, les deux « rescapés » de l'épidémie.

Wallace effleura la photo de la dissection.

— La calamité qui a frappé le village reste une énigme. Jamais un épisode comparable n'a été rapporté dans les annales de la médecine générale ou légale. À l'heure qu'il est, les corps sont toujours en cours d'autopsie et aucune information ne filtre. Les experts refusent même de me dire ce qu'ils ont trouvé.

— On ne doit pas vous tenir au courant ? s'étonna Gray. Vous n'êtes pas titulaire d'une chaire à l'université d'Édimbourg ?

— Oh, non ! Vous m'avez mal compris, sourit Wallace. Quand j'ai dit que *l'université* avait réclamé les corps, je ne parlais pas d'Édimbourg. Mes subventions viennent de l'étranger, ce qui est loin d'être incongru : pour les missions de terrain, on prend l'argent où on le trouve.

— Qui a donc récupéré les corps ?

— Ils ont été envoyés à Oslo en vue d'un premier examen.

Estomaqué, Gray mit quelques secondes à réagir.

Oslo.

Enfin une relation concrète entre ses propres investigations sur le sol britannique et l'enquête de Painter Crowe en Norvège !

— J'imagine qu'au fond, tout est lié aux extrémophiles, souffla Wallace.

Tiré de sa réflexion par une conclusion aussi déroutante, Gray reprit le fil de la conversation :

— De quoi parlez-vous ?

— De mon financement ! rétorqua Wallace, comme si la réponse était évidente. Je vous le répète, on prend le fric où il se trouve.

— Quel rapport avec les extrémophiles ?

Gray maîtrisait le sujet. Les organismes dits *extrémophiles* vivaient dans des conditions extrêmes, d'ordinaire trop dures pour accueillir une quelconque forme de vie. Il s'agissait surtout de bactéries résistantes en milieu toxique, comme les crevasses des grands fonds marins chauds ou les cratères volcaniques. Autant d'êtres vivants exceptionnels qui ouvraient un large éventail d'horizons inexplorés.

Toujours à l'affût, les industriels avaient flairé le bon filon et créé le concept de *bioprospection*, sauf qu'au lieu de chercher de l'or, ils s'intéressaient à quelque chose de tout aussi précieux : les brevets technologiques. Grand bien leur en avait pris ! Les extrémophiles servaient déjà à fabriquer de nouvelles générations de détergents surpuissants et de médicaments. Pour étudier l'ADN des empreintes digitales, la police scientifique ne jurait même plus que par une enzyme miracle.

Quelle était néanmoins la corrélation avec les momies des tourbières retrouvées en Angleterre ?

Wallace tenta d'éclaircir la situation :

— Ça vient de la première théorie que j'ai présentée à mes sponsors potentiels. Une hypothèse au sujet du Livre de l'Apocalypse.

Avec son sens de la dramaturgie, il avait cherché à lever des fonds en troquant l'expression « Livre de Domesday » contre une accroche beaucoup plus vendeuse sur l'Apocalypse.

— Rappelez-vous, certains endroits étiquetés « ravagés » en latin semblent avoir été effacés de la carte, au propre comme au figuré. Qu'est-ce qui aurait incité les vieux agents recenseurs à procéder ainsi, sinon l'ombre d'un épouvantable danger ?

— Du style épidémie ou fléau, compléta Gray.

— Exactement. *A priori*, il s'agissait d'un phénomène inédit. Les villages étaient isolés. Qui sait ce qui a pu émerger des tourbières ? Ce sont de vrais bouillons de culture : bactéries, champignons, myxomycètes...

— On vous a donc engagé sous la double casquette d'archéologue et de bioprospecteur.

— Bah ! Je ne suis pas le seul. Toutes les grandes industries se tournent vers les archéologues de terrain. Nous explorons des sites anciens et confinés depuis des siècles. Rien que l'an dernier, une puissante entreprise chimique américaine a découvert un extrémophile dans un tombeau égyptien. Vous voyez, c'est très tendance.

— Pour fouiller la tourbière, vous avez donc été financé par l'université d'Oslo.

— Non, elle est aussi fauchée que les autres. Aujourd'hui, la plupart des bourses sont accordées par des établissements privés.

— Lequel vous a recruté ?

— Une société de biotechnologie spécialisée dans les OGM. Céréales et tout le bazar.

Le commandant agrippa le rebord de la table.

Bien sûr.

Ces entreprises-là jouaient un rôle essentiel dans la chasse aux extrémophiles. La bioprospection était leur raison de vivre. Elles avaient des antennes dans tous les domaines d'activité, y compris l'archéologie.

Gray avait deviné l'identité du mécène providentiel :
— Viatus.
— Comment le saviez-vous ? balbutia Wallace, pantois.

23 h 44

Seichan avait oublié la cigarette éteinte qu'elle tenait entre ses doigts. Dehors, les étoiles brillaient d'un éclat aussi net que du verre brisé. Des bancs de brume glacée serpentaient entre les arbres. Elle huma l'odeur de fumée de tourbe qui s'échappait à la fois des feux de camp et des brasiers souterrains.

Couronnées de glace, les pierres du cromlech ressemblaient à des lingots d'argent.

En songeant aux deux corps retrouvés au centre, Seichan repensa au conservateur qu'elle avait assassiné à Venise – ou, plutôt, à son épouse et à sa fille. Leurs visages remplacèrent ceux de la Vierge à l'enfant. De peur de céder à un stupide excès de sentimentalisme, elle secoua la tête : malgré la culpabilité qui la rongeait, elle avait une mission à remplir.

Elle avait toujours son Thermos de thé à la main. La double paroi en acier avait permis de maintenir le breuvage à température et, par conséquent, de faire incuber la biotoxine. Après la révélation du Dr Boyle sur l'identité de ses mécènes, ils avaient longtemps discuté des extrémophiles. Or, la toxine fournie à Seichan provenait d'une bactérie découverte dans une cheminée volcanique du Chili. Thermosensible, elle devait être conservée au chaud.

Personne ne s'était aperçu que seule Rachel avait bu du thé.

Son empoisonneuse avait juste feint d'en siroter quelques gorgées.

Après avoir rangé sa cigarette dans sa poche, elle remplit le Thermos de neige. Par son action stérilisatrice, le froid éliminerait jusqu'à la dernière bactérie. Elle reboucha la bouteille. Ses mains tremblaient. Elle voulut accuser la température glaciale mais, quand elle revissa le couvercle de travers, il se coinça. Elle s'acharna dessus, mais la moutarde lui monta vite au nez et, de frustration, elle jeta sa bouteille au cœur de la forêt.

Pendant trente secondes, elle respira bruyamment en soufflant des ronds de condensation dans la nuit hivernale. Elle ne hurla pas, ce qui, en un sens, l'aida à se ressaisir.

Une porte s'entrebâilla. Seichan partageait sa tente avec Rachel, les trois hommes occupaient l'autre. Elle s'approcha de la clairière pour voir qui était encore debout.

D'emblée, elle le reconnut à sa carrure de déménageur et à sa démarche lourdaude.

Kowalski pointa le doigt vers l'enclos :

— Je vais voir si l'herbe est plus verte là-bas.

Alors qu'il avait déjà disparu au détour d'un virage, Seichan mit deux ou trois secondes à comprendre qu'il se moquait bien de la couleur de l'herbe. C'était dire à quel point elle était à côté de la plaque ! Au bout de quelques instants, elle l'entendit se soulager la vessie en sifflotant gaiement.

Plus qu'une poignée de minutes avant minuit. Le planning était établi. Impossible de revenir en arrière. Ils avaient eu le temps d'explorer le site. En fait, la Guilde ne laissait pas une grande marge de manœuvre à l'équipe de Gray pour remonter la piste du père Giovanni et découvrir la clé. Seichan avait réclamé un délai, mais on lui avait opposé un refus catégorique. Eh bien, soit ! Ils continueraient donc leur périple.

Kowalski avait intérêt à se dépêcher... Heureusement, au bout d'une minute, il resurgit d'un pas traînant :

— On n'arrive pas à dormir ?

En guise d'explication, Seichan brandit sa cigarette.

— Ces cochonneries vous tueront, gloussa-t-il en extrayant un bout de cigare de sa poche. Je vous conseille de décrocher au plus vite.

Le mégot coincé entre ses molaires, il sortit une vieille boîte d'allumettes. D'un frottement habile sur la toile de tente, il en enflamma deux et en tendit une à la jeune femme.

— Gray est allé se pieuter. Il vient de passer deux heures à tirer les vers du nez du professeur. Moi, j'avais besoin de prendre l'air. Le chien, il schlingue, c'est une infection ! Enfin, rien d'étonnant ! Vous savez ce que Boyle lui donne à bouffer ? De la saucisse et des oignons. C'est pas de la nourriture de clebs, ça !

Ravie de le laisser jacasser à tout va, Seichan alluma sa cigarette. Encore que les bavardages de Kowalski ne soient pas si innocents que cela :

— Que se passe-t-il entre Gray et vous ?

La jeune femme s'étrangla avec sa première bouffée de tabac.

— Enfin, quoi, il vous dévore des yeux et, vous, vous le fixez comme si c'était un fantôme. On dirait deux gosses qui en pincent sérieusement l'un pour l'autre.

Interloquée et gênée de sentir son interlocuteur si proche de la vérité, Seichan s'apprêta à nier mais, par chance, elle n'eut pas besoin de répondre.

À minuit pile, la vallée explosa.

Plusieurs geysers de feu embrasèrent la forêt. Ils s'accompagnaient de déflagrations étouffées, à peine audibles pour qui n'y prêtait pas attention. Les charges incendiaires, associées à un catalyseur thermique au rubidium qui transformait l'eau en accélérant, avaient été enfouies dans la tourbe et programmées pour sauter à minuit. La vallée entière était censée partir en fumée.

Trois autres explosions retentirent au centre du cromlech. Des spirales enflammées s'élevèrent dans le ciel et, malgré la distance, Seichan sentit une chaleur intense lui lécher le visage.

Alors que tout le monde sortait de sa tente à la hâte, Kowalski lâcha un chapelet de jurons. De son côté, l'Eurasienne était hypnotisée par le feu. L'incendie commença à se propager – vite, *trop* vite – dans la clairière et en forêt. Les bombes avaient pour seul but de déloger l'équipe de Gray – de lui mettre le feu aux fesses au propre comme au figuré – tout en détruisant l'ensemble des preuves.

Le cœur battant, Seichan regarda les flammes grossir.

Quelqu'un avait sous-estimé la combustibilité de la tourbe. Un éclair de méfiance lui traversa l'esprit. Avait-elle été trahie ? Étaient-ils tous voués à périr là-bas ?

Dès qu'elle retrouva son sang-froid logique, elle balaya ses doutes. Leur mort ne serait d'aucun intérêt. Du moins, pas encore. C'était forcément une erreur de calcul. Les vieux brasiers permanents avaient dû affaiblir la stabilité des couches de tourbe, ce qui avait transformé la vallée en petit bois de cheminée.

Pourtant, le résultat serait le même.

Devant ses yeux ébahis, le feu les cerna de plus en plus.

Jamais ils n'en sortiraient vivants.

CHAPITRE 15

12 octobre, 23 h 35
Oslo, Norvège

Monk traversa le campus d'un bon pas. Sous son manteau, il portait un uniforme de sécurité Viatus. Sa blouse de laboratoire pliée sur l'avant-bras, John Creed était aussi emmitouflé des pieds à la tête.

Grâce aux faux badges d'identification, ils avaient franchi le portail principal sans encombre. Leur voiture était garée sur le parking réservé aux employés. Viatus possédait des succursales aux quatre coins de la planète, mais le siège de la société restait à Oslo, dans un parc de plus de quarante hectares émaillé d'immeubles de recherche et de bureaux. Des bâtiments modernes, élancés et au style scandinave résolument minimaliste.

Au centre du campus, un hall de réunion vitré resplendissant comme un diamant abritait un superbe drakkar. Ce n'était pas une réplique mais un authentique vaisseau viking découvert dans les glaces arctiques, quelque part au nord de la Norvège. Son extraction et sa restauration, financées par Ivar Karlsen, avaient coûté des millions.

Quelle aubaine d'être si riche !

Monk continua sa découverte des lieux. Le laboratoire dédié à la biogénétique agricole se trouvait dans une zone reculée du site, à bonne distance du parking.

Histoire d'oublier le froid polaire, Monk lança :

— Alors, Doogie, tu as fait quoi comme connerie pour être viré des forces spéciales et atterrir à Sigma ?

— Ne demandez pas.

À l'évidence, Creed n'avait pas envie d'en parler... Il était à cran et son surnom de *Doogie* n'arrangeait pas les choses.

Le nouveau n'était pas bavard, mais force était d'admettre qu'il était doué. Il baragouinait déjà le norvégien avec un accent plutôt correct. Monk ne connaissait qu'une seule personne aussi vive d'esprit : sa tendre Kat. Le souvenir de son sourire, de sa chute de reins et du renflement à peine perceptible de son ventre naissant l'aida supporter l'extrême rigueur du climat.

Inauguré à peine cinq ans plus tôt, le laboratoire de biogénétique agricole ressemblait à un œuf d'argent posé à la verticale. Sa structure en panneaux miroirs reflétant les alentours lui conférait une apparence surréaliste, comme s'il donnait accès à une autre dimension.

Le personnel de nuit était réduit à peau de chagrin, car on y avait installé un dispositif de sécurité ultrasophistiqué. Pourtant, les derniers joujoux électroniques du DARPA n'en feraient qu'une bouchée.

Monk était équipé d'un pistolet Taser XREP dont la fléchette électrifiée neutralisait un adversaire pendant cinq minutes. Avec un peu de chance, il ne serait pas obligé de s'en servir.

Creed approcha de l'entrée principale.

Muni d'un micro collé au larynx et d'une oreillette, Monk s'effleura le gosier :

— On pénètre à l'intérieur du bâtiment, chef.

— Des problèmes à signaler ? répondit Painter.

— Rien pour l'instant.

— Tant mieux. Tenez-moi au courant.

— À vos ordres.

Creed inséra dans le lecteur électronique de la porte une carte reliée à un boîtier fixé sur son poignet. C'était un système de piratage qui utilisait des algorithmes quantiques pour crocheter n'importe quelle serrure ou, plus simplement, l'équivalent numérique du passe-partout. Dès que le verrou se débloqua, les deux hommes entrèrent.

Les lumières du hall étaient tamisées et il n'y avait personne à la réception. Au premier étage, un agent de sécurité disposait de caméras de surveillance mais, tant qu'ils ne déclenchaient pas l'alarme, nul ne les empêcherait de rejoindre les serveurs informatiques au sous-sol. Leur mission ? Ouvrir une porte dérobée dans les processeurs centraux de recherche. Si tout se passait bien, l'affaire serait bouclée en moins de dix minutes.

Grâce aux plans fournis par Kat, ils connaissaient l'emplacement de chaque caméra et, en évitant de dévoiler leur visage aux objectifs, ils se dirigèrent vers les ascenseurs. Creed marchait un peu trop vite. D'un geste, Monk l'incita à canaliser son stress.

Ils s'engouffrèrent dans l'ascenseur. Une diode rouge clignotait sur le panneau : sans le bon code, ils ne bougeraient pas.

Alors qu'il tendait l'index vers la touche SS2 (Sous-Sol 2), Monk hésita un instant.

Creed avait déjà dégainé son passe. De peur que la cabine ne soit placée sur écoute, il articula en silence :
— Quoi ?

Monk indiqua les boutons sous son doigt. Ils allaient de SS2 à SS5. Or, selon le schéma de Kat, il n'était censé exister aucun niveau inférieur à SS2.

Certes, ils avaient un objectif à atteindre, mais leur opération nocturne était aussi motivée par une ambition sous-jacente : découvrir ce qui se tramait réellement chez Viatus. Il y avait fort à parier que l'entreprise ne conservait aucun dossier compromettant sur ses serveurs. Les vraies saletés étaient sans doute enfouies bien plus profond.

Au dernier sous-sol, par exemple.

Monk appuya sur la touche SS5. Interloqué, Creed le fusilla du regard.

Ce n'est qu'une petite improvisation...

Le jeunot devait apprendre qu'un agent Sigma ne suivait pas aveuglément les instructions : il réfléchissait en situation.

Monk lui fit signe d'utiliser son badge. Le détour ne prendrait qu'une minute. Il n'y avait qu'à jeter un œil. S'il s'agissait d'un palier d'entretien ou d'une piscine réservée aux employés, ils remonteraient illico au SS2, pirateraient les serveurs et prendraient le large.

Un soupir exaspéré aux lèvres, Creed s'exécuta. La diode passa au vert et l'ascenseur s'ébranla.

Aucune sirène d'alarme ne retentit.

Les étages s'égrenèrent doucement, puis la cabine se rouvrit sur un vestibule. Une porte scellée se dressait en face. Pris de doutes, Monk se figea.

Que ferait Gray ?

Aussitôt, il reprit ses esprits. Depuis quand était-il judicieux de suivre un tel exemple ? Pierce avait le don de s'attirer des ennuis.

Alors que les portes commençaient à se refermer, Monk empoigna son collègue et bondit dehors.

Creed se dégagea de son étreinte en sifflant à voix basse :

— Vous êtes cinglé ?

Sans doute.

La porte n'était pas équipée de lecteur de carte. Seul un panneau luminescent attendait de recevoir l'empreinte d'une main.

— Et maintenant ?

Loin de se laisser démonter, Monk y apposa sa prothèse. Le dispositif pressosensible s'éclaira, un rai de lumière scanna sa paume de haut en bas et, après une seconde d'un suspense insoutenable, le système se déverrouilla.

Un nom clignotait au-dessus du lecteur.

Ivar Karlsen

D'abord perplexe, Creed sembla furieux qu'on lui ait caché une telle précaution supplémentaire.

En fait, Kat s'était procuré le dossier complet du puissant Norvégien, y compris ses empreintes digitales, et elle en avait transmis les données numérisées vers une espèce d'imprimante laser qui avait gravé les moindres crêtes papillaires de Karlsen sur la paume synthétique de Monk.

Si quelqu'un avait accès à l'ensemble des bâtiments, c'était bien son P-DG.

Monk s'approcha de la porte déverrouillée.

Voyons un peu ce qu'Ivar cache là-dedans.

23 h 46

Painter surveillait le Grand Hôtel d'Oslo du trottoir d'en face. Depuis son banc, il avait une vue plongeante sur l'entrée. Pas étonnant que Gorman soit descendu là-bas ! Construit dans un somptueux style néo-Louis XVI, l'établissement de huit étages occupait un pâté de maisons entier et était surmonté d'un immense clocher central. Il se situait aussi à deux pas du Parlement norvégien.

Bref, le choix idéal d'un sénateur américain en goguette...

Et un endroit des plus saugrenus pour tendre une embuscade.

Painter ne voulait rien laisser au hasard. Vêtu d'un gros manteau, d'une écharpe et d'un chapeau, il était arrivé depuis une heure et sa claudication n'était qu'à moitié feinte : à mesure que l'effet des antalgiques se dissipait, sa blessure au couteau redevenait douloureuse. Il avait exploré les parties communes de l'hôtel, notamment le Limelight Bar, où Gorman avait rendez-vous avec son mystérieux informateur. Par mesure de sécurité, il avait coincé le couteau à air comprimé au creux de ses reins et portait un Beretta 9 mm dans un holster d'épaule.

Jusqu'à présent, tout paraissait calme.

Plus que quelques minutes avant minuit. *L'espion ne devrait pas tarder à sortir de sa tanière.*

Aussi préparé que possible, Painter traversa la chaussée.

Monk lui avait déjà fait son rapport et, plus tôt dans la soirée, le patron de Sigma avait eu une discussion brève mais intense avec le commandant Pierce par téléphone satellite. Il y avait appris que Viatus finançait les fouilles en Angleterre. Ses chercheurs s'étaient lancés dans la bioprospection afin d'intégrer de nouveaux micro-organismes à leurs OGM.

Avaient-ils trouvé quelque chose ? Gray avait raconté la découverte macabre, sur un cromlech néolithique, de corps quasi intacts ensevelis dans une tourbière mais attaqués par un curieux champignon.

Cela avait-il son importance ?

Selon le défunt professeur Malloy, les gènes implantés dans les échantillons de maïs Viatus n'étaient pas de souche bactérienne. Pouvaient-ils être d'origine *fongique* ? Auquel cas, pourquoi tant de cachotteries et d'effusions de sang pour garder le secret ?

Painter chassa ces questions-là de son esprit : il avait besoin de se concentrer sur sa mission. Une fois à l'intérieur de l'hôtel, il étudia les environs d'un air circonspect et, après s'être assuré qu'aucune nouvelle tête ne figurait parmi les employés, il rejoignit le Limelight Bar.

La salle lambrissée était à peine éclairée de lanternes murales. Sofas et fauteuils club en cuir rouge divisaient l'espace dans une atmosphère au discret parfum de cigare.

Vu l'heure tardive, l'endroit était quasi désert. Painter repéra vite le sénateur Gorman au comptoir. Facile ! Un grand gaillard au costume étriqué était assis près de lui, dos au bar, et, à l'affût de la moindre menace, il scrutait les clients avec insistance. Autant lui mettre d'emblée une pancarte *garde du corps* autour du cou.

Sans les quitter des yeux, Painter s'assit près de l'entrée. Une serveuse prit sa commande.

Il n'y avait plus qu'à attendre.

Et ce fut rapide.

Un homme en pardessus arriva et, après avoir passé le bar en revue, son regard se posa sur le sénateur. Painter fut surpris de reconnaître le type qui, à la fin du déjeuner, s'était plaint au coprésident du Club de Rome.

Il tâcha de se rappeler son nom.

Quelque chose comme Anthony.

Il se remémora la conversation mot à mot.

Non... Antonio.

En repérant Gorman, l'homme, qui n'avait guère semblé apprécier Karlsen, esquissa un sourire satisfait. C'était lui !

Lorsqu'il constata que le sénateur n'avait pas respecté la consigne de venir seul, il se rembrunit et hésita sur le seuil.

Il était temps d'agir.

Painter se coula discrètement hors de son siège, attrapa Antonio par le bras et, l'air toujours affable, il lui enfonça son Beretta dans les côtes.

— Allons bavarder, chuchota-t-il avant de l'escorter vers le hall.

Son plan était de l'interroger en privé. Moins Gorman était impliqué, mieux ce serait pour tout le monde.

Terrifié par le pistolet, Antonio se laissa faire.

— Je travaille pour le gouvernement américain, précisa son « ravisseur » sur un ton lourd de sous-entendus. Avant que vous rencontriez le sénateur, je voudrais avoir une petite discussion.

L'homme se rasséréna un peu. Painter l'entraîna vers un canapé, dans un recoin en partie masqué par un muret et une fougère en pot.

Ils n'arrivèrent jamais à destination.

Antonio trébucha et, un genou à terre, il porta les mains à son cou : il commençait à s'étrangler. La barbelure acérée d'une flèche dépassait de sa gorge. De grosses gouttes s'écrasèrent sur les dalles de marbre quand il tomba à quatre pattes.

Une lumière clignotait entre les plumes en plastique du projectile et, d'instinct, le corps de Painter réagit sans même laisser à son esprit le temps de formuler sa pensée.

Une bombe.

Il plongea par-dessus le parapet et, quand la charge explosa, il était déjà à l'abri. La déflagration fut assourdissante. Une douleur intense lui vrilla le crâne. Pendant quelques secondes, il n'entendit plus rien, puis l'audition lui revint doucement.

Des cris et des hurlements résonnaient de manière caverneuse.

Protégé par le muret, Painter se redressa. Un nuage de fumée noire avait envahi le hall éclairé de flaques enflammées. En fait, des lambeaux incandescents du cadavre d'Antonio

Gravel brûlaient un peu partout. Une odeur âcre emplit l'atmosphère surchauffée.

Charge aluminothermique et phosphore blanc.

Entre deux quintes de toux, Painter fouilla les environs. Vu la position de la victime, la flèche avait été tirée de l'hôtel, un peu vers la gauche. Bingo ! Deux individus masqués détalèrent de l'escalier. Un autre se précipita vers la porte d'entrée.

Ils se dirigèrent d'un pas lourd vers le Limelight Bar.

Le sénateur était en danger.

00 h 04

Derrière la porte, les lampes d'un long couloir s'allumèrent les unes après les autres.

— On jette un rapide coup d'œil et, après, on se casse, murmura Monk.

Creed s'exécuta. Si le gamin osait à peine respirer, une chose était sûre, il ne tremblait pas.

Non seulement l'endroit empestait le désinfectant d'hôpital, mais le linoléum et les murs sans aspérités contribuaient à renforcer l'impression de stérilité.

Il n'y avait pas de caméras de surveillance. *A priori*, Viatus se fiait entièrement à ses équipements électroniques.

Arrivé à mi-chemin, Monk découvrit deux portes elles aussi sécurisées par un détecteur d'empreinte palmaire. Il apposa sa prothèse sur le premier, persuadé que Karlsen avait accès aux moindres pièces du bâtiment.

Il avait raison.

La serrure cliqueta.

Ils se retrouvèrent dans un vestibule dont les parois en verre laissaient entrevoir une pièce immense. Les lampes s'allumèrent, mais l'éclairage resta doux et ambré.

Monk actionna la poignée. La nouvelle salle n'était pas fermée à clé. À l'évidence, la porte servait moins à *empêcher* les gens d'entrer qu'à *retenir* les occupants à l'intérieur.

Il s'avança et observa les murs d'un air ébahi. Des fenêtres occupaient toute la longueur du sol au plafond. Un bourdonnement sourd emplissait les oreilles, comme si une radio était restée bloquée entre deux fréquences.

Creed lui emboîta le pas :

— Est-ce que ce sont...

— Des ruches, oui.

Derrière la vitre, des centaines d'abeilles tourbillonnaient à un rythme hypnotique en papillotant des ailes. Les rayons de miel s'élevaient jusqu'au toit, mais la pièce était divisée en plusieurs sections, dont chaque rucher était flanqué d'un code énigmatique qui débutait par les trois mêmes lettres : IMI.

Même si Monk n'en comprenait pas la signification, les abeilles devaient servir de base de recherche.

À moins que l'évocation d'un bon pot de miel frais ne fasse bander Ivar.

Les deux hommes s'approchèrent du premier rucher. Le bourdonnement s'intensifia, l'agitation devint plus frénétique : les lumières, même tamisées, avaient énervé les petites bêtes.

— On dirait des abeilles africanisées, souffla Creed. Vous avez vu comme elles sont agressives ?

— Je me fiche d'où elles viennent. Qu'est-ce que Viatus fabrique avec elles ?

Et pourquoi bâtir une telle forteresse ?

Creed se dirigea vers un tiroir encastré dans la fenêtre.

— Fais gaffe, l'avertit Monk.

— Ne vous inquiétez pas. Quand j'habitais la ferme familiale en Ohio, je m'occupais des ruches.

Une boîte scellée et grillagée abritait un seul gros individu.

— C'est la reine.

Les abeilles grouillèrent de plus belle derrière le carreau.

La boîte portait le même code sibyllin que la cage. Tandis que son jeune collègue refermait le tiroir, Monk sortit un stylo-caméra pour filmer quelques secondes l'enfilade de ruchers et les numéros inscrits au-dessus de chaque essaim.

C'était peut-être important.

Pour l'heure, l'essentiel était de tout enregistrer, puis de déguerpir en vitesse. Monk consulta sa montre. Avant de

pirater les serveurs informatiques et donc d'accomplir leur mission initiale, il voulait encore visiter la salle d'en face :
— On continue.

Il traversa le couloir. Dès qu'il posa sa paume sur le lecteur, la porte s'ouvrit sur une antichambre comparable au premier laboratoire... à la différence près que des masques respiratoires pendaient à des patères. Les lampes s'allumèrent sur une pièce d'une taille équivalente.

Sauf qu'il n'y avait pas d'abeilles.

Quatre litières surélevées couraient le long des murs. Même du seuil, on reconnaissait les petits chapeaux charnus qui dépassaient de partout.

— Des champignons, murmura Creed.

Monk entra dans la salle suivante. Le joint d'étanchéité de la porte chuinta. La pièce était placée sous pression négative de manière que l'air ne s'échappe pas... et pour cause !

Creed se couvrit le nez et la bouche.

La puanteur leur fit l'effet d'une gifle. L'atmosphère lourde et étouffante exhalait une odeur de saumure, de poisson mort et de viande pourrie. Monk aurait voulu prendre ses jambes à son cou, mais Gray avait parlé de champignons à Painter.

Il ne pouvait pas s'agir d'une coïncidence.

Creed lui tendit un masque pris dans l'antichambre. Ravi, Monk le posa sur son visage.

Au moins, quelqu'un réfléchit...

Dès que les filtres du respirateur eurent bloqué les relents nauséabonds, il examina la première litière. Les champignons s'étaient développés sur un paillis noir, humide et graisseux.

Creed enfila des gants de latex et en agita un troisième :
— On devrait récolter un échantillon.

Monk approuva et, sous l'œil de la mini-caméra, son comparse s'approcha d'un champignon. Il le saisit délicatement par le pied et, même s'il se détacha sans problème, le spécimen resta collé à un morceau visqueux. Creed frémit et, d'un air écœuré, lâcha le champignon, qui retomba sur le paillis détrempé.

En voyant la litière trembloter comme un bol de gélatine, Monk comprit sur quel substrat poussaient les cultures.

Du sang coagulé.

— Vous avez vu... ? bégaya Creed. Est-ce que c'était... ?

En fait, son champignon était fixé à un rein qui, d'après sa taille, pouvait être humain.

— Prends ton échantillon, insista Monk.

De son côté, il filma l'enfilade de cultures. Les plus petits champignons, d'un blanc éclatant, se trouvaient près de la porte d'entrée mais, plus on s'éloignait, plus ils devenaient grands et d'un beau rouge foncé.

Quelques tiges marron dépassaient du lit de sang. Il se pencha dessus. *Beurk !* Ce qu'il avait pris pour de simples branches était en réalité des doigts humains.

Entre le pouce et l'index de sa prothèse, il en attrapa un et se rendit compte qu'une main émergeait de la boue. Lorsqu'il la souleva, il découvrit un avant-bras où les champignons poussaient directement sur la chair.

Mâchoires serrées, il laissa le membre sombrer de nouveau au cœur du substrat. Inutile d'en voir davantage. Des corps entiers enfouis dans le sang servaient d'engrais aux végétaux.

Monk avait aussi remarqué la peau brune du bras, plutôt inhabituelle dans une contrée aussi septentrionale que la Norvège. Il se rappela la nuit où une ferme expérimentale africaine avait été mise à feu et à sang.

Y avait-on récolté autre chose que du *maïs* ?

La gorge nouée, il rejoignit le fond de la salle. Les champignons arrivés à maturité y présentaient de solides pieds surmontés de chapeaux striés, fibreux et charnus.

Dès que Monk en effleura un de son doigt bionique, le bulbe se rétracta et répandit une poudre épaisse dans l'atmosphère.

Des spores fongiques.

L'Américain s'écarta et remercia le ciel de porter un masque : pour rien au monde, il n'aurait voulu inhaler l'étrange poussière.

Comme prévenus par le premier pied, les champignons se mirent à éructer des nuages de spores qui l'obligèrent à battre en retraite :

— On dégage !

Creed était en train de nouer le gant dans lequel il avait recueilli l'échantillon. Il fixa son collègue sans comprendre, puis ouvrit de grands yeux quand les vesses-de-loup lui explosèrent sous le nez.

Il y avait urgence.

Soudain, des aérations, peut-être déclenchées par un capteur biologique, déversèrent du plafond une mousse épaisse qui s'accumula au sol. En passant sous une buse, Monk faillit trébucher, emporté par la force du jet.

Il dérapa sur plusieurs mètres et, le temps de rejoindre Creed, il avait de la mousse à la taille.

— Dehors ! mugit-il, le doigt pointé vers la porte.

Ils se précipitèrent dans le sas mais, comme il était lui aussi rempli jusqu'au plafond, ils durent s'y faufiler à tâtons.

Ce fut Monk qui atteignit la porte du couloir le premier.

Il secoua la poignée et voulut enfoncer le battant... sans succès. Il s'acharna mais connaissait la vérité.

Ils étaient coincés.

00 h 08

Dans le hall envahi de fumée, Painter bondit par-dessus le muret. Des flammes dansaient par terre. Les flaques de sang rendaient le sol glissant. Pistolet au poing, il s'élança vers l'homme masqué qui avait surgi par la grande porte. Focalisé sur le bar, ce dernier ne le vit pas lui tirer dessus à bout portant et tournoya sur lui-même en projetant des giclées rouge vif.

Un de moins.

Tandis que les gens hurlaient, se sauvaient dehors ou se cachaient derrière le mobilier, Painter traversa le vaste hall de réception.

À l'entrée du Limelight Bar, le garde du corps du sénateur était en position de tir, les mains crispées sur son arme de service. Il s'était réfugié derrière une plante en pot. Mauvaise pioche ! Les deux autres agresseurs l'avaient déjà en joue.

Une salve de mitrailleuse déchiqueta la fougère. L'homme s'effondra sur le dos. Le directeur de Sigma, lui, se jeta sur un canapé en cuir, puis se releva aussi sec.

Le temps pressait.

Un déluge de balles s'abattit sur la pièce et termina en arc de cercle derrière le comptoir, faisant exploser bouteilles et miroirs.

D'un bref coup d'œil, Painter scruta les alentours.

Aucune trace de Gorman.

Le gorille ne l'aurait jamais laissé à découvert. Seule issue de secours : les toilettes. Painter défonça la porte. Une balle tirée de l'intérieur du cagibi lui frôla l'oreille.

Adossé aux lavabos, le sénateur braquait un pistolet sur son assaillant.

— Monsieur Gorman ! lança Painter, les mains en l'air. Je suis envoyé par le général Metcalf !

— Vous êtes l'enquêteur du ministère de la Défense ? souffla-t-il, soulagé.

— Il faut décamper d'ici.

— Et Samuels ?

Painter comprit qu'il parlait de son garde du corps :

— Mort, monsieur.

Il indiqua la fenêtre en vitrail au fond des toilettes.

— Impossible de sortir par là, objecta Gorman. J'ai vérifié.

Le chef Crowe souleva la guillotine. Des barreaux en fer forgé bloquaient le passage, mais il lui suffit de pousser la grille pour qu'elle bascule sur ses gonds. Lors de son inspection du lieu de rendez-vous, il en avait ôté les boulons.

Il n'y avait jamais de mal à se ménager une porte de sortie.

— Dehors !

Au moment de faire la courte échelle au sénateur, Painter entendit un *chtac* derrière lui : une flèche à pointe noire avait transpercé le battant en bois.

Oh, merde...

Il se dépêcha de hisser son protégé par l'ouverture et se précipita sur ses talons. Au sens littéral du terme, car il reçut un coup de mocassin italien dans l'œil gauche. Enfin, ce n'était qu'une broutille, comparée à l'explosion qui suivit.

Une boule de feu et de fumée jaillit par la trappe béante.

La vague de chaleur les frôla.

Painter poussa le sénateur sur le côté, puis, au mépris des dernières flammes, il ferma la fenêtre et remit les barreaux en place.

Autant laisser l'ennemi se demander comment ses proies s'étaient échappées d'une pièce verrouillée.

Le temps que leurs poursuivants passent l'hôtel au peigne fin, les Américains gagneraient peut-être de précieuses minutes.

— Ma voiture est garée à deux rues d'ici, annonça Painter.

Ils détalèrent.

L'épaule endolorie, Gorman ahanait à ses côtés. Au bout d'un pâté d'immeubles, il lui posa une question existentielle :

— Mais vous êtes qui, vous ?

— Un banal fonctionnaire, répondit Painter avant de rallumer son micro de gorge. Alors, Monk, ça se passe comment de votre côté ?

Monk entendit vaguement parler à son oreille mais, depuis qu'il avait ôté son masque, il avait la bouche remplie de mousse. Il s'acharna sur la porte en espérant qu'elle s'ouvrirait par magie. Le déclenchement des buses avait aussi dû cadenasser la pièce.

Peut-être existait-il une autre sortie.

Sans prévenir, des jets d'eau chaude jaillirent du plafond et la mousse commença à se dissoudre. Au bout de trente secondes, il n'en restait presque plus rien.

Les yeux écarquillés de surprise, Creed ressemblait à un chien maigrichon qui attendait de s'ébrouer.

— De la mousse anti-risque biologique, expliqua Monk. Elle sert à détruire les éléments pathogènes atmosphériques. Je crois que ça va aller.

La preuve ? La serrure cliqueta. Son déverrouillage était sans doute conditionné par le cycle de stérilisation.

À peine dehors, Monk entendit des voix près de l'ascenseur. Alerté par le protocole de sécurisation automatique, un agent de surveillance vociférait en norvégien.

L'Américain se figea. Impossible de regagner le laboratoire aux champignons. Les gardes commenceraient forcément par là. Il n'y avait qu'une solution : il retraversa le couloir à découvert et, le temps de poser la paume de sa prothèse sur le lecteur d'en face, il retint son souffle en espérant que personne ne ferait volte-face.

Enfin, la serrure céda. Reconnaissant, il poussa la porte et, après s'être précipité à l'intérieur avec Creed, il la laissa entrebâillée de façon à espionner le couloir.

Quatre vigiles escortaient un technicien en blouse blanche qui, même de loin, avait les yeux bouffis de sommeil. Manifestement, il fallait un badge spécial pour accéder aux laboratoires secrets.

Monk laissa le battant se refermer sans bruit et continua d'épier la conversation. La porte opposée pivota sur ses gonds. Des hommes restés dans le couloir discutaient à voix basse. Difficile de savoir combien ils étaient au juste. Peut-être trois.

— Faites-moi de la place, chuchota Creed.

Le jeune homme ressortait de la salle des ruchers. Il avait troqué son anorak contre sa blouse de chercheur et se peignait sommairement les cheveux avec les doigts.

— Qu'est-ce que tu fabriques ? souffla Monk, perplexe.

Derrière la porte vitrée, un nuage de bestioles virevoltait en bourdonnant.

Creed brandit un tiroir grillagé :

— J'ai fauché la reine... et libéré les abeilles.

Un gros essaim se déversait du rucher par l'ancien emplacement du tiroir.

— Pour quoi faire ?

Derrière la porte, les insectes grouillaient de plus en plus.

— Je suis sûr qu'elles sont africanisées, donc très agressives.

— Génial, mon grand, mais je te repose la question : *pour quoi faire ?*

— Nous aider à sortir.

Creed indiqua la porte intérieure du sas.

— Ouvrez quand je vous dirai *maintenant* et, surtout, restez planqué derrière.

Monk commença à comprendre. Il lui laissa sa place à l'entrée du couloir et contempla la nuée d'insectes surexcités.

Attirée par l'odeur de sa reine, la colonie se pressait contre les parois vitrées au point de bloquer la lumière. Le vrombissement devenait si fort que Monk en eut la chair de poule.

Creed posa le tiroir par terre, puis se redressa :
— Tenez-vous prêt.

Il se recoiffa une dernière fois et sortit. La main posée sur la poignée de la porte, Monk ne voyait rien, mais il entendit les éclats de voix surpris des gardes.

D'un air faussement irrité, Creed leur aboya dessus en norvégien.

Le temps que les autres décident si le nouveau technicien représentait une menace ou pas, Creed donna un coup de pied dans le tiroir, qui glissa jusqu'à eux.
— Maintenant !

Monk ouvrit le battant en grand et se réfugia derrière.

L'essaim fonça dans le sas avec une force inouïe.

Creed s'écarta et ouvrit à son tour la porte du couloir. Les insectes, qui avaient désormais le champ libre vers leur reine, débarquèrent sous forme d'un épais nuage. Affolé, un garde tira en l'air.

Mauvaise idée !

Les abeilles africanisées étaient hypersensibles au bruit et les hurlements qui suivirent ne firent qu'aggraver la situation.

Creed empoigna son coéquipier par la manche. Il était temps de décamper. Monk le suivit dehors. Inutile d'avancer en catimini. Quatre agents de sécurité se débattaient au cœur d'un essaim fou furieux qui leur envahissait les narines et la bouche.

Monk et Creed galopèrent dans le couloir.

Quelques abeilles téméraires se lancèrent à leurs trousses. Monk se fit piquer plusieurs fois, mais le gros des troupes resta auprès de sa reine. Avec ses longues jambes, Creed fut le premier à rejoindre l'ascenseur.

La cabine n'avait pas bougé. Comme ils n'avaient plus le temps de pirater les serveurs, Monk appuya sur le bouton du rez-de-chaussée. Il était grand temps de filer. Creed n'y vit aucune objection.

— Bon boulot, Doogie.

— Sérieux ? grommela le jeune homme avec aigreur. Vous me prenez encore pour un bleu ?

Monk haussa les épaules : il ne voulait pas que le succès du garçon lui monte à la tête. Alors qu'ils ressortaient du bâtiment, une voix impatiente lui souffla à l'oreille :

— Monk, au rapport.

C'était Painter Crowe.

— On est en train d'évacuer les lieux, chef.

Un soupir de soulagement résonna au bout du fil :

— Et la mission ?

— On a rencontré quelques ennuis avec des abeilles.

— Des abeilles ?

— Je vous expliquerai plus tard. On se retrouve à l'hôtel ?

— Non, c'est moi qui vous rejoins. Et j'ai de la compagnie.

De la compagnie ?

— Changement de programme, continua Painter. Les choses sont devenues un peu trop brûlantes à Oslo. On va mettre les voiles et se trouver un endroit plus frais.

Trempé par sa douche de mousse, Monk sentit le froid nocturne le transpercer jusqu'aux os.

Encore plus glacial qu'ici ?

Tandis qu'il traversait l'immense campus, il s'imagina Gray blotti au chaud dans sa tente, à quelques mètres d'un bon feu de camp.

Le veinard !

CHAPITRE 16

13 octobre, 00 h 22
Lake District, Angleterre

Gray saisit les rênes de son étalon. Tout le monde avait vite préparé sa monture. Il n'y avait pas un instant à perdre.

Les foyers du premier incendie dévastateur n'étaient plus que des halos rougeoyants. Le linceul de fumée qui avait envahi la vallée ternissait l'éclat des étoiles. Un seul brasier signalait encore l'endroit du bois qui avait pris feu : une zone de vieilles broussailles sèches et prêtes à flamber. Pour l'heure, le reste de la forêt enneigée résistait à l'assaut des flammes.

Ils étaient quand même loin d'être tirés d'affaire.

— En selle ! lança Gray.

Ils devaient lever le camp. Un danger plus insidieux les guettait et, là, chaque seconde comptait. Les feux de tourbe se propageaient en sous-sol, formant des canaux incandescents et de grandes crevasses ardentes. La forêt avait beau être plongée dans le noir, sous terre, l'incendie faisait rage.

Selon les calculs de Wallace, la vallée allait se consumer en moins d'une heure. Personne ne les secourrait à temps. Gray avait contacté Painter par téléphone satellite afin de l'avertir et de transmettre leur position GPS, mais même son patron avait confirmé qu'aucun avion de sauvetage ne serait en mesure de décoller dans le délai imparti.

Ils ne pouvaient compter que sur eux-mêmes.

Une énorme pierre du cromlech s'effondra, signe que son socle de tourbe venait de céder sous la pression du feu. L'impact déclencha une gerbe de flammes. Certaines dalles s'étaient écroulées, d'autres avaient carrément disparu dans un puits brûlant.

Ce n'était pas un feu de tourbe ordinaire.

Quelqu'un avait allumé une mèche avec la ferme intention de détruire le site de fouilles... et les gens qui s'y trouvaient.

Rachel conduisit son poney jusqu'à Gray. L'animal ouvrait de grands yeux épouvantés. Elle non plus n'en menait pas large.

Tout le monde avait conscience du danger.

Au début des incendies, un poney affolé s'était cabré et enfui de l'enclos. Quelques secondes plus tard, on avait entendu un terrible fracas, suivi d'un regain de flammes et d'un hurlement effroyable.

Lorsqu'il vit la dalle sombrer dans le bourbier incandescent, Gray se rappela la menace qui couvait sous leurs pieds. Au moindre faux pas, ils subiraient le sort du cheval imprudent.

Seichan le rejoignit. C'était sa monture qui avait péri en voulant échapper au brasier. Le commandant l'attrapa par l'avant-bras et la hissa en selle derrière lui.

— Allez !

Il indiqua le secteur le plus sombre de la forêt, où rien ne rougeoyait encore à l'horizon. Objectif : traverser la couronne de feu et reprendre de l'altitude.

Rufus trottinait en tête de cortège.

— Il va nous trouver un itinéraire sûr, annonça son maître, livide. Ces feux-là sentent très mauvais. Son flair repérera ce qui échappe à nos yeux.

Gray l'espéra, mais la vallée entière empestait la tourbe en combustion. Le vieux terrier aurait un mal fou à faire la différence entre les subtiles infiltrations de fumée et les feux souterrains, mais quelle autre solution avaient-ils ?

D'autant que Rufus paraissait bien sentir quelque chose. À peine sorti du site archéologique, il se mit à serpenter entre les arbres. Parfois, il s'arrêtait ou bifurquait brusquement.

Prudent malgré l'urgence de la situation, Gray le suivait au petit trot. Le chien bondit par-dessus un ruisseau gelé. Il semblait impossible que, par une nuit si froide, un brasier infernal rugisse sous le manteau de neige et de glace.

Ils reprirent conscience du danger quand un cerf effarouché surgit derrière eux. Après avoir traversé la forêt d'un pas assuré, l'animal s'élança vers une ravine enneigée, mais le sol se déroba sous son poids. Ses pattes arrière disparurent au fond d'un cratère enflammé. Il tendit le cou dans une espèce d'agonie silencieuse, puis le reste de son corps fut englouti et des tourbillons de fumée s'élevèrent du gouffre. Une vague de chaleur repoussa un bref instant l'assaut glacé de la nuit.

Voilà qui faisait réfléchir.

— Putain de Dieu..., marmonna Kowalski.

Seichan se cramponna à Gray.

Durant leur périple à travers bois, ils virent le feu infernal transformer les arbres morts en torches puissantes, ce qui les incita à rester à distance d'un vieux chêne fragile et frappé par la foudre. Les flammes dansaient à travers ses branches blanchâtres, tel un avertissement de la menace qui frémissait sous ses racines.

Même Rufus avait ralenti. Il s'arrêtait souvent, la truffe au vent, et gémissait, apparemment de plus en plus perdu. Pourtant, il continuait d'ouvrir la route. Parfois, il rebroussait chemin et se faufilait entre les jambes des chevaux ombrageux.

Au bout d'un moment, il se planta devant un ruisseau à sec qui sinuait à travers la montagne. Rien ne paraissait anormal, mais le chien fit nerveusement les cent pas sur la berge, tenta de poser une patte dans le lit du cours d'eau, puis se ravisa. Quelque chose l'effrayait. Son gémissement étouffé s'était mu en une longue plainte apeurée.

Gray observa les alentours. Le brasier, qui affleurait désormais à la surface, révélait peu à peu son sinistre visage. En s'effondrant, un grand pin entraîna des arbres plus modestes et s'écrasa dans les flammes. La forêt paraissait condamnée.

Des secteurs entiers sombraient à jamais, soit parce que les racines des plantes étaient carbonisées, soit parce que la terre elle-même devenait de la cendre incandescente.

Le groupe devait néanmoins rejoindre au plus vite les hauteurs du massif.

— Allez, mon vieux cabot, gronda gentiment Wallace. Tu peux y arriver. Ramène-nous à la maison.

Rufus contempla son maître, puis le lit à sec, et il s'assit en tremblant. Son jugement était sans appel : c'était trop dangereux.

Gray mit pied à terre et tendit ses rênes à Seichan :

— Restez ici.

Désireux d'en avoir le cœur net, il s'agenouilla, arracha un gros caillou moussu du sol et le lança. Le lourd projectile atterrit au milieu du ruisseau... et fut aussitôt englouti par un magma de tourbe en feu. Des flammes jaillirent. La neige fondit autour du cratère et dégagea un nuage grésillant.

Très vite, le trou s'agrandit en formant des vrilles ardentes. D'autres taches émergèrent. On aurait dit que le commandant avait jeté un galet dans une mare : les clapotis s'étendaient à mesure que l'oxygène frais alimentait le brasier souterrain. Un mélange de flammes et de vapeur courut le long du ruisseau asséché.

— Vous ne pouviez pas vous en empêcher, grogna Kowalski. Comme si on n'en avait pas déjà assez...

Gray prit un autre rocher et, de toutes ses forces, il le lança sur la rive opposée, à moins de huit mètres de là. La pierre se planta dans l'herbe enneigée avec un bruit sourd.

— Ça m'a l'air encore solide par là. Si on peut atteindre l'autre berge..., réfléchit-il avant de se tourner vers Wallace. Vos poneys Fell sont-ils de bons sauteurs ?

— Ils sont doués, bredouilla l'Écossais, mais il y a quand même une sacrée distance.

— De toute façon, on n'a pas le choix, estima Kowalski.

Un arbre s'écrasa derrière eux, au fond des bois.

— Je ne vous le fais pas dire, confirma le professeur.

— Je me lance le premier, annonça Gray.

Il rejoignit sa monture et tendit la main à Seichan pour l'aider à descendre.

— Je vous accompagne, déclara-t-elle.

— Non. Plus il y aura de poids, plus on aura du mal à...

— Vous voyez des chevaux disponibles dans les parages ? Je dois traverser derrière quelqu'un et c'est le vôtre le plus costaud.

Elle avait raison.

Gray remonta en selle. Les autres s'écartèrent, le temps que son poney recule loin de la berge.

— Accrochez-vous.

Seichan l'agrippa par la taille, pressa la joue contre son dos et chuchota :

— Allez-y.

Légèrement penché vers l'avant, il donna un coup de talon et fit claquer ses rênes. L'étalon, déjà concentré sur son saut, s'élança dans un fracas assourdissant de sabots et monta au galop.

Sous la selle, on sentait toute la puissance de l'animal : son souffle rauque exhalait une vapeur blanchâtre, son encolure se raidissait avec la vitesse.

À peine avait-il foulé la berge qu'il bondit très haut. Gray et Seichan se retrouvèrent en apesanteur, à quelques petits centimètres des flammes brûlantes, puis ils atterrirent sur la rive opposée.

L'agent Sigma retomba lourdement en selle mais, grâce à ses étriers et à son adresse, il garda l'équilibre, tira sur les rênes et stoppa sa monture.

Seichan toujours cramponnée à lui, il se retourna vers la rivière embrasée et poussa un soupir de soulagement. D'un geste, il incita les autres à se lancer, car il craignait encore que sa voix ne le trahisse. Un frisson lui parcourut l'échine, mais les bras de l'Eurasienne restèrent solidement accrochés à sa taille.

— On a réussi, murmura-t-elle.

À son tour, Wallace franchit la rivière, Rufus coincé sur ses genoux. Force était de reconnaître que c'était un excellent cavalier.

Rachel fut la suivante. Après avoir pris suffisamment de recul, elle partit au galop. Son ami montait peut-être le poney le plus robuste, mais elle avait hérité du plus rapide. L'atterrissage, hélas, ne se déroula pas au mieux.

Un sabot dérapa quand le sol s'effrita sous leur poids.

D'emblée, Gray comprit que le cheval avait sauté trop bas. Le corps de l'animal se braqua sur le côté.

Ils n'y arriveraient jamais.

Rachel s'efforça de rester en selle. Dès que son destrier avait quitté la terre ferme, elle avait senti son centre de gravité se déplacer. Les rênes collées contre la poitrine, elle se plaqua de biais sur le pommeau et contempla le cœur flamboyant du brasier. Elle avait raté son coup. Son poney redescendait déjà.

Tandis qu'une chaleur torride lui baignait le visage, elle entendit des cris affolés.

À l'atterrissage moitié sur la berge moitié dans les flammes, son ventre heurta violemment le dos de l'animal. Le souffle coupé, elle lâcha la bride et glissa peu à peu en arrière vers le feu.

Sa pauvre monture hurlait de douleur en tentant de se hisser définitivement sur la rive, mais ses ruades ne faisaient qu'attiser le brasier.

Par miracle, Rachel réussit à empoigner le rebord de la selle. Le feu léchait la semelle de ses bottes. Terrorisé, le cheval risquait de la désarçonner. Pire, il commença à rouler sur le flanc.

— Tiens bon ! mugit une voix.

Sous les yeux ébahis de la malheureuse cavalière, Seichan attrapa la longe de l'animal. Gray débarqua de l'autre côté et attrapa la têtière.

Leur but ? Empêcher à tout prix le quadrupède de basculer.

La bride enroulée sur les avant-bras, Seichan s'accroupit et enfonça les talons dans le sol. Quand le poney renversa la nuque en hennissant de douleur, Gray lâcha prise. Au moment où il voulut récupérer la têtière, Seichan, elle-même entraînée vers le lit de la rivière, vociféra :

— Contente-toi de sauver la fille !

Rachel s'agrippait de toutes ses forces. Elle sentait ses jambes brûler : son pantalon avait dû prendre feu. Soudain, des doigts lui attrapèrent le poignet. Gray était enfin là, étendu de tout son long sur le garrot de l'animal. Cramponné au pommeau de la selle, il tira son amie à bout de bras.

— Passe par-dessus moi ! ordonna-t-il, le visage cramoisi par l'effort.

L'Italienne se sentit galvanisée par la détermination farouche de son regard bleu acier.

Haletante, elle empoigna Gray par son manteau, se hissa de quelques centimètres, attrapa la ceinture de l'autre main et rampa doucement le long de son corps. Lorsqu'elle fut enfin à l'abri des flammes, elle se laissa tomber à quatre pattes dans la neige.

Son sauveur rebroussa chemin, la prit sous son bras et, une fois qu'il l'eut aidée à gravir la berge, elle éclata en sanglots en se jetant à son cou.

Un coup de feu retentit derrière eux.

Seichan leur tournait le dos, un pistolet fumant au poing. Le poney cessa de hurler quand son corps désarticulé s'abîma dans les flammes.

La tireuse rengaina son arme et rejoignit le groupe.

Génial.

Kowalski avait vu la monture de Rachel trébucher et, d'ailleurs, elle brûlait toujours sur la rive. Comment allait-il réussir à traverser ? Il chevauchait un hongre, ni aussi grand que l'étalon de Gray ni aussi rapide que le poney de Rachel. Sans compter que la pauvre bête avait été castrée, ce qui rendait l'Américain particulièrement fébrile.

Il s'effleura l'estomac. Il aurait dû suivre les conseils de Liz et se mettre au régime.

— Vous attendez le déluge ou quoi ? lança Gray.

Après avoir levé un doigt vers lui, Kowalski tapota l'encolure de son poney :

— Tu peux y arriver... hein ?

L'animal rejeta la tête en arrière, terrifié.

On est dans la même galère, mon pote.
Le cavalier eut beau prendre un maximum d'élan, il hésita encore. Sa monture aussi piétinait nerveusement des sabots. Ils avaient tous deux beaucoup à perdre.
Il faut juste se calmer, prendre un moment pour se ressaisi...
Un pin explosa derrière eux. On aurait dit une fusée de feu d'artifice. Des débris enflammés s'abattirent sur la croupe du hongre qui, furieusement aiguillonné, détala au quart de tour. Kowalski faillit tomber de sa selle, mais il reprit vite son équilibre et se leva dans les étriers. Les muscles gorgés d'adrénaline, le poney décolla de terre.
S'il avait été plus courageux, Kowalski aurait hurlé *hi-ya !* et, s'il avait eu un chapeau de cow-boy, il l'aurait peut-être agité en l'air. Au lieu de quoi, il resta collé à l'animal.
Comme s'il savait que le dernier du groupe était en train de lui échapper, le lit de la rivière s'embrasa. Des flammes infernales cernèrent leur ultime proie.
Enveloppé par une chaleur torride, Kowalski ferma les yeux.
Ils atterrirent de l'autre côté dans un grand bruit de sabots. Le colosse valsa par-dessus la tête du poney et, au terme d'un joli vol plané, il retomba sur la berge enneigée. Allongé sur le dos, il procéda à un rapide état des lieux.
Toujours vivant...
Il se releva péniblement et, les jambes flageolantes, il serra sa monture encore tremblante dans ses bras :
— Alors, toi, tu peux dire que je t'aime, ma petite merveille sans couilles !

Vingt minutes plus tard, le groupe exténué quitta la vallée par un sentier rocailleux. Les flammes faisaient danser leurs ombres le long de la pente. En contrebas, la vallée tout entière se consumait lentement.
Percluse de courbatures, Seichan avait pris place derrière Kowalski et ne quittait pas des yeux le couple Gray-Rachel sur son étalon. L'Italienne, qui tenait le commandant par la

taille, avait la tête posée sur son épaule. Passée à un cheveu de la mort, elle s'était réfugiée dans les bras solides de son ancien amant.

Seichan s'amusa de sa vulnérabilité mais, au fond d'elle, elle avait du mal à dissimuler une pointe de jalousie.

Très vite, les deux jeunes gens n'avaient plus fait qu'un. En voyageant derrière Pierce, elle avait aussi senti l'odeur âcre de sa sueur, la chaleur de son corps... mais rien de plus. Une simple sacoche aurait fait le même effet au beau cavalier.

Là, en revanche, il gardait un œil sur le chemin escarpé mais caressait machinalement le bras de Rachel, histoire de la rassurer.

Seichan détourna la tête, agacée. Pas à cause de Gray mais de sa propre stupidité. Elle se rappela les mots de Kowalski avant l'explosion de la forêt. *Deux gosses qui en pincent l'un pour l'autre.* Elle se serait crue plus discrète sur ses sentiments. En même temps, l'ancien matelot pouvait-il avoir raison au sujet de Gray ?

Elle s'autorisa à y croire... mais rien que quelques secondes. Leur couple n'avait aucun avenir. Le fossé était trop large, trop profond.

Et les choses n'étaient pas près de s'arranger.

Surtout avec ce qui se tramait en coulisse.

À présent qu'ils avaient quitté la forêt, Seichan pouvait passer à l'étape suivante.

2 h 07

Lorsqu'ils atteignirent un des nombreux lacs bleu pâle qui constellaient la région, Gray proposa de faire une halte pour laisser les poneys s'y désaltérer.

Il voulait aussi vérifier les brûlures de Rachel. Juste après ses déboires, il lui avait plongé les jambes dans la neige pour apaiser toute chaleur résiduelle. La jeune femme n'avait que la peau rose vif et quelques risques de cloques légères, mais il préférait ne pas tenter le diable.

Tout le monde mit pied à terre. Le trajet avait été éreintant et, même après avoir franchi la rivière en feu, ils en avaient encore bavé.

Si Rufus ne nous avait pas guidés vers la sortie...

Le professeur lui donna un morceau de saucisson. Le brave terrier en aurait mérité une énorme plâtrée. Pourtant, il adorait aussi qu'on lui gratte le ventre en remerciement de ses loyaux services.

Wallace s'exécuta de bonne grâce :

— Beau boulot, vieux sac à puces.

Même Seichan lui jeta une croûte de fromage, qu'il attrapa au vol. Il semblait avoir oublié sa méfiance initiale. D'un pas tranquille, elle rejoignit le lac cristallin au clair de lune.

Quand Rachel avait failli brûler vive, Seichan avait été la première à bondir de sa selle. Même Gray avait réagi une demi-seconde plus tard. Il ne l'avait pas encore dûment remerciée de son aide mais, pour l'heure, il fallait s'occuper d'autres détails.

Kowalski avait allumé un feu de brindilles. Malgré leur récente mésaventure, la nuit était glaciale et ils avaient très envie de se réchauffer. Tout le monde se dirigea vers lui, tels des papillons fatigués attirés par la flamme.

Après s'être frotté les mains au-dessus du brasier, Gray posa son sac à dos en soupirant et sortit le téléphone satellite.

— Vous appelez la maison ? demanda Kowalski.

— Je dois informer Painter qu'on s'est tirés de la panade.

— Je ne crois pas, lâcha Seichan.

Il fit volte-face et s'aperçut qu'elle le tenait en joue.

— Qu'est-ce qui te prend ?

— File-moi ton portable.

— Seichan...

— J'attends.

Inutile de résister. C'était une tireuse d'élite. Gray lui lança son téléphone, qu'elle rattrapa d'une main adroite avant de le jeter sournoisement dans le lac.

— Il est temps de disparaître des écrans radar.

Le message était clair. Sans nouvelles de ses protégés, Painter croirait qu'ils n'avaient pas réchappé de l'incendie et les équipes de secours mettraient des semaines à fouiller la vallée calcinée.

En revanche, Gray ne comprenait pas *pourquoi* Seichan les avait trahis.

Devant sa perplexité manifeste, l'intéressée répondit :

— Notre but est de trouver la clé que le père Giovanni cherchait. Par le passé, tu m'as prouvé l'étendue de ton talent, Pierce. *(Elle haussa le sourcil vers lui.)* La Guilde te fait entièrement confiance.

Gray se serait fichu des claques. Qu'elle soit sincère ou qu'elle agisse en tant qu'agent double, il l'estimait capable de renverser la situation à son avantage pour regagner les bonnes grâces de ses anciens maîtres, mais il n'aurait jamais cru qu'elle avancerait son pion si vite. Il avait baissé sa garde. Quoiqu'à la vérité, il regrettait surtout de lui avoir accordé le bénéfice du doute.

Furieux, il grommela :

— Comment vas-tu nous obliger à coopérer ? Tu ne peux pas nous braquer ton flingue dessus 24 h/24.

— Exact, sourit-elle en rangeant son pistolet. Voilà pourquoi j'ai empoisonné Rachel.

Le commandant resta bouche bée de stupeur.

— Quoi ? intervint l'Italienne.

— Mon thé contenait une biotoxine de synthèse mortelle en trois jours. Les symptômes vont aller en s'aggravant : nausées, migraines et, enfin, hémorragies.

— Dans la forêt... vous m'avez pourtant s... sauvée, bégaya Rachel, incrédule.

— Elle avait besoin de t'avoir en vie, expliqua Gray.

— Il existe un antidote, lâcha Seichan. Une enzyme fabriquée exprès pour cette toxine. Une espèce de gage de sécurité, pourrait-on dire. C'est le seul et unique remède. Soyons clairs, j'ignore de quoi il s'agit, où il se trouve et comment l'obtenir. Vous n'aurez accès au contrepoison qu'après nous avoir remis la clé.

— De quelle *clé* parles-tu au juste ?

— De l'objet sur lequel le père Giovanni voulait réellement remettre la main : la clé du Livre de l'Apocalypse.

Wallace sursauta :

— Ce n'est qu'une légende.

— Pour le salut de Rachel, espérons que non. Dans trois jours, il faudra l'avoir récupérée.

— Qu'est-ce qui nous certifie que tu respecteras ta part du marché ? demanda Gray.

— Il faut vraiment que je te réponde ?

Il foudroya Seichan du regard. Elle avait raison. Rien ne l'y obligeait. Il n'existait aucune garantie ni aucun besoin de promettre quoi que ce soit. Dès l'instant que la vie de Rachel était en jeu, ils n'avaient plus le choix.

Kowalski croisa les bras en ronchonnant :

— La prochaine fois, Pierce, écoutez le clebs.

CHAPITRE 17

13 octobre, 3 h 23
Oslo, Norvège

Krista n'avait pas fermé l'œil.

Les choses étaient allées de mal en pis mais, au cours de la dernière heure, tout s'était peut-être arrangé. Elle en aurait le cœur net d'ici à quelques minutes.

Vêtue d'un peignoir en cachemire italien, la jeune femme se tenait devant une belle flambée, ses orteils nus recroquevillés sur le tapis moelleux. La cheminée était si monumentale qu'on aurait pu y entrer sans se baisser. Une enfilade de fenêtres gothiques rehaussées de ferrures donnaient sur la cour du château d'Akershus. Au clair de lune, le paysage enneigé s'était paré d'un halo argenté, mais il chatoyait aussi dans les flammes de l'âtre.

Le reflet de Krista, lui, se trouvait au milieu.

Entre le feu et la glace.

Un poème de Robert Frost lui revint en mémoire. Elle l'avait appris sur les bancs de son école catholique de jeunes filles en banlieue de Boston, à l'époque où son père lui rendait visite le soir quand sa mère était trop soûle.

Certains disent que le monde finira dans les flammes,
D'autres disent dans la glace.

Krista se fichait de savoir ce qu'il adviendrait, du moment qu'elle se trouvait du côté des vainqueurs. Les yeux rivés sur le feu de cheminée, elle songea à un autre brasier qui avait failli tout gâcher. Peu après minuit, elle avait reçu des nouvelles d'un guetteur posté dans la montagne anglaise. Il lui avait confirmé l'explosion des bombes mais, très vite, l'incendie avait échappé à tout contrôle. Elle avait dû attendre deux heures pour apprendre avec soulagement que le groupe avait quitté le piège de la forêt et que le plan continuait donc comme prévu.

Si jamais je m'étais plantée...

Un frisson lui parcourut l'échine.

Cela aurait été une catastrophe, surtout vu la tournure des événements au Grand Hôtel d'Oslo. Krista avait mis du temps à identifier Antonio Gravel comme étant l'informateur du sénateur et, en fin de compte, il s'était révélé plutôt malin. Après avoir contacté Gorman, il s'était tout bonnement volatilisé. Il n'était ni à son hôtel ni à la conférence. Elle n'avait découvert que trop tard son penchant pour les jeunes tapineuses, celles qui ne s'offusquaient pas de rapports un peu brutaux. Incapable de le localiser, elle s'était résolue à lui tendre une embuscade à l'hôtel. L'opération ne manquait pas de culot, mais ce n'était plus le moment de jouer la carte de la subtilité. Espérant faire d'une pierre deux coups, Krista avait ordonné à ses hommes de liquider Antonio dès qu'il aurait franchi le seuil de l'établissement et de profiter de la confusion pour assassiner le sénateur.

La mort de Gorman ne figurait pas dans les consignes. Il ne devait être tué qu'au cas où Antonio aurait parlé, mais la jeune ambitieuse n'aimait pas laisser de traces. Encore moins des témoins susceptibles de l'identifier. Or, Jason Gorman, fou amoureux, avait envoyé des photos d'elle à son père.

Une telle exposition la tracassait.

Et elle n'aimait pas se faire du mouron.

Au final, le sénateur s'était échappé, mais Krista n'avait rien à se reprocher : on lui avait expressément demandé de ne *pas* poursuivre le grand brun de chez Sigma.

Ce n'était pas sa faute s'il avait pointé le bout de son nez. Il n'empêche qu'elle avait l'estomac noué et qu'elle restait près de l'âtre, pelotonnée dans son beau peignoir.

Dès que son portable vibra, elle décrocha :

— Je suis là.

— On m'a dit que l'opération en Angleterre suivait son cours.

— En effet, confirma-t-elle avec une pointe de fierté.

— Et que le sénateur Gorman vous avait filé entre les doigts.

Krista plissa les yeux. Son assurance avait fondu comme neige au soleil.

— Oui, réussit-elle à articuler.

Au terme d'un long silence crispant, l'homme reprit :

— Nous pouvons donc passer à la deuxième étape du plan.

— Une deuxième étape ? balbutia la généticienne, mi-soulagée, mi-interloquée.

— Il faut faire le ménage en prévision de l'attaque finale. Après avoir étudié les différents scénarios possibles, Échelon estime que notre collaboration avec Viatus n'a plus lieu d'être. Ivar Karlsen va vite devenir un obstacle gênant, notamment après l'étrange incident de cette nuit dans son laboratoire. Autant le transformer en bouc émissaire, histoire d'éloigner les soupçons susceptibles de peser sur nous.

De sang-froid, la jeune femme commença à recalculer son rôle.

— Nous disposons de toutes les recherches pertinentes. Ce qu'Ivar Karlsen a initié ne peut plus être défait et ses travaux nous serviront à la fin, qu'il soit encore là ou pas.

— Qu'attendez-vous de moi ? demanda Krista.

— Vous allez l'accompagner au Svalbard comme prévu et y recevoir de nouvelles instructions. J'ai cru comprendre qu'il avait décidé d'anticiper son départ.

— La météo annonce des intempéries. Il veut s'assurer que rien ne viendra contrecarrer ses plans.

— Sage décision, car on peut dire qu'une sacrée tempête couve par ici. Vous savez ce qui vous reste à faire.

Fin de la communication.

Krista serra le téléphone entre ses mains. Elle s'approcha du feu mais n'y trouva aucune chaleur. Immobile, le souffle court, elle s'égara dans ses pensées.

— Tu viens te coucher ? lança-t-on derrière elle.

Elle regarda par-dessus son épaule. Ivar Karlsen l'attendait nu à la porte de la chambre. Malgré son âge avancé, il avait conservé une carrure solide, un ventre plat, des jambes musclées et, plus important, il n'avait pas besoin de pilule bleue pour assurer.

— Tout va bien ? se renseigna-t-il.

— Ça ne pourrait pas aller mieux.

Après avoir rangé son téléphone, elle se tourna vers lui, délaça son peignoir et le laissa glisser sur le tapis en fourrure. Dos aux flammes, elle sentit à la fois la chaleur de l'âtre et la rigueur hivernale du château.

Elle était pile à sa place.

Entre le feu et la glace.

ACTE TROIS

LES SEMENCES DE LA DESTRUCTION

CHAPITRE 18

13 octobre, 8 h 43
Au-dessus de la mer de Norvège

Sous un soleil très bas, le jet privé traversa le cercle polaire arctique, direction l'archipel du Svalbard. À l'automne, l'endroit, situé entre la côte septentrionale de la Norvège et le pôle Nord, n'était vraiment pas inondé par la lumière du jour. Comme les glaciers recouvraient plus de la moitié du territoire, c'était surtout le paradis des ours blancs et des rennes.

Même le père Noël aurait eu du mal à y habiter.

Pour le moment, Painter savourait néanmoins la cabine en cuir et acajou d'un Cessna Citation Sovereign réquisitionné par Kat. La jeune femme avait modifié le manifeste de vol de sorte qu'ils soient considérés comme les cadres supérieurs d'un consortium charbonnier. Dans la mesure où l'archipel fondait une grande partie de son industrie sur l'exploitation du minerai noir, leur couverture était toute trouvée.

Avec une cabine prévue pour sept personnes, les quatre passagers avaient largement la place de se détendre. En manque de sommeil après une nuit agitée, ils avaient dormi un peu mais, d'ici à moins d'une heure, ils devaient atterrir à Longyearbyen, capitale administrative du Svalbard.

Face au sénateur Gorman, Painter se renfonça dans son fauteuil. Monk et Creed partageaient le canapé voisin. Si le groupe voulait préparer au mieux la confrontation à venir, il était temps de jouer cartes sur table.

Ils devaient agir vite et bondir de l'avion dès que le train d'atterrissage aurait touché le tarmac. Ils avaient fui Oslo en sachant deux choses. *Primo*, qu'avec un patron de Sigma démasqué et un sénateur en ligne de mire, rester là-bas aurait été impossible. *Secundo*, que le principal suspect se dirigeait déjà vers les mêmes îles gelées. C'était l'occasion ou jamais de coincer Karlsen pour lui soutirer de vraies réponses.

Le P-DG de Viatus emmenait les hauts responsables du sommet visiter la célèbre Chambre forte mondiale de graines du Svalbard. Véritable arche de Noé végétale, elle était censée prémunir ses précieux stocks – plus de trois cent mille espèces de semences différentes – contre les guerres, la maladie, les attaques nucléaires, les séismes et même les bouleversements climatiques. Conçue pour durer vingt mille ans, le Bunker de l'Apocalypse était enfoui à cent cinquante mètres sous terre, dans ce qui était jugé l'endroit habité le plus reculé du globe.

Pour s'entretenir avec Karlsen à l'abri des regards indiscrets, ils n'auraient pas pu rêver mieux, mais la rencontre ne s'annonçait pas sans risque.

— Sénateur, je vous conseille vraiment de rester à Longyearbyen, insista Painter. En cas de besoin, nous pourrons toujours vous associer aux investigations.

Officiellement, les trois agents Sigma restaient des inspecteurs envoyés par le ministère de la Défense. Ils avaient même des insignes pour le prouver.

— Non, je vous accompagne.

Gorman avait versé une mignonnette de cognac dans son café, mais comment lui en tenir rigueur ? Depuis quelque temps, il en voyait de toutes les couleurs. C'était un collaborateur très proche, presque un ami de Karlsen.

— Si Ivar est impliqué dans la mort de mon fils...

— Nous ignorons encore quel est son rôle exact, objecta faiblement Painter.

— Cet enfoiré a osé me serrer la main !

Le parlementaire n'était pas dupe et, d'un coup de poing sur la table, il fit trembler les tasses et les soucoupes. Difficile de le laisser à l'écart ! Painter ne pouvait qu'imaginer la douleur de perdre un enfant, suivie d'une telle trahison, et, même s'ils n'avaient pas besoin de pareille bombe à retardement, l'homme disposait d'un argument imparable :

— Sans moi, vous ne pourrez pas approcher Ivar.

Karlsen avait décollé d'Oslo une heure plus tôt, car il voulait éviter une tempête en provenance du pôle Nord. Le temps que leur Cessna atterrisse, le P-DG aurait déjà pénétré dans l'enceinte du bunker. Or, là-bas, la sécurité était très renforcée, surtout avec l'arrivée de hauts dignitaires du sommet.

— Pour approcher des silos, vous aurez besoin de ma présence et de mon badge d'identification. Même vos insignes ne serviront à rien. Grâce à mon carton d'invitation, je peux au moins faire entrer l'un d'entre vous.

Il avait été décidé que Painter serait celui-là. Monk et Creed établiraient un périmètre défensif dehors et, au cas où, ils pourraient débarquer en renfort.

Le bâtiment était protégé par des portes blindées, équipé d'un système de vidéosurveillance ultraperfectionné... sans parler des deux mille ours blancs qui sillonnaient l'île à l'affût d'une belle proie. Cerise sur le gâteau : pour l'événement, un contingent norvégien était venu grossir les rangs des gardes sur place.

S'inviter à la fête sans l'aide du sénateur revenait peu ou prou à vouloir cambrioler Fort Knox.

Conscient de la difficulté, Painter finit par céder et dévisagea ses trois compagnons de vol :

— Avant d'atterrir, faisons le point sur ce qu'on sait... et, tout aussi important, sur ce qui nous échappe. Dès que l'avion aura touché le sol, il n'y aura plus une seconde à perdre.

— On commence par où ? lança Monk.

— Par notre première cible, Ivar Karlsen. Sénateur, vous travaillez avec lui depuis des années. Que pouvez-vous nous dire ?

Gorman eut du mal à réprimer sa rage :

— Si vous m'aviez posé la question hier, je vous aurais parlé d'un type droit et rude, de quelqu'un qui sait se faire du fric mais qui connaît aussi les responsabilités inhérentes à sa fortune. Un heureux mélange entre Rockefeller et Roosevelt.

— Comment vous êtes-vous rencontrés ?

— Au Club de Rome. Le cercle me servait à nouer des contacts fructueux. Quel meilleur moyen de consolider une carrière que de frayer avec un groupe international d'industriels, de politiques et de célébrités ?

Loin d'être gêné par son ambition, Gorman haussa les épaules.

— C'est là que je suis tombé sur Ivar. Sa passion est électrique, sa rhétorique fascinante. Il croit dur comme fer à la préservation du globe et à la sauvegarde de l'avenir de l'humanité. Bien sûr, ses idées sur la gestion de la croissance démographique sont parfois extrêmes – contrôle obligatoire des naissances, campagne de stérilisation, subventions aux familles sans enfants –, mais quelqu'un *doit* opérer des choix aussi ardus. Voilà ce qui m'a plu chez lui. Sa sensibilité pleine de bon sens. Enfin, je n'étais pas le seul à faire partie de sa garde rapprochée.

— Comment ça ?

— Ivar a réuni des gens qui partageaient ses idées sur la nécessité de prendre des décisions difficiles. Nous formions une sorte de club à l'intérieur du club. Chacun de nous travaillait sur des projets spéciaux. Mon rôle était d'user de mon influence politique pour favoriser le développement des biocarburants, mais il existait d'autres programmes supervisés par différents membres du cercle.

— Concernant les abeilles, par exemple ?

Monk faisait allusion aux ruchers expérimentaux qu'il avait découverts au cinquième sous-sol de chez Viatus. Il frotta sa joue encore endolorie par une piqûre.

— Aucune idée. Nous œuvrions chacun de notre côté.

— Parlons un peu du projet qui a déclenché tout ce bazar, reprit Painter. L'effroyable carnage semble découler des recherches génétiques de Viatus, notamment de ses tests sur le maïs résistant à la sécheresse. On sait que le groupe a financé des travaux sur les extrémophiles et que ses experts ont découvert un drôle de champignon sur des momies conservées dans la tourbe anglaise.

Il hocha la tête vers Monk.

— Aujourd'hui, les recherches se poursuivent et les cadavres-substrats du campus viennent sans doute de la ferme dévastée en Afrique.

Painter avait lancé l'ordre de fouiller les laboratoires souterrains, mais Viatus, qui comptait parmi les plus grosses entreprises norvégiennes, avait de solides relations financières et politiques à travers le monde. Le temps qu'un juge donne son feu vert, la société aurait fait le grand ménage, ne laissant qu'une succession de salles vides et aseptisées.

— Les mystérieux gènes que le professeur Malloy a repérés dans les semences de maïs seraient issus de cette souche fongique, conclut Painter. Et, *a priori*, ils sont instables, ce qui rendrait la plante dangereuse.

— Pourquoi massacrer le village ? s'étonna Gorman. Le maïs n'était même pas destiné à la consommation humaine !

— Il s'agissait d'un camp de réfugiés. La nourriture y était rare, les gens affamés au bord du désespoir. Je parie que, la nuit, des indigènes se faufilaient dans les champs et dérobaient un épi ou deux pour leur famille. Les exploitants ont peut-être fermé les yeux, car cela leur offrait une occasion en or de mener des études sur l'homme en conditions réelles sans avoir besoin de le déclarer.

— Sauf que personne n'avait prévu l'altération du gène lui-même, grimaça Monk. Résultat : ils ont été obligés d'effacer l'ardoise... mais non sans avoir subtilisé quelques cobayes au préalable. Qui remarquerait la disparition d'un réfugié ou deux, surtout après le bombardement du camp ?

Le sénateur avait pâli. Son regard perdu à l'horizon était empreint de douleur, mais il y avait autre chose :

— Viatus a déjà lancé ses expéditions de nouveau maïs OGM. Depuis huit jours, dans la majeure partie de l'hémisphère Sud et aux latitudes équatoriales, on ensemence des champs. Des millions d'hectares sont concernés.

À voir son teint livide, Painter sentit qu'il n'avait pas encore annoncé le pire. *Mais oui !* Pour distribuer ses graines en masse, Viatus avait forcément cultivé des terres auparavant et récolté le maïs transgénique.

— Où se trouvent les premiers champs de cette fameuse céréale ?

Gorman évita de croiser son regard :

— C'est moi qui ai aidé Viatus à négocier. La production de semences OGM représente une industrie d'un milliard de dollars par an. Cela permettait de remplir les caisses vides.

Sous le choc, il baissa d'un ton.

— J'ai réparti l'argent dans tout le grenier à blé des États-Unis : Iowa, Illinois, Nebraska, Indiana, Michigan... Des milliers et des milliers d'hectares en patchwork à travers le Middle West.

— On parle bien du maïs testé au Mali ? demanda Monk.

— Pas exactement, mais il est issu de la même lignée génétique.

— Et il est sans doute aussi instable, renchérit Painter. Je comprends pourquoi ils ont réduit la ferme africaine en cendres ! Le pot aux roses avait été découvert.

— Comment la semence a-t-elle pu être cultivée ? s'étonna Monk. Et les études de sécurité ?

— Ce n'est qu'une fumisterie, lâcha Gorman. Même les simples additifs alimentaires sont mieux contrôlés ! Comme il n'existe aucune directive sur l'évaluation formelle des risques, la culture des OGM repose en grande partie sur l'autorégulation. Les agréments procèdent de rapports industriels édulcorés ou carrément frauduleux. Pour vous donner une idée, sur les quarante cultures transgéniques approuvées l'an dernier, seules huit ont publié des études de sécurité. Comme les semences expédiées par Viatus n'étaient pas destinées à la consommation humaine, les agences ont été encore moins regardantes. D'autant que... j'y ai ma part de responsabilité.

Dépité, le sénateur baissa les paupières.

Tu m'étonnes que Karlsen avait besoin de lui, songea Painter.

— Si le maïs n'est pas censé atterrir dans nos assiettes, on pourrait encore limiter le danger.

D'une phrase, Creed anéantit les espoirs de Monk :

— Il se retrouvera quand même dans notre alimentation.

Tous les yeux se braquèrent sur lui.

Le jeune expert se ratatina un peu sous le poids de l'attention générale, mais il ne se laissa pas démonter :

— Après le drame de Princeton, je me suis penché sur les cultures de céréales OGM. En 2000, un maïs transgénique baptisé StarLink, encore en attente d'agrément comme la semence Viatus, a contaminé plus de trois cents marques de denrées alimentaires à travers les États-Unis. Soupçonné de déclencher des réactions allergiques, il a nécessité une opération massive de rappel. La société Kellogg a dû fermer ses usines pendant quinze jours, le temps de détruire toute trace du maïs incriminé.

— Je m'en souviens, confirma le sénateur. Le gouvernement a été obligé de lui racheter ses stocks pour l'empêcher de couler. Ça nous a coûté des milliards de dollars.

— Je ne vous ai cité qu'un exemple parmi de nombreux cas d'OGM étrangers qui se sont retrouvés dans les rayons de nos supermarchés, annonça Creed. La migration des pollens et la contamination génétique représentent toutefois un sujet plus grave de préoccupation.

Intrigué, Painter lui fit signe de préciser sa pensée.

— Il est impossible de contenir les pollens d'une culture OGM. Charriés par le vent, ils se déposent sur les terrains voisins. Certaines graines ont été repérées jusqu'à cinquante kilomètres d'une exploitation, alors ne vous bercez pas d'illusions. Le maïs trafiqué ne se cantonnera pas aux seuls champs de Viatus.

— Qu'en est-il de la contamination génétique ?

— Le problème est encore plus inquiétant. Parfois, les modifications génétiques se transmettent des semences OGM aux espèces sauvages et le phénomène atteint alors l'ensemble de la biosphère. Le Dr Malloy ayant repéré une instabilité dans l'échantillon de maïs Viatus, je crains fort que le risque ne soit encore plus grand.

— Autrement dit, tout le Middle West pourrait être infecté ? intervint Monk.

— Il est trop tôt pour l'affirmer, répondit Painter. On a encore besoin d'éléments.

Il se rappela cependant la découverte de Gray en Angleterre. À l'image des corps retrouvés au laboratoire d'Oslo, les momies des tourbières étaient envahies de champignons. Karlsen avait-il par mégarde relâché l'organisme dans la nature ?

Pire, et s'il ne s'agissait pas d'un accident ?

Le Norvégien avait manipulé Gorman, mais quel était son but ultime ?

Un seul homme avait la réponse.

— Nous entamons notre descente vers Longyearbyen, annonça le pilote. Veuillez attacher votre ceinture.

Il était grand temps d'avoir une conversation avec Ivar Karlsen mais, tandis que le jet plongeait vers l'archipel gelé, Painter consulta sa montre : plus les heures passaient, plus son autre sujet d'inquiétude grandissait.

11 h 01
Spitzberg, Norvège

— Toujours pas de nouvelles de Gray ? demanda Monk.

Vêtu d'une combinaison de ski, de bottes, de gants et de lunettes de protection, il portait un casque sous le bras.

Sur le parking glacé, Painter serra son téléphone satellite :

— Non. J'espérais qu'il nous aurait contactés au lever du soleil... ou que les patrouilles auraient repéré quelque chose. Des hélicoptères fouillent les montagnes depuis l'aube. Selon les premiers rapports des pompiers, la vallée n'est plus qu'un vaste champ de ruines fumantes. J'ai aussi vérifié auprès de Kat. Le QG de Sigma n'a capté aucun signe de vie non plus.

Monk tenta de le rassurer :

— Il s'est forcément sorti de ce pétrin. Son silence a peut-être une explication.

La mine sombre, son patron fixa l'horizon. Si Pierce avait disparu des écrans radar, c'était qu'il avait des ennuis.

Le soleil encore bas se reflétait péniblement sur le manteau de neige et de glace qui recouvrait le Spitzberg. D'ici à quatre semaines, l'archipel sombrerait dans une nuit polaire de quatre mois. Même à la mi-journée, la température n'excédait pas − 17 °C. L'endroit était aride, dénué d'arbres et parcouru de sommets acérés ou de crevasses. Au sein du Svalbard, le nom de l'île – *Spitzberg* – était d'ailleurs dérivé du néerlandais signifiant « montagne déchiquetée ».

Bref, ce n'était pas un paysage très avenant.

Surtout quand de gros nuages noirs s'amoncelaient au nord.

D'une voix plus assurée, Painter reprit :

— On ne peut rien faire d'autre. J'ai demandé à Kat de surveiller la progression des pompiers et des équipes de sauvetage. Elle va tenter de coordonner des recherches élargies. En attendant, ici, on a du pain sur la planche.

Depuis l'aéroport, il conduisait un 4x4 Volvo. Monk l'avait suivi dans une seconde voiture munie d'une remorque et, sur le parking, Creed s'affairait à détacher les motoneiges. Ils avaient loué deux Lynx V-800 à une agence de tourisme qui proposait des safaris hivernaux dans les zones sauvages de l'archipel. Son logo rutilait sur les flancs des engins.

Il avait été décidé que Painter et le sénateur Gorman se rendraient directement en 4x4 à la chambre forte du Svalbard. Monk et Creed emprunteraient des chemins de traverse en motoneige, puis ils s'approcheraient au maximum du bâtiment sans éveiller les soupçons. Voilà pourquoi ils avaient choisi des véhicules de location.

Le tour-opérateur organisait des excursions à la découverte de la faune sauvage de l'île mais, depuis la création du Bunker de l'Apocalypse, le site était devenu une attraction touristique. Leur présence n'était donc pas censée attirer l'attention. Monk et Creed se tiendraient sur le qui-vive, au cas où il y aurait besoin d'un renfort armé ou d'une évacuation d'urgence.

Un moteur vrombit derrière la remorque.

— Allez, en route ! ordonna Painter avant de saisir Monk par le bras. Soyez prudents.

— Vous aussi.

Tandis que Painter s'éloignait au volant du 4x4, Monk rejoignit les motoneiges. Vêtu lui aussi d'une combinaison de ski et d'un casque, Creed était déjà prêt à partir.

À son tour, Monk enfourcha sa monture, puis il vérifia que son fusil d'assaut était bien fixé à côté de la selle. Inutile de faire preuve de discrétion. Au Spitzberg, où il y avait plus d'ours blancs que d'habitants, c'était une précaution de routine. Même la jolie brochure de l'agence de location annonçait la couleur : « *Ne vous aventurez jamais hors des villages sans être armé.* »

Pourquoi auraient-ils transgressé la législation norvégienne ?

— Paré ?

En guise de réponse, Creed fit ronfler son moteur.

Monk mit le contact et s'élança vers la vallée enneigée. Ses pneus arrière mordaient la glace avec assurance. Quant aux skis à l'avant, ils glissaient sur la poudreuse.

En face, le mont Plataberget abritait le Bunker de l'Apocalypse. Son sommet escarpé déchiquetait le ciel bas. Au loin, le monde n'était plus qu'une immense étendue de nuages noirs.

Décidément, l'endroit n'inspirait pas confiance.

Monk se rappela l'ultime avertissement de la brochure touristique, excellent résumé d'une contrée aussi hostile.

Tirez pour tuer.

11 h 48

Après avoir franchi deux barrages de l'armée norvégienne sur l'unique route qui menait au sommet, Painter se gara. Le modeste parking était encombré de camions et d'un grand car qui avaient sans doute servi à acheminer les visiteurs du Sommet mondial de l'alimentation.

En descendant de son 4x4, Painter remarqua la présence d'une espèce de minibus monté sur des chenilles de tank. Véhicule officiel des explorations en Antarctique, le Hägglunds était flanqué du drapeau norvégien sur ses portières et d'un insigne militaire. Deux soldats fumaient une cigarette à côté. Une petite chenillette peinte aux mêmes couleurs patrouillait aussi le long du périmètre de sécurité. Quoique, pour l'instant, à en juger par ses étranges figures de style, quelqu'un s'amusait plutôt à faire du rodéo.

Painter et Gorman se dirigèrent vers la chambre forte. Seule partie visible de l'installation ? Un fortin en béton qui, telle la proue d'un navire pris dans les glaces, émergeait en biseau. L'image n'était peut-être pas si fantaisiste... car, sous terre, il s'agissait bien d'une arche de Noé végétale.

La façade de dix mètres de haut était ornée d'une fenêtre en miroirs et prismes éclairés par des fibres optiques turquoise. Alors que l'ensemble transperçait la pénombre, un couvercle de gros nuages noirs s'abattait déjà sur la montagne. Une bourrasque souleva un tourbillon de neige piquante et de cristaux de glace.

Le cou rentré dans les épaules pour se protéger du froid et du vent, les Américains se dépêchèrent de rejoindre l'entrée.

Après avoir traversé un petit pont, ils arrivèrent devant une porte blindée. Deux sentinelles armées vérifièrent le sauf-conduit du sénateur et leurs papiers d'identité.

— Vous êtes très en retard, souffla un garde dans un anglais hésitant.

— Nous avons eu quelques soucis de vol, sourit Gorman. Même à deux pas du pôle Nord, les compagnies aériennes égarent encore vos bagages. Et ce froid... *brr*... je ne sais pas comment vous tenez ici. Vous êtes bien plus robustes que moi.

Le jeune soldat lui rendit son sourire franc, de même que son camarade, qui ne comprenait sans doute pas un mot d'anglais. Force était d'admettre que le sénateur possédait un sacré charisme, dont il pouvait user ou non à sa guise. Pas étonnant qu'il soit si apprécié à Washington !

La chambre forte était équipée de trois énormes serrures et, par mesure de précaution, personne au monde ne disposait des trois clés à la fois.

Dès qu'ils eurent franchi le seuil, le vent tomba, mais il faisait toujours aussi froid. Avec une température constante proche de – 20 °C, on se serait cru à l'intérieur d'un congélateur géant.

Au bout de la passerelle, un long tunnel circulaire aurait facilement pu accueillir une rame de métro. Tuyaux et canalisations d'entretien s'enchevêtraient entre les néons fluorescents du plafond. Rugueux au toucher, les murs en béton armé doublé de fibre de verre donnaient à l'endroit un faux air de grotte.

Painter avait étudié les plans du bâtiment. La disposition était simple. À cent cinquante mètres de profondeur, le tunnel débouchait sur trois immenses coffres-forts à graines, chacun scellé par un sas de sécurité. Sinon, il n'y avait qu'une poignée de bureaux près des silos.

Des voix résonnèrent au loin. De vives lumières frémirent devant eux.

— Ivar a été l'un des principaux mécènes du bunker, murmura Gorman. Il voulait préserver coûte que coûte la biodiversité naturelle de la planète et estimait que les autres banques de semences étaient mal fichues ou franchement défectueuses.

— À ce que j'ai cru comprendre, il aime contrôler.

— Dans le cas présent, il a sans doute raison. Il existe plus de mille coffres-forts à graines au monde, mais la majorité d'entre eux sont menacés. La Banque nationale de semences irakienne a été pillée et détruite. Même topo en Afghanistan : les talibans se sont introduits par effraction dans les entrepôts, non pas pour récupérer les céréales mais pour voler les conteneurs en plastique. D'autres sites sont tout aussi fragiles. Mauvaise gestion, économies mal en point, matériel défaillant... tout cela met les dépôts en péril. Enfin, le plus grave, c'était le manque de prévoyance.

— Et Karlsen s'est engouffré dans la brèche ?

— Le bunker du Svalbard était une idée du Fonds fiduciaire mondial pour la diversité des cultures mais, lorsqu'il a eu vent du projet, Ivar a tout de suite apporté son soutien financier et donné de la voix.

Gorman se frotta les tempes avec ses mains gantées.

— Il n'a rien du monstre qu'il semble être. Ça n'a pas de sens.

Le trajet se poursuivit en silence. Painter avait perçu une pointe de doute chez le sénateur. Après le choc initial de la trahison, le scepticisme refaisait surface. Une telle réaction était très humaine : personne ne voulait croire son meilleur ami capable du pire ni accepter d'avoir été aussi aveugle et crédule.

Des gens bavardaient au bout du tunnel dans une ambiance plutôt festive. Des sculptures de glace brillaient de mille feux grâce aux petites lampes installées dessous : il y avait un ours blanc, un morse, une reproduction du mont Plataberget et même le logo de Viatus. En face, on avait dressé un buffet froid et installé une ribambelle de cafetières fumantes.

Gorman prit une flûte de champagne sur le plateau d'une hôtesse en parka et bottes mukluk. Au Svalbard, l'anorak tenait lieu de smoking. La galerie était occupée par une vingtaine d'invités chaudement vêtus mais, à voir le nombre de serveurs et les monceaux de nourriture encore intacte, il y avait eu des désistements.

L'attaque du Grand Hôtel, attribuée à un groupe terroriste, avait effrayé quelques participants mais, pour un raout organisé à proximité immédiate du pôle Nord, le succès était impressionnant. Au micro, le coprésident du Club de Rome, Reynard Boutha, expliquait la nécessité de défendre la biodiversité :

— Nous sommes au cœur d'un Tchernobyl génétique. Il y a cent ans, les États-Unis cultivaient plus de sept mille variétés de pomme. Aujourd'hui, il n'en existe plus que trois cents. On exploitait presque sept cents sortes de haricots. On n'en compte plus que trente. En l'espace d'un siècle, 75 % de la biodiversité mondiale a disparu et, chaque jour, une nouvelle espèce s'éteint. Nous devons agir maintenant pour protéger un maximum de plantes avant qu'elles soient perdues à jamais. Voilà pourquoi la Banque de graines du Svalbard revêt tant d'importance, pourquoi il faut continuer de lever des fonds et d'éveiller les consciences...

Pendant que Boutha poursuivait son laïus, Painter repéra Karlsen dans l'assistance. Le Norvégien était accompagné de deux femmes. L'une était une grande blonde svelte, le visage presque mangé par la capuche de son anorak. L'autre, plus âgée, susurrait quelques mots à l'oreille du P-DG.

— Qui est-ce ? s'enquit Painter.

— L'ancienne présidente du Conseil de la population de Rockefeller. C'est une amie de longue date d'Ivar.

Le Conseil Rockefeller prônait la maîtrise démographique par le biais du planning familial et du contrôle des naissances. À en croire les rumeurs les plus farouches, leurs méthodes frisaient parfois l'eugénisme.

Rien d'étrange à ce que ces deux-là s'entendent si bien !

Gorman indiqua, parmi la foule, d'autres membres de la cabale interne :

— Avec sa bedaine de buveur de bière, le gros type là-bas représente une puissante société chimique et pharmaceutique allemande. Viatus cherche à intégrer un de ses insecticides dans une nouvelle génération de céréales OGM. En cas de réussite, on réduirait nettement la quantité de pesticides déversée sur les champs, ce qui permettrait de réaliser des économies substantielles et d'augmenter le rendement.

Il continua d'égrener sa liste. À l'entendre, Karlsen s'était entouré de gens désireux de résoudre la crise de la surpopulation ou d'accroître nos ressources alimentaires. Le sénateur avait raison : le bien-être de la planète semblait vraiment lui tenir à cœur.

Comment donc imaginer que le *même* homme ait ordonné le massacre d'un village ou favorisé la distribution massive d'une menace génétique susceptible de corrompre la biosphère ?

Painter comprenait la perplexité de Gorman.

Cela n'avait pas de sens.

Il se focalisa de nouveau sur Karlsen. Avant d'affronter le Norvégien, il voulait connaître tous les acteurs clés :

— Et la blonde quasi pendue à son bras ?

— Aucune idée. Son allure me dit quelque chose, mais ce n'est pas un membre du cercle. Peut-être une simple *amie*.

Satisfait, Painter se fraya un chemin dans la foule. Vu les circonstances, il y avait fort à parier que Karlsen n'opposerait aucune résistance. Où aurait-il pu s'enfuir ?

Le P-DG, qui avait terminé sa conversation avec l'ex-présidente du Conseil de la population, était provisoirement seul. Même la jolie blonde s'était approchée du buffet.

Il ne reconnut pas Painter mais, à la vue du sénateur, il s'illumina de joie et lui tendit la main.

D'instinct, Gorman la lui serra.

— Mon Dieu, Sebastian ! Vous êtes arrivé quand ? Et *comment* ? En ne vous retrouvant pas à l'aéroport, j'ai essayé d'appeler votre hôtel mais, après l'attaque d'hier soir, impossible d'y joindre qui que ce soit. Je me suis dit que vous étiez peut-être rentré aux États-Unis.

— Non. Les forces de sécurité m'ont juste fait changer d'hôtel. Je n'aurais pas pu rejoindre l'aéroport à temps et, comme je ne voulais retarder personne, j'ai réservé mon propre vol.

— Vous n'étiez pas obligé. Je tiens à ce que Viatus vous rembourse les frais.

Painter regarda les deux hommes discuter. Le sénateur avait beau faire bonne figure, on le sentait perturbé, sur les nerfs. Bref, pas dans son assiette.

Karlsen, en revanche, paraissait sincèrement ravi de voir son ami. Rien ne laissait croire qu'il avait ordonné l'assassinat de Gorman la veille. Soit il n'était pas concerné, soit il possédait un sang-froid redoutable.

Le sénateur lorgna vers Painter d'un air dubitatif et balbutia :

— Je crois que vous avez déjà rencontré l'enquêteur envoyé par le bureau de l'Inspection générale.

— Oh, bien sûr, monsieur, désolé. Nous avons bavardé quelques secondes hier. Vous devez me pardonner. Je viens de vivre vingt-quatre heures de folie.

Ne m'en parlez pas, songea Painter.

Il serra la main de Karlsen et continua de scruter son visage en cherchant la faille : à supposer qu'il ait percé sa couverture, en tout cas, l'homme n'en montrait rien.

— Le sénateur a eu la gentillesse de m'inviter sur son vol, expliqua Painter. J'espérais que nous pourrions encore procéder à l'entretien. Je n'ai qu'une poignée de questions à vous poser, deux ou trois détails à éclaircir. Promis, cela ne durera pas longtemps. Vous connaissez peut-être un endroit tranquille où discuter.

Un peu contrarié, Karlsen jeta un coup d'œil à son ami. Painter crut discerner une lueur de culpabilité. C'était le jeune Gorman qui avait trouvé la mort lors du massacre au Mali, alors comment se défiler devant un père éploré ?

Après avoir vérifié l'heure, il indiqua une porte à droite :

— Il y a des bureaux par là. Les traiteurs occupent la première moitié, mais il nous reste une petite salle au fond.

— Impeccable.

Alors qu'ils fendaient la foule, Painter vit la jolie blonde les observer. Elle ne sourcillait pas, mais son expression était encore plus glacée que la température polaire du bunker. Prise sur le fait, elle détourna les yeux.

Apparemment, cela ne lui plaisait guère de rester en plan à la fête.

Krista regarda le trio s'éloigner. Cela n'augurait rien de bon.

Quelques minutes plus tôt, elle avait failli s'étrangler avec l'olive de sa vodka-tonic en voyant le grand brun de Sigma surgir de nulle part, le sénateur Gorman sur ses talons. À peine avait-elle eu le temps de s'éclipser.

La porte du bureau se referma. Par quel miracle étaient-ils arrivés au Svalbard ? Krista croyait pourtant les avoir laissés loin derrière, à Oslo.

Soudain persuadée que tous les yeux étaient braqués sur elle, elle dissimula son visage sous sa capuche bordée de vison. Heureusement qu'elle avait enfilé une perruque blonde le temps de l'excursion ! Il n'était pas question de subir la même mésaventure qu'avec Antonio Gravel.

Elle rebroussa chemin jusqu'au croisement menant aux trois silos à grains. Comme tout le monde écoutait les discours, elle pourrait profiter du calme de l'endroit pour reprendre ses esprits.

Adossée à la porte d'un coffre-fort, elle serra le téléphone dans sa poche. Son supérieur n'avait toujours pas donné signe de vie. Qu'était-elle censée faire ? Il lui avait dit s'occuper de l'agent Sigma mais, là, la cible se trouvait auprès du sénateur. La jeune femme devait-elle agir de son propre chef ? Ou attendre les instructions ? À son niveau hiérarchique, la Guilde comptait sur elle pour réfléchir au débotté et improviser si nécessaire.

Krista inspira plusieurs fois à fond, le temps qu'un plan se cristallise dans sa tête. S'il fallait passer à l'action, elle n'hésiterait pas une seconde. Pour le moment, elle resterait en dehors, mais cela ne voulait pas dire qu'elle ne devait pas prendre de précautions.

Elle lâcha son portable. À une telle distance sous terre, on ne captait aucun signal mais, dès son arrivée, elle avait déniché une ligne extérieure dans la salle informatique et elle y avait discrètement branché un amplificateur de manière à pouvoir utiliser son propre téléphone.

Elle composa le numéro d'une main. Ses hommes se tenaient prêts à Longyearbyen. Il était temps de les appeler. Dès que la liaison fut établie, Krista leur ordonna sur un ton laconique de sécuriser les accès à la montagne : il ne fallait pas se faire surprendre.

Après quoi, elle se sentit rassurée. Ce qui lui tapait surtout sur les nerfs, c'était d'attendre et la moindre décision, si minime fût-elle, lui remontait le moral. Elle rajusta une mèche blonde.

Alors qu'elle s'apprêtait à aller vérifier son maquillage aux toilettes, le téléphone vibra au creux de sa main. Son sang se glaça et elle se mit à trembler au rythme de l'appareil :

— Allô ?

Une voix familière lui transmit enfin des consignes. Elles étaient simples et directes :

— Si vous voulez avoir la vie sauve, sortez vite de là.

CHAPITRE 19

13 octobre, 10 h 13
Aberdaron, pays de Galles

Gray roulait vers l'église en bord de mer. Ils avaient passé la nuit à se relayer au volant du 4x4 entre de brèves siestes. Tout le monde semblait exténué.

À l'arrière, Rachel regardait par la fenêtre. Les traits tirés, elle n'avait pas fermé l'œil et posait souvent la main sur son ventre, terrorisée à l'idée que la biotoxine puisse la tuer en trois jours.

De son côté, Seichan affichait une mine désinvolte. Elle avait dormi une bonne partie de la nuit et ne s'inquiétait pas d'une éventuelle tentative d'évasion. Ses compagnons de voyage ne pouvaient même pas appeler à l'aide : si l'empoisonneuse était placée en garde à vue, Rachel signait son arrêt de mort.

— Professeur ! lança Gray d'une voix assez forte pour réveiller le vieil Écossais assoupi entre les deux femmes.

— On est arrivés ? ronchonna Wallace.

— Presque.

— C'est pas trop tôt.

La route avait été longue. Ils avaient quitté le Lake District à dos de poney et suivi des chemins connus seulement du Dr Boyle. Encore en pleine nuit, ils avaient atteint le village de Satterthwaite, où ils avaient abandonné leurs montures dans un champ, puis Gray avait volé un vieux Land Rover en trafiquant les fils de contact.

Le commandant avait profité de leur long périple équestre pour interroger Wallace sur l'objet qu'ils étaient censés retrouver : *la clé du Livre de l'Apocalypse*. Une légende racontait que l'emplacement d'un précieux trésor était caché dans l'énigmatique texte latin.

— Pour moi, ce n'est qu'un tissu de conneries, avait conclu le sexagénaire d'un air dédaigneux.

Seichan avait haussé les épaules. Elle aussi avait des ordres à suivre.

En quête d'un début de piste, Gray avait bombardé Wallace de questions sur les voyages du père Giovanni, en particulier là où il était allé après sa visite du cromlech de la tourbière. Hélas, au fil du temps, le jeune archéologue du Vatican était devenu cachottier et l'Écossais n'avait eu qu'une miette de pain à offrir :

— Après notre découverte au Lake District, Marco a exploré un autre endroit classé « *ravagé* » dans le Livre de Domesday.

Il s'agissait de l'île de Bardsey, située en mer d'Irlande à quelques kilomètres du littoral gallois. Le père Giovanni s'y était entretenu avec un prêtre qui connaissait bien l'histoire des lieux.

C'était là qu'ils se rendaient à présent. Après avoir roulé toute la nuit vers le sud et retraversé Liverpool, ils avaient continué vers le pays de Galles. Bardsey se trouvait à l'extrémité d'une péninsule pointée directement vers l'Irlande.

Malgré le temps maussade, Gray aperçut une bosse gris-vert au large des côtes. L'île ne mesurait que trois kilomètres de long. Un nuage de pluie battante frôlait la butte et se dirigeait lentement vers le rivage.

Par chance, leur destination immédiate était beaucoup plus proche : le père Giovanni avait démarré ses recherches à l'église Saint-Hywyn, qui se dressait face au vent et aux embruns.

Gray se gara sur le parking.

L'édifice grisâtre possédait un toit en tuiles et de grandes fenêtres gothiques donnant sur un cimetière lugubre. Il surplombait un hameau de pêcheurs dont les rues tortueuses étaient flanquées de maisons colorées.

Dès la descente du 4x4, tout le monde se voûta pour lutter contre la rigueur du vent marin. De grosses vagues roulaient sur la grève. Une odeur d'algue flottait dans l'air iodé.

— Je reste près de la voiture, annonça Seichan. Ce serait le comble que quelqu'un s'amuse à la faucher de nouveau.

Gray ne répondit même pas. Il ravala son courroux – non pas pour éviter de la provoquer mais parce qu'elle ne méritait qu'un silence méprisant.

Ravi de ne plus l'avoir dans les jambes, il emmena les autres au presbytère. Au cours du trajet, il avait utilisé le téléphone de Seichan pour prendre rendez-vous avec le père Timothy Rye. Ce dernier s'était réjoui de les rencontrer... jusqu'à ce qu'il apprenne le véritable motif de leur visite.

— Marco est mort ? avait-il bredouillé. Pas possible ! Je l'ai encore vu il y a quelques mois.

Gray espéra que le prêtre disposerait d'informations utiles.

Avant même qu'ils n'arrivent sur le perron, la porte s'ouvrit. Le père Rye était plus âgé qu'il l'avait paru au téléphone. Maigre comme un clou, il n'avait que quelques mèches blanches sur le crâne. Emmitouflé dans un immense pull en laine, il claudiqua en s'appuyant sur une canne noueuse, un grand sourire aux lèvres :

— Venez vous abriter du vent sournois.

D'un bras décharné, il leur fit signe d'entrer.

— J'ai du café fumant sur la cuisinière et ma bonne vieille Maggie m'a apporté des scones aux airelles. Les meilleurs du pays de Galles !

La salle parquetée était ornée de chevrons si bas que Kowalski dut se pencher. Les murs étaient en pierre, comme l'église, et un bon feu de cheminée crépitait dans l'âtre. Une longue table avait été dressée en vue d'un petit déjeuner tardif.

Alléché par les effluves des biscuits fraîchement sortis du four, Gray sentit son estomac gargouiller, mais il ne voulait pas que la visite s'éternise. Le temps lui étreignait la poitrine. Il lorgna vers Rachel. Le vieux prêtre protecteur la conduisait déjà à table :

— Asseyez-vous ici. Près de moi.

Planté sur le seuil avec Rufus, Wallace ne savait pas s'il devait laisser son chien dehors dans le froid.

— Qu'est-ce que vous attendez tous les deux ? gronda le maître des lieux. Venez vous mettre au chaud.

Sans hésiter, le terrier courut se coucher en rond devant la cheminée en soupirant d'aise.

Une fois tout le monde installé, Gray commença :

— Père Rye, pouvez-vous nous dire pourquoi le père Giovanni...

— Pauvre garçon, l'interrompit le vieil homme avant de se signer. Qu'il repose en paix. *(Il tapota la main de Rachel.)* Je prierai aussi pour votre oncle à Rome. Je sais que c'était un excellent ami de Marco.

— En effet. Merci.

Le prêtre refit volte-face vers Gray :

— Marco... Laissez-moi réfléchir. Sa première visite chez moi remonte à trois ans environ.

— Juste après son passage sur mon site de fouilles, indiqua Wallace.

— Il est souvent revenu ensuite, quand il sillonnait le pays de Galles. Nous discutions de tout et de rien mais, en juin dernier, il est rentré très agité de l'île de Bardsey, comme s'il y avait vu un fantôme. Il a passé la nuit à prier à l'église. Même si je ne l'espionnais pas, croyez-moi, je crains de l'avoir entendu implorer le pardon de Dieu. À mon réveil le lendemain matin, il était parti.

Gray s'attarda sur la première visite du père Giovanni :

— Il vous a expliqué ce qui l'avait poussé à venir ici ?

— Comme beaucoup de monde, il effectuait un pèlerinage sacré à Bardsey. Il voulait rendre hommage aux défunts.

Le commandant Pierce tenta d'y voir plus clair. En tout cas, le brave Marco ne s'était pas montré entièrement honnête avec le vieux prêtre.

— De quels défunts parlez-vous ?

— Des vingt mille saints inhumés sur l'île. Le jeune prêtre voulait des détails sur eux.

Gray aussi :

— Que lui avez-vous raconté ?

— Ce que je dis à tous les pèlerins. Que Bardsey est un lieu sacré. Sa longue histoire date des premiers peuples qui ont investi ces terres propices. Ceux qui ont installé les pierres levées et érigé les cairns.

Wallace dressa l'oreille :

— Vous parlez de la tribu néolithique qui a colonisé les îles Britanniques.

— Exact. À Bardsey, on distingue encore leurs cercles de huttes. Même à l'époque, il s'agissait d'un sanctuaire, berceau de la royauté. Connaissez-vous les contes celtiques des Fomoires ?

Gray secoua la tête. Wallace fronça les sourcils : il était au courant de leur existence mais voulait savoir ce que leur interlocuteur avait en tête.

— C'est quoi les Fomoires ? demanda Rachel.

— Ne dites pas *quoi* mais *qui*. Selon la mythologie irlandaise, à leur arrivée, les Celtes ont trouvé les îles occupées par une race ancienne quasi monstrueuse. Apparemment, ces créatures seraient descendues de Cham, fils maudit de Noé. Pendant des siècles, Celtes et Fomoires se sont disputé l'Irlande et ses îles. Bien qu'ils ne soient guère habiles à l'épée, ces derniers avaient le don légendaire de faire s'abattre la maladie sur l'envahisseur.

— La maladie ?

— Oui, monsieur Pierce. Pour citer une ode irlandaise, ils accablaient leurs ennemis d'une « grande mort cinglante ».

Gray jeta un coup d'œil à Rachel et Wallace. Pouvait-il s'agir du fléau qui avait déjà dévasté le village anglais ?

— Au cours des siècles, on trouve une foule d'histoires de guerre acharnée et de paix méfiante entre ces deux peuples. Les conteurs irlandais reconnaissent que les Celtes ont hérité des Fomoires leur belle maîtrise de l'agriculture. La dernière grande bataille, qui s'est déroulée sur l'île de Toraigh, s'est soldée par la mort du roi fomoire.

— Quel rapport avec Bardsey ? demanda Wallace.
— Comme on le disait, la tradition veut que Bardsey soit le berceau de l'ancienne royauté. À en croire les légendes locales, c'était là-bas que la reine fomoire s'était établie. La puissante déesse avait le pouvoir de guérir les malades, voire d'éradiquer les épidémies.
— Pas étonnant que Marco y revienne sans cesse, marmonna le professeur à voix basse.

Gray voulut lui réclamer des explications, mais le père Rye continua sa tirade :

— Les Celtes se sont emparés des terres, mais même leurs prêtres – les druides – ont reconnu le caractère sacré de la région. Ils ont installé leur école sur l'île voisine d'Anglesey. On débarquait de l'Europe entière pour y étudier. Vous imaginez ? Toujours est-il que Bardsey était considérée comme la plus sacro-sainte de toutes. Seuls les meilleurs druides avaient le droit d'y être enterrés. Notamment le plus célèbre du monde.

Wallace, qui devait avoir eu vent de la légende, précisa :
— Merlin.

Seichan s'abritait des bourrasques derrière le Land Rover. Le regard rivé sur le presbytère, elle s'amusait à plier et déplier la lame de son canif. Elle ne redoutait ni tentative d'évasion ni même appel de détresse mais, par prudence, elle avait discrètement sectionné les fils du téléphone.

Elle aurait pu accompagner le groupe chez le père Rye, mais assembler les pièces d'un puzzle historique, ce n'était pas sa tasse de thé. Elle contempla le couteau entre ses mains. Elle savait bien où se trouvaient ses propres talents... et elle ne voulait pas que Gray soit distrait. Plus elle s'approchait, plus elle le sentait bouillir de rage. Voilà pourquoi elle avait préféré rester à l'écart.

Pour leur bien à tous.

Une berline Audi s'était faufilée en ville peu après leur arrivée. On les surveillait de loin. Son chaperon, Magnussen, la tenait fermement en laisse et, afin de les suivre à la trace depuis la montagne anglaise, la fine équipe avait changé au moins trois fois de véhicule. Pour qui ne se savait pas traqué, il était impossible de les repérer dans la circulation.

La jeune femme, elle, avait un œil de lynx.

D'un coup de poignet, elle replia son canif et le rangea au fond de sa poche. Persuadée d'être épiée, elle se dirigea vers l'église. L'imposante façade en pierre paraissait aussi dure que la population du hameau qui vivotait de la pêche. Le poids des siècles était palpable. Même la vieille porte massive était zébrée de cicatrices. En actionnant la poignée, Seichan constata que l'édifice était resté ouvert.

Elle s'étonnait toujours qu'une porte ne soit pas verrouillée.

Cela lui paraissait inapproprié, bizarre.

Le vent était en train de se lever. Comme elle ignorait pour combien de temps les autres en avaient, elle se réfugia dans la nef. Alors qu'elle s'attendait à une atmosphère sombre et lugubre, elle découvrit une salle claire, spacieuse et haute de plafond. La peinture crème des murs capturait la maigre lumière du jour qui filtrait par les fenêtres cintrées. Des bancs en bois ciré se dressaient de part et d'autre d'une allée centrale garnie d'un tapis bleu vif.

Bien que l'église soit déserte, Seichan était incapable d'aller plus loin. Harassée de fatigue, elle se laissa glisser sur le premier banc et observa la croix. Elle n'était pas croyante, mais elle vit la douleur dans la représentation du Christ supplicié.

Cette souffrance-là, elle la connaissait.

Sa respiration se fit plus haletante, sa vision se brouilla et des larmes venues du tréfonds de son âme lui montèrent aux yeux. Seichan s'enfouit le visage entre les mains, histoire de les arrêter, de les cacher, de nier leur existence.

Pendant de longues minutes, elle resta recroquevillée sur son banc, tétanisée. Une boule d'angoisse lui étreignit la poitrine et grossit au point de devenir insupportable, comme si une masse énorme voulait s'insinuer par un trou de souris. La jeune femme pria pour que son malaise disparaisse... et, enfin, elle fut exaucée, même si elle se sentit à la fois vide et étrangement déçue. Un frisson lui parcourut l'échine. Après avoir inspiré à fond, elle sécha ses larmes et se releva.

Le dos tourné à la croix, elle quitta la nef et ressortit de l'église. Un vent glacé la gifla et, lorsqu'il claqua la porte derrière elle, elle se rappela une leçon importante.

Les gens devraient toujours garder leur maison fermée à clé.

Gray se retint de se moquer :

— Vous dites que Merlin est enterré à Bardsey ?

Le père Rye avala une gorgée de thé en souriant :

— C'est ce qu'on aime tous raconter. Il y serait inhumé dans un tombeau de verre. L'histoire est sans doute farfelue, mais elle reste jolie, non ? *(Clin d'œil à Rachel.)* Il n'empêche que, pour beaucoup, y compris quelques historiens, l'Avalon de la légende du roi Arthur se trouve sur l'île.

— C'est quoi l'Avalon ? intervint Kowalski, la bouche pleine de gâteau.

Gray lui donna un coup de coude sous la table. Inutile que le vieux prêtre embraye sur le sujet ! Ils devaient rester concentrés sur le père Giovanni.

Trop tard.

— Ah ! Selon la légende celte, Avalon était un paradis terrestre. C'est là-bas que l'épée du roi Arthur, Excalibur, a été forgée. Le royaume de la fée Morgane. Il y poussait des pommiers très rares, d'où l'île tire son nom, du gallois *afal*. Avalon avait la réputation d'apporter guérison miraculeuse et longévité. Après la bataille de Camlann, on y aurait emmené le roi Arthur pour le faire soigner par Morgane et, bien sûr, comme je vous l'indiquais, Merlin l'Enchanteur y est enterré.

— Foutaises ! explosa Wallace. Tout le monde est persuadé qu'Avalon ou Camelot se trouvent à deux pas de chez lui.

Le père Rye ne se formalisa pas de sa réaction épidermique :

— Ce n'est qu'une légende, certes, mais, à l'image d'Avalon, Bardsey est considérée depuis longtemps comme un lieu de grande guérison. Un carnet de voyage de 1188 en atteste même. Son auteur décrit la population de l'île comme inhabituellement épargnée par la maladie et « presque jamais frappée par la mort sauf en cas d'âge très avancé ». Il ne faut pas oublier non plus nos fameuses pommes magiques.

— Des pommes ? s'étonna Kowalski.

Gray tenta de ramener la conversation sur le père Giovanni :

— Il serait temps de laisser les mythes de côté.

— Ça n'a rien de loufoque !

Le père Rye prit une pomme dans un compotier de son buffet et la lui lança.

— Vous trouvez que ça ressemble à un mythe, jeune homme ? Le fils de Maggie l'a cueillie la semaine dernière sur un arbre de l'île.

L'Américain examina le fruit d'un air sceptique.

— C'est un phénomène unique au monde, s'enorgueillit l'ecclésiastique. Il y a quelques années, des échantillons ont été apportés au Conservatoire national de fruits du Kent. Après un passage au crible, les spécialistes en ont tiré deux conclusions. *Primo*, il s'agit d'une variété encore inconnue. *Secundo*, les pommes sont anormalement exemptes de pourriture ou de maladie. Ils ont testé le vieil arbre noueux lui-même et ont découvert qu'il était aussi en excellente santé. On estime qu'il pourrait être le dernier spécimen vivant d'un verger planté par les moines de Sainte-Marie il y a près de mille ans.

À la vue de la petite pomme, Gray prit conscience du passage du temps et de l'histoire qu'elle représentait. On pouvait penser ce qu'on voulait, Bardsey semblait liée à une curieuse tradition de guérison : d'abord, la reine fomoire, puis les légendes celtiques d'Avalon et, à présent, au creux de sa main, un fruit dont on avait apporté la preuve scientifique de sa robustesse hors norme.

Il contempla la petite bosse verte par la fenêtre.

Qu'est-ce que l'île avait de si extraordinaire ?

Le père Rye n'avait pas terminé sa leçon :

— Les Romains ont fini par vaincre les Celtes, mais ils ont dû batailler ferme durant des années. Soi-disant que les druides leur jetaient des sorts, tout comme les Fomoires l'auraient fait sur les Celtes des siècles auparavant. Après le départ des druides, l'Église a évangélisé ces terres païennes. Au XIIIe siècle, les prêtres y ont construit une abbaye dont on peut encore visiter les vestiges.

Wallace changea radicalement de sujet :

— Et les vingt mille saints que vous évoquiez au début ?

Le vieux prêtre sirota son thé sans en perdre une goutte :

— Bardsey est surnommée « l'Île aux Vingt Mille Saints » à cause du nombre de chrétiens persécutés enterrés là-bas.

— Autant ? Il n'existe certainement aucune confirmation archéologique d'un cimetière aussi vaste ?

— Vous avez raison, monsieur Boyle. La légende est sans doute plus allégorique que littérale... mais la tradition populaire locale veut qu'un terrible fléau se soit abattu sur Bardsey et ait emporté la majeure partie des moines et des villageois. Leurs corps rongés par la maladie auraient ensuite été brûlés et jetés à la mer.

C'était la même histoire que le village anglais. Une fois les preuves parties en fumée et rayées de la carte, il ne restait qu'une rumeur persistante et un étrange article dans le Livre de Domesday.

— L'île est considérée comme une terre sainte depuis que l'Église s'y est établie et, aujourd'hui encore, c'est un lieu de pèlerinage. Le Vatican a même décrété que trois voyages à Bardsey équivalaient à un déplacement à Rome. Si vous me posez la question, je vous dirai que l'affaire n'est pas mauvaise... et je suis loin d'être le seul à le penser.

Il indiqua son église.

— Les premiers murs de Saint-Hywyn remontent à 1137. Des milliers et des milliers de pèlerins ont franchi cette porte avant d'embarquer pour Bardsey. Notamment la plupart des saints anglais et irlandais de l'époque.

Comme par un fait exprès, la porte du presbytère s'ouvrit et un grand garçon surgit avec l'énergie caractéristique de l'adolescence. Dès qu'il ôta sa casquette, sa tignasse rousse enflamma la pièce.

— Bonjour, Lyle. Le bateau familial est-il prêt à accueillir nos invités ?

— Oui, mon père. Je viens les chercher et ils ont intérêt à se dépêcher : le vent souffle déjà très fort.

Le vieil homme parut attristé d'un départ aussi imminent :

— Vous feriez mieux d'y aller. Autant éviter le gros de la tempête.

— Allez, tout le monde dehors ! lança Gray.

— Je peux vous confier mon chien ? demanda Wallace. Rufus déteste le bateau.

Le père Rye retrouva d'emblée le sourire :

— J'en serais ravi. Vous le récupérerez à votre retour.

Satisfait, le terrier reposa la tête sur ses pattes, près du feu crépitant.

— Lyle ! ajouta le prêtre. Quand vous débarquerez sur l'île, n'oublie pas de leur montrer la Grotte de l'Ermite.

Gray dressa l'oreille.

— L'endroit où Merlin est enterré, précisa leur hôte avec un clin d'œil.

11 h 22

Rachel observa l'embarcation d'un air sceptique. Avec ses deux flotteurs, sa cabine de pilotage à l'avant et son pont découvert, le catamaran paraissait néanmoins solide. Elle avait déjà emprunté ce genre-là de bateau lors de ses plongées en Méditerranée. Ils étaient réputés pour leur stabilité et leur fiabilité.

À le voir tanguer dans le clapot, Rachel commença toutefois à s'inquiéter. La main plaquée sur le col de son manteau, elle observa les rafales glaciales. Une odeur de pluie imprégnait l'atmosphère. Bien qu'ils soient encore au sec, des averses torrentielles s'approchaient de la côte.

Devant l'appréhension manifeste de sa jeune cliente, le passeur se voulut rassurant :

— Le *Benlli* est un bon bateau.

Owen Bryce avait endossé sa tenue de combat : gros pull et ciré jaune. Tout fier de Lyle, son rouquin de fils, il le regarda bondir sur le pont avec l'agilité d'un singe.

— Ne vous tracassez pas, mam'zelle, vous arriverez saine et sauve. Avec son angle de quille, la jolie fend bien les vagues.

Rachel n'y comprit pas grand-chose, mais le vocabulaire d'Owen lui inspira confiance. Il semblait savoir de quoi il parlait.

Lyle l'aida à monter. Gray et Wallace discutaient déjà à bord. Quant à Kowalski, il emboîta le pas à Seichan.

Rachel avait beau rester à l'écart de son empoisonneuse, elle ne pouvait s'empêcher de sentir sa présence – pas parce que la fille la fixait mais, au contraire, parce qu'elle l'évitait soigneusement. L'Italienne fulminait. Elle méritait au moins qu'on reconnaisse son existence !

Désireuse d'oublier pendant un temps Seichan et le roulis, elle se concentra sur Gray. Il devait hausser la voix pour couvrir le ronflement des deux moteurs hors-bord :

— Au presbytère, je vous ai entendu marmonner que vous n'étiez pas surpris des visites récurrentes du père Giovanni par ici.

À ce moment-là de l'entretien, le père Rye évoquait la reine païenne.

— Absolument, répondit Wallace. En tant qu'historien du néolithique, je connais bien les contes irlandais circulant sur les monstrueux Fomoires qui auraient habité la région. On raconte que ces géants dévoraient les gens tout crus mais, quand le pasteur les a décrits comme *descendants de Cham*, j'ai compris pourquoi la curiosité de Marco avait été piquée au vif.

— Comment ça ?

— Les contes celtiques se transmettaient de bouche à oreille. Aujourd'hui, on y a encore accès grâce aux moines irlandais qui, retirés du monde, ont survécu aux ravages de l'Âge des ténèbres et passé leur vie à orner leurs manuscrits de splendides enluminures. Ils ont permis à l'âme de la civilisation occidentale de traverser le Moyen Âge. Ainsi, par exemple, ils ont préservé les légendes irlandaises en les couchant pour la première fois sur le papier, mais vous devez savoir qu'en bons chrétiens, ils ont souvent donné à leurs récits une tournure sacrée.

— Voilà pourquoi ils assimilent les Fomoires aux descendants de Cham, souffla Gray.

— La Bible ne mentionne l'existence d'aucune race héritée du fils maudit de Noé. Cependant, les premiers érudits judéo-chrétiens en ont déduit qu'ils avaient la peau noire et c'est d'ailleurs par ce biais qu'on a justifié l'esclavage.

— Les Celtes décrivant la reine fomoire comme *noire*, les moines en ont fait une descendante de Cham.

— Oui, confirma Wallace. Une reine à la peau sombre capable d'éradiquer la maladie.

— Aux yeux de Marco, c'était une incarnation païenne précoce de la Madone noire.

Tandis qu'ils prenaient le large, Gray contempla l'île :

— On peut penser que les légendes de la fée Morgane et d'Avalon sont liées à la même mythologie. Une autre femme dotée d'un pouvoir magique de guérison.

— Pas surprenant que le père Giovanni ait été obsédé par l'endroit, balbutia Rachel, abasourdie.

Les bras croisés, Wallace se laissa porter par le roulis :

— À cause de ça mais aussi de la clé.

— La clé du Livre de l'Apocalypse ? Vous disiez qu'il s'agissait de foutaises.

— Je le pensais peut-être, jeune fille, mais Marco non. Toutes les légendes insinuent que la clé donnerait accès à un trésor capable de sauver le monde. D'après lui, j'étais sur la bonne piste en étudiant les endroits classés « *ravagés* »... et je commence à croire qu'il avait raison.

— Pourquoi ? s'enquit Gray.

— Le père Rye nous a raconté que les Fomoires résistaient à l'envahisseur celte en lui jetant des épidémies. L'histoire parle d'une réaction similaire des druides face aux conquérants romains. Je me demande si les Celtes n'auraient pas appris autre chose des Fomoires que les fondements de l'agriculture : un nouveau moyen d'aller au front, une nouvelle arme... Il existait peut-être un fond de vérité derrière ces contes, dans le Livre de Domesday.

— Selon vous, la capacité de répandre des maladies a subsisté jusqu'au XIe siècle, conclut Gray. Peut-être s'agissait-il d'une forme anticipée de guerre biologique.

Rachel songea à l'état dans lequel on avait retrouvé les momies : émaciées, les viscères envahis de champignons.

— Quelqu'un aurait-il empoisonné les villages avec un parasite fongique ? lâcha Gray. Si oui, qui ?

— Toutes les localités du Livre de Domesday se situaient dans des zones de friction entre chrétiens et païens. Il est d'ailleurs très révélateur que le premier endroit touché soit l'île de Bardsey, terre sacrée des druides. Certains n'ont pas dû apprécier que des moines chrétiens s'y installent.

— Une secte druidique les aurait anéantis ?

— Après quoi, le conflit aurait atteint le continent. Je les soupçonne d'avoir semé la maladie aux frontières dans l'espoir que les hostilités se propagent au reste de l'Angleterre.

Une puissante vague obligea l'archéologue à se cramponner. Une fois rassis, il enchaîna :

— L'objectif caché du livre était peut-être de surveiller la progression des incursions. Les agents recenseurs auraient été envoyés aux quatre coins du pays pour recueillir les informations des villageois mais aussi jouer les espions.

— Ça a fonctionné ? demanda Rachel, captivée.

— En tout cas, les zones sensibles ne se sont pas étendues. Quelqu'un a dû trouver le moyen de neutraliser les attaques, puis il l'a enterré à l'abri.

— La clé du Livre de l'Apocalypse, annonça le commandant. Vous pensez qu'on a affaire à un remède miracle.

Wallace s'effleura le bout du nez d'un air entendu.

— Et nous sommes sur la bonne piste ?

Le regard de Gray sur Rachel en dit long. Ils n'avaient pas le droit à l'erreur.

Il serra brièvement les doigts de son ancienne maîtresse, puis retira sa main. Déçue, la jeune femme aurait préféré savourer encore sa peau tiède, sa poigne rassurante.

— Je suis sûr que Marco croyait à l'existence de la clé, répondit Wallace. À en juger par le petit souvenir macabre qu'il nous a laissé, il avait découvert un truc... et nous savons qu'il a démarré son enquête ici, à Bardsey.

Le professeur hocha le menton vers la silhouette sombre et grandissante d'une île cernée par la tempête. Deux minutes plus tard, ils n'y échappèrent pas : le vent se leva, projeta des paquets de mer glacés sur le bateau et, soudain, ils se retrouvèrent sous une pluie battante qui chercha à les envoyer par le fond. La visibilité n'était plus que de quelques mètres.

— Accrochez-vous ! mugit Kowalski depuis la cabine de pilotage. Forte houle droit devant !

La proue monta brusquement vers le ciel, puis retomba comme une masse. Ensuite, le paysage devint flou : la solide embarcation était ballottée par les flots déchaînés.

Sans crier gare, le ventre de Rachel fit de même. L'Italienne sentit une affreuse bouffée de chaleur l'envahir. Les mains moites et glacées, elle n'eut pas le temps de foncer aux toilettes : elle se pencha par-dessus bord et vida d'une traite le contenu de son estomac. Épuisée par la violence de ses vomissements, elle avait du mal à agripper le bastingage trempé.

La mer montait et descendait, prête à l'emporter à tout instant. Rachel lâcha prise et, alors qu'elle se sentait déraper, des bras puissants l'empoignèrent à la fois fermement et tendrement.

— Je te tiens, la rassura Gray.

Encore barbouillée, elle se blottit contre lui. La fin de la traversée fut tout aussi épique, mais il ne quitta plus son amie d'une semelle.

Au bout d'interminables minutes, la terre apparut à l'horizon. La tempête mollit. La pluie n'était plus qu'un crachin persistant. Une longue cale en béton saillait du modeste port. Le passeur manœuvra habilement l'arrivée, tandis que Lyle lançait des boudins de protection entre le bateau et la jetée. Quelques instants plus tard, ils étaient amarrés.

En quittant enfin le roulis incessant, Rachel fut ravie d'entendre les cailloux crisser sous ses pieds.

— Ça va ? s'inquiéta Gray.

Après inventaire, elle acquiesça lentement :
— Oui, je crois. Du moment que je suis loin des vagues.
— Tu es sûre qu'il s'agissait d'un simple mal de mer ?
La lieutenante posa la main sur son ventre et se rappela les effets du poison selon Seichan. Les nausées faisaient partie des premiers symptômes.
Elle jeta un œil au bateau.
Et si c'était plus que le mal de mer ?

12 h 05
Île de Bardsey, pays de Galles

Le tracteur quitta le port et gravit la colline. Sa remorque à foin accueillait des personnes trempées jusqu'aux os. Une bâche goudronnée les protégeait des rafales de pluie mais, contre le vent glacial, elle n'était d'aucune utilité.
Gray tenta de s'abriter des pires bourrasques. La tempête s'était un peu calmée mais, à l'ouest, le ciel noir augurait de nouvelles intempéries.
Au gré de l'ascension, ils découvrirent une vue panoramique sur les environs. À la pointe de l'île, un grand phare rayé rouge et blanc clignotait sous la pluie et des champs s'étendaient à perte de vue. Bardsey n'accueillait qu'une dizaine de résidants permanents, dont la plupart étaient agriculteurs ou louaient des cottages aux randonneurs, ornithologues amateurs et pèlerins de passage.
Les routes en terre battue ne servaient qu'aux tracteurs.
Une certitude : ils venaient d'entrer dans un autre monde.
Après avoir éteint le moteur, le jeune Lyle, qui leur tenait lieu de guide et de chauffeur, bondit de la cabine de conduite. Lorsqu'un coup de tonnerre résonna par-dessus la colline, l'adolescent s'accroupit dans la remorque et attendit que le fracas s'estompe pour annoncer :
— Je peux vous montrer la Grotte de l'Ermite dont le père Rye parlait. Elle se trouve un peu plus loin à pied.
Kowalski tapota ses poches à la recherche d'un cigare :
— Moi, ça me botte moyen d'aller rendre visite à l'ermite.

Gray ne releva pas et rejoignit Lyle :

— Tu nous as dit que le père Giovanni passait le plus clair de son temps à l'ancienne abbaye. S'intéressait-il aussi à la grotte ?

— Pas vraiment. Il est allé la voir une fois au début, mais je ne crois pas qu'il y ait remis les pieds.

Autant ne laisser aucun détail de côté.

— Conduis-moi là-bas.

— Je vous accompagne... Il serait dommage d'avoir enduré tout ce voyage et de ne pas présenter mes hommages au regretté Merlin, ironisa Wallace.

Rachel refusa la balade. Elle restait patraque, mais était-ce à cause du mal des transports, de la biotoxine ou des deux à la fois ?

Gray sauta de la remorque et eut la surprise d'être talonné par la taciturne Seichan, qui voulait sans doute éviter de rester seule avec Rachel. Après avoir ramassé son sac à dos, il suivit les trois randonneurs sur un sentier de traverse.

Seichan ralentit suffisamment pour revenir à sa hauteur :

— Il faut qu'on parle.

— On n'a rien à se dire.

— Arrête de jouer au con. Tu peux penser ce que tu veux, je n'ai pas plus envie que toi de me retrouver dans cette situation. Ce n'est pas moi qui ai décidé d'empoisonner Rachel. Tu le sais, non ?

— Le résultat est le même : tu atteins ton but et les autres trinquent, grommela Gray avant de laisser éclater sa rancune. Alors, comment *s'est passée* ta petite visite à la famille du conservateur vénitien ?

Seichan plissa les paupières. Blessée, fâchée, elle détourna le regard et rétorqua sur un ton cassant :

— Ce qui se passe ici agite les membres de la Guilde, du simple exécutant jusqu'aux plus grosses huiles. Ils sont en train de dépenser une fortune pour retrouver la clé. Je n'avais pas vu pareille effervescence depuis l'époque où on cherchait les saintes reliques des rois mages.

— Quelle en est la cause ?

Gray détestait s'impliquer dans la conversation mais, si la jeune femme tenait une piste, il ne voulait pas la rater.

— Aucune idée. En revanche, les événements chez Viatus ne représentent que la partie émergée de l'iceberg. Je soupçonne la Guilde d'exploiter l'entreprise comme une simple ressource. C'est sa spécialité. Tel un parasite, elle s'introduit dans un organisme, le suce jusqu'à la moelle, puis passe à autre chose.

— Objectif ultime ?

— Récupérer la clé. Reste à savoir *pourquoi* la Guilde y accorde tant d'importance. En le découvrant, tu auras sûrement fait un grand pas vers la réussite de l'opération.

Seichan se tut, le temps que Gray digère la nouvelle. Elle avait raison : peut-être fallait-il aborder le problème sous un autre angle, travailler à rebours.

— Viatus a mené un tas d'expériences sur les momies, reprit-elle. Les corps ayant été exhumés il y a trois ans, ça fait un bail que le projet avance en secret. En tout cas, je n'étais pas au courant. Pourtant, dès que le père Giovanni s'est réfugié au Vatican, la Guilde s'est réveillée. N'importe qui d'aussi informé que moi a pu s'en rendre compte. En vingt-quatre heures, l'organisation s'est exposée comme jamais. Voilà ce qui m'a d'abord menée en Italie, à la recherche de Rachel...

À l'évocation du nom de sa victime, sa voix tressaillit.

Gray combla le silence :

— Selon Wallace, cette clé pourrait être l'antidote à une forme précoce de guerre biologique. En mettant la main dessus, la Guilde contrôlera l'arme.

— Fais-moi confiance, son intérêt est bien plus profond.

Gray se retint d'exploser.

Fais-moi confiance.

Voilà trois mots qu'elle n'avait pas le droit de prononcer.

Par chance, Wallace lui épargna de répondre :

— On est arrivés !

— Réfléchis bien, conclut Seichan. Je repars au tracteur.

Gray continua seul vers la grotte. Lyle s'y était déjà engouffré. L'entrée particulièrement exiguë débouchait sur une petite salle. Un genou à terre, le commandant balaya les parois avec sa lampe torche. C'était une caverne naturelle qui, hormis une canette de bière cabossée et quelques détritus, paraissait, somme toute, très banale.

Pour une dernière demeure, le célèbre Merlin n'était pas verni. Évidemment que le père Giovanni ne s'y était pas attardé !

— Il n'y a rien ici, conclut Wallace.

— Repartons vers la colline, approuva Gray.

Le trio rebroussa chemin sous une pluie drue et reprit sa route à bord du tracteur.

Sur l'autre versant, les hectares de plaine étaient divisés entre exploitations agricoles et pâtures, mais le groupe aperçut vite sa destination au bas de la colline : une tour carrée à moitié écroulée, au milieu d'un cimetière. C'était tout ce qui restait de l'abbaye Sainte-Marie. Une nouvelle chapelle et un presbytère avaient été construits à côté. On distinguait aussi les fondations en ruine de l'ancien bâtiment.

Lyle indiqua un cottage au loin :

— Je vous présente Plas Bach ! Vous pouvez le louer. C'est là qu'on trouve notre célèbre pommier.

Gray sortit de sa poche le beau fruit rose que le père Rye lui avait lancé. À en croire différentes sources, le pommier comme les moines jouissaient d'une santé de fer et d'une longévité exceptionnelle. Les religieux de Sainte-Marie étaient-ils au courant de quelque chose ? S'agissait-il du même secret qu'ils cherchaient tous à présent : la clé du Livre de l'Apocalypse ? Auquel cas, comment y étaient-ils parvenus ?

Dans un dernier nuage écœurant de gaz d'échappement, le tracteur s'immobilisa au pied de la colline. Le cimetière était émaillé de croix celtiques, dont une très imposante à l'ombre de la vieille tour effondrée.

Les visiteurs descendirent de la remorque et balayèrent les fétus de paille accrochés à leurs vêtements. La pluie avait presque cessé mais, au nord, un éclair zébra le ciel. Le tonnerre gronda, signe qu'un nouvel orage couvait. Il valait mieux se dépêcher.

Gray s'approcha de Lyle :

— Le père Giovanni passait presque tout son temps ici. Sais-tu ce qu'il y faisait ? Se concentrait-il sur un coin en particulier ?

— Bah ! Il prenait des mesures sur les ruines là-bas.

— Des mesures ?

— Oui, il avait des mètres à ruban et... comment ça s'appelle déjà ?

Il mima l'objet en mettant les bras de travers et en regardant le long de ses mains.

— Des mini-télescopes qui permettent de calculer la hauteur des choses, ce genre de trucs.

— Du matériel de topographie, comprit Gray. Y a-t-il des endroits qui l'intriguaient plus particulièrement ?

— Nos croix et le secteur des vieilles ruines en pierre.

— Les ruines ? Tu parles de l'abbaye ?

— Je crois qu'il fait plutôt allusion aux ruines des anciens, intervint Wallace.

— Tout juste, m'sieur.

— Tu peux nous montrer ?

— Bien sûr !

L'adolescent détala entre les sépultures, indiqua chaque croix celtique au passage et termina par la plus grande du cimetière, érigée sur une butte :

— Voici la tombe de Lord Newborough, un des nobles les plus célèbres de Bardsey et grand bienfaiteur de l'Église.

Marco savait certainement que les croix celtes étaient héritées des vieilles croix druidiques elles-mêmes empruntées aux premiers colons, qui les avaient gravées sur leurs pierres levées. Le symbole reliait les trois cultures, du passé immémorial jusqu'au présent.

La clé avait-elle suivi le même chemin ? Des anciennes tribus aux chrétiens en passant par les Celtes ?

Wallace contempla le cimetière :

— Le père Giovanni a mesuré toutes les croix ?

— Absolument.

— Et tu disais qu'il faisait pareil avec les ruines ?

Lyle contourna les décombres du clocher et foula l'herbe d'un champ en donnant des coups de pied, comme s'il cherchait quelque chose :

— Il a fouillé chaque cercle de huttes. La plupart d'entre eux se trouvent de ce côté de l'île.

— Je comprends pourquoi les moines ont établi leur abbaye ici, souffla Wallace. Les premiers chrétiens aimaient investir des sites sacrés afin d'implanter leur religion sur le dos de la précédente. C'était un moyen de s'en débarrasser mais aussi d'aider les convertis à mieux vivre la transition vers leur nouvelle foi.

— Venez ! Je crois que j'ai trouvé.

Lyle les attendait au milieu d'un cercle rudimentaire de blocs de pierre à moitié enfouis dans le sol.

Le professeur se gratta le menton :

— C'est bien l'endroit qui intéressait notre ami ? Tu en es sûr ?

Tout à coup, Lyle parut douter.

Gray s'agenouilla devant une pierre, écarta les touffes d'herbe et sut qu'ils ne s'étaient pas trompés.

Une marque avait été gravée sur le rocher.

Une spirale.

Il observa le terrain et vérifia deux fois sur sa boussole. En ligne droite depuis le levant se dressait la stèle de Lord Newborough et son immense croix celtique, dont les racines

remontaient aux artisans qui avaient sculpté la spirale sur la stèle.

— On y est, marmonna-t-il.

Wallace, qui ne l'avait pas entendu, demanda :

— Qu'est-ce que c'est ?

Le commandant Pierce contempla la croix au loin. Il n'avait pas besoin d'outils de mesure, mais il n'aurait pas découvert d'emblée le pot aux roses si Lyle ne lui avait pas raconté l'acharnement du prêtre.

— Je sais où le père Giovanni regardait.

— Où ça ? lança Rachel.

— Entre la spirale et la croix, répondit-il, l'index pointé vers la sépulture de Lord Newborough. On se croirait sur votre site de fouilles, Wallace. Des croix d'un côté, des spirales de l'autre.

— *Idem* sur la besace en cuir, rappela l'Italienne.

— En effet. Marco n'a jamais profité d'un tel avantage : il a dû tout découvrir par lui-même en se fondant uniquement sur son étude du site archéologique. La vérité a fini par lui tomber dessus, peut-être au sens littéral du terme. Selon le père Rye, il est rentré très agité de son dernier séjour en juin. Je suis certain qu'il a assisté ici au solstice d'été, jour le plus long de l'année. Une date sacrée chez les païens, en particulier ceux qui vénéraient le soleil.

Gray traça une ligne fictive de la croix jusqu'à ses orteils.

— Il faudrait une foule de calculs pour le prouver et le père Giovanni s'y est sans doute collé, mais je parie que, le matin du solstice, les premiers rayons du soleil projettent l'ombre de la croix jusqu'ici.

— Et c'est ce qui a conduit Marco à sa découverte ? insista Wallace.

— Possible. Il suffirait d'arpenter le terrain pour s'en assurer, mais je ne pense pas que ce soit nécessaire. Regardez l'édifice situé à mi-chemin de la croix et de la spirale.

— La tour de Sainte-Marie, balbutia le professeur. Vous croyez que la trouvaille de Marco était cachée là-dessous ?

— Vous l'avez dit vous-même. L'Église construisait souvent ses lieux saints sur d'anciens sites religieux. L'île est truffée de grottes que les druides jugeaient sacrées, et, aujourd'hui encore, la légende raconte qu'une puissante forme de magie, incarnée par Merlin, est enterrée au cœur de Bardsey. Et s'ils s'étaient trompés de caverne ?

— Ce ne serait pas la Grotte de l'Ermite mais un secret dissimulé sous l'abbaye, murmura Wallace, éberlué.

Rachel posa une question judicieuse :

— On fait comment pour y jeter un œil ?

— *A priori*, le prêtre ne s'est pas creusé de passage à coups de bulldozer, renchérit Kowalski.

Ils avaient raison. On ne voyait aucun signe de fouille aux abords de la tour en ruine.

— Il doit y avoir un autre moyen de descendre, reprit Gray. Lyle, sais-tu s'il existe des tunnels ou des grottes dans le secteur ?

— Oui, des tas, mais rien d'aussi proche.

Il faudrait des mois pour passer la zone au peigne fin. Le commandant contempla son amie Rachel. Du temps, ils n'en avaient pas.

— En revanche, je peux vous montrer où j'ai conduit le père Giovanni ! s'exclama Lyle, tout guilleret. C'est aussi chouette qu'une caverne. Mes copains et moi, on adore y jouer.

Il démarra en trombe, obligeant les autres à courir s'ils ne voulaient pas se laisser distancer.

— On n'est quand même pas aux pièces, grogna Kowalski.

— Parlez pour vous, répliqua Rachel.

Lyle revint derrière la tour mais, cette fois-là, il partit dans la direction opposée. Après avoir décrit un cercle quasi complet, il s'arrêta près de la grande croix celtique et indiqua un trou carré bordé de cailloux.

— Qu'est-ce que c'est ? se renseigna Wallace.

Les parois étaient en briques sèches. Vers le fond, une niche noire apparaissait sur un mur.

— Comme je vous le disais, ce n'est pas une caverne, répondit Lyle.

Gray empoigna sa torche électrique :

— C'est une crypte.

— Tout juste, m'sieur. La tombe de Lord Newborough. Bien sûr, son corps n'est plus dedans. Du moins, je ne crois pas.

— Il faut qu'on la fouille.

Kowalski afficha une mine désapprobatrice :

— Ah non, Pierce ! Pas *on*. Chaque fois que vous entrez dans un trou, il nous arrive des bricoles.

CHAPITRE 20

13 octobre, 12 h 41
Svalbard, Norvège

Monk remercia les ingénieurs qui avaient pensé à doter sa moto de poignées chauffantes. Plus la tempête approchait, plus la température dégringolait. Même avec sa combinaison de ski, son casque, ses gants et plusieurs couches de sous-vêtements en Thermolactyl, il appréciait grandement les progrès de la technologie en matière de motoneige.

Creed et lui s'étaient arrêtés dans une vallée en contrebas de la Chambre forte mondiale de graines du Svalbard. À deux cents mètres de là, seule une avancée en béton sur un versant du mont Plataberget signalait l'existence du bunker souterrain.

Ça et les patrouilles de l'armée norvégienne.

— On a de la compagnie, grésilla la voix de Creed.

Monk fit volte-face : une chenillette biplace contournait un escarpement gelé dans un panache de neige et de glace.

Depuis une heure, les deux agents Sigma jouaient au chat et à la souris avec les forces de sécurité. Ils tâchaient de rester à bonne distance sans en avoir l'air, mais le logo de leurs véhicules de location n'autorisait qu'une faible marge de manœuvre.

— Qu'est-ce qu'on fait ? demanda Creed.

— Ne bouge pas.

Les motoneiges auraient vite semé l'imposante chenillette, mais toute tentative de fuite aurait mis la puce à l'oreille des Norvégiens. Monk préféra donc les saluer d'un geste.

Autant dire bonjour aux voisins !

Il avait passé au crible le comportement des militaires et constaté qu'ils aimaient bavarder par petits groupes. Quelques cigarettes rougeoyaient. De temps à autre, un éclat de rire résonnait dans la montagne. Bref, ils s'ennuyaient ferme. À une telle latitude, ils se fiaient entièrement à leur isolement et à l'hostilité glaciale du terrain pour repousser d'éventuels ennemis.

Il n'y avait aucune raison de leur donner tort.

— Il faut juste rester cool, Doogie.

— À force d'être cool, je vais chier des glaçons.

Le garçon venait-il de faire une blague ? Monk haussa les sourcils. Tout n'était peut-être pas perdu.

Dès que la portière de la chenillette s'ouvrit, un halo de vapeur s'échappa de la cabine chauffée. Le soldat ne remonta pas sa capuche. Il avait même son anorak ouvert. Avec ses cheveux blonds et ses pommettes rebondies, on l'aurait cru sorti d'un catalogue Ralph Lauren en version locale.

Observez le Norvégien dans son habitat naturel...

Monk ôta son casque afin de paraître moins intimidant, Creed aussi. Le militaire agita le bras vers eux et baragouina dans sa langue natale. Monk n'en comprit pas un mot, mais l'idée globale était claire.

Qu'est-ce que vous fichez ici ?

Creed mit à profit ses nouvelles notions de norvégien. Son collègue discerna le mot *Américain*. Le petit devait débiter leur histoire de couverture. Histoire d'enfoncer le clou, Monk sortit de sa poche un guide ornithologique trouvé à l'agence de location. Il montra aussi les jumelles pendues à son cou.

Il n'y a que des amoureux de la nature ici.

Rassuré, le soldat bredouilla en anglais :

— Tempête arrive.

Il indiqua la direction de Longyearbyen.

— Vous devriez partir.

Difficile de protester.

— On rentre bientôt, promit Monk. On faisait juste une pause.

Joignant le geste à la parole, il se frotta les fesses. Il fallait dire que leur randonnée dans les glaciers abrupts n'avait pas été de tout repos.

Le Norvégien sourit. Soudain, le conducteur de la chenillette bondit dehors, brailla un avertissement et, après avoir donné un coup de sifflet strident, il braqua son arme de poing vers eux.

C'est quoi ce cirque ?

Creed et l'autre soldat s'aplatirent dans la neige. Monk hésita. En voyant le militaire tirer trois coups, il fit volte-face : une silhouette imposante disparut au loin derrière un amas de rochers. Les balles ricochèrent sur la pierre.

— Un ours blanc, blêmit Creed.

Le garde, toujours aussi jovial, lança une remarque en norvégien qui amusa son compatriote.

Ils ne paraissaient guère inquiets, comme s'ils venaient de chasser un raton laveur d'une poubelle... sauf que, là, bien sûr, c'étaient les pseudo-touristes qui avaient joué le rôle de la poubelle. Le dangereux plantigrade devait les épier depuis qu'ils s'étaient arrêtés.

Le premier soldat leur fit signe de rentrer en ville.

Monk acquiesça en silence.

Les militaires remontèrent à bord de leur véhicule en blaguant – sans doute aux dépens des Américains.

— On fait quoi maintenant ? lança Creed.

— On continue de patrouiller. En revanche, pendant que je surveille le coffre-fort, vérifie bien que rien d'autre ne cherche à nous dévorer.

Tout en observant la vallée aux jumelles, Monk espéra que Painter n'en aurait plus pour longtemps. À traîner dans les parages, ils risquaient d'éveiller les soupçons... d'autant plus que la tempête était imminente.

Une fois la distance focale réglée, Monk vit la porte du bunker s'ouvrir et une femme svelte sortir précipitamment. Un garde tenta d'engager la conversation. Comment l'en blâmer ? Même à deux cents mètres de là, elle dégageait un sex-appeal du feu de Dieu.

D'une main levée, elle repoussa son prétendant et s'élança vers le parking. Apparemment, elle s'était lassée de la petite sauterie et avait hâte de changer d'air.

12 h 49

L'entretien s'envenima très vite.

Painter et Gorman avaient suivi le P-DG de Viatus dans les locaux administratifs du bunker. Une armada de traiteurs avait investi la pièce centrale et remplacé les bureaux par une ribambelle de chariots roulants, de poêlons de table et de bacs de stockage. On préparait le dessert qui, manifestement, incluait une fontaine à chocolat. Résultat : on se serait cru dans une usine Cadbury où aurait flotté un discret fumet de morue norvégienne.

Les trois hommes s'étaient engouffrés dans une pièce voisine. Deux écrans d'ordinateur luisaient à chaque bout d'une table. Au milieu, des dizaines de pochettes en aluminium étaient soigneusement empilées. Le long d'un mur, on avait aussi entassé une demi-douzaine de bacs de rangement noirs. L'un d'eux, ouvert par terre, débordait d'enveloppes argentées.

En bon guide touristique, Karlsen expliqua :

— Des échantillons de graines arrivent tous les jours. Le stockage a pris du retard à cause des réjouissances mais, dès demain, les caisses seront triées, répertoriées, enregistrées par pays, voire...

Soudain, tout dérapa.

Peut-être était-ce la nonchalance affichée du P-DG ou la fâcheuse impression que le discours vaseux de Karlsen masquait une réelle culpabilité. Toujours est-il qu'à peine la porte refermée, le sénateur l'empoigna par la chemise et le plaqua contre les piles de caisses.

Surpris par la violence de l'attaque, Karlsen ne réagit pas tout de suite, puis son visage se décomposa :

— Sebastian, qu'est-ce que vous... ?

— Tu as tué mon fils, enfoiré ! Et, hier soir, tu as essayé de m'assassiner !

— Vous avez perdu la tête ? Pourquoi aurais-je eu envie de vous éliminer ?

Le Norvégien semblait tomber des nues mais, d'un autre côté, il n'avait pas nié le meurtre de Jason. Painter s'interposa. Le teint cramoisi, Gorman recula d'un pas et tourna le dos, histoire de reprendre ses esprits.

Le patron de Sigma s'en voulut de ne pas avoir senti le sénateur monter en pression. Il aurait dû le calmer plus tôt. En poussant Karlsen sur la défensive, ils n'en tireraient rien. L'homme d'affaires allait vite dresser autour de lui un rempart infranchissable.

Painter modifia sa stratégie. Leur adversaire était sous le choc et, avant qu'il se referme complètement, il fallait l'empêcher de jouer la comédie.

— Nous sommes au courant pour les cultures de champignons, les abeilles et vos manigances en Afrique.

Painter avait enchaîné les accusations sans lui laisser de répit. L'éminent industriel aurait peut-être pu encaisser un coup, mais l'avalanche de reproches le mit K.-O.

Pendant quelques instants, le masque de Karlsen tomba, preuve de sa culpabilité dans l'histoire. Ce type-là n'était ni un pion ni un chef de file aveugle. Il savait très bien ce qui se tramait.

Pourtant, il tenta de faire marche arrière. Son expression fugace de culpabilité disparut au profit d'un farouche déni :

— J'ignore de quoi vous parlez tous les deux.

Personne n'était dupe.

Encore moins un père éploré.

Ce dernier lui sauta de nouveau à la gorge. Painter n'essaya pas de l'en empêcher. Il voulait déstabiliser Karlsen en l'attaquant sur tous les fronts : moral, psychologique, physique. Le but était d'employer l'ensemble des outils à sa disposition.

Tête baissée, Gorman flanqua son ancien ami au mur. Karlsen décolla de terre et, lorsqu'il heurta la cloison de plein fouet, il eut le souffle coupé. À l'université, le sénateur avait été défenseur dans l'équipe de football américain, mais le P-DG était loin d'être manchot : il enfonça violemment les coudes dans le dos de son adversaire et le mit à genoux.

Riposte immédiate : Gorman coinça son bras derrière la jambe gauche de Karlsen et, avec un rugissement de colère, il plaqua le meurtrier de son fils au sol, face contre terre, et s'assit sur son dos pour l'immobiliser.

— Tu as tué Jason ! vociféra-t-il, mi-furieux, mi-sanglotant. Tu l'as tué !

Karlsen voulut se dégager, mais l'Américain avait une poigne de fer. Rouge pivoine, le P-DG tordit le cou de manière à regarder son accusateur dans les yeux et cracha :

— Je... je l'ai fait pour vous !

Un bref instant, le sénateur resta abasourdi, mais il était difficile de dire si le choc venait de l'aveu brutal ou de l'étrange déclaration. Au fond de lui, Gorman devait encore espérer que Painter se trompait. À présent, il n'y avait plus d'illusion possible.

— Ta gueule !

Il ne voulait pas en entendre davantage.

Une fois le premier domino tombé, les autres allaient vite suivre. Le patron de Sigma n'avait mis que deux minutes à obtenir ce qu'il croyait devoir attendre une journée entière, mais Karlsen pouvait toujours se rétracter : en Norvège, il jouait à domicile et bénéficiait d'un puissant réseau de relations.

Painter devait prendre la situation en main, c'est-à-dire exfiltrer le suspect du bunker pour le placer en garde à vue. Il lui fallait donc du renfort.

— Ne le lâchez pas, sénateur.

Il examina ce qui se trouvait derrière les ordinateurs. On avait sans doute équipé la pièce de connexions réseau. Une ligne T1 ou T3 pour les liaisons Internet mais, plus important...

Painter suivit le câble jusqu'au mur. S'il voulait contacter Monk à une telle profondeur, il devait pirater une ligne en utilisant un appareil baptisé SQUID[1] pour renforcer le signal radio. Alors que ses doigts couraient le long du fil, il tomba sur un gadget déjà branché dans la prise.

Un amplificateur de signal GSM.

L'engin n'était pas ultrasophistiqué mais, sa technologie dépassant tout ce que Painter avait vu au bunker, il ne cadrait pas avec le reste. À l'examiner de plus près, il était équipé d'un émetteur courte portée.

Pourquoi quelqu'un avait-il besoin d'un émetteur courte portée relié à une ligne téléphonique ?

Il n'y avait qu'une seule explication...

Sans prévenir, le coprésident Boutha fit irruption dans la pièce avec plusieurs collaborateurs et contempla la scène d'un air perplexe : Karlsen à terre, le sénateur à genoux sur son dos.

— Les traiteurs ont entendu des cris... Que se passe-t-il ici ?

Le patron de Viatus en profita pour flanquer son coude dans la tempe de Gorman. Sonné, le sénateur fut obligé de lâcher prise.

Boutha et ses amis bloquaient toujours la sortie. Pris au piège, Karlsen se retourna vers son agresseur et vit un poing lui arriver en pleine figure. Il réussit à éviter la fracture du nez mais reçut un bon direct dans l'œil et trébucha en arrière.

— Arrêtez ! mugit Painter avec autorité.

Tous les regards se braquèrent sur lui.

— Il faut évacuer le bâtiment. Maintenant !

— Pourquoi ? lâcha Boutha.

Painter fixa le mystérieux appareil au creux de sa main. Il se trompait peut-être, mais il ne voyait qu'une seule et unique raison à la présence d'un émetteur courte portée :

— Il y a une bombe planquée quelque part.

Coupant court au flot de questions et de réactions qui s'ensuivit, il insista :

— *De-hors !*

Trop tard.

---

1. *Superconducting Quantum Interferometer Device*, interféromètre supraconducteur détecteur de flux magnétiques faibles. *(N.d.T.)*

12 h 55

Monk slaloma lentement dans la vallée en surveillant la façade en béton qui signalait l'entrée de la chambre forte. Sur ses talons, Creed guettait la moindre apparition d'ours blanc.

De gros nuages sombres s'étaient amoncelés au-dessus de leurs têtes. Le ciel était de plus en plus bas, la température en chute libre et le vent soulevait des rafales de cristaux de glace.

Persuadé d'avoir entendu quelque chose, Monk coupa son moteur. Un faible grondement provenait de la couche nuageuse, comme si un coup de tonnerre résonnait au nord. Soudain, le bruit sourd se mua en vrombissement, puis en hurlement strident et deux avions à réaction surgis de nulle part foncèrent vers Monk et Creed.

Non, pas vers *eux*.

Arrivés à leur hauteur, les jets virèrent de bord et larguèrent des missiles Hellfire qui frappèrent la crête enneigée abritant la chambre forte. Une série de déflagrations produisirent de véritables geysers de pierres et de flammes. Le secteur était pilonné.

Sur la crête, des soldats effectuèrent un vol plané, parfois déchiquetés en lambeaux flamboyants. D'autres s'enfuirent à pied ou dévalèrent la montagne. Une grosse chenillette bascula dans le gigantesque cratère qui avait remplacé l'unique route d'accès.

Lorsque la fumée se dissipa, Monk scruta les environs. Le bunker tenait encore debout, mais un de ses flancs avait été noirci par l'explosion et une bonne partie s'était fissurée. Par chance, les assaillants avaient frappé de biais.

Le grondement s'intensifia de nouveau. Monk craignit que les avions ne reviennent lâcher d'autres bombes, mais le bruit était accompagné de crépitements de détonations.

Sous son regard horrifié, le versant situé au-dessus de la chambre forte commença à glisser. Un pan du glacier se désagrégea petit à petit, prit de la vitesse et se transforma en avalanche.

Le déluge blanc submergea le bunker, écrabouillant d'autres militaires au passage, et il continua d'avancer.

Vers eux.

— Monk ! glapit Creed.

Le plus expérimenté des Américains remit les gaz à fond. Ses pneus arrière patinèrent un peu avant de mordre la neige, puis il tourna son guidon et indiqua l'autre rebord de la cuvette :

— Il faut grimper le plus haut possible !

Creed ne l'avait pas attendu pour s'élancer.

Tandis qu'ils tentaient d'échapper au carnage en traversant la vallée, l'avalanche s'abattit derrière eux. On aurait dit la fin du monde ! Un énorme morceau du glacier rebondit à droite de Monk. Une pluie de neige cristallisée arrosa sa monture et son dos.

L'agent Sigma s'aplatit sur son siège. Impossible d'aller plus vite ! Il avait déjà le pied au plancher.

Alors que l'avalanche les rattrapait, des blocs de glace percutèrent leurs engins. Un torrent de rochers les cerna de toutes parts. Les plus petits fragments, polis par leur chute, ressemblaient à des milliers de diamants.

Enfin, les deux comparses reprirent de l'altitude.

Grâce aux skis des motoneiges, ils se frayèrent un passage hors de la vallée. Le monstre de glace voulut se lancer à leurs trousses, mais il jeta vite l'éponge et rebroussa chemin.

Par précaution, Monk grimpa encore un peu avant de s'arrêter. Moteur au ralenti, il constata les dégâts : un brouillard de cristaux immaculés avait tout envahi, mais on distinguait encore l'autre bout de la vallée.

Le bunker avait disparu.

Il ne restait plus qu'un éboulis de glace.

— Qu'est-ce qu'on fait ? lança Creed.

Un cri lui répondit à gauche.

Ils se retournèrent : deux soldats norvégiens avaient surgi, fusil à l'épaule. Alors, seulement, Monk remarqua la chenillette stationnée plus haut.

Ils les avaient déjà rencontrés quelques minutes auparavant mais, là, la visite n'avait plus rien d'amical.

À moitié aveuglés par la colère et le choc, les militaires étaient prêts à tirer. Après ce qui s'était passé, ils n'avaient plus confiance en rien.

— Qu'est-ce qu'on fait ? répéta Creed.

En bon professeur, Monk leva les bras :

— On se rend.

13 h 02

Painter était dans le noir.

Les lumières s'étaient éteintes dès les premières explosions. Il avait d'abord cru que la mystérieuse bombe avait sauté mais, quand une série de déflagrations avaient résonné d'en haut, il avait compris que la montagne était visée par des missiles.

La confirmation arriva quelques instants plus tard, lorsqu'un puissant grondement se fit entendre. On aurait dit qu'un train de marchandises les avait percutés de plein fouet.

Une avalanche.

Dans le tunnel, invités et employés poussèrent des cris affolés. Au cœur de la montagne, l'obscurité totale était étouffante.

Painter dressa l'état des lieux. Pour le moment, ils étaient indemnes. S'il y avait bien une bombe quelque part, pourquoi n'avait-elle pas explosé durant l'attaque de missiles ?

En débranchant l'émetteur, il avait peut-être empêché un signal téléphonique d'agir comme détonateur et leur avait ainsi sauvé la vie.

Hélas, ils n'étaient toujours pas hors de danger.

À supposer qu'il ait lui-même orchestré l'attentat, Painter aurait établi un plan de secours. Une minuterie à retardement au cas où un grain de sable aurait enrayé la machine. Il réfléchit à toute vitesse. L'émetteur avait une portée limitée, d'autant plus au sein d'une forteresse de pierre. La bombe devait donc se trouver à proximité et avoir été introduite récemment.

Les traiteurs ?

Non, trop de monde, trop risqué. Quelqu'un s'en serait aperçu.

Il se rappela le discours de Karlsen au moment de pénétrer dans le bureau : *Des échantillons de graines arrivent tous les jours. Le stockage a pris du retard à cause des réjouissances...*

Les bacs de rangement.

Il s'y dirigea à tâtons. Après s'être débrouillé pour ôter le couvercle du premier, il plongea les mains à l'intérieur et palpa les enveloppes en aluminium thermoscellées.

Rien.

Du coude, il poussa la caisse, qui s'écrasa dans les ténèbres.

— Qu'est-ce que vous fichez ? s'exclama Gorman.

Painter n'avait pas le temps de répondre. Le désespoir le rendait silencieux. Il fit chou blanc avec la deuxième boîte mais, quand il souleva le couvercle de la troisième, une lueur apparut sous une couche d'échantillons de graines.

On aurait dit un phare dans la nuit. Les autres occupants de la pièce s'approchèrent. Painter écarta les enveloppes et mit au jour ce qui gisait au fond.

Des chiffres sur un afficheur LED.

09:55

Sous ses yeux, le compte à rebours s'égrenait lentement.

Les lampes de la salle vacillèrent, s'éteignirent, puis se rallumèrent pour de bon. Les générateurs de secours avaient enfin pris le relais. Dehors, les hurlements cessèrent. La situation ne s'était pas arrangée mais, au moins, les gens ne mourraient pas dans le noir.

Painter extirpa délicatement l'objet de sa boîte et le posa à terre. Il y avait peu de chances que le détonateur soit relié à un capteur de mouvement. Au cours du voyage, le bac de stockage avait été manipulé sans précaution.

Gros comme deux cartons à chaussures, le dispositif avait vaguement la forme d'un baril. Sous l'afficheur LED, un paquet de fils électriques s'entrelaçaient dans un boîtier métallique. Les lettres militaires PBXN-112 tamponnées sur le flanc gauche ne laissaient planer aucun doute sur la nature de la menace.

Même Boutha comprit :
— C'est une bombe.
Hélas, il se trompait.
— Une ogive, rectifia Painter.

13 h 02

Krista arrêta son 4x4 au pied de la montagne. Lors de sa fuite, les missiles avaient plu dans son rétroviseur. Le monde s'était embrasé derrière elle. Les explosions avaient ébranlé les vitres de la voiture. Quelques secondes plus tard, un pan du glacier s'était même détaché et effondré devant l'entrée du coffre à graines.

Quand son véhicule s'immobilisa sur la route verglacée, elle en avait encore le souffle court, les mains tremblantes.

Elle avait déguerpi juste après l'appel téléphonique. Et si elle avait été retardée ou ralentie pour une raison quelconque ? On ne lui avait laissé aucune marge d'erreur.

Quoi qu'il en soit, elle *avait* survécu.

Son effroi se mua peu à peu en une étrange euphorie. Elle était saine et sauve. Ses doigts se crispèrent sur le volant, un rire de soulagement s'échappa de son gosier mais, très vite, elle s'efforça de reprendre ses esprits.

Des individus apparurent en tenue de camouflage polaire. Un char d'assaut monté sur d'énormes chenilles bloqua la route.

Krista n'avait plus rien à craindre. C'étaient ses hommes.

Elle courut à leur rencontre. De gros flocons de neige commençaient à virevolter. Elle grimpa dans la cabine de conduite. À l'arrière, des soldats à la mine sévère serraient leur fusil d'assaut contre eux.

Dehors, les autres chevauchaient des motoneiges.

La route avait peut-être disparu, mais Krista n'avait pas achevé sa mission. Le bombardement n'avait sans doute pas tué tout le monde et elle avait des instructions à respecter.

Aucun survivant.

13 h 04

— Vous pouvez la neutraliser ? s'enquit Gorman.

Les rescapés s'étaient réunis autour de Painter et de l'ogive, même Karlsen. Le Norvégien paraissait aussi écœuré que les autres. Ce n'était sans doute pas lui le responsable, surtout qu'il se retrouvait piégé aussi, mais le patron de Sigma n'avait pas le temps d'en mesurer la signification.

— J'ai besoin que quelqu'un aille vérifier l'état du tunnel supérieur, annonça-t-il d'une voix calme et ferme. Est-ce qu'on est prisonniers d'un éboulement ? Y a-t-il moyen de sortir ? Il me faut aussi un ingénieur d'exploitation au plus vite.

Deux hommes de Boutha détalèrent dans le couloir, ravis de mettre un *maximum* de distance entre l'ogive et eux.

— Vous pouvez la désamorcer ? insista Karlsen.

— Elle est nucléaire ? enchaîna le sénateur.

— Non, répondit Painter aux deux hommes. C'est une ogive thermobarique. Pire qu'une arme nucléaire.

Pourquoi tourner autour du pot ? Ils avaient affaire à une catégorie d'explosif à mélange carburant/air : le détonateur PBXN-112 était enfoui dans une poudre d'alumine fluorée.

— C'est la Rolls-Royce des bombes à charge pénétrante, expliqua Painter, les yeux rivés sur l'engin.

Parler l'aidait à se concentrer.

— L'explosion se déroule en deux temps. D'abord, la déflagration envoie un nuage de particules aérosols assez épais pour envahir le tunnel. Ensuite, la poudre s'enflamme. Cela crée une onde de pression qui écrabouille tout sur son passage et aspire l'oxygène des lieux jusqu'à la dernière molécule. On peut donc mourir de quatre manières différentes : soufflé par l'explosion, écrasé, carbonisé ou étouffé.

Sans se préoccuper des murmures d'effroi, Painter s'attarda sur le détonateur. Il n'était pas expert en munitions mais en électronique. Très vite, il reconnut l'enchevêtrement des fils : phase, neutre et terre. Sectionner le mauvais fil, modifier le voltage, déclencher un choc... Il existait mille façons de se prendre la bombe en pleine figure et une seule de l'arrêter.

Un code.

Malheureusement, il ne le connaissait pas.

On n'était pas au cinéma. Aucun professionnel du déminage ne viendrait la désamorcer à la dernière seconde. Aucun stratagème de derrière les fagots, comme de geler l'ogive dans de l'azote liquide, n'allait enrayer cette cochonnerie-là. Les réalisateurs avaient parfois une imagination débordante.

Painter vérifia la minuterie.

Le feu d'artifice était prévu d'ici à moins de huit minutes.

Un bruit de pas précipités l'avertit du retour prématuré d'un éclaireur :

— Il n'y a pas eu d'effondrement. Je suis tombé sur un soldat qui redescendait au sous-sol. La porte blindée extérieure a tenu le choc, il l'a ouverte, mais, derrière, c'est un immense mur de glace. Nous sommes enterrés vivants. La couche est si épaisse qu'elle ne laisse même pas filtrer la lumière du jour.

Painter acquiesça en silence. Stratégie logique ! La chambre forte était censée résister à une attaque nucléaire. Pour tuer l'ensemble de ses occupants, il suffisait d'y jeter une ogive et de sceller hermétiquement le bunker : les éventuels rescapés du déluge de feu mourraient d'asphyxie.

Il fallait donc se rabattre sur la seconde solution.

L'autre éclaireur resurgit avec un grand Norvégien aux épaules de déménageur : l'ingénieur d'exploitation. Dès qu'il aperçut l'ogive par terre, l'homme blêmit. Au moins, il n'était pas stupide.

— Vous parlez anglais ? demanda Painter.

— Oui.

— Y a-t-il un autre moyen de sortir d'ici ?

Le colosse secoua la tête.

— Et les sas des chambres de stockage, ils sont pressurisés ?

— Absolument. On les surveille de près.

— Vous pouvez les régler un peu plus haut ?

— Oui, à la main.
— Choisissez un des trois coffres-forts et faites-le.

L'ingénieur balaya la salle du regard et s'exécuta aussitôt. Décidément, il avait du plomb dans la cervelle.

Painter se tourna vers les autres – Boutha, Gorman et même Karlsen :

— Dépêchez-vous de rassembler tout le monde dans l'entrepôt à grains choisi.

— Qu'est-ce que vous allez faire ? s'inquiéta le sénateur.

— Vérifier si je cours vite.

13 h 05

Incapable de parler la langue locale, Monk avait un mal de chien à négocier leur liberté.

Les soldats tenaient toujours leurs prisonniers en joue mais, au moins, ils ne leur collaient plus le fusil sur la figure. Creed plaidait leur cas. Il avait ôté son casque et s'exprimait à toute vitesse dans un mélange d'anglais, de norvégien et de mime.

Une voix entrecoupée de parasites grésilla à l'oreille de Monk :

— *Est-ce que vous entendez... aide... pas le temps de...*

Malgré le canon pointé sur lui, l'Américain éprouva un immense soulagement. Painter était vivant !

— On vous reçoit, chef, mais la communication est très hachée. Besoin d'un coup de main ?

Aucune réaction. Le ton de son interlocuteur ne changea pas d'un iota. La transmission était trop mauvaise.

— C'est le patron ? lâcha Creed. Il est toujours en vie ?

Les deux fusils se braquèrent sur Monk.

— Oui, mais pris au piège.

Il tenta de capter une réponse radio. En vain. La montagne était quasi impénétrable, même pour un émetteur SQUID.

Furieux, un soldat norvégien leur aboya dessus. Creed tenta d'expliquer la situation et, bientôt, la colère des militaires céda la place à l'inquiétude.

Monk étudia les différentes possibilités. Combien de temps les otages du bunker tiendraient-ils sur leur réserve d'oxygène ? Avait-on le temps d'acheminer du gros matériel d'excavation, sachant que le bombardement avait rendu impraticable l'unique route d'accès ?

Quelques mots anéantirent toute lueur d'espoir. La voix de Painter était presque inaudible, mais la menace était claire :

— *Ici en bas... une ogive... On va essayer de...*

Le reste de sa phrase se perdit dans la nature.

Avant que Monk puisse annoncer la mauvaise nouvelle à Creed, un grondement jaillit des montagnes, accompagné par le vrombissement plaintif de plusieurs motoneiges.

Un cortège de véhicules s'acheminait lentement vers eux.

Monk zooma aux jumelles sur une motoneige. Vêtus d'une combinaison polaire blanche anonyme, les types voyageaient par deux : un pilote et un tireur.

À mi-chemin, un soldat norvégien esseulé agita le bras vers eux.

Un coup de fusil retentit.

Une giclée de sang éclaboussa la neige immaculée.

L'homme s'effondra.

Monk baissa ses jumelles.

Quelqu'un venait faire le ménage.

13 h 09

Painter ignorait si quelqu'un avait entendu son message radio. Il avait rebranché le SQUID dans la prise et espérait que tout se passerait au mieux.

Désormais, il n'avait plus qu'à courir.

Il s'élança dans les cent cinquante mètres de tunnel en poussant l'ogive sanglée sur un chariot de traiteur.

L'écran LED luisait devant lui.

04:15

Lorsque la minuterie passa sous la barre des quatre minutes, la porte blindée apparut en haut de la rampe d'accès. Le garde curieux l'avait laissée ouverte. Des fragments de glace s'étaient répandus à l'intérieur mais, derrière le battant, l'avalanche avait érigé un rempart dur comme du béton.

Painter voulait déposer la bombe au plus près de la sortie. Une fois à destination, il lança le chariot vers la porte, pivota sur ses talons et rebroussa vite chemin.

Au moins, c'était tout en descente.

Hors d'haleine, il tenta d'allonger encore le pas.

S'il ne pouvait pas désamorcer la bombe, autant en faire le meilleur usage. Il ignorait quelle était l'épaisseur de leur igloo, mais l'ogive était dotée d'une charge thermobarique phénoménale. La première explosion fissurerait peut-être le mur de glace et, quand le nuage d'alumine fluorée s'embraserait, la chaleur torride accélérerait le processus de fonte. En fait, les espoirs de Painter reposaient surtout sur la seconde onde de choc.

Le principal danger d'une bombe thermobarique, c'était son puissant et subit déferlement de pression. Si elle se déclenchait à l'intérieur d'une grotte ou d'un bâtiment fermé, l'onde avait un effet dévastateur. Les corps étaient déchiquetés, pulvérisés. Les tympans éclataient, les poumons explosaient, le sang sortait par tous les trous.

Avec un peu de chance, elle ferait aussi sauter le mur de glace comme un bouchon de champagne.

Encore fallait-il que les occupants de la chambre forte ne soient pas eux aussi réduits en purée...

Dès qu'il atteignit le bout du tunnel, Painter bifurqua au premier croisement et courut vers le sas de sécurité central.

Il ouvrit la porte, entendit le chuintement de dépressurisation et referma vite derrière lui. Des clapets d'aération au plafond se mirent en route pour faire remonter le niveau de pression. Le temps qu'il traverse le sas, la porte du stock de graines s'ouvrit et Gorman s'exclama :

— Dépêchez-vous !

Painter plongea la tête la première. Le sénateur claqua la porte avec un fracas métallique.

Malgré l'immensité de l'entrepôt, tout le monde était resté agglutiné près de l'entrée. La salle, en elle-même banale, était remplie d'étagères numérotées. Les rayonnages disparaissaient sous des centaines de bacs noirs identiques. On se serait cru dans un supermarché ne proposant qu'un seul article à la vente.

Un membre du groupe comptait à voix haute :

— *Onze... dix... neuf...*

Arrivé de justesse, Painter espéra que la pression du sas aurait le temps de se reconstituer. Leur meilleure chance de résister à l'explosion était de combattre la pression par la pression.

Si le sas cédait, ils mourraient écrasés.

— *Huit... sept... six...*

Les yeux ronds, Karlsen lâcha :

— Krista n'est pas là.

Comme si Painter devait comprendre ce que son absence impliquait.

Quelqu'un d'autre fit le rapprochement.

— Krista... Krista Magnussen ? La petite amie de Jason ? fulmina le sénateur Gorman.

Painter sépara les deux hommes :

— Plus tard.

Il fallait d'abord survivre.

Le compte à rebours se poursuivit.

— *Cinq... quatre... trois...*

CHAPITRE 21

13 octobre, 12 h 32
Île de Bardsey, pays de Galles

Alors que Gray s'apprêtait à descendre dans la crypte, un violent orage s'abattit sur Bardsey... comme si les dieux eux-mêmes leur conseillaient de ne pas violer la sépulture.

Les trombes d'eau ressemblaient à des bombes lâchées sur les stèles et les croix. Au nord, des éclairs déchiraient le ciel.

— Je passe le premier, annonça le commandant entre deux coups de tonnerre.

Lyle était parti chercher une corde au presbytère, mais la pluie tombait si dru que la crypte risquait d'être inondée avant même qu'ils puissent la fouiller.

Le trou de soixante centimètres de large permettait à peine à un adulte de s'y faufiler mais, deux mètres plus bas, la grotte paraissait plus spacieuse.

Gray agrippa les rebords de la cheminée et se laissa glisser à l'intérieur. Il s'arc-bouta sur les jambes, puis lâcha prise et atterrit en position accroupie.

— Sois prudent ! lança Rachel.

— Dites-moi ce que vous voyez, ajouta Wallace.

Kowalski et Seichan patientaient un peu à l'écart.

Torche au poing, Gray sonda le puits principal. Des arcades en roche naturelle encadraient des murs de brique légèrement enchâssés. Derrière, il imagina des cercueils et des squelettes en décomposition parmi lesquels se trouvait peut-être la dépouille de Lord Newborough.

Méticuleux, il caressa chaque paroi trempée de pluie à la recherche d'une pierre descellée, d'un signe que le père Giovanni avait découvert quelque chose.

— Alors ? se renseigna Wallace.
— Que dalle !
— Lyle rapporte la corde, annonça Rachel.

Gray s'attarda sur le quatrième mur. Les briques y formaient une voûte basse qui lui arrivait à peine à mi-cuisse. Il braqua sa lampe à l'intérieur. À l'évidence, le caveau aurait dû accueillir un cercueil avant d'être muré comme les autres mais, pour l'heure, il était vide.

Le trou devait être important, car il se trouvait pile en face de la vieille tour abbatiale. Gray se fraya un chemin à quatre pattes dans les flaques d'eau. La niche en pierre était assez vaste.

Une fois au fond, il laissa courir ses mains sur les murs.
Rien.

Malgré la frustration, il garda confiance. Le secret se cachait forcément sous les vestiges de Sainte-Marie, mais la crypte n'était peut-être pas le point d'accès. Le père Giovanni l'avait sans doute visitée sur le conseil de Lyle avant de poursuivre ses fouilles ailleurs.

Plouf ! Quelqu'un venait de rejoindre Gray sous terre.

Il s'extirpa du caveau. Les cheveux collés au visage, Rachel avait les prunelles brillantes d'espoir. Il ne pouvait pas la décevoir.

— Voie sans issue ? lâcha-t-elle.

À la fois mécontent du choix des mots et de son propre manque de réussite, Gray grimaça :

— Je ne vois aucune trace du père Giovanni.
— Tu me prêtes ta torche pour que j'essaye ?

Comment refuser ?

Elle entra de biais en s'aidant d'une main. Dans l'espace exigu de la sépulture, son corps de liane lui donnait une meilleure marge de manœuvre. Le faisceau lumineux balaya les murs.

— Tu vois un truc, ma grande ?
— Non.

Dehors, Wallace exprima tout haut l'inquiétude de Gray :
— On s'est peut-être trompés de trou.

La jeune femme jeta l'éponge, se contorsionna pour pivoter à 360 degrés vers la sortie... et soudain se figea.

— Qu'y a-t-il, Rachel ?
— Viens voir.

La torche était braquée droit sur Gray. La main en pare-soleil, il commença à ramper vers son amie.

— Non, mets-toi sur le dos.

Trempé comme une soupe mais docile, il avança avec les coudes et poussa sur les jambes. Évidemment, le visage tourné vers le plafond, c'était la position idéale pour « visiter » une sépulture.

— Qu'est-ce que vous avez vu ? s'écria Wallace.
— On ne sait pas encore, répondit Gray en se trémoussant.
— Entre complètement, insista Rachel.

À force de ramper, il se retrouva la tête entre les genoux de l'Italienne. Penchée au-dessus de lui, elle sentait la laine mouillée. Pas facile de faire abstraction de sa poitrine si proche !

— Regarde.

C'était ce qu'il faisait, mais elle parlait sans doute de la direction du rayon lumineux. Il se tortilla encore sur les coudes et se retrouva face à l'entrée. Au début, il ne vit rien de spécial, juste le mur qui isolait la cavité rocheuse.

— Toutes les briques sont posées à l'horizontale, mais vise un peu les trois situées au niveau de l'arcade. Au sommet et de chaque côté.

À son tour, Gray remarqua la bizarrerie :
— Elles sont placées verticalement.

L'ouverture formait un demi-cercle parfait. Sur une montre, les trois briques verticales auraient indiqué midi, 3 heures et 9 heures.

— Tu crois que c'est important ? souffla Rachel.
— Oui. On dirait la moitié d'une croix païenne.

Le reflet dans la flaque d'eau dessinait presque l'autre partie du cercle. Mentalement, l'Américain compléta le symbole, traça des lignes entre les pierres et découvrit la croix druidique qu'ils suivaient depuis le début.

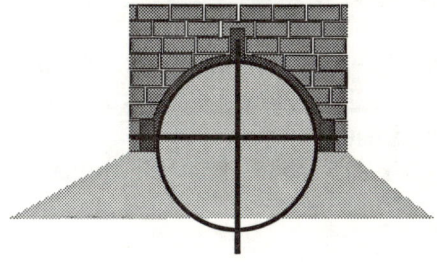

— Qu'est-ce que ça veut dire ? s'étonna Rachel.
— Laisse-moi essayer un truc.

Gray s'extirpa de la niche en crabe, puis il se retourna et entra de nouveau sur le ventre, les pieds en avant. Avec un peu de chance, il ne se mouillait pas jusqu'aux os pour rien.

— Alors ? lança Wallace.
— Ça avance.

Le commandant observa les mystérieuses briques. Les deux situées sur les côtés paraissaient quelconques et scellées au mortier. Il tendit le bras vers la troisième, en haut. Elle n'avait pas l'air différente... jusqu'à ce que, du bout des doigts, il sente une minuscule encoche sur le rebord supérieur.

Il l'agrippa et tira dessus.

La brique pivota. Elle résista un instant mais, quand Gray insista, un claquement métallique retentit derrière lui, suivi d'un grincement de pierre. Les deux amis regardèrent par-dessus leur épaule. Le mur du fond s'était ouvert, révélant un escalier qui plongeait dans les entrailles de la crypte.

— On a trouvé l'entrée, chuchota Rachel.

Au prix d'habiles manœuvres, ils réussirent à se faufiler par la porte. L'escalier en brique était assez large pour qu'on y tienne debout.

— Tu crois que c'est un tunnel au fond ? demanda Rachel.

Gray voulut en avoir le cœur net mais, lorsqu'il arriva à la cinquième marche, la pierre s'enfonça de deux ou trois centimètres sous son poids.

Un autre claquement métallique résonna.

Le souffle coupé, il sentit le mot *piège* se former dans son esprit.

La porte se referma derrière eux. Rachel bondit vers la sortie en hurlant. Trop tard ! Le battant se scella définitivement avec un sinistre cliquetis.

Elle tambourina dessus, mais cela ne servait à rien.

Ils étaient prisonniers.

12 h 42

Seichan entendit Rachel s'égosiller, puis un coup de tonnerre assourdissant s'abattit sur la crypte.

Wallace se pencha au-dessus du trou :

— Vous avez trouvé quelque chose ?

Pas de réponse.

La lueur de la torche électrique avait aussi disparu. Il y avait un problème. Sans réfléchir, Seichan croisa les bras sur sa poitrine, se laissa glisser par l'étroite brèche et atterrit bruyamment dans une flaque d'eau. Lorsqu'elle alluma son briquet, l'éclat de la flamme vacilla jusqu'au bout de la crypte.

Personne.

— Que se passe-t-il ? s'inquiéta l'archéologue.
— Ils se sont volatilisés.

Morne et ruisselant, Kowalski s'approcha du puits. Lyle était parti chercher des parapluies.

— Qu'est-ce que je vous disais ? Il ne faut jamais descendre dans un trou avec Pierce !

— C'est peut-être une bonne nouvelle.

Le colosse américain fixa Wallace d'un œil torve.

— Ils ont dû trouver l'entrée secrète, expliqua le professeur.

Hélas, le cri de Rachel n'avait été ni joyeux ni victorieux. Seichan hurla à pleins poumons :

— Pierce ! Rachel !

Un éclair déchira le ciel, le tonnerre gronda, mais elle discerna une faible voix. Au moins, ils étaient vivants. Elle continua sa progression.

— Je ne comprends pas ! mugit-elle.

Un grand *plouf* la fit sursauter. Wallace venait d'atterrir derrière elle, une main sur la corde.

— Moi, je reste dehors, prévint Kowalski.

— Chut ! grogna Seichan.

Elle avait reconnu le timbre de Gray. Les paupières closes, elle se concentra. Il avait sans doute mis les mains en porte-voix et criait ses ordres sur un ton sec :

— *Juste à l'intérieur ! Une brique verticale ! Au-dessus de l'entrée ! Tirez dessus !*

Comme elle avait besoin de ses dix doigts pour chercher, elle éteignit son briquet et s'introduisit entièrement dans la crypte. À tâtons, elle trouva enfin la brique qui correspondait à la description de Gray. De toutes ses forces, elle tira sur l'encoche.

Un grand *clac* retentit et, lorsque le mur du fond se déroba, elle découvrit le visage affolé de Rachel. Le commandant Pierce se tenait auprès d'elle :

— On s'est retrouvés coincés. Allez chercher les autres, mais faites gaffe à la cinquième marche. C'est elle qui condamne la porte.

— Fantastique, vous avez trouvé le passage ! jubila Wallace. Alors, là, je dis bravo !

Au bout d'une minute d'effort, tout le monde arriva sain et sauf au bas de l'escalier. Un couloir en pierre s'enfonçait dans les ténèbres.

Toujours dehors, Kowalski refusa de se joindre au groupe :

— Continuez ! Moi, j'attends les parapluies.

Rachel braqua sa torche sur un levier en bronze encastré au pied des marches :

— Je parie qu'il déverrouille la porte secrète.

— Voilà comment le père Giovanni pouvait entrer et sortir, comprit Gray. Au cas où, j'ai quand même bloqué l'ouverture.

Par précaution, il avait coincé un fragment de pierre tombale dans l'embrasure de la porte. Seichan approuva sa décision. Il fallait toujours se ménager une issue de secours.

— Au Moyen Âge, les religieux dotaient souvent leurs monastères et leurs abbayes de trappes ou de pièces secrètes, expliqua Wallace. Les bâtiments étaient truffés de passages dérobés comme celui-ci. C'était un moyen de se protéger des maraudeurs. Les galeries permettaient aussi d'épier les invités. En cette époque troublée, la connaissance était une arme de défense aussi efficace que n'importe quel bouclier.

— Allons donc voir ce que les moines planquaient ici.

Au bout de quelques mètres, le couloir en pente raide déboucha sur une salle voûtée.

— On doit se trouver sous les ruines de la tour, souffla Gray.

— Ni coup de burin ni marque de pioche, constata Wallace. C'est une grotte naturelle.

Un énorme sarcophage trônait au centre de la pièce. Il leur arrivait à la taille, semblait sculpté d'un seul bloc et une croix celtique y était plantée derrière, contre le mur du fond.

Pendant que les autres s'approchaient du tombeau, Seichan étudia la croix. Moins décoré qu'au cimetière, l'objet robuste et grossièrement taillé paraissait plus ancien. Seules fioritures ? Quelques spirales sur le bas-relief et de fines stries sur la partie circulaire.

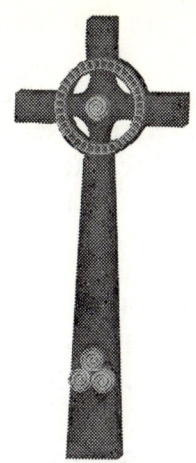

Le reste du groupe n'avait d'yeux que pour le cercueil, dont le couvercle s'emboîtait avec précision dans les montants.

— Serait-ce la dernière demeure de Lord Newborough ? demanda Rachel.

Wallace caressa le couvercle rugueux :

— Non, trop vieux. Si Newborough repose ici, on l'a sans doute enterré à l'écart, dans une crypte fermée. Ici, c'est quelqu'un d'autre. De plus, à l'image des stèles néolithiques de la région, le sarcophage est en chalcanthite, matière première forcément extraite sur le continent et acheminée à Bardsey par bateau. Un sacré boulot ! À mon avis, c'est le tombeau d'un antique bâtisseur de cromlechs, peut-être issu d'une dynastie royale.

— Comme la reine fomoire ?

— Oui, notre déesse bistre.

Intrigué par un détail, Wallace braqua sa torche sur un côté du sarcophage. Ses doigts effleurèrent la pierre :

— On dirait que quelque chose y était gravé. Une espèce d'ornement, voire des lignes d'écriture, mais tout a été soigneusement poli.

Étrange profanation.

— Si le cercueil date du néolithique, des hommes d'Église en ont peut-être effacé les marques d'origine, suggéra Gray.

— Ça ne m'étonnerait pas. Ils détruisaient souvent ce qui allait à l'encontre de leur dogme. Songez au triste sort des codex mayas : ces ouvrages constituaient une source majeure de connaissance mais, comme le christianisme y voyait l'œuvre du diable, ils ont presque tous été brûlés.

Seichan souligna alors une incohérence :

— Pourquoi ne pas se contenter de détruire le sarcophage ? Pourquoi s'enquiquiner à gratter les inscriptions païennes ?

— S'il s'agit d'une épitaphe, ils ont peut-être respecté le processus d'inhumation. À l'époque, l'Église restait engluée dans ses propres superstitions. Ils ne voulaient sans doute pas déranger le défunt.

Gray avança une autre hypothèse :

— À moins qu'ils n'aient attribué une grande valeur au contenu du sarcophage.

— Comme la clé de l'Apocalypse, déduisit Rachel.

Bras croisés, Seichan ne prêta aucune attention au regard que l'Italienne lui adressa.

Gray examina le couvercle de plus près :

— J'ai l'impression qu'il était cacheté à la cire... *(Il en fit rouler quelques fragments entre ses doigts.)*... mais que quelqu'un a fracturé le sceau.

— Sans doute le père Giovanni. Venez jeter un coup d'œil par ici.

Rachel s'était approchée de la vieille croix. De chaque côté, les murs étaient noircis de notes et de calculs au charbon de bois, dans une écriture rapide et moderne. À voir, le prêtre avait mesuré la croix en long, en large et en travers. Il avait aussi tracé un cercle parfait autour. D'autres lignes s'y croisaient dans un fouillis inextricable et vaguement ésotérique.

Qu'est-ce que Marco fabriquait là-bas ?

Gray examina la croix. Seichan comprit qu'il essayait de reproduire les nombreux calculs. Si quelqu'un pouvait trouver la clé, c'était bien lui.

Au bout de longues secondes, il détourna la tête. Une partie de son cerveau continuait de cogiter sur le mystère de la croix, mais le commandant indiqua le sarcophage :

— Si Marco a brisé le sceau, voyons ce qu'il a découvert.

13 h 03

Pour soulever le couvercle, ils durent unir leurs efforts.

Comment le père Giovanni y était-il parvenu seul ? se demanda Gray, les jambes arc-boutées. *Avait-il bénéficié d'une aide extérieure ? Ou avait-il apporté des outils ?*

Eux, en tout cas, réussirent à la seule force des bras. Le couvercle du tombeau coulissa bruyamment de travers et resta posé en équilibre.

Gray braqua sa torche à l'intérieur. Il s'attendait à trouver un squelette en décomposition mais, bien qu'il y ait assez de place pour loger un corps, le sarcophage de chalcanthite était vide.

Enfin, presque.

Un gros livre bardé de cuir reposait au centre. Il mesurait soixante centimètres de long, trente centimètres de large, autant d'épaisseur et semblait être en parfait état. On n'y avait sans doute pas touché depuis que la sépulture avait été cachetée à la cire.

Gray tendit le bras.

— Attention de ne pas l'abîmer, chuchota Wallace. Il aurait mieux valu porter des gants.

Conscient de l'âge immémorial du texte, l'Américain hésita mais, malgré sa mise en garde, le professeur s'impatienta :

— Qu'est-ce que vous attendez ?

Gray ravala sa salive et posa délicatement deux doigts sur la tranche du livre. Une chose était sûre : le père Giovanni l'avait ouvert au moins une fois. Au moment de soulever la lourde couverture, la reliure en tendon desséché résista un peu.

— Allez-y en douceur, conseilla Wallace.

Le commandant adossa la couverture au tombeau de pierre. La première page était vierge mais suffisamment transparente pour laisser deviner les belles couleurs de la suivante.

— Seigneur...

Impressionné, le vieil archéologue tourna lui-même la première page et pinça le papier entre ses doigts :

— C'est du vélin.

Lorsqu'il dévoila le trésor qui se cachait dessous, ses yeux s'écarquillèrent encore davantage.

Sous les faisceaux combinés des torches électriques, l'encre de la deuxième page chatoyait comme des pierres précieuses en fusion. Les rouges sombres, les jaunes dorés et les violets étaient si riches qu'ils paraissaient humides. Les illustrations, denses et minutieuses, représentaient des êtres humains enchevêtrés dans des nœuds et enroulés au cœur de fines écritures. Soutenu par l'intensité du dessin, un homme barbu et couronné était assis au centre de la page, sur un trône en or.

Le Christ, bien sûr !

Abasourdie par tant de splendeur, Rachel balbutia :

— C'est un manuscrit enluminé.

— Une bible, précisa Wallace en tournant quelques pages supplémentaires.

Son index flotta au-dessus du texte latin. La calligraphie soignée était ornée de lettrines à la décoration inventive. Les marges étaient aussi décorées d'une ribambelle d'animaux légendaires, de chérubins ailés et de dizaines de nœuds compliqués.

— L'iconographie me rappelle beaucoup le Livre de Kells. Cet ouvrage enluminé irlandais du VIIIe siècle est le résultat de décennies de travail acharné par des moines reclus... et il ne couvre que les quatre évangiles du Nouveau Testament.

D'une voix chevrotante, l'expert ajouta :

— J'ai l'impression d'avoir sous les yeux la Bible *tout entière*. Une découverte inestimable qui dépasserait de loin l'entendement !

— Pourquoi l'aurait-on laissée ici ? demanda Seichan.

Même la jeune espionne s'était approchée du livre.

Incapable de répondre, Wallace secoua la tête en silence mais, alors qu'il feuilletait le précieux volume, il découvrit un trou béant au milieu. La découpe nette formait un logement cubique de huit centimètres de côté sur trois d'épaisseur.

Quel odieux acte de vandalisme !

La cavité était censée protéger quelque chose, le mettre à l'abri des regards indiscrets. Sans se retourner, Gray tendit la main vers Rachel, qui fouilla dans la poche de son manteau.

Tout le monde savait ce qui se cachait autrefois à l'intérieur.

L'Italienne remit à son ami une bourse *a priori* cousue dans le même cuir que la reliure du livre. Il la brandit au-dessus du trou : les dimensions correspondaient parfaitement. Songeant au doigt momifié, il souffla :

— Le père Giovanni a volé l'objet mais laissé la bible. Pourquoi ?

Un simple mot qui soulevait de nombreuses questions...

— Et pourquoi Marco n'en a-t-il parlé à personne ? renchérit Wallace.

— À mon avis, il l'a fait, rétorqua Seichan. Vu le sort funeste qu'on lui a réservé, il l'a forcément dit à quelqu'un.

— Elle a raison, approuva Gray. Il n'a peut-être pas révélé *tout* ce qu'il savait — par exemple, la découverte de la bible —, mais ses bavardages lui ont hélas coûté la vie.

— Oh, mon Dieu ! s'exclama l'Écossais. Il y a deux ans environ, Marco m'a contacté. Il avait besoin d'argent pour ses déplacements. Je lui ai dit que Viatus, mon mécène, accepterait sans doute de financer des travaux annexes à mes fouilles. Je lui ai donné le nom de mon contact, directrice de recherche là-bas. Une certaine Magnussen.

Seichan se raidit en silence.

— Après, je n'ai plus entendu parler de lui, bredouilla le professeur, écœuré. Je me suis dit que ça ne l'avait pas intéressé et, jusqu'à aujourd'hui, l'histoire m'était sortie de la tête. Oh, Seigneur, je l'ai peut-être envoyé au casse-pipe !

Le scénario paraissait logique. Les responsables de Viatus avaient dû embaucher le père Giovanni, surtout s'il leur avait proposé de chercher un antidote au poison qui avait tué les momies. Comment auraient-ils refusé ? À un moment donné, il avait dû faire une découverte qui l'avait effrayé au point de tout déballer à Vigor Verona. Ses employeurs avaient alors appris son départ précipité à Rome et décidé de l'éliminer.

Wallace n'en revenait toujours pas. Il referma la bible pour cacher le trou sacrilège, comme si son geste allait apaiser sa propre culpabilité.

Rachel récupéra sa précieuse relique :

— D'accord, Marco a volé la besace en cuir, mais il faut se demander *qui* l'a laissée ici en premier et *pourquoi*.

Son intervention rappela à tous le cœur du mystère : la vie de la jeune femme dépendait de la réponse à ces deux questions-là.

Une fois remis de ses émotions, Wallace annonça :

— Je pense pouvoir vous révéler *qui* a déposé la bible dans le sarcophage.

— Qui ? lâcha Gray, interloqué.

— Son propriétaire.

Une feuille de vélin avait été collée à l'intérieur de la reliure en cuir.

Quelques minutes plus tôt, Gray avait été trop fasciné par le contenu du livre pour la remarquer. Elle était aussi richement enluminée que le reste mais se focalisait sur un patronyme stylisé, possible référence au détenteur de l'inestimable trésor.

— *Mael Maedoc Ua Morgair*, lut Wallace. On ne peut pas vivre ici sans connaître un nom pareil, surtout dans mon métier.

— Qui est-ce ?

— Le saint irlandais le plus célèbre après saint Patrick. À l'origine, il s'appelait Máel Máedóc, mais son nom a été latinisé en *Malachie*.

Rachel reconnut le personnage :

— Saint Malachie.

— Qui était-ce ? insista Gray.

— Il est né à peu près l'année où le Livre de l'Apocalypse a été rédigé, raconta Wallace. Sa carrière a débuté en tant qu'abbé de Bangor mais, devenu archevêque, il partait souvent en pèlerinage.

— Il est donc plausible qu'il soit venu ici ?

— Absolument. Sa charge d'archevêque lui pesait un peu. Il préférait voyager, se mêler aux pieux et aux païens de la région, diffuser la parole de l'Évangile. Comme il n'avait aucun mal à passer d'un univers à l'autre, il a réussi à négocier une paix durable entre l'Église et les partisans des rites traditionnels.

Quelques heures plus tôt, l'archéologue avait émis l'hypothèse que les derniers païens avaient mené une guerre ultime contre le christianisme en recourant à une arme biologique héritée des anciens.

— Croyez-vous qu'une partie de cette trêve se serait conclue sur la connaissance du fléau et de son contrepoison, clé proverbiale du Livre de l'Apocalypse ? demanda Gray.

— En tout cas, Malachie a laissé ses empreintes ici.

Wallace indiqua l'imposant livre.

— D'ailleurs, quand on songe au motif de sa canonisation, c'est là que le bât blesse. Toute sa vie, Malachie a eu la réputation de *soigner* les maladies. On lui attribue un long palmarès de guérisons miraculeuses.

— Exactement comme à Bardsey.

— Dans ma belle Écosse natale, on raconte aussi qu'au cours d'un voyage, il a demandé au seigneur d'Annandale d'épargner un voleur à la tire. L'homme a accepté, mais il a fini par faire pendre le malandrin. Indigné, l'archevêque l'a maudit. Résultat : le suzerain est mort mais également le reste de son foyer.

— Guérison et mauvais sorts..., murmura Gray.

— On dirait que Malachie avait appris *quelque chose* de ses amis druides, un truc dont l'Église a préféré garder le secret ici.

— Vous ne parlez pas de ce qui lui a valu sa célébrité ? s'étonna Rachel.

Wallace leva les yeux au ciel :

— Ah ! Vous faites allusion aux prophéties.

— Quelles prophéties ?

— Celles sur les papes, répondit la jeune femme. On rapporte que, lors d'un pèlerinage à Rome, Malachie est tombé en transe et qu'il a eu une vision de tous les papes jusqu'à la fin du monde. Consciencieux, il en a dressé la liste exhaustive.

— Un tissu de conneries ! grommela Wallace. L'histoire veut que l'Église ait retrouvé le fameux livre dans ses archives quatre cents ans *après* le décès de Malachie. En fait, il s'agissait sans doute d'une contrefaçon.

— D'aucuns affirment, en revanche, que c'était juste une copie du texte original. Quoi qu'il en soit, les définitions de chaque souverain pontife se sont révélées d'une étrange précision. Prenez les deux plus récents. Malachie décrit Jean-Paul II comme *De Labore Solis*, c'est-à-dire « Le soleil au travail ». Or, l'homme est né durant une éclipse solaire. Quant à Benoît XVI, il est surnommé *De Gloria Olivae*, « La gloire de l'olivier ». Et le symbole de l'ordre bénédictin est le rameau d'olivier.

Le professeur agita la main d'un air dédaigneux :

— Certaines personnes tirent trop de conclusions de simples fragments sibyllins en latin.

Rachel chercha en Gray une oreille plus compréhensive :

— Le plus troublant, c'est que notre pape actuel porte le numéro 111 sur la liste de Malachie. Le prochain – *Petrus Romanus* – sera le dernier et il régnera au Saint-Siège quand le monde touchera à sa fin.

— Alors, on est condamnés, lâcha Seichan, aussi sceptique que Wallace.

— Moi oui, en tout cas, riposta Rachel. À moins qu'on ne retrouve cette foutue clé.

Gray évitait de s'immiscer entre les deux femmes, mais son amie avait raison sur un point : il fallait récupérer la clé. Il songea à ce que signifiait la découverte de la bible d'un tel personnage dans un sarcophage païen. Et, plus important :

— Croyez-vous que c'était le doigt de saint Malachie à l'intérieur du livre ?

— Non, le tombeau est beaucoup trop ancien, assura Wallace. À mon avis, il remonte à l'époque de Stonehenge. Quelqu'un était inhumé ici mais pas l'archevêque.

— Alors qui ?

— Je pense à un membre de la monarchie néolithique. Peut-être cette reine païenne à la peau brune. Le doigt serait tout ce qui subsiste du mystérieux défunt.

— Pourquoi ?

— Et où se trouve le reste du corps ? renchérit Rachel.

— Des religieux, peut-être Malachie lui-même, ont dû le mettre ailleurs, mais ils ont respecté la coutume de l'époque : ils auraient commis un péché s'ils avaient déplacé la dépouille sans laisser un petit quelque chose derrière.

— Une relique de sorte que le mort repose en paix. Oncle Vigor m'en a parlé un jour. Il était sacrilège d'agir autrement.

Gray contempla l'intérieur du sarcophage :

— Malachie s'est servi de sa propre bible pour protéger la relique. Il pensait sans doute que la personne enterrée ici était digne d'un tel honneur.

Il se rappela que le père Rye avait trouvé Marco bouleversé à son retour de l'île. Le jeune prêtre avait passé la nuit à implorer le pardon de Dieu. Peut-être parce qu'il avait dérobé la relique et, par conséquent, profané une tombe consacrée par un saint de sa propre Église ? Auquel cas, qu'est-ce qui lui avait pris d'agir ainsi ? Pourquoi y accordait-il pareille importance ?

Rachel souleva une autre question fondamentale :

— Pourquoi le corps a-t-il été déplacé ?

— Peut-être pour sauver ce qu'il recélait, expliqua Wallace. Du temps de Malachie, l'Angleterre et l'Irlande subissaient les coups de boutoir des envahisseurs vikings. L'île de Bardsey, dénuée de fortifications, était particulièrement vulnérable.

Gray acquiesça :

— Si la clé se trouvait dans la crypte, elle était liée d'une manière ou d'une autre au défunt inhumé ici. Conclusion : pour protéger le précieux savoir, le corps et la clé ont été mis à l'abri.

— Mais c'est quoi cette saleté de clé ? s'exclama Seichan. Qu'est-ce qu'on cherche au juste ?

Le père Giovanni ne leur avait laissé qu'un seul autre indice. Gray s'approcha de la croix et des nombreuses annotations au charbon de bois. Qu'est-ce que le prêtre avait essayé de découvrir ?

Les autres se rassemblèrent derrière lui.

En caressant la croix celtique, le commandant Pierce prit conscience d'un détail de poids :

— Elle est sculptée dans la même pierre que le sarcophage. Je crois même qu'on l'a décapée aussi.

— Vous avez raison, approuva Wallace.

— Ce n'est ni Malachie ni un autre pieux chrétien qui l'a installée ici pour marquer l'emplacement de la sépulture.

— Elle était déjà là.

Gray contempla la croix d'un œil neuf. Le fait qu'elle soit d'origine *païenne* et non *chrétienne* donnait-il une indication capitale sur la nature de la clé ? D'après les calculs au mur, le père Giovanni avait tenté de résoudre une énigme.

L'agent Sigma braqua sa torche au pied de la croix :

— Les trois spirales du bas ont-elles une signification particulière ?

— On parle de triskèle, expliqua Wallace, mais, en réalité, au lieu de *trois* spirales, il n'y en a qu'une seule. Regardez la manière dont elles se mêlent pour former un dessin tout en circonvolutions. On retrouve ce motif d'un bout à l'autre de l'Europe, gravé sur d'antiques pierres levées. À l'image de nombreux symboles païens, l'Église se l'est aussi approprié.

Au temps des Celtes, le triskèle représentait la vie éternelle mais, pour les chrétiens, c'est l'incarnation idéale de la Trinité : le Père, le Fils et le Saint-Esprit, tous soigneusement entrelacés. Les trois entités ne font plus qu'une.

Gray s'attarda sur l'unique spirale qui ornait le milieu de la croix, tel le moyeu d'une roue.

Painter lui avait raconté que la croix païenne et la spirale se chevauchaient souvent. La croix symbolisait la terre. Quant à la spirale, elle évoquait le voyage de l'âme, qui s'élevait d'un monde à l'autre, semblable à une volute de fumée.

Le commandant se focalisa ensuite sur les gribouillis du père Giovanni. Il sentait bien qu'ils voulaient dire quelque chose. Il était à deux doigts de le découvrir, mais la solution de l'énigme restait désespérément hors d'atteinte.

Il posa sa torche, s'approcha de la section circulaire de la croix et en effleura les indentations.

Comme les rayons d'une roue.

Une pensée germa dans son esprit alors qu'il contemplait la spirale au centre de la croix. Il venait de la comparer au moyeu d'une roue. On avait même l'impression qu'elle était en train de tourner.

Soudain, il comprit.

Il le subodorait peut-être depuis le début mais n'arrivait pas à dépasser le symbolisme chrétien. À présent qu'il observait la croix sous un angle nouveau et repoussait ses idées préconçues, il comprenait ce qui le titillait :

— Mais *c'est* une roue !

Il fit pivoter le rond de pierre dans le sens inverse des aiguilles d'une montre, comme indiqué par la direction de la spirale.

Bingo !

La croix recélait un indice essentiel mais, pour déverrouiller le mécanisme, il fallait connaître le bon code. La roue fonctionnait comme une serrure de coffre-fort, protégeant une espèce de crypte secrète, berceau de la clé.

À en croire les dizaines d'équations au mur, Marco avait lui-même essayé de déterminer les chiffres de la combinaison.

Malheureusement, Gray comprit quelque chose trop tard.

On n'avait le droit qu'à une seule chance.

Et il s'était trompé...

Une puissante détonation ébranla la pièce et le sol se déroba sous ses pieds. Gray se rattrapa à la barre transversale de la croix. Derrière lui, le plancher se souleva du fond de la salle et commença à pencher.

Affolés, les autres tentèrent de se cramponner.

Le couvercle en pierre bascula du sarcophage, glissa sur le plan incliné et tomba dans le trou béant qui menaçait d'engloutir Gray. La torche électrique avait déjà atterri au fond du puits. Son faisceau lumineux éclairait un tapis de méchantes pointes en bronze, toutes hérissées vers le haut.

Le couvercle se fracassa dessus en mille morceaux.

De plus en plus abrupt, le sol devenait un véritable toboggan vers la mort.

Wallace et Rachel s'agrippèrent tant bien que mal à l'arrière du sarcophage. Le cercueil, ancré au sol, n'avait pas bougé d'un pouce. En revanche, Seichan, incapable de les rejoindre à temps, commença à glisser vers le gouffre.

Rachel la rattrapa de justesse par sa veste et la ramena de manière à ce que sa jeune ennemie attrape le rebord du tombeau.

L'Italienne avait une poigne de fer et, à cet instant précis, chacune dépendit de l'autre pour sauver sa peau.

Quand le plancher eut pivoté complètement à la verticale, Seichan se retrouva pendue comme Gray.

Sauf que lui n'avait personne pour le retenir.

Ses doigts lâchèrent prise et il dégringola vers les piques acérées.

CHAPITRE 22

13 octobre, 13 h 13
Svalbard, Norvège

L'ogive explosa à l'heure prévue.
Même réfugié derrière deux portes blindées et d'épais murs en pierre, Painter sentit le souffle de la détonation, comme si un géant tentait de lui broyer le crâne entre ses mains. Il entendit aussi le sas des deux autres coffres-forts à graines sauter. À en juger par le fracas assourdissant, le même colosse avait tapé du pied et tout écrabouillé sur son passage.
La porte extérieure de leur propre sas céda et percuta l'autre de plein fouet, mais l'ultime rempart tint bon. Même si le métal était tout chaud à cause de l'incendie déclenché par l'ogive thermobarique, la surpression avait repoussé l'onde de choc.
Les lampes avaient été pulvérisées par la déflagration, mais le groupe y était préparé. On avait distribué des torches électriques, qui s'allumèrent une à une comme des chandelles dans la nuit.
— On a réussi, murmura le sénateur Gorman.
Sa voix avait un timbre métallique aux oreilles meurtries de Painter. Invités et employés commencèrent à se relever. Des cris de soulagement, voire quelques rires nerveux, parcoururent l'assistance.

Painter détestait jouer les oiseaux de mauvais augure, mais ce n'était pas le moment de se bercer de faux espoirs :
— Silence !
Tous les regards se braquèrent sur lui.
— On n'est pas encore tirés d'affaire ! On ignore si l'explosion a détruit le mur de glace devant l'entrée et, à supposer qu'on soit toujours coincés, les opérations de sauvetage risquent de prendre des jours.
L'ingénieur d'exploitation, qui habitait l'île, connaissait le terrain et les ressources du Svalbard. Il confirma :
— Ça pourrait prendre beaucoup plus d'une semaine... et encore faudrait-il que la route soit restée praticable.
Vu le déluge de missiles qui s'était abattu sur le site, il y avait peu de chances, mais Painter préféra ne pas en rajouter. Les nouvelles étaient déjà assez mauvaises. Et il n'avait pas tout dit :
— L'incendie a dévoré la majeure partie de l'oxygène disponible et rendu l'atmosphère toxique. Même si la sortie est dégagée, les niveaux inférieurs du bâtiment sont envahis de produits chimiques nocifs. Nous sommes dans la seule poche d'air respirable, mais elle ne durera que deux ou trois jours maximum.
L'ingénieur paraissait plus pessimiste mais, d'une main posée sur son bras, Painter le dissuada de parler. Il évita aussi de révéler au groupe la véritable raison de son empressement.
Les agresseurs, quels qu'ils fussent, pouvaient revenir.
L'auditoire était tellement choqué qu'on aurait entendu une mouche voler.
Conscient d'avoir une certaine responsabilité envers ses invités, Karlsen brisa le silence :
— Alors, on fait quoi ?
— Quelqu'un doit aller vérifier l'ouverture de la porte d'entrée en traversant une sacrée purée de pois empoisonnée. Il faut ramener de l'aide. Les autres resteront ici : pour le moment, ils y sont en sécurité.
— Qui s'en charge ? demanda Gorman.
Painter leva la main.

— Je vous accompagne, annonça Karlsen. Vous aurez sans doute besoin de bras supplémentaires.

Il avait raison. Le directeur de Sigma n'avait aucune idée de ce qui l'attendait dehors. Il pouvait tomber sur un éboulis partiel, un fatras de matériel endommagé... et ils ne seraient pas trop de deux pour déplacer l'obstacle. Il observa néanmoins Karlsen d'un air sceptique. Cet homme-là n'était pas le perdreau de l'année.

Conscient de son âge, le Norvégien insista :

— J'ai bouclé un semi-marathon il y a deux mois. Je fais du jogging tous les jours. Je ne vous retarderai pas.

— Je viens aussi, lâcha Gorman.

Le sénateur ne voulait pas perdre de vue l'assassin de son fils et, pour dire la vérité, Painter n'en avait aucune envie non plus : il réservait au grand patron de Viatus une foule de questions susceptibles d'éviter une catastrophe écologique.

Il aurait été préférable que les civils restent à l'abri de la chambre forte, mais Karlsen avança un argument imparable :

— Ce n'est pas le moment de discutailler. D'accord ou pas, vous ne m'empêcherez pas de vous suivre. Je viens.

— On vient tous les deux, renchérit Gorman.

Inutile de protester. Painter n'avait aucune autorité pour menotter le P-DG à une étagère. En fait, Karlsen avait même plus de partisans que lui.

— Allons-y.

Il ramassa une torche électrique et mouilla quelques écharpes censées leur protéger le bas du visage.

— Tâchez de rester un maximum de temps en apnée.

Équipés de lunettes de protection pour lutter contre la fumée âcre et brûlante, les deux hommes acquiescèrent en silence.

Painter confia ensuite les rênes à l'ingénieur d'exploitation : en cas d'échec, il saurait garder les autres sains et saufs le plus longtemps possible.

— La pression est plus élevée ici que dehors. Quand j'ouvrirai la porte, une partie de l'oxygène va être aspirée.

Enfermez-vous dès qu'on sera partis et attendez qu'on frappe avant de nous laisser entrer. Si la route est bloquée, on sera vite de retour. Sinon, priez pour que tout se passe bien.

L'ingénieur esquissa un faible sourire :

— Je n'ai pas cessé d'implorer le ciel depuis que j'ai vu cette saleté de bombe.

Painter se tourna vers Gorman et Karlsen :

— Prêts ?

En guise de réponse, il obtint deux hochements de tête.

— Alors, inspirez à fond.

Le battant s'entrebâilla avec un sifflement inquiétant et une bouffée de chaleur torride. En s'élançant vers les ténèbres du tunnel, Painter eut l'impression de plonger dans un sauna... sauf que sa peau ne brûlait pas sous l'effet d'une simple vapeur. L'atmosphère était saturée de substances chimiques caustiques. Bref, la situation était encore pire qu'il ne l'avait imaginée.

Ses compagnons de route galopaient derrière lui.

Dès qu'il s'engouffra dans la galerie principale, il éteignit sa torche et retint son souffle, au propre comme au figuré.

L'entrée du bâtiment avait-elle été détruite par l'explosion ?

Il n'entrevit aucune source de lumière à l'horizon. Or, le tunnel était construit en ligne droite : si la voie avait été libre, une lueur aurait trembloté au loin, telle une balise.

Les jambes de Painter commencèrent à ralentir.

Son plan n'avait pas fonctionné. Ils restaient prisonniers du puits empoisonné.

Au bout de quelques pas, ses prunelles s'habituèrent à l'obscurité. Ce n'était pas grand-chose mais, tout au fond, un halo faiblard perça l'écran de fumée.

Painter laissa échapper un soupir de soulagement, ce qui priva ses poumons de quelques précieuses molécules d'oxygène.

Regonflé à bloc, il ralluma sa lampe et cavala de plus belle. Il ignorait si Gorman ou Karlsen avaient aperçu la lueur prometteuse, mais ils connaissaient le programme. S'il n'y avait pas de lumière, ils étaient censés rebrousser chemin. Comme Painter avançait toujours, le message était clair.

Au prix d'un effort inouï, ils traversèrent l'espace traiteur dévasté : les tables avaient été balayées, les ustensiles en plastique avaient fondu, les sculptures de glace avaient disparu. Tout ce qui était combustible avait pris feu, mais la charge thermobarique avait consommé tant d'oxygène que les incendies s'étaient vite éteints.

Des fumées résiduelles flottaient dans l'air mais, au fil des mètres, elles se dissipaient peu à peu. Conséquence directe de la décharge d'alumine fluorée, tout était recouvert d'une fine poudre noire.

Ils continuèrent de courir.

Son écharpe humide plaquée sur le nez, Painter fut obligé de prendre sa première respiration. L'atmosphère empestait le caoutchouc brûlé et piquait comme de l'acide. Il ignorait quel pourcentage d'oxygène avait résisté à la déflagration, mais il ne relâcha pas son effort. Plus ils remontaient, plus l'air se purifierait... surtout si le bouchon de glace avait été expulsé.

Painter arriva à mi-chemin. Il n'avait plus que soixante-quinze mètres à parcourir et la lueur que, désormais, il apercevait même la torche allumée décuplait ses forces. En raison de l'air vicié, sa vision se brouilla dans ses prunelles embuées de larmes, ses poumons étaient en feu, sa peau le démangeait de partout, mais il ne ralentit pas.

Ses acolytes, en revanche, perdaient du terrain. Le sénateur Gorman paraissait le plus mal en point. Karlsen l'avait empoigné par le bras pour l'aider à courir droit et le pousser vers l'avant.

Painter leva le pied (il avait besoin des deux hommes en vie), mais Karlsen l'envoya promener, l'air de dire :

Continuez.

Le Norvégien avait raison. Pour avoir les idées nettes, Painter devait s'extirper des effluves toxiques. Au besoin, il pourrait toujours revenir en arrière. Acculé, il s'élança donc vers le halo lumineux et sa promesse d'air pur.

Enfin, la porte blindée apparut, baignée d'une lueur bleutée. Quelques points scintillants faisaient mal aux yeux mais, encore en pleine course, Painter sentit son cœur s'arrêter.

Ça ne peut pas...
La voie était bloquée.

En fait, on ne distinguait que la faible lumière du jour *à travers* la glace. L'explosion n'avait pas suffi à les délivrer. Comme il n'avait nulle part ailleurs où aller, Painter se rua vers la sortie et comprit que les points éblouissants étaient en réalité des fissures dans le bouchon.

Un regain d'espoir lui donna la force d'arriver sur le seuil. L'Américain colla son visage contre une brèche et respira à pleins poumons. Au moins, la sensation était délicieusement rafraîchissante. Il prit plusieurs bouffées d'air et, d'emblée, son cerveau se désembruma.

Karlsen et Gorman avaient encore une quinzaine de mètres à parcourir. En voyant le Norvégien porter à moitié le sénateur sur son épaule, Painter se détacha du mur de glace et courut soutenir Gorman de l'autre côté.

Ensemble, les trois hommes titubèrent jusqu'à la porte. Painter leur montra comment respirer à travers les fissures, puis il se trouva une troisième lézarde plus haut. Tandis qu'il remplissait sa poitrine d'air frais, il se rendit compte que la paroi n'était pas tapissée de suie noire. Il s'agissait d'une *nouvelle* couche de glace ! La déflagration avait dû dégager l'entrée... mais une avalanche secondaire avait tout refermé.

Par chance, la glace paraissait beaucoup moins compacte.

Painter posa l'œil sur la fente. On voyait dehors.

Vers le haut du battant, le bouchon mesurait à peine cinquante centimètres d'épaisseur et était constitué d'un amas de gros glaçons. Avec un peu de persévérance, le groupe pourrait se frayer un chemin dehors.

Le temps pressait hélas, car il était impossible de prévoir la prochaine avalanche qui risquait de les ensevelir définitivement.

Comme si la nature avait lu dans ses pensées, Painter distingua un grondement.

La glace vibra au contact de sa joue.

Oh, non...

13 h 20

Monk avait assisté à une explosion d'une force telle que son crâne bourdonnait encore. Surpris, temporairement sourd, il se retrouva les fesses dans la neige.

Creed et les deux Norvégiens ne s'en sortaient pas mieux.

Un geyser de feu et de glace avait jailli du bunker souterrain. Des tourbillons de fumée noire et graisseuse s'élevaient jusqu'au ciel.

Apparemment vexés, les nuages menaçants s'éventrèrent d'un seul coup et une violente tempête de neige s'abattit sur la région. Une fraction de seconde auparavant, tout était calme et, là, des rafales d'énormes flocons balayaient le paysage. La visibilité devint vite nulle mais, juste avant, la déflagration avait fait apparaître la façade en béton du bâtiment... au moins un bref laps de temps. Quelques instants plus tard, une seconde avalanche avait enseveli l'entrée.

Y avait-il des rescapés à l'intérieur ?

Deux coups de feu retentirent au pied de la montagne. On ne voyait plus les mercenaires avancer d'un pas lourd, mais ils venaient toujours faire le grand ménage.

Si des gens avaient survécu à la déflagration souterraine, ils n'en avaient plus pour très longtemps.

Monk n'avait pas le choix.

Aidé de Creed, il réussit à convaincre les Norvégiens.

13 h 21

Painter pria le ciel pour que l'avalanche ne soit pas trop puissante. Hélas, le grondement ne cessait de s'intensifier.

Soudain, une chenillette surgit du blizzard et leur fonça droit dessus.

— Reculez ! s'exclama-t-il.

Après avoir poussé Gorman sur le côté, il attrapa Karlsen par la capuche et l'entraîna à bras-le-corps loin du danger.

Il s'en fallut d'un cheveu.

L'imposant véhicule percuta l'entrée bouchée. Ses chenilles gravirent le mur immaculé. Le pare-chocs en fissura la moitié supérieure et l'éboulis de glaçons se désagrégea à l'intérieur du tunnel.

La chenillette fit marche arrière, prête à tenter un second passage en force, mais Painter s'élança : elle avait creusé un trou assez grand pour qu'il s'y faufile en jouant des coudes.

Dès qu'il l'aperçut, le conducteur pila.

La portière côté passager s'ouvrit et une silhouette familière se pencha au-dehors, visiblement soulagée :

— Chef Crowe ?

— Monk... j'en pleurerais presque de joie.

Des larmes, il y en avait plein les yeux de Painter, meurtris et injectés de sang.

— Je comprends mais, là, il vaut mieux ficher le camp.

Tandis que Karlsen s'extrayait du trou, suivi de près par le sénateur, Painter fit volte-face :

— Il y a d'autres gens coincés là-dedans.

— Eh bien, je leur conseille d'y rester ! rétorqua Monk.

Il sortit de la chenillette une brassée de fusils.

— Vous savez tirer, messieurs ?

Gorman et Karlsen acquiescèrent en silence.

— Tant mieux, parce qu'on a besoin d'une puissance de feu maximale.

— Pourquoi ? s'inquiéta Painter.

Avant que Monk puisse répondre, le ronflement lointain d'un moteur résonna malgré la tempête.

— On a de la compagnie.

Son patron le rejoignit et s'empara d'un fusil. En constatant que la chenillette n'avait pour seul occupant qu'un militaire norvégien, il scruta les environs :

— Où est Creed ?

— Parti chercher de l'aide en motoneige avec le copain de ce soldat-là.

Painter espéra qu'ils ramèneraient la cavalerie à temps. Il jaugea le groupe chargé de défendre le bastion.

Un véhicule et quatre hommes.

Fort Alamo avait de meilleurs atouts dans sa manche... et il fallait voir comment les choses avaient tourné.

CHAPITRE 23

13 octobre, 13 h 32
Île de Bardsey, pays de Galles

Lorsqu'elle vit Gray tomber de son perchoir, Rachel faillit lâcher Seichan. Son ami glissa le long de la croix et se rattrapa *in extremis* au bas-relief qui en ornait la partie inférieure.

Après quelques tentatives infructueuses, il empoigna le triskèle qui dépassait de la pierre. Le symbole celte allait-il supporter son poids ou se détacher ?

Animé par la même inquiétude, Gray tâcha de rester le plus immobile possible. Ses bottes pendaient au-dessus d'un gouffre de six mètres hérissé de piques acérées.

Il n'était pas le seul en danger.

À son tour, Rachel se sentit patiner le long du sarcophage renversé :

— Tenez-moi les jambes, Wallace !

Le professeur se trouvait aussi en équilibre précaire, mais il réussit à l'attraper par les chevilles et l'aida à se stabiliser.

Légèrement rassurée, Rachel n'était pas encore à l'abri.

Elle pendillait sur le flanc du sarcophage et retenait par la veste une Seichan qui avait du mal à agripper le rebord du cercueil.

Aucune d'elles ne pourrait résister très longtemps.

Un frémissement ébranla la salle. La mise en mouvement du vieux mécanisme avait bouleversé l'ordre fragile qui s'était instauré au cours des siècles. Rachel songea aux vestiges de la tour au-dessus d'eux. L'édifice tout entier risquait de s'effondrer.

Une autre secousse fit basculer du sarcophage la bible de Malachie, qui dégringola dans le puits et s'empala sur un pieu en bronze.

À la vue d'une perte aussi inestimable, Wallace gémit mais, pour l'heure, il y avait plus urgent.

Malmenée par les vibrations, Seichan lâcha prise. Elle tomba sans bruit, comme si elle s'y attendait et qu'elle le méritait. Rachel faiblit d'une main, mais son autre poing resta solidement entortillé dans le manteau de l'empoisonneuse.

D'un mouvement d'épaule, elle stoppa sa chute. En revanche, le poids la fit passer par-dessus le rebord du tombeau et elle ne dut son salut qu'à Wallace.

Alors qu'elle avait le haut du corps pendu à l'envers dans le vide, il lui bloqua les hanches et les jambes sur le cercueil. Elle avait du mal à respirer. La vie de Seichan, elle, ne tenait plus qu'à un fil. Seul signe d'angoisse ? L'Eurasienne serrait son manteau à deux mains contre son cou.

Rachel aurait voulu la lâcher, mais la scélérate était son unique espoir de survie.

Le sol trembla de nouveau. Une dalle du plafond se fracassa sur la dangereuse planche à clous.

La lieutenante Verona baissa les paupières et implora les dieux.

La réponse céleste lui parvint d'une source hautement improbable :

— C'est quoi ce bordel ?

Le cri venait de l'autre côté du sol incliné, là où le tunnel menait à la crypte de Lord Newborough.

C'était Kowalski. Il avait dû descendre parce qu'il s'impatientait ou qu'il avait entendu le piège se déclencher.

— À l'aide !

Rachel avait voulu hurler mais, le ventre et la poitrine comprimés, elle n'avait émis qu'un faible couinement.

— *Hé-ho !* appela le colosse.

Manifestement, il n'avait rien entendu.

Pendu à sa croix, Gray mugit :

— Kowalski !

— Pierce ? Vous êtes où ? Je suis devant un mur aveugle et un puits. Comment êtes-vous passés de l'autre côté ?

Il ne devait voir que l'envers du faux plancher et le précipice.

— Revenez sur vos pas et tirez sur le manche ! s'égosilla Gray.

— Que je me tire sur quoi ? s'offusqua Kowalski.

— Le levier ! À l'entrée du tunnel !

— Ah, d'accord ! Attendez !

Rachel contempla Seichan, puis Gray. *Attendre.* Ils ne pouvaient rien faire d'autre.

Le commandant avait recommencé à glisser :

— Grouillez-vous !

— Arrêtez de m'asticoter ! résonna la voix de son collègue.

Les yeux fermés, Rachel se cramponna au maximum et visualisa le levier qui dépassait du sol. Elle l'avait remarqué quelques minutes plus tôt. Selon toute logique, le piège disposait d'un bouton de réenclenchement : il tuait les voleurs qui s'introduisaient dans la crypte, mais ses créateurs avaient besoin de pouvoir le réinitialiser. Sinon, ils auraient aussi été coupés de la clé. Il existait forcément un mécanisme à l'extérieur de la pièce.

Mais s'agissait-il du levier ?

Elle espéra que Gray avait eu la bonne intuition.

La réponse ne se fit pas attendre.

Le plancher vibra. De puissants rouages grincèrent et le sol s'inclina de nouveau... *du mauvais côté !* En d'autres termes, il entama une rotation à 180 degrés. Rachel n'osa même pas hurler quand son corps se remit à glisser le long de la pierre. Ils étaient condamnés à se renverser complètement.

Soudain, un grain de sable vint enrayer la machine. Le plancher s'immobilisa avec une secousse à vous retourner l'estomac, puis il fit bruyamment machine arrière et rebascula dans le bon sens.

Agrippée au cercueil, Rachel récita le Notre Père en silence.

Le sol remonta sous les orteils du commandant et le poussa vers le haut. De son côté, l'Italienne lâcha le sarcophage et atterrit presque à plat. Hors d'haleine, ils restèrent allongés quelques instants. Même Gray s'effondra sur les fesses, près de la croix.

Kowalski revint muni d'une torche électrique :

— Si vous avez fini de faire mumuse...

Rachel le fusilla du regard.

— Je suis venu vous avertir que la tempête avait empiré. D'après Lyle, on a intérêt à se magner si on veut dégager de cette île paumée.

Avant que quiconque puisse répondre ou esquisser un geste, un pan du toit s'écrasa par terre, suivi d'un déluge d'eau et de briques. La tour était en train de s'écrouler sur eux.

— Dehors ! hurla Gray.

Tout le monde se rua vers la sortie. Un claquement retentissant ébranla le plancher, qui tangua dangereusement : une pièce du vieux mécanisme venait de céder.

Déséquilibrée, Rachel trébucha, mais Gray la saisit par la taille et l'entraîna vers le tunnel au moment où le reste de la grotte implosait.

Un torrent de pluie et de briques s'abattit sur le plancher de guingois. Quelques secondes plus tard, un terrible fracas retentit et, dans le couloir, ils furent submergés par un nuage de poussière de roche.

Ils rejoignirent la sortie en toussant et se hissèrent l'un après l'autre à la surface. En pleine tempête, Lyle, ébahi, leur tendit des parapluies.

Rachel en prit un mais laissa les trombes d'eau lui baigner le visage.

On a réussi, songea-t-elle.

13 h 42

Gray contempla les décombres de la tour abbatiale. Ce n'était plus qu'un amas de gravats à moitié enfouis dans le sol et déjà cernés de grosses flaques.

La caverne avait certainement disparu.

Un grondement s'éleva derrière eux quand Lyle mit le tracteur en marche. Le ciel était déchaîné. Pendant leur escapade souterraine, le vent s'était levé. Des torrents d'eau tombaient parfois à l'horizontale quand les rafales balayaient l'île et la mer d'Irlande. Même les éclairs étaient moins aveuglants, comme étouffés par la violence croissante de la tempête.

Tout le monde s'entassa dans la remorque pour rejoindre le port. Calé au fond de son siège, Lyle passa la première et le tracteur s'ébranla en ballottant un peu.

Ses passagers, accroupis, tentèrent de se protéger de la pluie et du vent.

Wallace observa les ruines de l'abbaye Sainte-Marie :

— Règle n° 1 de l'archéologie, on ne touche à rien.

Gray n'était pas vexé de se faire remonter les bretelles. Il avait agi au mépris du danger. Effaré de découvrir que la croix datait d'avant l'ère chrétienne et que sa roue tournait vraiment, il avait commis une imprudence. Tout le contraire du père Giovanni, qui, à en croire ses savants calculs, avait tenté de résoudre l'énigme par un raisonnement systémique.

À la décharge de Gray, le prêtre était un archéologue confirmé et il n'avait pas eu la vie d'une jeune femme en jeu.

Ils n'avaient plus que quarante-huit heures pour élucider le mystère. Pressé d'obtenir des résultats, le commandant Pierce ne s'excuserait donc pas de pousser l'enquête dans ses derniers retranchements, de prendre des risques et de ne pas respecter toutes les règles de prudence.

Les annotations minutieuses du père Giovanni lui donnaient cependant l'intime conviction de rater une composante essentielle... et plus il essayait de mettre la main dessus, plus elle lui échappait.

— Songez un peu à ce qu'on aurait pu découvrir si on avait eu plus de temps pour examiner la croix..., grogna Wallace.

Difficile de garder son entrain naturel quand on était épuisé, terrifié et franchement déçu ! À cause d'une simple erreur, ils avaient détruit un manuscrit enluminé d'une valeur inestimable et ils ne pouvaient plus accéder au secret, quel qu'il soit, de la croix.

— Et si la clé se trouvait toujours là-bas ? lança l'Écossais sur un ton lourd de sous-entendus.

Ce fut la goutte d'eau qui fit déborder le vase.

— Vous n'y croyez pas, rétorqua Gray. Et moi non plus.

Il n'avait pas voulu paraître cassant, mais lui aussi était exténué.

— Comment en êtes-vous aussi sûr ?

— Parce que le père Giovanni a *quitté* les lieux. Il a continué son périple. À mon avis, il a résolu l'énigme de la croix, découvert que le caveau abritant jadis la clé était vide et il a emporté le seul objet nécessaire à la poursuite de sa quête.

— La relique du sarcophage, conclut Rachel.

Gray scruta la tempête :

— La clé est toujours dans la nature. Je ne pense pas que cette croix ait réellement aidé Marco. Il est donc passé à autre chose, comme nous aujourd'hui.

— Pour aller où ? s'inquiéta Wallace. Où commencer à chercher ? Nous sommes revenus au point de départ.

— Non.

— Qu'est-ce qui vous le fait dire ?

Au lieu de répondre, Gray se tourna vers Rachel :

— Pourquoi es-tu si calée sur saint Malachie ?

— Oncle Vigor s'est toujours beaucoup intéressé à ses prophéties. Il pouvait parler de lui pendant des heures.

Il en aurait mis sa main à couper. Passionné par les mystères des débuts du christianisme, Monsignor Verona cherchait la vérité derrière les miracles. Un personnage tel que Malachie avait nécessairement attiré son attention et stimulé son imagination.

— Voilà pourquoi le père Giovanni est allé voir ton oncle. Conscient que la clé du mystère résidait dans la vie du saint, il s'est adressé au spécialiste en la matière.

Sans plus se soucier des intempéries, Wallace se redressa :

— Vigor Verona.

— Marco était peut-être au courant des manigances de Viatus ou il n'en avait qu'une vague idée mais, selon moi, plus il s'enfonçait dans les histoires de malédictions et de miracles, plus il comprenait que le sujet n'était pas de son modeste ressort. Il lui fallait l'expertise et la protection de l'Église.

Du fond de la remorque, Seichan ajouta sur un ton morne :

— Malheureusement, il a trop tardé à la solliciter. Quelqu'un avait percé son plan à jour.

Gray hocha la tête :

— Si on veut découvrir la clé de l'Apocalypse, on a besoin d'un ponte sur saint Malachie.

— Verona est toujours dans le coma, objecta Wallace.

— Peu importe. On a ici quelqu'un de tout aussi compétent.

— Moi ? s'étonna Rachel.

— À partir de maintenant, tu vas nous donner un coup de main, car je sais où la clé est cachée.

Le vieil archéologue le fusilla du regard :

— Quoi ?... Où ça ?

— La bible de Malachie n'a pas été déposée sans raison à l'intérieur du sarcophage. Elle ne servait pas qu'à sanctifier une relique. Elle représente un symbole, une miette de pain qui nous conduira sur une nouvelle piste. Avant l'arrivée des Romains, la clé et la sépulture de cet ancien membre de la famille royale ne faisaient qu'un. Elles étaient intimement liées. Or, dans le sarcophage, la bible de Malachie se rapportait à une relique de l'illustre personnage. Elle nous renvoie donc à *lui* en particulier.

— Qu'est-ce que vous racontez ?

— Je pense que saint Malachie a pris la place de l'ancien défunt. Qu'il est devenu le détenteur proverbial du trésor.

Wallace ouvrit des yeux ronds :

— Si vous avez raison, alors la clé...

— Elle se trouve dans sa tombe.

Kowalski, qui se curait l'ongle avec un fétu de paille, gémit :

— Bien sûr ! Enfin, moi, il est hors de question que j'y mette les pieds...

La remorque pila. À la grande surprise de Gray, ils étaient déjà arrivés au port.

Lyle sauta de la cabine et leur fit signe de descendre :

— Le temps que je ramène mon père, pas de souci, allez vous réchauffer à l'auberge.

Gray observa la mer. Les vagues moussaient d'écume et, même à l'abri de la digue, le bateau tanguait violemment. Le retour sur le continent s'annonçait des plus mouvementés.

Pour l'instant, les fenêtres de l'auberge promettaient néanmoins une bonne flambée. Ils laissèrent la tempête sur le seuil et se réfugièrent à l'intérieur. La salle lambrissée de pin brut était ornée de poutres apparentes et le plancher craquait sous les pas. Cela sentait le feu de bois et le tabac à pipe. Quelques tables étaient éclairées par des bougies, mais la cheminée les attira comme des mouches et ils furent ravis de se débarrasser de leurs manteaux.

Dos au feu, Gray apprécia la chaleur qui l'enveloppa des pieds à la tête. L'atmosphère conviviale et le crépitement des flammes estompèrent un peu le désespoir qui commençait à les miner.

Heureusement, ils avaient un plan d'action.

Une destination à suivre.

La porte s'ouvrit en grand quand, victime d'une bourrasque, Owen Bryce laissa échapper la poignée. Après avoir refermé le battant de force, il s'ébroua et approcha d'un pas lourd.

— Pour sûr, il fait frisquet dehors, sourit-il, amusé par son euphémisme. Messieurs-dames, je crains d'avoir une bonne et une mauvaise nouvelle.

Son préambule n'annonçait rien de très réjouissant.

Gray s'éloigna du feu.

— La mauvaise, c'est qu'on ne prendra pas le catamaran aujourd'hui. La mer est trop dangereuse. Au cas où vous ne le sauriez pas, le nom gallois de Bardsey est *Ynys Enlli*, autrement dit « l'île des mauvais courants ». Et, ça, c'est quand il fait beau.

— Quelle est la bonne nouvelle ? demanda Kowalski.

— J'ai vérifié, vous pouvez dormir ici à moitié prix et c'est valable toute la semaine.

Gray se sentit défaillir :

— Dans combien de temps pourrons-nous quitter l'île ?

Le batelier haussa les épaules :

— Difficile à dire. L'électricité et le téléphone sont coupés. Avant même de songer à larguer les amarres, il faut attendre le feu vert du capitaine de port à Aberdaron.

— Au mieux ?

— L'an dernier, des touristes sont restés coincés ici dix-sept jours à cause des tempêtes.

Impatient d'obtenir une réponse à sa question, l'Américain le fixa d'un air sévère.

Owen se caressa les cheveux :

— Je suis sûr qu'on vous ramènera à Aberdaron d'ici à deux jours. Trois à tout casser.

À l'écart, Rachel s'effondra sur une chaise.

Il ne lui restait plus autant de temps.

CHAPITRE 24

13 octobre, 13 h 35
Svalbard, Norvège

Pendant que la chenillette serpentait sous le blizzard, Monk et Painter étaient harnachés aux barres de toit comme de simples valises. Les rafales de vent menaçaient en permanence de les déloger de leur perchoir et la neige qui cristallisait sur eux les faisait ressembler à de gros gâteaux nappés de sucre glace.

Outre les fusils d'assaut, le Norvégien leur avait fourni un accessoire indispensable en cas d'affrontement dans le froid polaire.

Monk ajusta ses lunettes infrarouges. Les verres étaient très sombres, mais quelle importance ? Par une tempête pareille, la visibilité était d'à peine quelques mètres. Heureusement, les oculaires des lunettes permettaient de faire le point sur les empreintes thermiques. Le moteur brûlant de la chenillette diffusait, par exemple, une lueur orangée.

Les cibles émergèrent du blizzard : sept ou huit motoneiges zigzaguaient en produisant un halo ambré. Elles franchirent la crête de la vallée où Monk avait passé de longues heures à surveiller le bunker du Svalbard.

C'était là-bas qu'il prévoyait de prendre position avec les autres en utilisant toutes les ressources disponibles.

Monk tapota le lance-roquettes à côté de lui. Avant de partir, ils avaient fouillé les décombres de l'avalanche en quête de matériel supplémentaire. Butin : une redoutable arme de guerre et une caisse de munitions.

Fusil en joue, Gorman et Karlsen partageaient l'habitacle avec le Norvégien. L'un couvrait le côté passager, l'autre l'arrière.

Ils étaient armés jusqu'aux dents mais, en nombre, leurs adversaires les surclassaient au moins à dix contre un.

En voyant l'avant-garde ennemie s'engouffrer dans la vallée, le conducteur scandinave dévia de sa trajectoire initiale et se réfugia à l'abri d'une congère.

Deux motoneiges passèrent à droite sans remarquer leur présence. *A priori*, les mercenaires n'étaient pas équipés de lunettes infrarouges ou alors ils se concentraient trop sur le bunker.

Monk et Painter les laissèrent filer sans tirer.

Les petits engins n'étaient pas leur priorité.

D'autres motoneiges suivirent. À cause du vrombissement strident des moteurs, aucun pilote n'entendit le grondement sourd de la chenillette à moitié cachée par la congère. Un énorme véhicule à l'empreinte thermique éblouissante émergea à son tour de la montagne et s'engagea bruyamment dans la vallée.

C'était un blindé Hägglunds destiné au transport de troupes.

La majeure partie des forces d'assaut se trouvait à l'intérieur. Il fallait donc le neutraliser. La chenillette ne faisait pas le poids face aux agiles motoneiges mais, contre un tel mastodonte, elle remporterait la bataille de la maniabilité. S'ils réussissaient à éliminer le Hägglunds, l'ennemi serait démoralisé au point, peut-être, de jeter l'éponge et de rebrousser chemin.

En tout cas, il n'était pas question de laisser l'adversaire atteindre le bunker et sa quarantaine de rescapés.

Tandis que le blindé traversait lentement la vallée, Painter troqua son fusil contre le lance-roquettes. Ils n'auraient droit qu'à une seule chance. Une fois la grenade partie, ils s'attireraient aussitôt les foudres des mercenaires.

Monk frappa deux coups du plat de la main sur le toit de la chenillette.

Conformément au signal, le conducteur s'arrêta.

Painter brandit son arme et visa. Monk baissa ses lunettes. L'éclair flamboyant du tir risquait de l'aveugler. Sans ses verres infrarouges, il ne vit plus rien. Le monde avait disparu sous les tourbillons du blizzard. On se serait cru à l'intérieur d'une boule à neige que quelqu'un aurait jetée dans un agitateur à peinture.

Pas étonnant que l'ennemi ne les ait pas repérés !

— Chaud devant, souffla Painter avant de presser la détente.

Dans un nuage de flammes et de fumée, la roquette fendit le rideau de neige.

Monk rajusta ses lunettes au moment où la grenade brûlante percutait le bas du Hägglunds. Une gerbe orange vif confirma l'impact. Atteint de biais, le blindé bascula sur une chenille.

Monk espéra qu'il se renverserait complètement.

Manque de chance, le géant retomba sur ses pattes. Il tenta bien de reprendre sa route mais, avec un train de chenilles hors d'usage, il patina en rond. Les portières s'ouvrirent et de petites empreintes thermiques s'aplatirent dans la poudreuse : les soldats avaient conscience qu'en restant à l'intérieur du blindé, ils se feraient tirer comme des lapins.

— Feu ! mugit Painter.

Monk se couvrit les yeux et, après avoir entendu le lance-roquettes rugir, il redressa la tête. Le tir du patron était parfait. La fusée transperça le pare-brise de sa cible et explosa à l'intérieur. Les fenêtres se brisèrent en mille morceaux enflammés. Des corps, étincelants derrière les verres infrarouges, dégringolèrent de partout.

Painter plongea à plat ventre.

Des balles fusèrent au-dessus de sa tête.

Le tir de roquette avait trahi leur position.

À présent qu'ils étaient démasqués, Monk tapa sur le toit et la chenillette reprit sa route. Le conducteur accéléra en descente et, lorsqu'il bifurqua à droite, son véhicule se souleva sur le côté.

Monk se cramponna. Painter se cogna contre lui.

La chenillette bondit par-dessus la congère et, après un vol plané redoutable pour l'estomac, elle retomba lourdement au sol. Monk reçut un coup de barre de toit dans les côtes, mais il ne broncha pas.

Il fallait vite profiter de la confusion. Leur brève échappée leur avait permis de se retrouver en contrebas du Hägglunds. Ils devaient attaquer avant que leurs adversaires se soient tous retranchés.

Les empreintes thermiques se détachaient bien sur la neige glacée. Monk épaula son fusil et commença à tirer. Painter aussi. À eux deux, ils abattirent quelques hommes mais, comme la chenillette tressautait sur le terrain accidenté, ils avaient du mal à viser juste.

Certains militaires coururent se cacher. D'autres fuirent la vallée.

Une riposte nourrie jaillit de l'arrière du blindé. Des rafales de balles crépitèrent contre la calandre de la chenillette. Monk entendit leur pare-brise s'étoiler.

Loin de ralentir, le conducteur resta à l'abri de l'imposante carcasse du Hägglunds. Ils essuyèrent aussi des tirs de soldats réfugiés derrière des rochers ou des blocs de glace.

Heureusement, le blizzard ne facilitait pas la tâche de l'ennemi et le Norvégien s'efforçait de slalomer d'un côté ou de l'autre.

Tandis qu'ils gravissaient la pente, un nouveau bruit s'invita à la fête : le gémissement furieux des motoneiges. L'avant-garde avait fait demi-tour et venait à la rescousse des assiégés.

La chenillette ressemblait peut-être à un requin cernant l'imposant blindé, mais les petits engins étaient des prédateurs bien plus vifs et agiles.

Le vent était en train de tourner.

13 h 41

Un essaim de dix motoneiges fondit sur le Hägglunds. Leurs faibles empreintes thermiques étincelaient dans la tempête glaciale. Painter et son équipe n'avaient plus le choix : il allait falloir se battre.

Les gaz à fond, ils affronteraient l'adversaire bille en tête.

Alors qu'ils arrivaient à proximité du mastodonte défoncé, ils se firent copieusement mitrailler. Avec le retour des motoneiges et la promesse de renfort, les soldats sur le terrain avaient repris du poil de la bête et sécurisé leurs positions.

Painter ressentit une vive brûlure à l'épaule mais, sans sourciller, il continua de tirer.

Comme les autres.

À l'approche du sommet, la chenillette fut la proie d'un canonnage en règle. Ils devaient neutraliser l'assaut par l'arrière. Painter avait espéré que la destruction du Hägglunds aurait semé la panique, mais les combattants chevronnés ne se laissaient pas facilement impressionner.

La bagarre s'annonçait rude. Il faudrait faire preuve de rapidité, de ruse et d'adresse.

Du moins le pensait-il... jusqu'à ce qu'un sifflement suraigu couvre les crépitements de la fusillade.

Monk frappa trois fois sur le toit de la chenillette. Le conducteur pila. Pris de court, Painter dégringola de son perchoir, heurta le pare-brise, mais son harnais lui évita de s'écraser dans la neige.

Monk, lui, avait tenu bon. Armé d'un couteau, il trancha les sangles de son patron, puis les siennes et vociféra :

— Tout le monde à l'intérieur !

Les deux portières s'ouvrirent. Monk plongea côté passager. Le conducteur empoigna l'autre Américain par la manche et le tira vers lui. La cabine n'était prévue que pour deux personnes et, malgré le compartiment de stockage à l'arrière, ils y furent serrés comme des sardines.

Les tirs traçaient des sillons étincelants dans le blizzard. Quelques balles éparses cliquetèrent sur la carrosserie mais, vu que personne ne ripostait et que le moteur tournait au ralenti, leur position était devenue beaucoup plus floue.

— Que se passe-t-il ? demanda Painter.

Monk regarda fixement devant lui :

— Je vous ai dit que Creed était parti chercher de l'aide. Eh bien, l'armée norvégienne n'est pas la seule à défendre le bunker !

— Qu'est-ce que vous... ?

Soudain, d'énormes empreintes thermiques jaillirent de la tempête. Au bas mot, il y en avait une douzaine. Elles galopaient à une vitesse incroyable et grossissaient à vue d'œil.

Des ours blancs.

La plainte stridente résonna sur les hauteurs de la vallée.

Des sifflets à ours.

— Le copain du conducteur a grandi ici, expliqua Monk. Il connaît leurs tanières. Sachant que plus de trois mille spécimens peuplent l'île, il était sûr d'en énerver une meute et de l'obliger à quitter ses retranchements. Pardon de ne pas vous en avoir parlé plus tôt. Je le prenais pour un fou.

Painter acquiesça en silence. Certes, l'idée était saugrenue, mais elle avait porté ses fruits.

Grands chasseurs de phoques, les ours blancs couraient à cinquante kilomètres-heure avec des pointes de vitesse encore plus élevées. Or, voilà qu'à présent, le troupeau enragé dévalait la pente.

Les imposantes silhouettes s'en prirent aux retardataires et déchargèrent leur colère noire sur les cibles mouvantes qui avaient le malheur de se trouver en travers de leur route. Une motoneige tomba, puis une autre, écrabouillées sous une montagne furieuse de muscles.

Les coups de feu s'espacèrent, remplacés par des hurlements de terreur et des grognements bestiaux à vous flanquer la chair de poule.

Les motoneiges rejoignirent le Hägglunds mais, au lieu de ralentir, elles passèrent devant en trombe, les pilotes collés au carénage. Lancés à leurs trousses, les ours firent un carnage parmi les soldats au sol. On leur tira parfois dessus, mais les animaux n'étaient que de vagues ombres dans le blizzard.

Au final, les détonations attisèrent encore plus leur colère.

Hurlements et grognements redoublèrent d'intensité.

Un militaire s'enfuit à pied vers la chenillette, mais il n'arriva jamais à destination. Jaillie de nulle part, une grosse patte velue lui attrapa la jambe. Comme l'ours continuait de galoper, le pauvre homme, sauvagement amputé, vola dans le ciel et souilla la neige d'éclaboussures écarlates.

Un autre prédateur donna un coup d'épaule contre la portière de la chenillette, histoire d'intimider ses occupants.

Mission accomplie.

Painter retint son souffle.

La meute d'ours traversa la vallée en laissant dans son sillage une ribambelle de cadavres ensanglantés, puis, aussi vite qu'elle était arrivée, elle redisparut au cœur de la tempête, tel un fantôme.

Incroyable ! Dehors, rien ne bougeait.

Les plus chanceux avaient déguerpi. Painter avait espéré saper le bataillon d'assaut par l'arrière en neutralisant le Hägglunds. Il n'y était pas parvenu, mais même le mercenaire le plus aguerri avait été ébranlé par une démonstration aussi brutale des forces de la nature.

Un nouveau gémissement émana des hauteurs.

Deux motoneiges apparurent dans les lunettes infrarouges.

Quelques instants plus tard, elles émergèrent du blizzard. Creed les salua d'un geste. Le conducteur norvégien tapota l'épaule de Painter. Le message était clair.

C'était terminé.

14 h 12

Krista traversa la tempête glaciale en serrant sa capuche contre elle. Une manche de son anorak avait brûlé et, à en croire le tiraillement douloureux que la jeune femme ressentait par là, le tissu devait adhérer à la peau en plusieurs endroits.

Elle s'en était sortie de justesse. Quand la seconde grenade avait fracassé le pare-brise du Hägglunds, Krista était en train de s'extraire par la fenêtre. L'explosion l'avait projetée cul par-dessus tête contre un talus de neige, ce qui avait aussitôt éteint son bras en feu.

Consciente qu'une puissance inconnue et imprévue les avait attaqués, la Norvégienne à moitié sonnée avait rampé sous le Hägglunds, évitant ainsi la fusillade et le massacre qui avaient suivi.

Rien que d'y penser, elle en tremblait encore.

Bien cachée, elle avait assisté à la réunification des forces adverses et n'en était pas revenue de retrouver son ennemi juré : l'agent Sigma aux cheveux bruns, le dénommé Painter Crowe.

Combien de satanées vies cet Indien possède-t-il ?

Toujours à l'abri, elle avait attendu leur départ. Une motoneige était partie chercher du renfort à Longyearbyen. Les autres regagnaient le bunker afin d'y établir un périmètre défensif au cas où un soldat esseulé aurait voulu remplir sa mission.

Krista, pour sa part, n'avait aucune intention de tenter le coup.

Elle s'approcha d'une motoneige abandonnée. Le corps déchiqueté de son pilote s'étalait sur plusieurs mètres de neige ensanglantée. Éreintée de douleur, elle traversa le carnage d'un pas lourd et fouilla le véhicule. Les clés étaient toujours sur le contact.

Après avoir enfourché sa monture, elle fit vrombir le moteur et dévala la montagne à plein régime. Là-bas, elle ne servait plus à rien, mais elle se promit une chose.

Avant que tout soit terminé, elle flanquerait une bonne balle dans le crâne de l'abominable Indien.

CHAPITRE 25

13 octobre, 15 h 38
Île de Bardsey, pays de Galles

Les yeux fermés, Gray se détendait dans un bon bain chaud, histoire de se remettre les idées en place. Il venait de passer presque une heure à expliquer à Owen Bryce que l'état de santé précaire de Rachel nécessitait une évacuation immédiate. Qu'elle avait besoin de médicaments restés à l'hôtel, sur le continent. Hélas, le batelier avait seulement accepté de reconsidérer sa demande à l'aube.

Cela n'arrangeait guère les choses que son amie ne *présente* aucun symptôme.

Ils étaient donc coincés à Bardsey.

Du moins, encore quelques heures.

Par chance, la nuit tombait tôt à cette époque-là de l'année. Une fois que les insulaires auraient regagné leurs pénates, le groupe avait prévu de dérober le catamaran. Il n'était pas question d'attendre le lendemain matin. Si Owen refusait d'effectuer la traversée, ils perdraient une autre journée. Inconcevable !

Voilà pourquoi ils avaient accepté les chambres qu'on leur proposait. Exténués par leurs péripéties, ils méritaient bien un peu de repos.

Le commandant Pierce avait toutefois du mal à lâcher prise : il continuait de se ronger les sangs au sujet des mystères et des dangers qui se dressaient devant eux.

Un coup de tonnerre ébranla les vitres. Les flammes des bougies vacillèrent près de la savonnette. L'électricité était toujours coupée. Avant de faire couler son bain, Gray avait allumé un feu dans la cheminée de la chambre et, derrière ses paupières closes, il distinguait l'éclat rosé du brasier.

Au moment où il étendait les jambes, une ombre passa devant la lumière.

Il se raidit et, lorsqu'il se rassit brutalement, la baignoire déborda. Une silhouette en peignoir se tenait sur le seuil. À cause du tonnerre, il ne l'avait pas entendue arriver.

— Rachel...

Hagarde, la jeune femme tremblait comme une feuille. Sans dire un mot ni tenter la moindre pose lascive, elle ôta son peignoir et rejoignit vite son ancien amant. Gray se leva et, dès qu'il la serra contre lui, elle blottit la tête au creux de son cou.

Il fléchit les genoux, passa la main sous ses fesses et la souleva de terre. Elle était plus légère que dans ses souvenirs, comme si le désespoir l'avait vidée de l'intérieur.

Il la reposa dans l'eau délicieusement chaude du bain. Le désir à fleur de peau, presque en manque, Rachel laissa sa main glisser sur le ventre de Gray. Il l'arrêta, ramena ses petits doigts vers son torse et se contenta de l'enlacer en attendant qu'elle cesse de grelotter. Depuis que l'incendie avait embrasé la forêt et qu'elle avait appris la trahison de Seichan, ils étaient en cavale. Il n'aurait jamais dû la laisser seule dans sa chambre.

S'il avait déjà l'esprit tourmenté et embrumé, quelles affres devait-elle traverser ? Surtout livrée à elle-même. Il l'étreignit de plus belle, comme si ses muscles puissants suffisaient à l'empêcher de souffrir.

Peu à peu, les frissons incontrôlés de son amie s'atténuèrent.

Elle s'avachit contre lui.

Il la serra encore de longues secondes, puis, du bout de l'index, il releva son visage vers lui. Dans les prunelles étincelantes de Rachel, il lut tout son désir d'être touchée, de se sentir vivante, de savoir qu'elle n'était pas seule... et, plus loin, il distingua, presque enfouies, les braises d'un amour passé.

Seulement à ce moment-là, il effleura ses lèvres d'un baiser.

16 h 02

Adossée contre la porte, une cigarette éteinte à la main, Seichan patientait dans sa chambre. Quelques minutes plus tôt, elle avait entendu Rachel s'introduire chez Gray.

Elle avait dressé l'oreille, les yeux fermés.

La porte ne s'était plus rouverte.

Tout en faisant le guet, Seichan lutta contre le mélange de colère et de jalousie qui montait en elle. En même temps, un mal étrange lui étreignait la poitrine et l'empêchait de respirer correctement. Elle se laissa glisser au sol et serra les genoux sous son menton.

À l'abri des regards indiscrets, elle s'autorisa un bref moment de faiblesse. Sa chambre était plongée dans le noir. La jeune espionne n'avait pas pris la peine d'allumer un feu ni même une bougie. Depuis toujours, elle préférait l'obscurité.

Tandis qu'elle oscillait doucement d'avant en arrière, Seichan laissa la douleur s'immiscer.

Elle se remémora un temps où elle souffrait beaucoup... à cause des gifles ou de violences plus intimes. À l'époque, après les brimades, elle aimait se réfugier au fond d'un placard secret, sans fenêtres. Seuls les rats et les souris connaissaient son existence.

Il n'y avait que là-bas, tapie dans le noir, qu'elle se sentait en sécurité.

Elle se détesta d'avoir encore besoin d'un pareil réconfort. Il aurait suffi de le mettre au courant pour qu'elle aille mieux, mais elle avait juré de garder le silence. C'était à cause de *lui* qu'elle avait fait une telle promesse.

Et, peu importe la peine, elle tiendrait parole.

18 h 55

À la faveur de la nuit, Gray emmena les autres jusqu'à l'embarcadère.

Le bateau tanguait au mouillage et cognait contre les bouées de protection. Des trombes d'eau s'abattaient du ciel noir. Droit devant, Kowalski patientait à côté du catamaran ballotté par les flots. Il était parti en éclaireur pour vérifier qu'il n'y avait personne à bord et que les clés étaient restées à disposition.

Qui oserait voler une embarcation par un temps pareil ?

Voilà une question à laquelle Gray aurait su répondre.

— Montez ! lança Kowalski. Je vais détacher les amarres.

Le commandant aida ses camarades à grimper par l'arrière. Vu les secousses du bateau, la tâche était acrobatique et exigeait un timing précis.

Il prit Rachel par la main.

Elle évita de croiser son regard mais, en guise de remerciement tacite, elle lui serra chaleureusement les doigts. À son réveil, enroulé dans les couvertures, Gray s'était aperçu de son départ. Au fond, il s'y attendait un peu. Il connaissait la situation. Elle aussi. Ce qui s'était passé entre eux était sincère, empreint de sentiments profonds et d'un besoin impérieux... peut-être pour tous les deux. La passion fugace qui les avait réunis était née de la peur, de la solitude, de l'ombre menaçante de la mort. Gray aimait Rachel et il savait qu'elle éprouvait la même chose mais, alors qu'ils étaient enlacés près du feu, dévorés par une ardeur qui annihilait toute réflexion, une partie de sa jeune maîtresse était restée obstinément inaccessible.

Ce n'était pas le moment de reconstruire quelque chose. L'Italienne était trop meurtrie, trop fragile. Dans la chambre, elle n'avait eu besoin que de la force de Gray, de sa peau, de sa chaleur... mais pas de son cœur.

Il faudrait attendre.

Il bondit par-dessus le bastingage et attrapa le bout que Kowalski lui avait lancé avant de monter à son tour.

— La traversée s'annonce dantesque, prévint le colosse.

Une fois au poste de pilotage, il alluma les moteurs, puis fit signe à Gray de lâcher le dernier cordage.

Pendant que son collègue traversait le pont balayé par la tempête, Kowalski s'éloigna du quai au ralenti et prit la mer. Le but était de quitter le port tous feux éteints.

Personne ne débarqua en courant sur le quai. Étant donné le temps exécrable, la disparition du bateau passerait inaperçue jusqu'au lendemain matin.

Gray se retourna vers les énormes rouleaux noirs. Le vent mugissait et la pluie tombait dru.

— Vous êtes sûr de pouvoir piloter dans des conditions pareilles ?

Kowalski avait été matelot au sein de l'US Navy. Un cigare éteint au coin des lèvres, il répondit :

— Ne vous faites pas de bile ! De ma carrière, je n'ai coulé qu'un seul bateau... Euh, non, *deux*.

Rassurant !

Gray regagna la poupe. Wallace distribuait des gilets de sauvetage orange fluo, que tout le monde se dépêcha d'enfiler avant d'allumer la lampe de sécurité autour du col.

— Restez toujours cramponnés à quelque chose, conseilla Gray.

Au moment où ils franchirent la digue, un éclair fendit la nuit. La mer était déchaînée. Les vagues déferlaient de tous côtés et s'écrasaient les unes sur les autres en projetant des geysers d'eau salée. Les courants étaient devenus aussi féroces que la tempête.

Kowalski se mit à siffloter.

Ce n'était pas bon signe.

Lorsqu'ils atteignirent le large, ils se crurent dans le tambour d'une machine à laver. Le bateau monta à la verticale, puis retomba aussi vite, tangua à droite, à gauche et, Gray en aurait mis sa main à couper, parfois tout en même temps.

À la ronde, on ne voyait plus que d'immenses lames coiffées d'écume.

Kowalski sifflait de plus en plus fort.

Le catamaran entra dans une zone de puissante houle. La proue s'éleva vers le ciel. Agrippé à une rambarde, Gray vit tous les éléments non arrimés glisser vers la poupe.

Alors que le bateau redescendait, une vague isolée les percuta sur le flanc et inonda le pont comme si la main de Dieu balayait tout sur son passage. Les yeux brûlants à cause de l'eau de mer glacée, le commandant Pierce but la tasse.

Quelques secondes plus tard, ils reprirent leur folle traversée.

— Gray ! mugit Rachel.

Malgré la quinte de toux, il comprit d'emblée le problème. Seichan avait disparu.

Assise au fond, elle avait tout pris sur le dos et, déstabilisée par la puissance des flots, elle avait basculé par-dessus bord.

Alors qu'elle flottait derrière eux, éclairée par la loupiote de son gilet de sauvetage, les vagues l'engloutirent.

Le sang de Gray ne fit qu'un tour. Ils ne pouvaient pas se permettre de la perdre.

Tandis qu'il plongeait à son secours, Rachel hurla à Kowalski :

— Marche arrière !

Gray atterrit dans l'eau... et tout devint noir.

19 h 07

Seichan avait l'impression d'être une feuille morte emportée par une inondation. Transie jusqu'aux os, elle avait du mal à respirer, d'autant que des paquets de mer ne cessaient de la submerger.

Elle ne distinguait même plus les lumières du bateau.

Cramponnée à son gilet de sauvetage, elle essuya ses yeux rougis. Il fallait absolument qu'elle regagne le catamaran.

Devant elle s'éleva une vague gigantesque, menaçante, les mâchoires bordées d'écume blanchâtre.

En une fraction de seconde, Seichan se retrouva sous l'eau. Les courants la brimbalèrent dans tous les sens. Elle ne savait même plus où se trouvait la surface. Quand ses narines se remplirent, elle eut le réflexe d'ouvrir la bouche et avala encore plus d'eau salée.

Heureusement, les flotteurs de son gilet la firent vite remonter à l'air libre.

Elle essaya de respirer mais s'étranglait sans arrêt. Elle cligna des paupières pour essayer d'y voir plus clair.

Une autre vague grossit devant elle.

Non...

Soudain, quelque chose l'attrapa par-derrière.

Elle hurla de terreur. La vague s'écrasa sur elle, mais les bras la tenaient toujours fermement. Des jambes musclées s'enroulèrent autour de ses hanches et, ensemble, ils s'éloignèrent du tumulte. Elle n'avait plus d'oxygène, pourtant son élan de panique laissa place à une peur moins irraisonnée.

Bien qu'elle ne puisse pas le voir, elle savait qui l'avait saisie.

Grâce à l'action combinée des deux gilets de sauvetage, ils rejaillirent à la surface.

En se retournant, Seichan vit le regard dur et déterminé de Gray.

— Sauve-moi, murmura-t-elle.

Dans ces deux petits mots-là, elle avait mis tout ce qu'elle pouvait.

Même son cœur.

19 h 24

Les lumières du village de pêcheurs luisaient dans la tempête. Kowalski mit le cap sur la plage.

Une chose était sûre : c'était un sacré capitaine !

Quand Gray et Seichan s'étaient retrouvés à l'eau, il n'avait pas hésité à braver la mer démontée pour rapprocher son bateau. On leur avait ensuite lancé une sauvegarde, puis on les avait ramenés vers la coque et hissés sur le pont.

La suite de la traversée n'avait pas été de tout repos, mais personne n'était plus passé par-dessus bord. Seichan, qui avait toujours les poumons brûlants d'eau salée, toussa derrière Gray. Elle était pâle comme un linge, mais l'essentiel, c'était d'avoir la vie sauve.

D'un coup de gouvernail, Kowalski bifurqua vers les bas-fonds. Une ultime lame les emporta jusqu'à la plage. Les deux quilles se fichèrent dans le sable, le pont vibra et, enfin, ils s'immobilisèrent.

Sans demander leur reste, tous les passagers quittèrent le navire, atterrirent dans dix centimètres d'eau et fuirent les dernières vagues, mais Kowalski prit le temps de tapoter le catamaran en murmurant :

— Bonne came.

Trempés, ils remontèrent vers Aberdaron, où, rebutée par la tempête, la population avait aussi déserté les rues.

Gray voulait avoir déguerpi au moment où quelqu'un découvrirait le bateau échoué. Après leur périlleuse traversée, il n'avait aucune envie de rester coincé en garde à vue.

Ils se hâtèrent de traverser le hameau endormi, direction l'église Saint-Hywyn. Le 4x4 qu'ils avaient volé la nuit précédente les attendait sagement sur le parking voisin.

En traversant le cimetière, Gray se tourna vers Wallace :

— Et votre chien ?

Le professeur secoua la tête d'un air dépité :

— Laissons Rufus ici. Sa place est plus au coin du feu qu'à traîner derrière nous par un temps pareil. Je reviendrai le chercher quand tout sera terminé.

Le groupe s'entassa dans le Land Rover, Gray quitta le parking et, dès la sortie du village, il appuya sur le champignon.

Sauf qu'il leur manquait toujours une destination précise.

Il jeta un coup d'œil au rétroviseur central :

— Alors, Rachel, qu'as-tu à nous dire sur la tombe de saint Malachie ?

Il savait juste que le saint homme reposait dans le nord-est de la France. La jeune femme avait bien tenté d'apporter des précisions mais, concentré sur la façon dont il allait leur faire évacuer l'île, Gray avait refusé de s'étendre sur le sujet.

À présent qu'un long trajet se profilait à l'horizon, il était temps d'en apprendre davantage.

Les yeux rivés sur la tempête, elle répondit :

— Malachie est mort vers le milieu du XIIe siècle. Il a rendu l'âme dans les bras de son meilleur ami, saint Bernard de Clairvaux.

— Saint Bernard ? lâcha Kowalski. Ce n'est pas lui qui a inventé les gros chiens de montagne baveux ?

— Malachie a été inhumé à l'abbaye de Clairvaux, fondée par Bernard et située à deux cent cinquante kilomètres de Paris. La majeure partie des bâtiments ont été détruits au XIXe siècle, mais quelques murs tiennent encore debout, dont le cloître principal. Malheureusement, il y a une petite difficulté.

Au ton de sa voix, Gray comprit que cela n'avait rien de *petit*.

— J'ai essayé de t'en parler avant...

Elle afficha un air penaud, comme si elle s'en voulait de ne pas avoir insisté, mais elle aussi avait beaucoup de soucis en tête.

— Ne t'en fais pas, la rassura-t-il. De quoi s'agit-il ?

— Les ruines sont protégées. C'est même peut-être l'endroit le plus surveillé de France.

— Pourquoi ?

— L'abbaye de Clairvaux... se trouve au cœur d'une prison de haute sécurité.

Gray fit volte-face sur son siège. *C'était une blague ?* À en juger par la mine sévère et inquiète de la lieutenante, non.

Désabusé, Kowalski croisa les bras :

— Génial... Donc, maintenant, il faut forcer une prison *et* une sépulture. Avec un plan pareil, rien ne peut aller de travers.

CHAPITRE 26

13 octobre, 20 h 18
Svalbard, Norvège

Krista arpentait un entrepôt glacial en banlieue de Longyearbyen. Des caisses s'empilaient jusqu'au plafond. L'endroit empestait le charbon et le pétrole. L'esprit légèrement embrumé par la morphine, la Norvégienne cachait son bras bandé sous un gros pull. D'autres hommes étaient encore plus à plaindre. Un peu à l'écart, deux cadavres gisaient sous des bâches goudronnées.

Il n'y avait que huit rescapés.

Portable vissé à l'oreille, Krista attendait les ordres. Elle avait composé le numéro qu'il lui avait laissé. Au bout de quelques interminables sonneries, quelqu'un décrocha :

— On m'a raconté.

— Oui, monsieur.

Elle essaya de deviner l'humeur de son interlocuteur, mais il s'exprimait avec calme, précision et sans précipitation.

— Vu la tournure des événements, les objectifs de notre mission ont radicalement changé. Maintenant que Karlsen est aux mains de Sigma, nous avons décidé d'abandonner toute action en Norvège.

— Et au Royaume-Uni ?

— Nous avions tenté le pari de coopter ces ressources extérieures pour nous aider à retrouver la clé. À l'heure actuelle, nous ne pouvons plus nous permettre un tel luxe. Il faut reprendre nos jetons et quitter provisoirement la table de jeu.
— Monsieur ?
— Mettez le butin du père Giovanni en lieu sûr.
— Et les autres ?
— Tuez-les jusqu'au dernier.
— Mais que devient notre... ?
— Tout est dorénavant considéré comme un obstacle gênant, mademoiselle Magnussen. Tâchez qu'on ne dise pas la même chose de vous.

Krista sentit sa gorge se serrer.
— Vous connaissez vos instructions.

ACTE QUATRE

LA MADONE NOIRE

CHAPITRE 27

14 octobre, 5 h 18
Au-dessus de la mer de Norvège

Quand le jet privé bifurqua vers le sud, Painter regarda l'archipel du Svalbard disparaître derrière eux. Ils avaient perdu une demi-journée à évacuer le groupe coincé à l'intérieur du bunker et, à Washington, Kat avait déployé des trésors d'ingéniosité pour lui faire quitter l'île avant que la tempête médiatique se déchaîne.

Le bombardement spectaculaire ayant attiré l'attention du monde entier, une flopée de reporters internationaux et d'enquêteurs de l'OTAN convergeaient vers le minuscule archipel. Painter n'avait dû son salut qu'à l'isolement de l'île et à la violence des intempéries.

Il n'était pas le seul à s'être éclipsé.

Monk et Creed se prélassaient sur le canapé. Le sénateur Gorman était assis sur un fauteuil, le regard vide. Quant au dernier passager, il était installé en face de Painter.

Ivar Karlsen les accompagnait de son plein gré. Le puissant industriel aurait pu rendre compliquée, sinon impossible, son extradition de Norvège, mais il possédait un curieux sens de l'honneur. Même là, il se tenait droit comme un i et fixait les îles qui s'estompaient à l'horizon. En fait, il y avait fort à parier que ses anciens alliés avaient viré leur cuti et qu'il avait été la cible principale du bombardement du Svalbard.

Il savait aussi qui lui avait sauvé la vie, il s'en sentait redevable et Painter avait la ferme intention d'exploiter au mieux son désir de coopérer.

À cause de quelques turbulences aériennes, la tension ambiante monta d'un cran. Personne n'avait eu de nouvelles de Gray. Ils volaient donc vers Londres, car Painter voulait se trouver sur le sol anglais durant les fouilles du Lake District. En fonction des résultats, ils referaient le plein de carburant et continueraient leur route vers Washington.

Painter allait néanmoins profiter des cinq heures de vol pour soutirer à Karlsen tout ce qu'il savait. Kat menait l'enquête sur les champs d'OGM moissonnés dans le Middle West et les nouvelles n'étaient guère réjouissantes : on dénombrait déjà de nombreuses morts mystérieuses à proximité de quinze fermes expérimentales. Une autopsie avait révélé la présence d'un agent fongique inconnu... et il restait soixante-trois sites à vérifier !

Sentant le directeur de Sigma tout ouïe, Karlsen lâcha :

— Je voulais juste protéger la planète.

Les prunelles étincelantes de rage, Gorman voulut réagir, mais Painter l'en dissuada d'un regard sévère. C'était lui et lui seul qui menait l'entretien.

Le Norvégien, qui observait toujours le paysage au hublot, ne remarqua rien :

— Les gens parlent de la bombe P^1, mais ils refusent d'admettre qu'elle a déjà explosé. La population du globe va bientôt atteindre un seuil critique au-delà duquel il n'y aura plus assez à manger pour tous. Le monde est à deux doigts de sombrer dans la famine, la guerre et le chaos. Les émeutes de la faim en Haïti, en Indonésie ou en Afrique ne sont qu'un début.

Karlsen se détourna du hublot pour contempler Painter.

---

1. *P* pour « population ». Titre d'un ouvrage de Paul Ehrlich sur les risques liés à l'explosion démographique. *(N.d.T.)*

— Ça ne signifie pas qu'il soit trop tard. Si un nombre suffisant de personnes déterminées combinaient leurs efforts, il y aurait encore moyen d'agir.

— Ces gens-là, vous les avez trouvés au Club de Rome.

Le P-DG parut quelque peu décontenancé :

— Exact. Le club s'acharne à tirer la sonnette d'alarme, mais rien n'y fait. L'attention médiatique se concentre sur des crises beaucoup plus en vogue : réchauffement climatique, réserves pétrolières, forêts tropicales... La liste s'allonge sans cesse. Or, l'origine de tous les problèmes reste la même : trop d'humains entassés dans un espace exigu. Pourtant, personne n'affronte la question en face. Comment les Américains disent-ils déjà ? Politiquement incorrect, c'est ça ? Le sujet, ultrasensible, est empêtré dans des questions religieuses, politiques, raciales et économiques. *Soyez féconds, multipliez*, préconise la Bible. Eh bien, nul n'ose la contredire. Ce serait un suicide politique. Proposez des solutions et on vous accuse d'eugénisme. Quelqu'un doit prendre position, opérer les choix difficiles... non seulement en mots mais surtout en actions concrètes.

— Et vous seriez l'homme providentiel, déduisit Painter.

— Ne me parlez pas sur ce ton. Je sais bien comment tout s'est terminé mais, au début, je ne cherchais qu'à freiner la croissance démographique, à réduire progressivement la biomasse humaine sur Terre, à m'assurer que nous ne percuterions pas le mur à vitesse maximale. Au Club de Rome, j'ai trouvé les ressources mondiales nécessaires : un immense vivier de technologies innovantes de pointe et de pouvoir politique. J'ai donc mis en place des projets censés m'aider à atteindre mes objectifs et je me suis entouré de collaborateurs qui partageaient mon point de vue.

Karlsen lorgna un bref instant vers Gorman.

Malgré l'avertissement de Painter, le sénateur pesta :

— Vous vous êtes *servi* de moi pour répandre vos saloperies de graines trafiquées.

Après avoir fixé ses mains croisées sur ses genoux, le Norvégien redressa la tête sans honte :

— C'est venu plus tard. Une erreur. J'en suis conscient aujourd'hui. Au départ, je vous ai sollicité pour votre plaidoyer en faveur des biocarburants, votre envie de produire de l'essence à partir du maïs ou de la canne à sucre. Il était très simple de soutenir une cause *a priori* aussi noble, de défendre une source d'énergie renouvelable qui nous libérerait de la dépendance pétrolière, mais votre combat servait aussi mes ambitions.

— Lesquelles ?

— Museler l'offre alimentaire mondiale, annonça-t-il sans l'ombre d'un regret. Contrôlez la nourriture et vous contrôlerez les gens.

Painter l'avait déjà entendu paraphraser Henry Kissinger. *Contrôlez le pétrole et vous contrôlerez les nations, mais contrôlez la nourriture et vous contrôlerez l'ensemble de la population mondiale.*

Tel était donc l'objectif de Karlsen. Restreindre les denrées alimentaires pour enrayer la flambée démographique. Exécuté avec brio, son plan pouvait même fonctionner.

— Comment la défense des biocarburants vous aide-t-elle à juguler l'approvisionnement en vivres des populations ?

Painter avait une idée de la réponse, mais il voulait l'entendre de la bouche du P-DG.

— Les meilleures terres de la planète sont surexploitées, ce qui oblige les agriculteurs à défricher des zones moins fertiles. Par intérêt financier, ils aiment mieux cultiver à destination des usines de biocarburants que rester sur l'agroalimentaire. De plus en plus de champs sont concernés par ce changement d'affectation, mais les performances sont loin d'être à la hauteur. Avec la quantité de maïs requise pour remplir le réservoir d'un seul 4x4 en éthanol, on nourrirait quelqu'un pendant un an. Alors, oui, bien sûr, j'ai encouragé la production des biocarburants.

— Pas pour l'indépendance énergétique...

— Non, c'était un moyen parmi d'autres de réduire les stocks alimentaires.

Conscient du rôle qu'il avait joué dans l'histoire, le sénateur Gorman semblait atterré.

De son côté, Painter s'attarda sur la tournure de la phrase :

— Qu'entendez-vous par « un moyen parmi d'autres » ?

— Ce projet-là était loin d'être le seul.

5 h 31

Monk avait suivi la conversation avec une inquiétude croissante :

— Laissez-moi deviner. Un truc lié aux abeilles.

Il songea aux énormes ruchers dissimulés au cinquième sous-sol du bâtiment de recherche.

— En effet, confirma Karlsen. Viatus s'est intéressé à un phénomène baptisé « syndrome d'effondrement des colonies ». C'est une crise mondiale dont, j'en suis sûr, vous avez entendu parler. En Europe et aux États-Unis, plus d'un tiers des abeilles se sont évaporées des ruches et n'y sont jamais revenues. Certaines régions en ont même perdu plus de 80 %.

Monk commença à comprendre :

— Or, ces petites bêtes fécondent les arbres fruitiers.

— Pas seulement, objecta Creed. Oléagineux, avocats, concombres, germes de soja, courges... Un tiers de la nourriture produite aux États-Unis est concernée par le processus de pollinisation. Si les abeilles disparaissent, on perdra beaucoup plus que des fruits.

Voilà pourquoi Karlsen s'était penché sur le syndrome d'effondrement des colonies : *contrôlez les abeilles et vous contrôlerez une bonne partie de l'alimentation mondiale.*

— Vous êtes en train de dire que vous avez fait mourir les essaims ?

— Non, mais j'en connais l'agent responsable et c'est précisément ce que Viatus voulait exploiter.

— Attendez une seconde. Vous prétendez *savoir* ce qui a tué les abeilles ?

— Il n'y a pas de grand mystère là-dessous, monsieur Kokkalis. Les médias sont friands de théories spectaculaires – acariens, réchauffement planétaire, pollution atmosphérique, voire extraterrestres. La réalité est beaucoup plus simple et prouvée, mais ils préfèrent donner dans le sensationnel.

— Alors quel est le responsable ?

— Un insecticide baptisé imidaclopride, ou IMI.

Monk se souvint des codes apposés sur les ruchers. Ils commençaient tous par les trois mêmes lettres : IMI.

— De nombreuses études ont déjà incriminé cette substance chimique ainsi qu'un produit analogue, le *fipronil*. En 2005, la France les a interdits et, peu à peu, ses abeilles ont réapparu alors que, dans le reste du monde, la situation s'aggravait.

Karlsen balaya la cabine du regard.

— L'un d'entre vous en a-t-il entendu parler ?

Personne n'était au courant.

— L'information n'intéresse pas la presse. Imidaclopride, fipronil... C'est beaucoup moins pittoresque que les petits hommes verts. Les médias n'ont toujours pas évoqué la réussite du plan français, ce qui me convient à merveille, car l'IMI m'est très utile.

Monk fronça les sourcils :

— Moins d'abeilles, moins de nourriture.

— Bientôt, même les journalistes sortiront de leur torpeur. Viatus étudie donc sérieusement les composés de l'IMI de manière à l'introduire dans notre maïs.

— Comme Monsanto l'a déjà fait avec son herbicide Roundup pour ses semences OGM, renchérit Creed.

— Si l'IMI est interdit un jour, comprit Monk, vous pourrez toujours contrôler les populations d'abeilles.

— Et, par conséquent, les réserves alimentaires.

Monk se rassit sur son siège. Ce type-là était un monstre... mais un monstre drôlement futé.

5 h 40

Soucieux d'en apprendre un maximum, Painter tenta une autre approche :

— Viatus ne se contentait pas d'introduire des insecticides dans ses semences.

— Non. Nous avions de nombreux projets.

— Parlez-moi des momies des tourbières... Du champignon qu'on a retrouvé dessus.

Karlsen tressaillit :

— Chaque année, en tant que société de biotechnologie, nous testons des milliers de nouvelles substances recueillies aux quatre coins du monde, mais ce vieux champignon... Il était incroyable, souffla-t-il sur un ton quasi admiratif. Sa composition chimique et sa structure génétique cadraient à merveille avec mes objectifs.

Painter le laissa parler de manière à voir ce qu'il révélerait de son propre chef.

— Bien que les corps soient desséchés, nous y avons récolté des spores encore viables.

— Après si longtemps ? s'étonna Monk.

— Les momies n'avaient qu'un millier d'années. En Israël, des botanistes ont fait pousser un palmier dattier à partir d'une graine qui avait plus de *deux* mille ans. Par ailleurs, la tourbe est un excellent milieu de conservation. Alors, oui, nous avons cultivé les spores pour en apprendre davantage sur le champignon. L'examen des dépouilles a aussi montré *comment* il avait colonisé les corps.

— C'est-à-dire ?

— Il a été ingéré. Notre médecin légiste a déterminé que les victimes étaient mortes de faim, pourtant elles avaient l'estomac rempli de seigle, d'orge et de blé. Le champignon avait tout envahi. Il s'agit d'une moisissure très virulente, comparable à l'ergot des céréales et capable d'infecter n'importe quelle plante dans le seul but d'affamer les animaux qui s'en nourrissent.

Tout le monde dévisagea Karlsen avec stupeur.

— Les produits contaminés ne sont plus assimilables par l'organisme. Ensuite, le champignon se propage à l'intestin, ce qui complique encore l'absorption des aliments. Bref, une parfaite machine à tuer ! La victime est condamnée par sa propre nourriture.

— On a beau manger, on meurt quand même de faim, conclut Painter, désabusé. Quel intérêt pour le champignon ?

— C'est par les champignons que les êtres se décomposent, répondit Monk. Arbres morts, cadavres... peu importe ! En tuant l'hôte, le composé fongique crée son engrais, son propre substrat.

Painter songea aux champignons qui avaient poussé dans le ventre des momies. Au laboratoire, son équipe avait vu les mêmes végétaux éjecter des ascospores. Voilà comment ils proliféraient : les spores disséminées dans l'atmosphère infectaient d'autres champs et le processus se répétait à l'infini.

Karlsen attira de nouveau son attention :

— Nos recherches avaient pour unique dessein d'extraire la substance chimique qui rendait les céréales indigestes. Si on arrivait à l'introduire dans le maïs, on réduirait son assimilabilité. Résultat : il faudrait en manger plus pour bénéficier du même apport calorique.

— Une nouvelle façon de restreindre les réserves alimentaires.

— Et d'une manière qui nous offrait un contrôle *total*. En manipulant le gène, nous pourrions accroître ou limiter la digestibilité d'une céréale d'un coup de baguette magique. Voilà ce que nous avions l'intention de faire. Remarquez, nous n'étions pas les premiers à viser une telle mainmise génétique.

— Comment ça ? s'enquit Painter.

— En 2001, une société de biotechnologie baptisée Épicyte s'est vantée d'avoir créé une semence enrichie d'un agent contraceptif : la consommation de la céréale réduisait la fertilité. Les dirigeants ont présenté le produit comme une solution à la surpopulation du globe, mais leur annonce en grande pompe a déclenché l'opprobre médiatique et, très vite, la semence OGM a disparu. Je vous le disais : quand on décide d'affronter le problème en face, on s'expose à un déluge de critiques. Il vaut mieux agir en secret, sans informer l'opinion publique. Telle était la leçon à en tirer. Je l'ai appliquée à la lettre.

Et c'est là que tout est parti de travers.

Sur un ton neutre, Painter souffla :

— Sauf que votre maïs transgénique n'était pas stable.

Karlsen secoua légèrement la tête :

— La moisissure s'est révélée plus efficace que prévu. Durant des siècles, elle a évolué en même temps que ses plantes hôtes. Nous pensions n'en exploiter qu'une propriété – son rôle sur la digestibilité –, mais l'organisme a muté au fil des générations et retrouvé sa pleine puissance. Il est à nouveau capable de tuer, de se transformer en véritable champignon et, pire que tout, il a recouvré ses capacités de dispersion.

— Quand l'avez-vous appris ?

— Au cours du projet en Afrique.

— Malheureusement, vous aviez déjà lancé la phase de culture aux États-Unis et à l'étranger ?

Karlsen grimaça :

— Nous avons agi sur le conseil pressant de notre responsable de projet et généticienne en chef. Les résultats des premiers tests de sécurité lui paraissaient concluants. Je lui ai fait confiance : je n'ai jamais vérifié les études moi-même.

— Qui était cette femme ? se renseigna Painter.

Dans son coin, Gorman maugréa avec amertume :

— Krista Magnussen.

5 h 52

Ivar Karlsen ne pouvait plus éviter la colère du sénateur mais, au lieu de l'affronter, il contempla le sou qu'il avait sorti de sa poche. Sa pièce de quatre marks à l'effigie de Frédéric IV, frappée en 1725 par le perfide Henrik Meyer, lui rappela combien la trahison pouvait coûter cher.

En serrant la pièce entre ses doigts, le Norvégien comprit que Krista l'avait dévoyé et qu'il était vraiment tombé très bas. Enfin, il osa soutenir le regard de Gorman. La famille du sénateur avait payé le prix fort. Ivar ne pouvait pas lui refuser la vérité :

— Il a raison. J'ai embauché Mlle Magnussen il y a six ans, quand nous avons créé notre département de recherche sur la biogénétique agricole. Bardée de recommandations d'Oxford et de Harvard, elle était jeune, brillante, motivée et, très vite, les résultats sont arrivés.

— Seulement, elle n'était pas la personne qu'elle prétendait être, objecta Painter.

— Non. Il y a un an, plusieurs de nos sites ont subi de graves revers. Incendie criminel en Roumanie, détournement de fonds, vols en série... Krista m'a annoncé qu'elle connaissait une organisation susceptible d'assurer notre sécurité internationale avec discrétion et efficacité. À l'entendre, c'était la version *business* d'une société militaire privée.

— Cette organisation avait-elle un nom ?

— Krista l'appelait la Guilde.

Painter resta de marbre. Il ne cilla même pas. Devant tant d'impassibilité, Ivar comprit que son interlocuteur était peut-être mieux informé que lui sur le sujet.

— Vous avez été victime d'un vaste coup monté, monsieur Karlsen. Les accidents, l'incendie criminel, les vols... tout était orchestré par les responsables de la Guilde. Ils avaient besoin de vous. Ils vous ont donc embobiné pour gagner votre confiance. Ils vous ont tiré du pétrin à plusieurs reprises et, peu à peu, vous avez lâché du lest. Vous êtes devenu dépendant d'eux.

Cela paraissait impossible, mais la façon dont Painter exposait la situation... Les cartes s'abattaient les unes après les autres.

— Laissez-moi deviner : quand les choses ont vraiment déraillé... à la ferme expérimentale africaine... vers qui vous êtes-vous tourné ?

— Krista, bien sûr, admit Ivar d'une voix étranglée. Le maïs avait subi des mutations et certains réfugiés du camp étaient tombés malades après l'avoir consommé. Il fallait réagir. Hélas, nous avions déjà lancé la production d'un bout à l'autre de la planète. D'après Krista, le problème pouvait encore être endigué, mais son organisation et elle avaient besoin d'avoir carte blanche. Elle m'a conseillé de m'endurcir le cœur. *Si on voulait sauver le monde, on pouvait bien sacrifier quelques vies.* Ce sont ses propres mots et, Seigneur, j'étais assez désespéré pour y croire.

Ivar avait du mal à respirer. Le cœur battant, il se souvint de la jeune femme nue qui l'avait embrassé, les prunelles brillantes de fougue. À l'époque, il pensait connaître le jeu auquel ils jouaient.

Quel imbécile j'ai été...

Comme s'il avait suivi Ivar à la trace depuis quelques jours, Painter enchaîna :

— La Guilde vous a assuré qu'il fallait raser le village pour empêcher l'organisme de se propager. Ils ont emporté quelques cadavres contaminés afin de les étudier et ont justifié la suite de leurs agissements. *Faisons en sorte que leur mort ne soit pas inutile. Si on en apprend davantage sur la maladie, d'autres personnes pourront être sauvées.* Comme la production de semences avait déjà démarré, le temps était un facteur clé.

Les poings serrés sur les genoux, Gorman n'en croyait pas ses oreilles :

— Et mon fils ?

Ivar répondit à sa déchirante supplique :

— Krista m'a raconté qu'elle avait surpris Jason en train de copier des données secrètes. Selon elle, il s'apprêtait à les vendre au plus offrant.

Le sénateur tapa du poing sur sa cuisse :

— Jason n'aurait jamais...

— Elle m'a montré le mail avec les fichiers volés en pièces jointes. J'ai moi-même vérifié qu'il l'avait envoyé à un professeur de Princeton.

— Cette prestigieuse université n'est pas du genre à verser dans l'espionnage industriel.

Ivar regretta de devoir lui apprendre la vérité sur son fils :

— La Guilde a remonté la piste de l'argent jusqu'à une cellule terroriste établie au Pakistan. Révéler les agissements de Jason nous aurait aussi mis en danger. Sans compter que votre carrière politique aurait été brisée. Krista a essayé de lui parler, de l'exhorter à se taire, à laisser tomber ses contacts... Il a refusé, tenté de s'enfuir et, dans l'affolement, un de ses hommes l'a abattu.

Gorman s'enfouit le visage entre les mains.

Ivar aurait voulu l'imiter mais, conscient d'avoir le sang du fils sur ses doigts, il n'en avait pas le droit. C'était lui qui avait ordonné aux cruels mercenaires d'interroger Jason.

Painter anéantit les dernières illusions du Norvégien :

— Il était innocent. On vous a débité un tissu de mensonges.

Abasourdi, Ivar chercha une autre explication :

— Jason a été tué, car il avait envoyé par inadvertance des informations compromettantes au professeur Malloy. Voilà pourquoi on les a assassinés. Pour couvrir la preuve de l'instabilité du maïs. La Guilde voulait empêcher la nouvelle de s'ébruiter.

Painter le fixa durement :

— Dès que l'information a filtré, ils ont cherché un bouc émissaire. Vous deviez être jeté aux lions. Après vous avoir éliminé au Svalbard, la Guilde pouvait s'éclipser en toute sécurité en emportant ses trophées, c'est-à-dire une nouvelle arme biologique et le moyen de contrôler ce qui avait déjà été lâché dans la nature. La contamination planétaire par vos céréales transgéniques aurait été imputée à la folle ambition d'un P-DG mort et enterré. Personne ne connaîtrait le fin mot de l'histoire. Aux yeux de la sinistre organisation, vous n'étiez qu'un pion à sacrifier.

Très raide, Ivar sentit un filet de sueur froide lui parcourir l'échine. Il ne pouvait plus faire l'autruche. D'ailleurs, au fond de lui, il connaissait peut-être la vérité depuis le début mais n'osait pas l'affronter.

— J'ai une dernière chose à vous demander. Une question qui, à mes yeux, reste sans réponse.

Painter lui montra un papier sur lequel était griffonné un symbole familier.

Un cercle barré d'une croix.

— Je comprends que la Guilde ait voulu tuer Jason et le professeur Malloy, mais pourquoi éliminer un archéologue du Vatican ? Quel rapport avec son plan d'action ?

6 h 12

Le regard vitreux, la voix rauque, Karlsen était au bord de la rupture. Il avait beaucoup de mal à encaisser l'ampleur de la trahison dont il avait fait l'objet, mais la Guilde était passée maîtresse dans l'art de la manipulation et de la coercition, de l'infiltration et de la tromperie, de la brutalité et de la violence.

Même Sigma était un jour tombée dans ses filets.

Painter n'offrit toutefois aucun réconfort à son interlocuteur, qui répondit lentement :

— Il y a deux ans, le père Giovanni a demandé à Viatus de financer ses recherches. Il était convaincu que les momies des tourbières avaient été victimes d'un conflit ancestral entre chrétiens et païens. Que le champignon était utilisé comme arme pour infecter les récoltes et rayer des villages de la carte. Cette guerre secrète aurait été racontée sous forme de message codé dans un texte médiéval intitulé le Livre de Domesday. Ses éléments de preuve étaient impressionnants. Selon lui, il existait un moyen de stopper la propagation du champignon, un remède, un moyen de l'éradiquer à la fois des terres cultivées et des corps.

— Vous avez donc subventionné ses travaux ?

— Quel mal y avait-il ? Peut-être identifierait-il un composé chimique susceptible d'être exploité. À l'époque des premiers soupçons portant sur l'instabilité de notre maïs transgénique, nous avons appris que le père Giovanni avait fait une découverte capitale. Il avait trouvé un objet qui, il en était persuadé, le conduirait jusqu'à la clé perdue.

— Le genre d'antidote qui aurait résolu tous vos soucis, comprit Painter.

— J'ai demandé à Krista de l'interroger pour estimer la validité de ses dires et placer la précieuse relique en sécurité. *(Il ferma les yeux.)* Dieu me pardonne.

— Sauf que le prêtre s'est enfui.

Karlsen acquiesça :

— J'ignore ce qui s'est passé. En tout cas, les informations qu'il lui a données par téléphone ont éveillé l'intérêt de la Guilde et, après le désastre au Mali, il fallait protéger l'objet. S'il existait une possibilité même infime de contrer...

— Hélas, vous l'avez perdu. Marco a été tué.

— Je n'ai jamais eu connaissance des détails exacts. Après la débâcle africaine, il y avait des feux plus urgents à éteindre. J'ai laissé la Guilde vérifier si le père Giovanni avait vraiment fait une découverte majeure.

— Comment les choses se sont-elles déroulées ?

— La dernière fois que j'ai eu des nouvelles de Krista, une autre équipe continuait de chercher la clé.

Il doit s'agir de Gray, songea Painter.

— Elle m'a assuré que la Guilde y avait placé une taupe.

Le patron de Sigma se figea.

Si la puissance adverse avait infiltré l'équipe de Pierce...

Il aurait voulu trouver un moyen de les aider, de les avertir, mais il ne savait même pas s'ils étaient morts ou vifs. Quoi qu'il en soit, il ne pouvait rien faire pour eux.

Ils étaient livrés à eux-mêmes.

CHAPITRE 28

14 octobre, 12 h 18
Troyes, France

Une bibliothèque ? L'endroit était insolite mais il fallait bien commencer quelque part pour trouver le moyen de s'introduire dans la prison.

Les rangées de tables étaient équipées d'ordinateurs et, sous les hautes fenêtres qui diffusaient la lumière du jour, Gray partageait un bureau jonché de livres avec Rachel.

Malgré son architecture de verre et d'acier, la bibliothèque avait été fondée dans un couvent en 1651 et elle était l'une des plus anciennes de France. Son principal trésor : une collection de manuscrits provenant de Clairvaux. Après la Révolution de 1789, l'ensemble des livres avaient été transférés à Troyes par mesure de sécurité.

Et à juste titre.

— C'est Napoléon Ier qui a transformé l'abbaye en prison.

Gray repoussa son livre et, par quelques étirements, il délia sa nuque nouée de fatigue.

Ils avaient passé la matinée à se documenter sur l'abbaye et ses saints. Leurs seules heures de sommeil, ils se les étaient accordées à l'aéroport ou pendant leur bref vol entre l'Angleterre et Paris.

Malgré les minutes qui s'égrenaient, Gray devait répondre à deux questions épineuses : comment s'introduire dans la prison de Clairvaux et, une fois sur les ruines de l'ancien prieuré, quels indices chercher. Comme la tâche était immense, le groupe avait dû se séparer pour accomplir des tâches bien spécifiques.

Gray avait accompagné Rachel et Wallace à la bibliothèque de Troyes, où, pour accélérer le mouvement, il avait distribué les sujets d'étude. Rachel se concentrait sur saint Malachie, sa vie, sa mort et son inhumation dans l'ancienne abbaye. Escorté d'un employé, Wallace avait eu un accès privilégié au grand salon de la bibliothèque, où il épluchait des textes originaux sur saint Bernard, fondateur de l'ordre monastique et ami très proche de Malachie.

Quant à Gray, il étudiait en détail l'architecture du vieil édifice religieux. Sa pile de livres n'avait rien à envier à celle de Rachel. Devant lui, un ouvrage de 1856 dévoilait un plan des bâtiments initiaux.

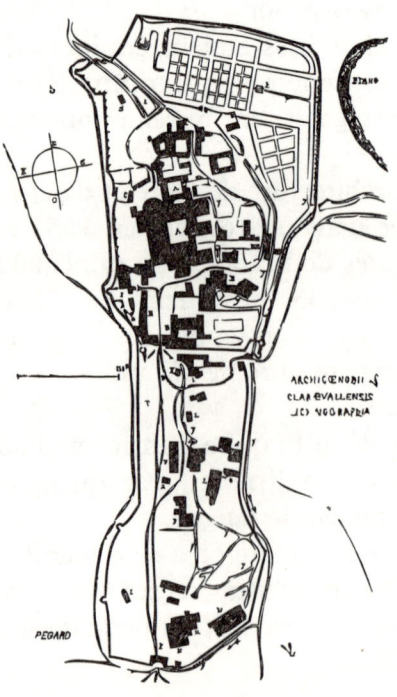

Cernée par de hauts murs jalonnés de tours de guet, la propriété se divisait en deux zones distinctes. À l'est : les jardins, les vergers et quelques étangs à poissons. À l'ouest : les granges, les écuries, les abattoirs, les ateliers et les chambres d'invités. Entre les deux, abritée derrière ses propres remparts, se dressait l'abbaye avec son église, ses cloîtres, ses dépendances laïques et ses cuisines.

Gray se pencha sur la carte du XIXe siècle.

Quelque chose le chiffonnait mais, plus il réfléchissait, moins il avait de certitudes. Voilà une demi-heure qu'il identifiait avec précision les derniers vestiges de l'abbaye sur le schéma. En tout, il ne restait que deux ou trois granges, quelques pans de murs, un bâtiment laïc bien préservé et les ruines du cloître d'origine.

En fait, le commandant était surtout intrigué par le *Grand Cloître** en question.

L'édifice jouxtait l'ancienne abbaye et c'était sous son église que saint Malachie avait été enterré.

Sa dépouille s'y trouvait-elle encore ?

Autre souci, en effet : après la Révolution, la sépulture du saint homme avait disparu des archives historiques.

Y avait-il une signification particulière ?

Gray remit sur le tapis un sujet qui lui trottait dans la tête :

— Par quelle lubie Napoléon Ier a-t-il transformé Clairvaux en prison ?

De retour en salle d'étude, Wallace expliqua :

— Cela n'a rien d'inhabituel. Beaucoup de vieilles abbayes médiévales sont devenues des établissements pénitentiaires. Avec leurs murs épais, leurs tours et leur confort monacal, la reconversion était toute trouvée.

— Pourtant, il a choisi celle-là en particulier et pas une autre. Cherchait-il à protéger quelque chose ?

— C'était une figure de proue du siècle des Lumières. Il était obsédé par les sciences nouvelles mais adorait aussi l'histoire. Au cours de sa désastreuse campagne d'Égypte, il avait chargé une tripotée d'archéologues de fouiller les précieux trésors du pays. S'il avait appris que l'abbaye recélait un savoir interdit, il aurait très bien pu vouloir le préserver. Surtout s'il pensait que cela risquait de menacer son empire.

— Comme la malédiction.

Gray se rappela le mot écrit dans le Livre de Domesday.

— *Ravagé.*

Napoléon Ier avait-il été effrayé par quelque chose au point de l'enfermer à double tour ?

Le commandant Pierce l'espéra. Si elle avait été enterrée dans le tombeau de saint Malachie, la clé de l'Apocalypse y dormait peut-être encore.

Pour le salut de Rachel, ils n'avaient pas le temps de tâtonner. Depuis quelques heures, la jeune femme avait de la fièvre. Malgré son front brûlant, elle frissonnait sans arrêt et, même à la bibliothèque, elle avait boutonné son gilet jusqu'en haut.

Elle ne pouvait pas se payer le luxe de commettre une erreur.

Gray consulta sa montre. D'ici à une heure, ils avaient rendez-vous avec Kowalski et Seichan, qui avaient pour mission de prospecter les abords de la prison en quête d'une faille providentielle. Chargée de trouver le meilleur moyen de s'introduire dans l'établissement de haute sécurité, Seichan était partie très sceptique.

Le teint cireux, les yeux rouges et gonflés, Rachel posa son livre d'un air désabusé :

— Je ne trouve plus rien que je ne sache déjà. Après avoir lu la vie de Malachie de A à Z, je ne comprends toujours pas pourquoi un archevêque irlandais a été inhumé en France... sinon que Bernard et lui étaient les meilleurs amis du monde. En fait, Bernard a même été enterré *avec* lui à Clairvaux.

— Ils reposent encore ici ? demanda Gray.

— *A priori*, les corps n'ont jamais été déplacés, mais les registres postérieurs à la Révolution sont vides.

Le commandant se tourna vers Wallace :

— Et saint Bernard ? Avez-vous trouvé des indices utiles sur l'homme ou la fondation de son abbaye ?

— Deux ou trois choses. Il était associé de près aux Templiers. Il a rédigé leurs règles et joué un rôle décisif dans leur reconnaissance par l'Église. Il a aussi prêché la Deuxième Croisade.

Gray réfléchit. Les chevaliers de l'ordre du Temple avaient la réputation de garder de nombreux secrets. Pouvait-il s'agir de l'un d'eux ?

Le professeur enchaîna :

— Je me suis surtout intéressé à l'histoire d'un miracle qui s'est déroulé ici. On raconte que Bernard a contracté une infection mortelle, qu'il a prié devant une statue de la Vierge Marie et qu'il en a jailli un lait guérisseur. L'épisode est d'ailleurs connu sous le nom de Miracle de la Lactation.

Rachel referma son livre :

— Encore un exemple de rétablissement inexpliqué.

— Oui, mais ce n'est pas le plus intéressant, annonça Wallace avec un air entendu. D'après la légende, la statue qui a produit le lait... était une Madone noire.

— Une Madone noire l'a débarrassé de tous ses maux, balbutia Gray.

— Ça rappelle quelque chose, non ? Il s'agissait peut-être d'une allégorie, je n'en sais rien, mais, après le décès de Malachie, saint Bernard a ardemment défendu la vénération de la Madone noire. C'est même lui qui a initié son culte.

— Et le miracle s'est produit juste ici.

— Exact. On peut en conclure que le corps de la reine brune a peut-être été transféré à Clairvaux en même temps que la clé.

Gray espéra que le vieil Écossais avait raison, mais il n'existait qu'un moyen d'en avoir le cœur net : pénétrer dans l'enceinte de la prison.

12 h 43
Clairvaux, France

Seichan traversait la forêt.

Sa mission de reconnaissance à Clairvaux n'avait pas été des plus fructueuses. Jumelles autour du cou, la jeune femme portait des vêtements chauds et un bâton de marche. Bref, elle possédait tout l'attirail d'une randonneuse ordinaire... enrichi d'un Sig Sauer au creux des reins.

L'ancien monastère reconverti en prison se trouvait au fond d'une vallée boisée. Selon Rachel, les Cisterciens avaient coutume de s'établir à l'écart de la civilisation. Adeptes d'une vie austère, ils aimaient vivre en forêt, en montagne, voire au cœur des marécages.

L'isolement faisait aussi de l'ermitage un site pénitentiaire idéal.

Tout en longeant le périmètre de Clairvaux, Seichan avait relevé la position des tours de guet, des rangées de murs, des clôtures en acier et des rouleaux de fils barbelés.

Une vraie forteresse.

Enfin, aucun château n'était impénétrable.

Pour le plan qui se dessinait déjà dans sa tête, il leur faudrait des uniformes, des laissez-passer et une fourgonnette de police française. Elle avait déposé Kowalski au cybercafé de la ville voisine de Bar-sur-Aube. Grâce à un informateur de la Guilde, il y dressait la liste complète des détenus et des gardiens avec leur photo. Tout devait être prêt le lendemain matin. Les heures de visite permettraient à un ou deux membres du groupe de franchir l'enceinte. Les autres se serviraient de la camionnette siglée et présenteraient de faux papiers d'identité.

Il subsistait néanmoins bon nombre de variables à prendre en compte. Combien de temps rester à Clairvaux ? Par quel moyen ressortir ? Comment faire pour les armes ?

Seichan savait qu'ils avaient tendance à confondre vitesse et précipitation, quitte à frôler l'imprudence.

Tout à coup, elle plongea derrière le tronc d'un chêne blanc. Impossible de dire pourquoi elle avait ressenti le besoin impérieux de se cacher.

Un simple picotement dans la nuque.

Pourtant, elle s'y fia aussitôt. Le corps humain était une antenne capable de capter des signaux échappant à l'esprit conscient mais, au fond du cerveau, l'aire de l'instinct les analysait en permanence et donnait souvent le signal d'alarme.

Surtout si elle y était entraînée depuis l'enfance, comme Seichan, qui devait sa survie à l'écoute attentive des sombres replis de son esprit.

Alors qu'elle retenait son souffle, elle entendit des feuilles mortes crisser derrière elle. Devant, quelques branches bruirent. Elle s'accroupit.

Quelqu'un la traquait.

La jeune femme savait que des guetteurs les avaient suivis en France. Avant de quitter l'Angleterre, elle avait joint son contact. Magnussen connaissait leur destination et la filature avait repris dès qu'ils avaient posé le pied à Paris.

En revanche, Seichan ne s'était pas doutée une seconde qu'on la pistait depuis qu'elle avait laissé Kowalski à Bar-sur-Aube. Elle avait garé sa voiture sur une aire de repos et s'était enfoncée seule dans les bois.

Qui était là ?

Un nouveau froissement fit écho derrière elle. Après en avoir déterminé l'emplacement précis, elle pivota sur ses talons et fixa l'endroit sans ciller. Un homme armé d'un fusil se faufilait entre les arbres. Avec sa tenue de camouflage, il avait tout du militaire surentraîné mais, alors qu'elle faisait encore volte-face, Seichan lui lança un poignard dont la lame déchiqueta les feuilles.

Frappé à l'œil gauche, le type trébucha en arrière en glapissant de douleur.

Elle se rua sur lui et lui enfonça la dague jusqu'au cerveau. Après quoi, elle récupéra le fusil et continua son ascension.

Depuis qu'elle avait exploré les lieux, elle s'était tracé une carte précise dans la tête. Une fois à l'abri d'un gros rocher, elle se mit à plat ventre en position de sniper, l'œil collé à la lunette.

Un *ping* ricocha sur la pierre à quelques centimètres de son crâne.

Elle n'avait pas entendu de détonation, mais la balle avait ébranlé une branche de pin. Des aiguilles volèrent. Seichan remonta la trajectoire dans sa ligne de mire, vit une ombre fendre la semi-obscurité et pressa la détente.

Le fusil ne fit pas plus de bruit qu'un claquement de doigts.

Un corps s'effondra. Pas de hurlement. Une balle nette en pleine tête.

L'espionne reprit sa route.

Il y en avait forcément un autre.

Elle galopa le long de la corniche et, par triangulation, détermina la position probable du troisième assassin. Le plan du terrain se superposa à son champ de vision, tel un collimateur de pilotage à l'intérieur d'un casque.

Si on lui avait demandé de tendre une embuscade dans le secteur, il y avait un perchoir très tentant juste devant elle : le tronc creux d'un vieux chêne frappé par la foudre. À trente mètres près, elle n'aurait eu aucune chance de s'en sortir mais, sentant que leur proie allait tomber dans le piège, les deux autres meurtriers avaient baissé la garde et commis l'erreur de s'avancer prématurément, donc de s'exposer aux représailles.

Magnussen avait dû les prévenir que leur cible était très dangereuse, mais ils s'étaient laissé emporter par leur ego d'hommes virils.

Seichan n'était qu'une faible femme.

Elle s'approcha de l'arbre par-derrière sans déranger ni feuille ni brindille.

Le fusil braqué à deux centimètres du tronc creux, elle tira au travers. Un cri de surprise et de douleur jaillit au moment où un corps s'écroula de l'autre côté du chêne mort. Seichan s'y précipita, dague au poing.

Le grand gaillard empestait la graisse et portait une barbe de plusieurs jours. Il l'insulta en arabe avec un fort accent marocain. La lame sur son cou, elle aurait pu l'interroger, découvrir qui les avait envoyés l'abattre et pourquoi.

Elle avait les moyens de le faire parler.

Au lieu de quoi, elle lui trancha la gorge sans bruit et lui flanqua un coup de poing au visage. Inutile de le cuisiner. Elle connaissait déjà les réponses à ses questions.

Quelque chose avait changé. Magnussen avait signé l'arrêt de mort du groupe. Après avoir repéré leur taupe seule dans les bois, les mercenaires avaient essayé de l'éliminer en premier.

Seichan courut vers sa voiture. Gray et les autres n'avaient aucune idée du danger qui les menaçait.

Elle sortit son portable, pianota un numéro qu'elle avait mémorisé et, dès qu'on décrocha, elle laissa exploser sa colère :

— Votre opération ! Eh bien, c'est un *fiasco* !

13 h 20

Rachel patientait avec Wallace dans le jardin d'un hôtel de Bar-sur-Aube. Elle consulta sa montre.

Kowalski et Seichan auraient dû être arrivés.

Le groupe avait décidé de faire le point à l'heure du déjeuner. Les chambres étaient déjà réservées sur place. Le Moulin du Landion était un ancien moulin à eau du XVIe siècle transformé en établissement hôtelier de style. Le canal qui serpentait entre les massifs de fleurs faisait encore tourner une vieille roue à aubes.

Hélas, Rachel n'était pas en état d'apprécier le charme indéniable des lieux. Le cœur battant, la gorge en feu, elle avait beaucoup de fièvre et finit par s'avachir sur un fauteuil du patio.

Gray revint de la réception, dépité :

— Personne n'a réclamé les clés.

En voyant son amie assise, il frémit :

— Comment te sens-tu ?

Elle secoua la tête en silence.

Devant son regard inquiet, elle sut aussitôt ce qu'il pensait. Seichan avait ébauché un plan global d'effraction de la prison. Ils s'y attelleraient dès le lendemain matin mais, manifestement, Gray se demandait si la lieutenante Verona tiendrait le coup jusque-là.

Seichan surgit de la rue d'en face et balaya le jardin du regard. D'ordinaire très vigilante, elle semblait particulièrement sur les nerfs. Ses yeux étaient plus ronds, son attention plus versatile.

— Un problème ? demanda Gray.

— Non, rien. Tout va bien.

Quand elle s'aperçut que quelqu'un manquait à l'appel, elle se raidit de nouveau :

— Où est Kowalski ?

— Je pensais qu'il était avec toi.

— Je l'ai laissé potasser en ville pendant que j'explorais la forêt.

— Tu lui as confié un boulot d'intellectuel ?

Devant le scepticisme de l'Américain, Seichan répliqua :

— C'est de la basse besogne. Je lui ai donné des instructions que même un chimpanzé pourrait suivre.

— On parle quand même de Kowalski.

— Tu devrais partir à sa recherche.

— Il s'est sans doute trouvé un bar ouvert à midi. Il finira bien par retrouver son chemin. Si on parlait plutôt de ce qu'on a tous appris aujourd'hui ?

Gray l'invita à rejoindre leur table.

Peu convaincue et toujours sur le qui-vive, Seichan continua de faire les cent pas. Un muscle de son visage tressaillit quand la roue à aubes grinça.

Très tendue, elle consentit néanmoins à s'asseoir.

Gray l'interrogea sur le planning du lendemain. Ils parlaient tous à voix basse, la tête rentrée dans les épaules. En entendant Seichan dresser la liste du matériel nécessaire, Rachel fut consternée : mille et une choses risquaient d'aller de travers.

Son atroce migraine derrière l'œil droit lui donna la nausée.

Sans perdre une miette de la conversation, Gray la rassura d'un geste instinctif. Il ne l'avait même pas regardée.

Seichan s'en aperçut. Soudain, elle fit volte-face vers la rue et se tut, crispée, tel un guépard juste avant de charger.

Heureusement, ce n'était que Kowalski. Il les salua, ouvrit le portail du jardin et les rejoignit d'un pas tranquille. Son cigare dégageait de capiteuses volutes de fumée.

— Vous êtes en retard, gronda Gray.

Le colosse se contenta de lever les yeux au ciel.

Wallace profita de l'interruption pour exprimer ses propres réserves sur le programme annoncé :

— C'est sacrément risqué. Il nous faudra un timing parfait, une chance de cocu et, encore, je doute qu'on réussisse à atteindre les ruines de l'abbaye.

Kowalski flanqua un papier sur la table :

— Alors pourquoi ne pas y aller en touriste ?

Sa brochure montrait la photo d'une vieille galerie à colonnades surmontée d'un chapiteau tape-à-l'œil.

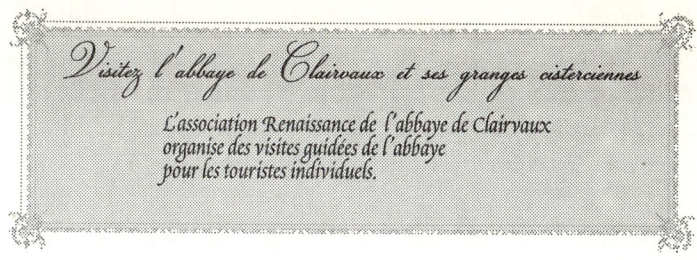

— Une association organise des visites guidées de la prison, bredouilla Rachel, médusée.
— Ben quoi ? On m'a collé la feuille en pleine figure. Parfois, ça sert de ne pas se fondre dans le paysage.

En ce qui le concernait, le mot était faible. Personne ne pouvait le prendre pour un type de la région.

Rachel parcourut le dépliant :
— Les excursions ont lieu deux fois par jour pour un tarif très modique. La prochaine débute dans une heure.

À son tour, Wallace feuilleta la documentation :
— On n'aura pas le temps de tout voir en détail, mais ça nous donnera un bon aperçu de l'endroit.
— On pourra aussi examiner les systèmes de sécurité de l'intérieur, renchérit Gray.
— Le problème, c'est qu'on va nous fouiller à l'entrée, prévint Seichan. Impossible d'y introduire un flingue.
— Pour quoi faire ? Avec tous les gardes armés autour de nous, on sera plus en sécurité que jamais.

Seichan n'en aurait pas mis sa main au feu.

14 h 32

La garce s'en était donc tirée.

À quatre kilomètres de Troyes, Krista s'approcha des hélicoptères anonymes. Les deux Eurocopter Super Puma dont ils s'étaient emparés étaient en cours de chargement. Des techniciens y avaient installé la puissance de feu nécessaire et dix-huit hommes en tenue de combat attendaient de monter à bord.

Un informateur annonça que les cibles étaient en train de se déplacer : elles avaient réservé une visite guidée de l'abbaye et se dirigeaient vers la prison. Krista regretta de ne pas avoir neutralisé l'imprévisible Seichan, mais elle disposait des ressources humaines et matérielles pour la faire taire.

Ce serait juste un peu plus compliqué.

Soit.

Sa mission ? Récupérer la relique et liquider tout le monde. Elle n'avait pas l'intention de se dérober mais, après ses récents déboires, sa position était devenue plus que précaire au sein de l'organisation. Elle se rappela le ton glacé et menaçant de son interlocuteur au téléphone. On ne lui pardonnerait plus le moindre faux pas. Cependant, elle savait aussi qu'il ne suffirait pas de *remplir* son objectif.

Après sa série de désillusions, elle avait besoin de remporter une victoire éclatante, de présenter un trophée à Échelon... et elle comptait bien y parvenir. Si la clé de l'Apocalypse se trouvait dans les vestiges de l'abbaye, elle obligerait les autres à la récupérer, puis les éliminerait.

Armée de la précieuse clé, elle consoliderait ainsi sa place dans la hiérarchie de la Guilde.

Un seul objectif occupait son esprit et elle ne voulait rien laisser au hasard. Ses proies allaient se retrouver piégées au cœur d'une prison de haute sécurité, sans armes ni moyens de s'échapper. Une fois l'assaut donné, l'établissement serait bouclé.

Elles n'auraient nulle part où aller, nulle part où se cacher.

Krista fit signe à ses hommes d'embarquer.

Il était temps d'écraser l'ennemi.

CHAPITRE 29

14 octobre, 14 h 40
Clairvaux, France

Gray savait qu'ils étaient dans de sales draps.
Les mesures de sécurité de la prison étaient draconiennes. On avait vérifié leurs passeports, inspecté leurs sacs et, après avoir franchi deux détecteurs de métaux, ils avaient dû se soumettre à une palpation en règle. Des gardes bardés de fusils, de matraques et d'armes de poing patrouillaient d'un bout à l'autre du bâtiment principal. D'autres surveillaient la cour extérieure avec d'énormes chiens policiers.
— Au moins, ils nous ont épargné la fouille intime, ronchonna Kowalski en passant le dernier contrôle de sécurité.
— On l'aura à la sortie, prévint Gray.
D'un regard en coin, son collègue s'assura qu'il plaisantait.
Leur guide attitrée agita son parapluie mauve :
— Par ici, *s'il vous plaît**.
La représentante de l'association Renaissance était une sexagénaire assez grande, à l'allure décidée. Vêtue sans chichis d'un pantalon kaki, d'un pull léger et d'une veste bordeaux, elle ne faisait aucun effort pour masquer son âge. Son visage était flétri, ses cheveux gris retenus par des épingles au-dessus des oreilles et elle affichait une mine sévère.

Ils arrivèrent devant une double porte donnant sur une cour intérieure. Le soleil illuminait les pelouses impeccables, les buissons taillés au cordeau et les allées de gravier. Après la rigueur des procédures de sécurité, ils eurent l'impression de pénétrer dans un nouveau monde. Des pans de murs effondrés à moitié recouverts de lierre s'entrecroisaient sur huit mille mètres carrés. Quant aux petits monticules pointus, ils indiquaient les anciennes fondations.

Escortée par une sentinelle armée, la guide entraîna son groupe dans le jardin et pointa son parapluie vers les murs :

— Voici les derniers vestiges du *monasterium vetus* initial. Sa chapelle carrée a ensuite été intégrée à l'église de l'abbaye avec son vaste chœur et ses chapelles absidiales.

Gray était tout ouïe.

Dans le bus qui les avait conduits à Clairvaux, ils avaient eu droit à une brève histoire du monastère et de son fondateur. Ils en connaissaient déjà presque chaque détail... à une notable exception près : saint Bernard avait édifié l'abbaye sur les terres de sa famille. Il y avait donc de fortes chances pour qu'il connaisse par cœur la topographie des lieux et, plus précisément, la présence éventuelle de grottes secrètes.

Avait-il choisi l'emplacement à dessein ?

En la voyant fixer le sol, Gray comprit que Rachel se posait la même question.

À l'écart, Seichan scrutait les remparts qui, avec leurs tours de guet, cernaient l'ancienne abbaye.

La mine sombre, elle remarqua que Gray l'observait et soutint son regard, comme si elle s'apprêtait à dire quelque chose. Malgré son air stoïque, les infimes muscles de son visage, qui souvent échappaient au contrôle volontaire de la conscience, semblaient en proie à une terrible confusion des sentiments.

— Suivez-moi, reprit la guide. Nous allons découvrir le bâtiment laïc le mieux préservé du site. Il nous offre un exemple admirable de la vie monastique.

Au fond de la cour, un édifice se dressait sur trois niveaux. Sa façade en pierre, jalonnée d'arcades, était percée de petites portes et fenêtres.

— Le rez-de-chaussée abritait le *calefactorium*, ou salle de séjour commune. Son concept est astucieux, *très brillant**! Sous les dalles du sol circulent une série de canalisations reliées à des caves secrètes. Les feux qu'on y allumait réchauffaient les moines après la prière ou l'office du soir. On y cirait aussi ses sandales avant d'entamer la journée.

Tandis que la guide glosait sur la vie quotidienne au Moyen Âge, Gray examina les dalles.

Les Cisterciens étaient donc très doués en ingénierie et en construction de tunnels.

Wallace avait également expliqué que les monastères et les abbayes de l'époque étaient souvent truffés de passages dérobés.

L'un d'eux existait-il encore ?

La guide leur fit découvrir un ancien atelier de corroyage, puis elle rebroussa chemin vers les décombres de l'église et termina par le clou de la visite : le Grand Cloître.

Après avoir franchi une immense arcade, ils se retrouvèrent dans une galerie carrée à colonnes entourant un jardin intérieur ensoleillé. Le plafond était soutenu par des voûtes gothiques.

Gray caressa un mur. L'architecture millénaire du site était un testament contre les ravages des siècles et du mauvais temps.

Qu'est-ce qui avait pu survivre d'autre ?

Les sentiers étroits du jardin à la française étaient encadrés de buissons et de massifs fleuris.

— On bâtissait les cloîtres au sud de l'église pour jouir d'un ensoleillement optimal.

Planté à côté d'une jolie boussole qui ornait le centre des parterres, Gray tourna lentement sur lui-même.

De toute l'abbaye, pourquoi était-ce l'endroit le mieux préservé ?

S'il existait un moyen d'accéder au tombeau de saint Malachie, il se trouvait forcément là. Quelques mètres plus loin, Rachel prit des photos. De retour à l'hôtel, ils les étudieraient et tenteraient d'y trouver la clé de l'énigme.

Conscient qu'aucun cliché ne capturerait jamais l'atmosphère des lieux, Gray s'en imprégna quelques secondes. Un détail de la structure le titillait. Plutôt que de regarder les autres se promener entre les ruines ou d'écouter la guide raconter ses histoires, le commandant Pierce concentra toute son attention sur l'endroit.

Il s'autorisa un bref voyage dans le passé, enveloppé par les chants des moines, le jeu de cloches qui appelait à la prière, les suppliques silencieuses adressées au ciel.

Il s'agissait d'un site religieux...

Entouré de vieilles colonnes en pierre...

Soudain, il eut la révélation.

— On se trouve dans un cromlech sacré !

Rachel baissa son appareil photo :

— Quoi ?

— Les colonnes du cloître ressemblent aux pierres levées de la tourbière, haleta-t-il avec enthousiasme. C'est une version chrétienne du cromlech.

Gray s'élança d'un pilier à l'autre. Taillés d'un seul bloc dans du calcaire gris-jaune, ils devaient peser plusieurs tonnes chacun et rappelaient les stèles anglaises en chalcanthite.

La quatrième colonne lui offrit enfin ce qu'il cherchait. La marque était quasi effacée par le temps mais, du bout des doigts, il caressa le cercle barré d'une croix.

— C'est le symbole.

La guide remarqua son vif intérêt :

— *Magnifique** ! Vous avez découvert une des croix de consécration. Au Moyen Âge, il était d'usage de sanctifier une église ou ses terres alentour par ce genre de pictogramme. Contrairement au crucifix qui évoque les souffrances du Christ, les cercles en quartiers représentent les apôtres. Il était typique d'en orner les sites sacrés. Elles figuraient toujours au nombre de...

— Douze, lâcha Gray.

Il songea aux pierres levées de la tourbière. Là-bas aussi, il avait compté douze croix.

— Exact. Pour l'ensemble des bénédictions apostoliques.

Et peut-être quelque chose de beaucoup plus ancien, songea le commandant.

En Angleterre, les pierres étaient gravées de spirales sur l'envers. Pressé d'examiner la face arrière des piliers, Gray passa le cloître en revue. Aucune marque distinctive à signaler. Le temps qu'il revienne au point de départ, son excitation était retombée. Et s'il s'était trompé ? Il poussait peut-être un peu trop loin son interprétation du symbolisme.

Devant sa quête farouche, la guide souffla avec une pointe de mépris :

— Vous avez donc entendu parler de la légende. À mon avis, si ce cloître tient encore debout, c'est surtout à cause du mystère qui l'entoure.

Wallace s'épongea le front avec un mouchoir :

— De quel mystère parlez-vous, chère madame ?

Sous le charme du vieux professeur, la sexagénaire esquissa enfin l'ombre d'un sourire. L'Écossais ne la quittait pas d'une semelle et lui posait beaucoup de questions, ce qui avait peut-être contribué à la séduire.

— Ce n'est qu'une légende locale, un mythe qu'on se transmet de génération en génération, mais force est de reconnaître qu'il y a de quoi s'étonner.

D'un sourire, Wallace l'incita à continuer.

— Comme je vous le disais tout à l'heure, les églises sont souvent sanctifiées par *douze* croix de consécration. Or, ici, on n'en dénombre que *onze*.

Surpris, Gray regagna le jardin. Il s'en voulait de ne pas avoir été assez attentif : il n'avait pas eu l'idée de compter les symboles, supposant d'emblée qu'il y en avait douze, comme avec les pierres levées.

— L'histoire prétend que la douzième et ultime croix de consécration de Clairvaux recèle un précieux trésor. Les gens la cherchent depuis des lustres, ils ont fouillé les terres alentour et même exploré les granges, mais ce n'est qu'une *légende**. Une *absurdité**. Il est fort probable que la croix manquante a été sculptée à l'intérieur même de l'abbaye, unissant de fait la bénédiction à l'église.

Peut-être que ce lien existe toujours, se dit Gray.

La guide vérifia sa montre :

— Je suis désolée, la visite est terminée. Si vous repassez demain, je pourrai vous en montrer davantage.

Son invitation s'adressait en priorité à Wallace Boyle.

— Oh, je suis sûr que nous reviendrons, promit-il.

Seichan s'était faufilée près de Gray et, à présent qu'il fallait prendre congé, elle semblait de plus en plus nerveuse.

Avant qu'il puisse lui demander si leur projet d'effraction restait viable, une sirène stridente retentit. Tout le monde regarda à la ronde. Que se passait-il ?

Le garde armé s'approcha. Rachel tâcha de deviner à la réaction de la guide s'il y avait de quoi s'inquiéter.

— Il faut se planquer, chuchota Seichan à l'oreille de Gray.

Son ton était insistant, mais elle paraissait presque soulagée, comme si elle avait attendu l'arrivée de quelque chose.

— Qu'y a-t-il ?

Un retentissant *flap-flap* couvrit le glapissement des sirènes et leur noua l'estomac. Gray leva les yeux au ciel : deux hélicoptères avaient surgi au-dessus de la colline boisée et piquaient droit vers eux.

L'alarme s'était déclenchée, signe qu'ils n'avaient pas la permission de traverser l'espace aérien.

La maison d'arrêt était prise d'assaut.

15 h 22

Assise à côté du pilote, Krista regarda son hélicoptère fondre sur la prison. Malgré son casque et le vrombissement des rotors, elle entendait les sirènes hurler. Les vigiles avaient repéré leur manège, tenté de les contacter mais, sans réponse valable, ils avaient donné l'alerte.

Devant elle, le premier appareil survola le site. Des charges se déversèrent de ses entrailles et explosèrent au sol dans une gerbe de feu. Les déflagrations fendirent le chaos avec fracas.

Krista voulait causer un maximum de dégâts. On l'avait informée des procédures de sécurité à Clairvaux. En cas d'urgence, le personnel avait ordre d'isoler les vestiges de l'abbaye pour protéger à la fois un trésor national et les éventuels touristes coincés à l'intérieur.

L'hélicoptère de tête annonça par radio :

— Cibles repérées. Je vous transmets les coordonnées.

La Norvégienne jeta un œil à son propre pilote. D'un coup de menton, il confirma avoir reçu le message et vira à droite. Des cordes étaient fixées devant chaque trappe de l'appareil et, dès qu'ils arriveraient au-dessus des ruines, les dix mercenaires descendraient en rappel pour sécuriser les cibles à terre.

Déterminée à régler le problème en personne, Krista se joindrait à la première équipe d'assaut.

Une fois que la prison serait la proie des flammes, l'autre hélicoptère lâcherait une seconde vague de soldats, puis les deux appareils sillonneraient le ciel, prêts à évacuer quand Krista donnerait son feu vert.

La jeune femme regarda en contrebas. Les coordonnées GPS indiquaient un grand carré de ruines autour d'un jardin assez vaste pour qu'un hélicoptère s'y pose en cas de besoin.

— On attend votre signal, annonça le pilote par radio.

Elle leva le poing, pouce en bas.

Il était temps d'en finir.

15 h 24

Les assiégés s'abritèrent sous la galerie couverte du cloître. Le bruit assourdissant des sirènes meurtrissait les tympans. Le choc des explosions battait contre les tempes. Des gerbes de feu et de fumée jaillissaient autour d'eux.

Quelqu'un tente de nous piéger, comprit Gray.

Et il avait deviné de qui il s'agissait.

Les patrons de Seichan voulaient garder la situation sous contrôle. Savaient-ils que l'équipe était en passe de retrouver la clé ? Était-ce ainsi qu'ils avaient l'intention de jouer la fin de partie ?

Il n'empêche que Seichan paraissait furieuse. *A priori*, elle n'avait pas été informée du revirement de stratégie.

— Qu'est-ce qu'on fait ? demanda Rachel.

Impossible de répondre, d'autant qu'une batterie d'interrogations sous-tendait sa première question. Comment allaient-ils se sortir de là ? Et l'antidote qu'on leur avait promis pour guérir son empoisonnement ? Sans la clé de l'Apocalypse, ils n'avaient aucune monnaie d'échange.

Il fallait donc la récupérer coûte que coûte.

Juste avant l'assaut, une idée avait commencé à germer dans l'esprit de Gray. Hélas, le vacarme des sirènes et des bombes avait tout balayé.

Quelque chose en rapport avec la douzième croix de consécration manquante.

Un hélicoptère émergea de l'écran de fumée et, quand il se mit en vol stationnaire au-dessus d'eux, son ombre s'abattit sur la cour intérieure. Le mugissement des rotors envahit l'espace clos, aplatit les fleurs et ébranla les buissons.

Les visiteurs de l'abbaye n'avaient aucune échappatoire.

Soudain, à force d'observer les lieux, Gray eut la réponse. Sans calculs compliqués ni reconstitution d'un puzzle, la vérité s'imposa à lui.

Les aiguilles du temps semblèrent presque s'arrêter.

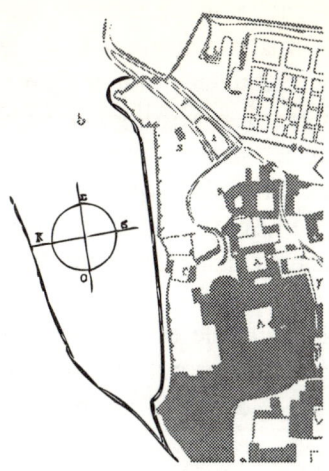

À la bibliothèque de Troyes, il s'était attardé sur le plan de l'ancienne abbaye et, à présent, il comprenait ce qui l'avait tracassé. Une croix païenne y figurait ! Jusqu'alors, elle lui avait échappé mais, là, c'était limpide.

La croix païenne représentait la Terre divisée en quatre quartiers primaires : est, ouest, nord, sud.

Exactement comme la *boussole* d'une carte.

Gray contempla la sculpture au milieu du jardin. La boussole en cuivre travaillé trônait sur un socle en pierre d'un mètre de haut. Elle était ornée de fronces joliment ciselées et, entre chaque point cardinal, on distinguait une série de graduations.

Malgré une apparence peu conventionnelle, la douzième croix de consécration les narguait depuis le début.

S'il avait eu le moindre doute, Gray se rappela autre chose : la boussole avait été installée au *centre* de la cour, au milieu de pierres gravées de symboles sacrés. Un endroit rêvé pour les anciens Celtes !

Il pointa l'index vers l'hélicoptère, dont les portières venaient de s'ouvrir :

— Feu !

Hélas, leur jeune garde paraissait terrorisé. Peu aguerri, il servait simplement de baby-sitter aux touristes. Bref, il ne boxait pas dans la même catégorie.

Kowalski lui arracha son arme des mains :

— Je vais te montrer comment faire, fiston.

Il commença à mitrailler le Super Puma sous le regard effaré du vigile. Des hommes dégringolèrent de la trappe béante. Une corde de rappel se tortilla dans le vide quand l'appareil, surpris par les tirs, fit un brusque écart.

Gray n'avait que quelques secondes pour vérifier sa théorie :

— Tenez l'oiseau à distance, Kowalski ! Les autres, suivez-moi !

Il se rua vers la boussole et agrippa le grand N en cuivre.

— Répartissez-vous tout autour !

Wallace, Rachel et Seichan se chargèrent des autres points cardinaux.

— Il faut la faire tourner sur elle-même en spirale ! Comme au caveau de Bardsey.

Les pieds campés sur la pelouse, Gray posa l'épaule contre le métal et poussa, aussitôt imité par ses compagnons. Peine perdue... La boussole ne bougea pas d'un millimètre. Se serait-il trompé ? Est-ce qu'au moins, ils tournaient dans le bon sens ?

Soudain, le mécanisme céda et l'ensemble de la boussole pivota autour de son moyeu en cuivre.

Des coups de fusil retentirent du côté de Kowalski.

La riposte ne tarda pas à venir du ciel et se concentra sur le tireur. Des rafales de balles grignotèrent la colonne derrière laquelle le colosse s'était réfugié, l'obligeant à battre en retraite.

Aussitôt, le Super Puma se repositionna au-dessus de la cour intérieure dans un vacarme infernal de rotors.

— N'arrêtez pas ! hurla Gray.

Le mécanisme n'était pas de première jeunesse. Ils avaient presque l'impression de percer un trou dans le sable, tant le cuivre grinçait, résistait et raclait le sol.

Pendant ce temps-là, des cordes tombèrent des flancs de l'hélicoptère.

15 h 27

— Ne tirez pas ! hurla Krista en voyant un de ses hommes viser le jardin. Je les veux vivants !

Du moins, pour l'instant.

Les mercenaires étaient assoiffés de sang. Le visage arraché par une balle perdue, l'un des leurs gisait mort sur le plancher de la cabine. Force était de reconnaître que leur adversaire, quel qu'il soit, savait manier le fusil.

La jeune femme indiqua le fond du cloître, où le sniper s'était abrité, et tendit un lance-roquettes à un soldat :

— Éliminez-le.

Le salaud n'avait nulle part où se cacher.

Surtout si on lui jetait une grenade thermobarique.

Kowalski piqua un sprint.

Dès que les tirs avaient cessé, il avait compris que quelque chose d'encore pire allait lui tomber sur la tête. Au moins, la vieille dame et le garde s'étaient sauvés au premier échange de coups de feu. Ils n'avaient pas voulu se mêler de la bagarre.

Typiquement français comme réaction...

Prévenu par un sifflement strident, Kowalski lorgna par-dessus son épaule, si bien qu'il ne vit pas le trou et bascula la tête la première dans un escalier étroit.

Une explosion terrible lui frôla les talons. Propulsé au bas des marches par l'onde de choc, il arriva pêle-mêle, hébété, à l'entrée d'un sombre tunnel.

Sourd, le nez en sang et les fesses fumantes, Kowalski prit conscience de deux choses : une fraction de seconde auparavant, l'escalier n'était pas là. Pire, il savait où il avait atterri.

15 h 28

Malgré ses oreilles qui bourdonnaient encore, Gray entendit mugir son nom, suivi d'un chapelet de jurons fleuris.

— Courez ! hurla-t-il aux autres.

Il empoigna Rachel, Seichan se chargea de Wallace et tout le monde détala en slalomant entre les cordes de rappel. L'onde de choc de la grenade avait fait des ravages. Même l'hélicoptère vacillait encore, ce qui leur laissa le temps de rejoindre l'allée au galop.

Un large pan du cloître n'était plus qu'une ruine noircie de fumée.

Quelques instants auparavant, Kowalski s'était sauvé à toutes jambes de la zone d'impact, puis il avait disparu, comme englouti par un puits – non, pas un *puits*.

— Ramenez votre cul par ici !

Il n'y avait qu'un seul truc capable de l'effrayer autant.

Ses quatre acolytes rejoignirent la galerie couverte. Un escalier s'était ouvert dans le sol. Gray avait deviné juste : la boussole avait déverrouillé un passage secret.

— Grouillez-vous !

Derrière eux, le Super Puma s'était stabilisé et des hommes en tenue de combat dégringolaient le long des filins. Déjà, on entendait résonner leurs bottes.

— Vite, vite, descendez !

Gray fermait la marche. Du coin de l'œil, il vit un soldat brandir un fusil. Il se baissa. Une salve de balles fusa au-dessus de sa tête et rebondit contre le mur. Les ricochets firent l'effet de piqûres d'abeilles. Le commandant en reçut une qui lui donna l'impression de lui avoir fêlé le crâne.

La situation aurait pu être plus grave.

De simples balles en caoutchouc, se rendit-il compte.

Les tirs n'étaient pas mortels. Quelqu'un voulait les capturer vivants.

Il débarqua dans une espèce de couloir bas.

— Il y a un levier par ici ! vociféra Kowalski. Je l'actionne ?

— Oui, crièrent-ils tous à l'unisson.

Avec un grincement métallique, l'escalier se souleva derrière eux. Chaque marche était, en réalité, une dalle de pierre qui se dressa à la verticale pour sceller à nouveau l'entrée secrète et les plonger dans le noir total.

Un grattement de pierre à silex retentit et la flamme d'un briquet éclaira le visage de Seichan :
— On fait quoi maintenant ?
Gray savait qu'ils n'avaient qu'une seule chance. La vie de Rachel comme la leur dépendaient d'un espoir fou :
— Il faut retrouver la clé.

CHAPITRE 30

14 octobre, 15 h 33
Clairvaux, France

Krista traversa le jardin d'un pas raide. Une fumée épaisse, à peine dérangée par le passage occasionnel d'un hélicoptère, avait plongé l'abbaye dans la pénombre.
Des centaines d'incendies embrasaient la prison. Les sirènes hurlaient, ponctuées par des tirs et des hurlements. Les surveillants pénitentiaires avaient déjà assez à faire avec les détenus en cavale, les feux et l'indescriptible chaos. Ils ne s'embarrassaient pas de ce qui se passait sur les ruines médiévales mais, par souci de discrétion, Krista avait demandé à sa seconde équipe d'assaut d'établir un périmètre de sécurité autour de la zone. Équipés de mitrailleuses, les hélicoptères assuraient le renfort aérien.
Une déflagration particulièrement forte attira son attention sur une gerbe de feu à l'ouest : un réservoir de carburant venait sans doute d'exploser près de l'héliport, leur première cible.
Krista avait décidé d'isoler la prison le plus longtemps possible. Avant d'attaquer, elle avait fait saboter les lignes téléphoniques et les réseaux de communication. L'unique route qui menait à Clairvaux avait aussi été truffée de mines. Bien sûr, les autorités locales finiraient par réagir, mais la jeune Norvégienne prévoyait d'être partie depuis longtemps.

Du moins l'espérait-elle.

Son adjoint – un grand gaillard d'Algérien répondant au nom de Khattab – la retrouva dans l'allée.

— Toujours pas de contact avec les cibles, annonça-t-il d'un air renfrogné.

Elle avait envoyé une équipe fouiller les ruines du cloître. Un mercenaire avait tiré sur un membre du groupe. D'après la description qu'il en avait faite, il s'agissait de Grayson Pierce... mais où étaient-ils tous allés ? Les explications du soldat n'avaient pas de sens. Il avait montré à Krista l'endroit où leurs adversaires avaient disparu : il n'y avait ni porte ni fenêtres et les murs étaient compacts.

Les proies s'étaient-elles enfuies à la faveur de l'obscurité ? En tout cas, elles n'avaient pas redonné signe de vie.

On n'avait retrouvé sur place qu'un vigile terrorisé et une vieille dame. Krista les avait interrogés, mais ils n'étaient au courant de rien.

Elle contempla la boussole en cuivre au milieu du jardin. Quand les hélicoptères avaient débarqué, Gray et ses amis trafiquaient quelque chose par là.

— Envoyez-moi deux hommes à la boussole. Qu'ils vérifient s'il n'y a rien de curieux.

— Et les cibles ? se renseigna Khattab.

— J'ai de nouvelles consignes.

Alors qu'elle avait espéré mettre la clé de l'Apocalypse en lieu sûr, elle devait revoir ses ambitions à la baisse.

— Permission de tuer.

Au moment de partir, Krista sentit le talon de sa botte glisser sur du sable et examina les dalles de pierre. Elle ne s'en était pas aperçue dans la pénombre mais, à moitié cachée derrière un pilier, une ligne de poussière calcaire traçait un rectangle par terre. Or, c'était là-bas que les proies s'étaient volatilisées.

Perplexe, elle fit rouler entre ses doigts une pincée de pierre écrasée :

— Nouvelles instructions annulées, Khattab. Qu'on amène des hommes ici. Notamment un expert en démolition.

En fin de compte, son ambition n'était peut-être pas si démesurée.

15 h 34

Torche en main, Gray entraîna les autres sur la pente abrupte mais rectiligne d'un tunnel en brique. Autant qu'il pouvait se repérer, il avait l'impression de rejoindre l'ancienne abbaye, mais ils étaient au moins descendus de quatre étages sous terre.

Personne ne soufflait mot.

Tous savaient que leur sort dépendait de la clé.

Alors que le commandant suivait le faisceau de sa torche, les parois de la galerie disparurent devant lui. Malgré l'urgence de la situation, il ralentit. Il n'avait pas oublié le traquenard déclenché par inadvertance à Bardsey. Ce n'était pas le moment de commettre une nouvelle négligence.

Retenant son souffle, il s'engagea dans la dernière partie du tunnel et vit sa lampe éclairer une grande salle mystérieuse.

Au début, il crut à une cathédrale souterraine. Les murs de brique flanqués de quatre piliers gigantesques soutenaient un vaste dôme circulaire. La structure ressemblait aux voûtes construites en marge du cloître sauf que, là, il s'agissait d'une véritable chambre forte. Des croisées d'ogives partaient des quatre piliers et se réunissaient au sommet.

Vue du dessous, leur disposition rappelait bien la croix païenne.

Le cercle en quartiers.

S'il doutait encore de la représentation symbolique, Gray n'eut qu'à baisser les yeux pour confirmer sa théorie : un immense motif en bronze était incrusté dans le sol calcaire sur trente mètres de long. Par ses multiples circonvolutions, le dessin formait trois belles spirales soigneusement entrelacées.

C'était l'antique triskèle, emblème que les historiens retrouvaient gravé sur les pierres levées d'Angleterre, en enluminure dans les vieux textes celtiques irlandais ou absorbé par l'Église catholique pour incarner la Sainte Trinité.

Le cercle en haut, la spirale en bas.
Et, entre les deux, un objet. Le seul de la pièce.

— Une croix celtique, souffla Rachel, abasourdie.

Sans fioritures et haute d'à peine deux mètres, la sculpture se composait de deux piquets en bronze qui se croisaient au sommet autour d'une traverse circulaire.

Gray et ses compagnons entrèrent dans la salle. Seul Kowalski resta près du tunnel :

— Je vous attends ici. Je me rappelle ce qui s'est passé la dernière fois que vous avez merdouillé avec une croix.

Wallace commenta la simplicité de l'objet :

— Fervents partisans de l'austérité et du minimalisme, les Cisterciens prêchaient contre l'abus d'ornementation. Chaque chose à sa place et dédiée à une fonction précise.

Gray s'approcha prudemment de la spirale en bronze. Difficile de dire si l'imposant dessin pouvait être qualifié d'*austère*, mais le professeur avait raison au sujet de la croix : en termes de forme et de taille, elle n'avait rien d'extraordinaire. Elle ressemblait même plus à un outil industriel qu'à un symbole religieux.

Pourtant, nul ne niait son importance capitale.

— Elle se dresse entre la spirale et le cercle en quartiers, constata Rachel.

En examinant le plafond à la lumière de sa torche, Gray remarqua un détail qui lui avait échappé : beaucoup moins sobre, le dôme divisé en quatre quartiers était serti de cristaux de quartz.

D'emblée, il comprit ce qu'il avait sous les yeux.

— C'est une carte du ciel, souffla Rachel.

Gray acquiesça en silence. Il reconnaissait les constellations formées à partir d'éclats de quartz et les cristaux de tailles différentes créaient une illusion de tridimensionnalité.

Malheureusement, le groupe n'avait pas le temps d'admirer l'ampleur du chef-d'œuvre.

Seichan les ramena tous à la réalité :

— Et la clé ? Sur l'île, vous pensiez que la croix était commandée par une combinaison capable de déverrouiller le caveau. Serait-ce pareil ici ?

Elle indiqua l'élément circulaire accroché à la croix. La roue en bronze était gravée de profondes stries semblables à celles qui ornaient la croix en pierre de Bardsey.

Comme les encoches sur la serrure d'un coffre-fort.

Seichan avait sans doute raison, mais il y avait un souci.

Gray ne connaissait pas la combinaison... et la dernière fois qu'il avait essayé, il avait failli tous les faire tuer.

À voir leur mine inquiète, les autres s'en souvenaient aussi.

— Il faut tenter le coup, assura Wallace.

— Si vous déclenchez le piège, on demandera à Kowalski d'actionner le levier, renchérit Seichan.

Gray secoua la tête :

— À supposer que ça fonctionne, on serait quand même bien emmerdés. Le levier nous sauvera peut-être la mise ici, mais il risque de rouvrir l'accès à l'escalier.

Autrement dit, les commandos auraient la voie libre jusqu'à eux.

— Ce serait tomber de Charybde en Scylla, conclut le professeur avec aigreur.

Gray se retourna vers la croix :

— On n'a droit qu'à une tentative. À la moindre erreur, on signe notre arrêt de mort.

Rachel apporta la seule bonne raison d'essayer :

— Si on ne fait rien, on est condamnés aussi.

Au bout de la salle, Kowalski grommela :

— Encore un qui prononce le mot *condamné* et je me tire.

15 h 48

Sous le regard attentif de Krista et de Khattab, l'expert en démolition bourra le dernier trou d'explosif plastique C-4, qu'il modela avec une habileté d'artiste. Après quoi, il inséra un détonateur à étincelle relié à un émetteur sans fil, puis fit signe à tout le monde de regagner le jardin.

Personne ne devait rester sous la galerie quand la bombe sauterait, car le souffle risquait de détruire l'allée et d'ensevelir l'entrée secrète.

— Prête ? demanda Khattab.

Krista agita la main avec impatience.

Dès qu'il reçut l'accord de l'Algérien, l'artificier appuya sur le bouton de son émetteur.

15 h 49

La déflagration obligea Rachel à mettre un genou à terre – pas à cause de la secousse mais par pure terreur. Déjà stressée, l'Italienne avait été prise de court. Le vacarme avait été assourdi par les gros remparts de pierre, mais il ressemblait à un coup de fusil.

Seichan contempla l'entrée du tunnel :

— Ils essaient de se frayer un chemin jusqu'à nous.

— Je m'en charge ! lança Kowalski, fusil à l'épaule.

Hélas, il serait bien seul face à une armée de mercenaires.

Rachel s'avachit par terre. Plus fiévreuse que jamais, elle frissonnait de partout. Son cerveau lui donnait l'impression de se dilater et de se contracter à chaque battement de cœur. Et que dire de ses abominables nausées ?

Gray l'observa d'un air inquiet mais, d'un geste, elle l'incita à poursuivre sa réflexion. Il venait de passer dix minutes à tourner autour de la croix sans y toucher. Parfois, il s'en approchait ; d'autres fois, il reculait d'un pas et regardait dans le vide.

Bizarrement, la traverse horizontale était creuse. Wallace avait aussi découvert une longue corde épinglée derrière la croix : des tendons séchés avaient été tressés en une espèce de câble lesté par un morceau de bronze triangulaire.

Ils ne savaient pas quoi en penser... et osaient encore moins l'effleurer.

Un bruit de bottes annonça le retour de Kowalski.

— Ils n'ont pas réussi à passer ! annonça-t-il, soulagé. On est toujours enfermés à double tour.

— Ils vont forcément revenir à la charge, prévint Seichan.

Rachel fixa Gray. Le temps pressait.

Pour le moment, son ami s'était arrêté. Il se laissa glisser à terre, comme s'il jetait l'éponge.

Par chance, elle savait de quoi il était capable.

Du moins l'espérait-elle.

15 h 59

Quand son téléphone avait sonné, Krista n'avait pas décroché de gaieté de cœur. À cause des sirènes, elle plaquait la paume de sa main sur son autre oreille. Du côté de la prison, les échanges de coups de feu s'étaient intensifiés. On se serait cru en pleine guerre et, à tout instant, les combats risquaient de déborder sur leur périmètre de sécurité.

— On sait où ils sont ! mugit-elle en tâchant de paraître la moins désespérée possible. Dans dix minutes, on se sera percé un passage jusqu'à eux !

Khattab, qui surveillait les agissements du démolisseur, leva dix doigts pour confirmer le délai annoncé.

C'était leur deuxième tentative. La première fois, ils avaient creusé un cratère dans la galerie et mis au jour une série de dalles en pierre calcaire. Consciente de toucher au but, Krista maudit la prudence de son expert en explosifs.

Quoique, à en juger par le mur et les colonnes noircis, il ne s'agissait pas de précautions superflues. Si, par malheur, la galerie s'effondrait sur l'entrée secrète, ils ne pourraient jamais descendre.

Son interlocuteur répondit sur un ton désagréablement calme et posé :

— Et vous pensez qu'ils ont accédé à une chambre forte susceptible d'abriter la clé de l'Apocalypse ?

— Oui !

En tout cas, c'était son souhait le plus cher.

Il s'ensuivit un long silence au téléphone, comme si elle avait la vie entière devant elle. À l'écart, des coups de fusil plus nets retentirent. Ils venaient de sa propre équipe. Une seule explication : la guerre approchait à grands pas.

— Très bien. Mettez la clé en lieu sûr.

Fin de la communication.

Krista regarda Khattab.

Il leva neuf doigts.

16 h 00

Le père Giovanni devait savoir quelque chose.

C'était tout ce que Gray avait pour réfléchir.

Assis les yeux ouverts mais imperméable au monde alentour, il se revit dans la crypte de l'abbaye Sainte-Marie à Bardsey. Il se remémora les annotations au charbon de bois sur le mur. Il songea à ce que le prêtre avait gribouillé et s'attarda sur le grand rond tracé autour de la croix. D'autres lignes coupaient le cercle en divers endroits.

En même temps, il se fia à sa toute première impression de la croix de Clairvaux selon laquelle elle ressemblait davantage à un outil industriel qu'à un symbole religieux. Comme une horloge en bronze. Un objet utile et pas uniquement décoratif.

Le commentaire de Wallace sur les moines cisterciens fit écho dans sa mémoire.

Chaque chose à sa place et dédiée à une fonction précise.

En observant la carte du ciel en cristaux de quartz, Gray sentit quelque chose monter de l'intérieur, une étrange impression de compréhension qu'il n'arrivait pas à mettre en mots.

D'instinct, il s'approcha encore de la croix et l'observa de biais. Comme la sculpture en bronze était à peine plus grande que lui, il dut fléchir les genoux pour regarder dans la traverse creuse :

— Ce n'est pas une croix.

— Qu'entendez-vous par là ? s'étonna Wallace.

Alors que le commandant Pierce était encore incapable de répondre, Seichan lâcha :

— On dirait presque un télescope.

L'agent Sigma se raidit, stupéfait.

Bingo !

C'était la pièce du puzzle qui lui manquait.

Une digue psychologique céda et, d'un seul coup, tout parut clair comme de l'eau de roche. Des images se déversèrent dans son esprit plus vite qu'il ne pouvait les suivre mais, quelque part au-delà de la raison, elles étaient très cohérentes.

Il leva les yeux au plafond.

On dirait un télescope.

Il fit volte-face et serra son ennemie, interloquée, dans ses bras.

— Je sais, chuchota-t-il à son oreille.

Seichan tressaillit, interprétant peut-être de travers les paroles de l'Américain.

La croix était posée sur une demi-sphère en bronze. Lorsqu'il en caressa les arêtes, Gray sentit un minuscule interstice entre la pierre et le métal.

Une fois armé d'un marqueur noir pris dans son sac, il s'agenouilla et griffonna à toute vitesse sur la roche.

Une partie de son esprit revint alors à Bardsey. Enfin, il comprenait les équations partielles du père Giovanni. Le rond avec les lignes. Le prêtre était beaucoup plus malin qu'eux. Il avait tout saisi. Le cercle représentait la Terre. Ses annotations...

— Il s'agissait de calculs de latitude et de longitude.

Les autres se réunirent autour de lui.

— De quoi parlez-vous ? demanda Wallace.

Gray désigna la sculpture en bronze au milieu de la salle :

— Ce n'est pas une croix mais un instrument de navigation lié aux étoiles !

Il acheva son dessin.

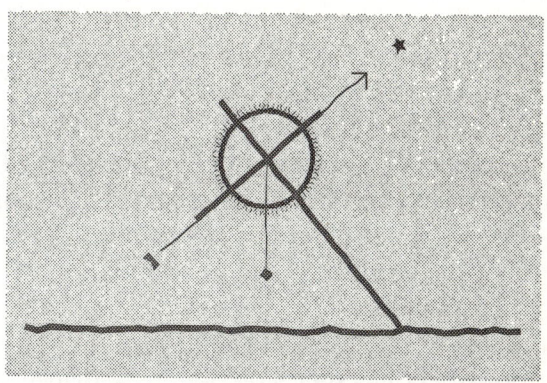

En fait, la croix pouvait être orientée, sa ligne transversale indiquait une étoile, le tendon lesté servait de fil à plomb et la roue mobile mesurait les degrés.

— C'est un sextant de la première heure.

Wallace n'en croyait ni ses yeux ni ses oreilles :

— Oh, Seigneur ! Depuis des siècles, les archéologues se demandent comment les Anciens érigeaient leurs pierres au centimètre près. Comment ils les alignaient à la perfection !

Il pointa l'index vers le dessin.

— Merde alors ! Il pourrait même s'agir d'un théodolite !

— Un quoi ? lâcha Rachel.

— Un outil qui permet de mesurer les angles horizontaux et verticaux, répondit Gray. On s'en sert en ingénierie.

— La vénération de la spirale et de la croix, reprit le professeur. Ces symboles représentent vraiment le ciel et la terre.

L'Américain contempla son esquisse de la croix ancrée au sol et dirigée vers les étoiles :

— Ils renvoient aussi au culte de la connaissance cachée, aux *secrets de la navigation et de la mécanique.*

Plus pragmatique, Seichan les fit redescendre de leur nuage :
— Quel rapport avec la clé de l'Apocalypse ?
Tout le monde contempla la croix en bronze.
— À l'époque, seuls les prêtres avaient accès à un savoir aussi puissant, expliqua Gray.
D'un regard, il chercha confirmation auprès du vieil archéologue, qui acquiesça en silence.
— Pour déverrouiller la clé de l'Apocalypse, nous devons faire preuve du même savoir.
— Comment ? s'inquiéta Rachel.
Son ami se rappela les calculs du père Giovanni à Bardsey :
— Il faut utiliser les étoiles et déterminer des coordonnées de navigation. Moi, j'indiquerais la longitude et la latitude approximatives de l'endroit où on se trouve.
Il observa l'assistance.
— À mon avis, c'est ça la combinaison.
— Vous pouvez la calculer ? demanda Wallace.
— On va essayer.
Par un jeu de miroirs et d'images réfléchies, les sextants permettaient de discerner latitude et longitude. La croix celtique ne fonctionnait pas exactement pareil, mais il y avait beaucoup de similitudes.
— J'ai besoin d'une valeur constante.
Gray contempla la carte du ciel : elle ne figurait pas là par hasard.
— L'étoile Polaire, suggéra Seichan.
Elle indiqua le cristal de quartz représentant une étoile qui servait à la navigation depuis la nuit des temps.
Voilà qui ferait l'affaire.
Il n'y avait pas un instant à perdre. Gray connaissait les coordonnées de Clairvaux, car il s'était servi du GPS pour se rendre à destination. Il se remémora l'écran de l'appareil :

LAT 48°09'00"N
LONG 04°47'00"E

La longitude et la latitude se divisaient en heures, minutes et secondes. Un simple tour de cadran d'horloge. Comme les lignes gravées sur la roue mobile de la croix. Tout était proportionnel.

En moins d'une minute, Gray s'inspira du vieil instrument et de leur position actuelle pour calculer ce qu'il pensait être le bon code.

Une fois qu'il l'eut mémorisé, il se redressa.

Devant le regard brillant de Rachel, il espéra être à la hauteur de ses attentes :

— Au cas où je me tromperais, je vous conseille de regagner tous le tunnel.

Arrivé devant la croix, il se sentit soudain moins sûr de lui. Il n'aurait droit qu'à une seule tentative. S'il s'était trompé dans ses calculs ou s'il manipulait mal le vieux sextant, personne n'en réchapperait.

— Tu peux y arriver, murmura une voix derrière lui. C'était Seichan.

Alors que Rachel et Wallace avaient rejoint Kowalski dans le tunnel, elle était restée là.

— Recule ! gronda-t-il.

— Il faudra sans doute deux personnes, rétorqua-t-elle, impassible. L'une pour maintenir la croix selon le bon angle, l'autre pour composer la combinaison à l'aide de la roue.

Gray aurait bien protesté, mais elle avait raison. De plus, il n'avait aucune envie de rester seul.

— D'accord, on y va.

Il regarda de nouveau à l'intérieur de la traverse creuse.

On dirait un télescope, songea-t-il en se rappelant les mots qui avaient fait tilt dans son esprit.

La remarque était venue de Seichan.

Il savait ce qui lui restait à accomplir. Lorsqu'il appuya sur le bras transversal de la croix, l'ensemble de la sculpture pivota sur son socle sphérique et un cliquetis sonore émana du sous-sol.

Impossible de faire machine arrière.

Gray orienta le bras de la croix au nord, puis, l'œil collé à la lunette, il chercha le dôme étoilé. Seichan l'aida en braquant sa torche vers le cristal qui matérialisait l'étoile Polaire.

Après quelques tâtonnements, il repéra l'astre voulu et, dès qu'il pointa son télescope dessus, un gong résonna d'un bout à l'autre de la salle.

Qu'est-ce que cela voulait dire ?

Tout à coup, des centaines de cailloux se détachèrent du plafond et s'abattirent sur eux. Le commandant en reçut un à l'épaule. Surpris, il faillit lâcher la croix. Seichan poussa un juron et se tint le front. Un filet de sang coulait entre ses doigts.

L'Américain suivit son regard. Des pieux en bronze avaient émergé des multiples trous béants laissés par les pierres et ils descendaient rapidement au bout de longues perches. Derrière les deux aventuriers, une dalle commença à resceller l'entrée du tunnel.

Gray et Seichan ne pourraient jamais sortir à temps.

C'était l'inverse du piège de Bardsey. Au lieu de s'écraser sur un tapis de piques acérées, ils finiraient empalés par le haut.

En tout cas, le message était identique.

Gray avait échoué.

CHAPITRE 31

14 octobre, 16 h 04
Clairvaux, France

— Vous êtes sûr que ça va nous ouvrir le passage secret ? demanda Krista.

La démolition prenait plus de temps que prévu. Après maints calculs, l'artificier avait creusé davantage d'orifices à l'intérieur du cratère, histoire de répartir les charges et de mieux contrôler l'explosion.

Alors que les cubes de C-4 attendaient d'être façonnés et insérés, il utilisait une alène pour percer à la main ses derniers trous de souris. Khattab traduisit sa réponse en arabe :

— Il dit que ça fonctionnera seulement si Allah le souhaite.

Krista avait la main posée sur l'étui de son pistolet.

Allah a intérêt à y mettre du sien, sinon cet enfoiré va se prendre une balle en pleine tête.

— Combien de temps ?

— Encore dix minutes, madame.

Malgré son envie de hurler, elle tourna les talons et s'éloigna.

Un Super Puma fendit le ciel. Ses rotors troublèrent l'épaisse fumée mais, après une brève apparition du soleil, l'abbaye sombra de nouveau dans une triste pénombre. L'atmosphère empestait le carburant brûlé et la cordite.

Krista entendit crépiter les mitraillettes de l'hélicoptère qui fonçait vers la zone de combat. Ses forces tentaient de circonscrire le chaos qui s'était emparé de la prison. On mugissait des ordres. Des hommes hurlaient. Les affrontements étaient d'une rare violence. Un commando traîna un de ses camarades à l'intérieur du cloître. Le blessé se tordait de douleur et, du poing, il empêchait ses boyaux de sortir.

À l'image du malheureux, ils ne résisteraient pas longtemps.

La Norvégienne se tourna vers Khattab.

Il leva neuf doigts.

C'était jouable. Une fois le tunnel éventré, elle bondirait dans le trou et mettrait en pièces tout ce qui la séparait de la clé.

Elle contempla la mallette posée à ses pieds.

Rien ne l'arrêterait.

16 h 05

Gray s'était écarté de la croix, mais il la tenait toujours à bout de bras. En voyant son visage grimaçant, Seichan sut ce qu'il pensait des lances qui descendaient du plafond.

— Je tire sur le levier ? rugit Kowalski, à genoux devant une porte qui se refermait inexorablement.

— Non ! s'écria le commandant.

Réfugiés dans le tunnel, les autres étaient à l'abri des piques empaleuses. Seuls Seichan et lui couraient un danger. L'Eurasienne comprit son choix. Si quelqu'un actionnait le levier, le piège se réinitialiserait, mais la porte dérobée risquait de se rouvrir, permettant ainsi aux soldats de les traquer à l'intérieur. Ils auraient la vie sauve, mais ceux d'à côté étaient condamnés.

Vous parlez d'une victoire !

Par sa décision, Gray leur offrait une infime chance. À supposer que les forces de Krista soient contraintes de battre en retraite avant de faire exploser la porte, leurs compagnons pouvaient encore s'en sortir.

Le pari était osé, mais c'était toujours mieux que rien.

Seichan leva les yeux au plafond.

Elle était prête à tenter le coup.

Elle obligea l'Américain à détacher son regard des piques mortelles et se planta devant lui. Il devait savoir la vérité.

À quoi bon des cachotteries dans un moment pareil ?

— Et si je ne m'étais pas trompé ? lâcha Gray. Tiens bien la croix pendant que je tourne la roue.

Seichan s'exécuta sans comprendre.

— Au lieu d'un traquenard, il s'agit peut-être d'une simple minuterie. Dès qu'on tente de former la combinaison, on dispose d'un laps de temps limité pour y parvenir.

Il indiqua le plafond hérissé de pieux.

— On n'a pas le droit de tâtonner. C'est tout ou rien.

Après avoir vérifié que le cordon lesté tombait comme il fallait, il caressa la roue en bronze. Ses lèvres remuèrent tandis qu'il comptait les encoches. Quand il atteignit l'endroit correspondant à ses calculs, il chuchota :

— On y est.

Il fit pivoter la roue jusqu'à ce que la marque soit alignée sur le fil à plomb, puis il retint son souffle, la bouche crispée par le stress.

Un nouveau coup de gong retentit.

— On y est ! s'exclama-t-il.

Manque de chance, la chute des piques s'accéléra encore.

— Gray !

Il s'en aperçut et compta vite à haute voix :

— Huit, sept, six, cinq, *quatre.*

Le doigt posé sur la bonne encoche, il tourna la roue dans l'autre sens et lui fit presque décrire un cercle complet.

Seichan se baissa en voyant un pieu lui foncer au visage. Les deux aventuriers durent s'agenouiller. La jeune femme garda la main levée afin de soutenir la croix. Gray, lui, avait les deux bras en l'air : l'un pour conserver la bonne position, l'autre pour actionner la roue.

La pointe d'une lance érafla le coude de Seichan.

Gray poussa un cri quand une pique s'enfonça dans le dos de sa main et le força à lâcher la roue.

Heureusement, Seichan glissa son bras entre deux pieux et la saisit à un autre endroit :

— Dis-moi quand il faudra cesser de tourner !

À cause du poids de la roue, elle dut se redresser pour optimiser l'effet de levier. Une pique lui transperça la joue. Un flot de sang envahit sa bouche et lui coula dans la gorge.

Malgré ses efforts, le mécanisme était grippé.

Affolée, elle croisa le regard de Gray. Elle souffrait le martyre et ne pouvait pas parler à cause de sa joue embrochée. Dans ses prunelles, elle se mit donc à nu devant lui sans rien masquer de son chagrin ni de ses souffrances.

Pas même son cœur.

Les yeux écarquillés, peut-être parce qu'il la voyait vraiment pour la première fois, Gray comprit ce qu'il y avait de caché entre eux. Il lui pressa le genou en murmurant quelque chose que personne ne lui avait jamais dit avec sincérité :

— J'ai confiance en toi.

Ce que la douleur n'avait pas réussi à faire, ses mots y parvinrent. Le visage zébré de larmes, Seichan s'enfonça encore plus la pique dans la joue et ses doigts tirèrent sur la roue métallique qui, à force, s'ébranla peu à peu.

Ils étaient franchement sur le fil du rasoir.

Au comble de la souffrance, Seichan sentit la pointe de la lance sur sa langue, mais elle ne relâcha pas son effort.

— Stop ! cria enfin Gray.

Soulagée, elle s'arracha à la pique mortelle et se laissa tomber par terre. Un troisième gong résonna au loin.

Trois spirales, trois gongs.

Au bord de l'évanouissement, elle vit les pieux se rétracter lentement vers le plafond. La tête posée sur le sol, elle entendit d'énormes rouages grincer dans les entrailles de l'abbaye, comme si elle écoutait une divine montre de gousset.

Près d'elle, la croix se redressa.

Gray fonça rejoindre la jeune femme, la hissa sur ses genoux et, tandis qu'elle se pelotonnait contre lui, il la serra dans ses bras :

— Tu as réussi. Regarde.

Il la souleva pour lui montrer le résultat.

À mesure que les rouages tournaient en coulisse, les trois spirales basculèrent, révélant ce qu'elles dissimulaient depuis des siècles.

Un berceau translucide était fixé sur l'envers de chaque faux plancher.

Quand les trois mécanismes s'immobilisèrent, les trois grosses nacelles en verre oscillèrent dans leurs montants.

Même de là où elle se trouvait, Seichan sut qu'elles n'abritaient pas des *bébés* mais des *corps*.

En réalité, il s'agissait de cercueils.

— Ce sont les tombes, souffla Gray.

La dalle de pierre qui bloquait l'entrée remonta dans le plafond et le reste du groupe se précipita à l'intérieur de la pièce.

— Vous l'avez fait ! bredouilla Wallace, médusé.

— Gray... ? lança Rachel.

Les yeux rougis de larmes, elle avait dû le croire mort. Un mélange de soulagement et d'effroi se lut sur son visage quand elle retrouva son ancien amant vivant mais couvert de sang.

Seichan voulut se relever. Hélas, elle était trop faible.

D'un bras protecteur, Gray l'aida à tenir debout. Sa joue abîmée saignait toujours, quoique moins abondamment. Wallace lui tendit un mouchoir, qu'elle roula en boule et pressa contre la plaie.

Gray lui adressa un regard interrogateur. Elle hocha la tête et, même si elle titubait encore un peu, elle se dégagea de son étreinte. Jamais elle n'avait fait quelque chose d'aussi pénible, mais sa place n'était pas dans les bras du commandant.

Rachel fonça aider son ami à se bander la main.

— Ce sont des cercueils en verre..., reconnut Wallace.

— Bien sûr que oui ! rétorqua Kowalski.

Une fois soigné, Gray pointa un index encore ensanglanté vers les sépultures :

— Il faut retrouver la clé.

16 h 08

Gray savait où regarder en premier.

Il entraîna ses comparses vers le cercueil qui ne ressemblait pas aux deux autres. Les parois en verre étaient recouvertes d'une fine couche de poussière, mais le motif était clair. Sous le faisceau croisé des lampes torches, il brillait de mille feux.

Les côtés et le couvercle du cercueil étaient constitués de panneaux en vitrail très travaillés. Les couleurs étincelaient comme des joyaux et les images étaient familières : des éclats de verre et de pierres précieuses formaient des rangées de minuscules faucons, chacals, lions ailés, scarabées, mains, yeux, plumes et autres symboles stylisés plus géométriques.

— Ce sont des hiéroglyphes égyptiens, balbutia Wallace.

— Fabriqués en vitraux, ajouta Rachel, tout aussi éberluée.

— Les glyphes paraissent très anciens. À mon avis, ils datent du Nouvel Empire. L'Église a dû les copier sur une stèle funéraire de l'époque. Peut-être étaient-ils autrefois gravés sur le sarcophage de Bardsey. Avant de les gratter, un moine les a consignés quelque part, puis recréés ici en vitraux.

— Vous pouvez les déchiffrer ? se renseigna Gray avec l'espoir d'y découvrir un indice sur la clé.

Wallace traça une ligne dans la poussière :

— *Ci-gît Méritaton, fille du roi Akhenaton et de la reine Néfertiti, qui a traversé les mers et apporté le dieu-soleil Râ en ces terres glacées.*

Le temps qu'il termine, ses mains tremblaient autant que sa voix :

— La reine brune... est une princesse égyptienne.

— Serait-ce possible ? demanda Rachel.

D'après l'histoire du père Rye, Merlin l'Enchanteur reposait dans un cercueil en verre sur l'île de Bardsey. Avaient-ils sous le nez la véritable origine du mythe ? La légende avait-elle fini par confondre le nom de *Méritaton* et celui de *Merlin* ?

Gray se remémora l'histoire fabuleuse des îles Britanniques. Le prêtre leur avait décrit le combat des Celtes contre une horde de monstres à la peau sombre, les Fomoires. À leurs yeux, une tribu d'Égyptiens émigrés aurait paru des plus étranges. Selon les mêmes contes, les Fomoires avaient partagé leur grande connaissance de l'agriculture. Or, les riverains du Nil la maîtrisaient aussi sur le bout des doigts.

Pensif, Wallace se redressa :

— Des historiens soutiennent que nos vieux édificateurs de pierres seraient de souche égyptienne. Sur le site funéraire néolithique de Tara en Irlande, on a exhumé un corps orné de perles en faïence qui étaient la réplique quasi exacte de bijoux retrouvés dans le sarcophage de Toutankhamon. En Angleterre, près de Hull, on a aussi découvert d'énormes bateaux parfaitement conservés au cœur d'une tourbière. De conception égyptienne, ils remontent à 1400 avant Jésus-Christ, bien avant que les Vikings ou je ne sais quel autre peuple de marins abordent nos côtes. Au British Museum, j'ai moi-même vu une pierre déterrée par un fermier gallois : elle représente une silhouette en tenue égyptienne sur fond de pyramides.

L'Écossais secoua la tête, comme s'il avait encore du mal à y croire.

— Mais là... on en a la preuve absolue.

— Et la clé ? rappela Seichan entre deux quintes de toux, le mouchoir toujours plaqué contre sa joue en sang.

Un corps gisait à l'intérieur du cercueil. Le couvercle était muni d'un fermoir en bronze, mais ils n'avaient pas d'autre choix que de déranger le repos éternel de la princesse égyptienne. Après avoir défait le verrou, Gray souleva le couvercle.

Une odeur légèrement écœurante s'échappa du tombeau.

— Seigneur ! s'exclama Rachel.

Bien que flétri et desséché, le corps se trouvait dans un état de conservation exceptionnel. De longs cheveux noirs encadraient le visage de la défunte. Sa peau sombre n'avait rien perdu de sa douceur. Même ses cils étaient intacts. Un fin linceul l'enveloppait des pieds à la gorge. Elle avait la tête ceinte d'une couronne en or rehaussé de lapis-lazulis qui attestaient ses origines égyptiennes.

Seule autre partie du corps exposée aux regards ? Les mains. Croisées sur la poitrine, elles serraient une amphore gravée de hiéroglyphes et scellée par un bouchon d'or à l'effigie d'un faucon.

— Regardez sa main droite, souffla Rachel.

Il manquait l'index.

Wallace se pencha sur l'étrange amphore :

— On dirait un canope, c'est-à-dire une urne contenant les viscères embaumés d'un roi ou d'une reine.

Ils devaient voir ce qu'il y avait à l'intérieur. Depuis toujours, la clé de l'Apocalypse était liée à la dépouille de la reine brune. Gray plongea les mains dans le cercueil et subtilisa le lourd récipient aux doigts flétris de Méritaton.

Kowalski recula d'un pas :

— À votre place, je m'abstiendrais. Je parie que ce machin est maudit.

Ou alors il s'agit du remède, songea Gray.

Étant donné leurs compétences en agriculture, les Égyptiens avaient sans doute découvert un champignon parasite capable de ravager un village entier. L'ancêtre de la guerre biologique ! Seulement, avaient-ils été aussi en possession du contrepoison ?

Gray attrapa la tête de faucon et, sans savoir à quoi s'attendre, il déboucha l'urne avec une certaine appréhension.

Malédiction ou antidote ?

Sous la torche de Wallace, il inclina la jarre au creux de sa main.

Il s'en échappa une poudre blanche si fine qu'on aurait dit de l'eau. Gray se rappela l'histoire de Bernard et du miracle de la lactation, selon lequel la Madone noire avait produit un lait guérisseur.

Sûr de son fait, il annonça :

— C'est le remède. Nous avons trouvé la clé.

Il reversa la poudre dans le canope, qu'il referma ensuite hermétiquement.

— Venez voir, toussa Seichan.

Elle avait ouvert un autre cercueil vitré. À l'intérieur : un homme vêtu d'une simple robe blanche à capuche. Ses mains jointes serraient sur son cœur un petit livre relié de cuir.

Seichan braqua sa lampe sur la tête du défunt. On avait l'impression qu'il était mort la veille. Il avait les joues légèrement creusées, mais la peau était intacte, les lèvres rouges et les paupières closes, comme s'il dormait. Ses cheveux bruns paraissaient peignés de frais et bien rasés au niveau du front.

— Il n'est pas abîmé du tout, constata Seichan.

Rachel porta la main à sa gorge :

— Les corps des saints ont la réputation d'être incorruptibles. Ils ne se décomposent pas. Ce doit être saint Malachie...

Dans le troisième cercueil, on distinguait le contour vague d'une autre dépouille.

— ... ou saint Bernard.

Wallace contempla l'urne en pierre. Il avait une autre théorie sur la préservation miraculeuse des corps :

— Les canopes ne renfermaient pas toujours de viscères. Parfois, on y versait juste des produits d'embaumement : huiles, onguents, poudres...

Gray comprit :

— Si la clé est un traitement curatif, notamment contre la prolifération des champignons, la poudre possède d'éminentes propriétés antifongiques, voire antibactériennes.

Il contempla le visage du saint.

— Les corps se délitent sous l'action des champignons et des bactéries. Il suffit donc d'embaumer un cadavre avec ce genre de produit, de sceller le cercueil et le corps paraîtra incorruptible.

Gray se souvint que les moines de Bardsey affichaient une santé de fer et une espérance de vie exceptionnelle. Un remède aussi puissant les aurait protégés contre une foule de maladies courantes au Moyen Âge. Pas étonnant que l'île soit renommée pour ses capacités de guérison !

Wallace écarquilla les yeux :

— Donc la clé...

— À l'origine, il devait s'agir d'un produit d'embaumement, peut-être apporté d'Égypte ou découvert sur leurs nouvelles terres. Quoi qu'il en soit, on a vite repéré ses vertus médicales. À l'époque, ce médicament devait sembler miraculeux.

— Associé à un agent pathogène mortel, il constituait une combinaison irrésistible, renchérit Wallace. Une arme biologique et son antidote.

— Le savoir s'est transmis des Égyptiens aux Celtes, puis aux premiers représentants de l'Église, qui ont fini par le cacher soigneusement ici.

Le professeur se tourna vers la croix celtique :

— Ce n'est pas le seul type de connaissance à avoir suivi ce fil historique. Depuis belle lurette, les archéologues se demandent comment le peuple égyptien a pu bâtir ses pyramides dans un alignement aussi précis. Il avait besoin d'un redoutable instrument de mesure.

Gray observa la croix d'un regard neuf. Pouvait-elle avoir joué un rôle pareil ?

Derrière lui, Rachel haleta de surprise. Avec Seichan, elle avait ouvert le petit livre du saint.

— Le nom à l'intérieur…, murmura l'espionne d'un air sombre. Máel Máedóc.

— Saint Malachie, traduisit Rachel. C'est son journal de bord. Regardez les nombres et les bribes en latin… On vient de retrouver le texte *original* de sa prophétie sur les papes. Écrit de sa propre main. Et il y a un tas d'autres pages après ! À mon avis, l'ouvrage contient des centaines d'autres prédictions jamais révélées par l'Église.

Peut-être à bon escient, pensa Gray.

Effrayées par la prophétie liée aux papes et à la fin du monde, les autorités chrétiennes n'avaient pas hésité à faire disparaître l'ouvrage.

Seichan revint à la page de couverture, où était dessiné un symbole égyptien. Le commandant Pierce le reconnut aussitôt. Ils l'avaient tous vu auparavant.

Voilà donc pourquoi la Guilde tenait tellement à s'en emparer. Ses responsables étaient obnubilés par les racines du savoir ancestral et, en particulier, égyptien. Le père Giovanni avait dû soupçonner un rapport avec cette civilisation-là et, quand l'information s'était ébruitée, la curiosité de l'organisation avait été piquée au vif.

Gray examina un symbole qu'il avait rencontré des années plus tôt, lors de ses précédents démêlés avec la Guilde : la stylisation conique d'un repas sacré.

Le dessin représentait le *pain de proposition*, ou pain des dieux. Les pharaons en mangeaient pour ouvrir leur esprit au divin. Méritaton avait-elle rapporté d'Égypte autre chose qu'un produit d'embaumement miraculeux ? Avait-elle introduit une miche de pain consacré ? Malachie en avait-il consommé un morceau pour entrer en transe et avoir ses visions ?

Gray fixa le symbole sur la couverture.

Avant que quiconque puisse réfléchir à la question, une terrible explosion retentit d'en haut. Un nuage de fumée et de poussière de roche envahit la salle.

— Ils ont réussi à passer, annonça Seichan.

Gray fit volte-face vers Kowalski :

— Prenez votre flingue et...

Soudain, Wallace désarma habilement le colosse, retourna le fusil contre eux et regagna le tunnel :

— Je ne pense pas, non.

Six soldats débarquèrent, talonnés par une fille brandissant un pistolet Sig Sauer.

L'Écossais lorgna par-dessus son épaule :

— Il était temps que vous arriviez, ma belle.

CHAPITRE 32

14 octobre, 16 h 15
Clairvaux, France

Krista se réjouit de voir leur stupeur, surtout chez Seichan qui, malgré sa joue en sang, la foudroyait littéralement du regard. Quel bonheur de la sentir enrager ainsi ! Après un périple semé d'embûches, le moment en valait presque la peine.
Presque.
— Vous ne pensiez pas être mon unique atout ici ? ironisa la Norvégienne. Sans garantie supplémentaire, la confiance n'est rien.
D'un coup de coude, elle désigna le professeur, qui l'avait rejointe avec son fusil :
— Depuis le début, Wallace et moi formons une excellente équipe. À l'époque, il venait de découvrir le dangereux champignon et il a eu la gentillesse de nous rapporter la trahison du père Giovanni. Le bon prêtre aurait dû se montrer plus prudent dans le choix de ses confidents.
Elle laissa échapper un petit rire mi-ravi, mi-soulagé mais se dépêcha de réprimer son instant de faiblesse. Sa colère reprit vite le dessus et l'aida à calmer sa voix :
— Alors, la clé est ici ?
— Oui, sourit l'archéologue. Dans l'urne là-bas.

Gray Pierce recula d'un pas :

— Nous avions conclu un marché.

Krista n'avait pas le temps de s'attarder sur une remarque aussi stupide ou naïve :

— Allez me la chercher, Khattab.

Afin d'éviter toute trahison de dernière minute, elle tenait Rachel en joue. Gray n'eut pas le choix : il céda la jarre.

Conformément aux ordres de sa patronne, l'Algérien leur laissa en échange une mallette gris acier et s'éloigna avec la clé.

Vu sa tête, Gray en avait déjà deviné le contenu.

— Il s'agit d'une bombe cinétique, précisa Krista. Du nouveau matériel en provenance directe de Chine. Ses boules de feu brûlent suffisamment fort et longtemps pour réduire les murs de brique en cendres. Après l'explosion, il ne reste plus rien.

— Prenez au moins Rachel avec vous, s'il vous plaît.

Krista refusa, mais elle éprouva un étrange respect envers son adversaire... ainsi qu'une pointe de chagrin. Elle reconnut dans ses prunelles une immense souffrance et la source d'où elle venait. Quelqu'un accepterait-il jamais de se sacrifier de la sorte pour elle ?

Un soupir exaspéré aux lèvres, elle offrit le seul réconfort dont elle était capable :

— Quel intérêt ? Je n'ai pas été entièrement honnête. La fiole de toxine que Wallace a laissée en dépôt à l'intention de Seichan ne possède pas de contrepoison. Elle est mortelle à tous les coups. D'ailleurs, votre amie en ressent déjà les premiers symptômes. Mourir ici sera plus rapide et moins douloureux.

Tandis que l'Italienne enfouissait son visage contre le torse d'un Gray consterné, Krista s'adressa à Khattab :

— Allons-y et vérifiez que votre expert fasse bien sauter l'entrée du tunnel avant d'évacuer.

Sa mission était terminée.

Ou presque.

Elle pointa son pistolet sur Wallace et lui tira dans l'estomac. Les yeux ronds, le professeur laissa échapper un bref halètement, puis atterrit sur les fesses.

Le visage tordu de douleur, il s'appuya sur un coude :

— Vous ne savez pas ce que vous faites.

Désinvolte, elle braqua le Sig Sauer vers son crâne.

— Je suis Échelon, éructa-t-il.

Elle se figea, médusée, et s'efforça de comprendre.

Pouvait-il dire la vérité ?

Seules quelques rares personnes sur Terre connaissaient ne fût-ce que le nom d'*Échelon*.

Pistolet au poing, elle doutait encore, mais elle était sûre d'une chose : pour se hisser dans la hiérarchie de la Guilde, il fallait faire le ménage au sommet.

Elle pressa la détente.

La tête de Wallace se renversa, puis il s'effondra par terre.

La jeune femme pivota vers le tunnel. Aucun reproche à craindre. Sa consigne était de tuer tout le monde.

Tous sans exception, se rappela-t-elle.

— On s'en va !

L'urne coincée sous le bras, Khattab ne quittait pas sa patronne d'une semelle. L'éblouissante lumière du jour les attira vers la sortie. Pour recouvrer la liberté, il leur suffirait de franchir un tas de gravats autour de la trappe défoncée.

Krista voulait déguerpir au plus vite. La prison était une vraie poudrière. Des coups de feu résonnaient jusqu'à eux.

Elle suivit ses hommes dans l'escalier et, ensemble, ils émergèrent des ténèbres souterraines. Les tirs étaient très proches, mais elle ne comprit le danger qu'au moment où Khattab s'écroula sur le flanc, la moitié du visage emportée. L'amphore roula de ses bras désarticulés jusqu'au jardin inondé de soleil.

Alors que ses soldats tombaient comme des mouches, Krista se réfugia derrière un pilier.

La guerre était arrivée jusqu'à eux.

Une puissante explosion retentit dans le ciel. Un hélicoptère, transformé en grosse boule de fumée et de débris enflammés, partit en vrille et s'écrasa au sol.

Le cœur de Krista battait à tout rompre.

Que se passait-il ?

Soudain, au fond du parc, elle découvrit qui avait tendu une embuscade à son équipe. Il y avait des types en uniforme militaire français... mais, surtout, elle reconnut l'homme à leur tête.

Impossible.

Encore ce salaud d'Indien !

Painter Crowe.

Le pouls de Krista s'emballa – non pas de peur mais d'une rage qui lui fit perdre tout sens rationnel. Elle appuya sur le bouton de l'émetteur au fond de sa poche. Le sol tressauta sous ses pieds et, après le choc de la déflagration, d'épais tourbillons noirâtres s'élevèrent du cratère.

Ses camarades mercenaires n'en sortiraient pas vivants.

Profitant de la diversion et de l'écran de fumée, la brillante scientifique se réfugia dans la pénombre. Elle ne se faisait aucune illusion : piégée à l'intérieur de la prison avec une équipe submergée de toutes parts, elle avait perdu. Il ne lui restait qu'un seul objectif. Avant de quitter la Norvège, elle s'était fait une promesse qu'elle avait la ferme intention de tenir.

16 h 20

La fusillade cessa aussi vite qu'elle avait commencé.

Les hommes de Painter avaient été surpris par un contingent ennemi qui avait jailli d'un trou dans le sol. Ils n'avaient pas remarqué l'entrée du tunnel enfouie à l'ombre d'une partie de cloître détruite par les bombardements.

Heureusement, les derniers adversaires étaient tombés.

Les militaires français se dispersèrent dans le jardin. Arme à l'épaule, ils avançaient vite et ne laissaient rien au hasard.

Resté à l'arrière, Painter poussa un soupir frémissant et scruta les alentours. Où étaient Gray et les autres ?

Monk s'approcha, le fusil encore fumant. À voir sa mine sombre, il s'inquiétait pour ses amis.

Tout juste trahie par un mouvement d'ombres, une femme surgit dans l'embrasure d'une porte à trente centimètres à droite de Painter, pointa un pistolet vers le torse de son ennemi juré et tira quatre fois.

Les détonations résonnèrent comme des coups de tonnerre.

Pourtant, le patron de Sigma eut à peine l'épaule éraflée par une balle. Taclé sur le côté, il atterrit sans ménagement sur un genou et vit John Creed s'effondrer, grièvement blessé.

La fille hurla et sauta sur Painter en lui agitant son arme au visage, mais il avait sorti un couteau de sa botte et la poignarda à l'estomac.

Elle encaissa et lui fourra son canon sous le menton. Son regard parlait pour elle : rien ne l'empêcherait de tuer l'odieux Américain.

— Pense que c'est le tien ! vociféra Painter avant d'appuyer sur le bouton du couteau à air comprimé.

L'explosion déchiqueta le ventre de Krista, pulvérisant et cryogénisant immédiatement ses organes internes.

Il la repoussa des deux mains. Paralysée par le choc et la douleur, elle tomba à la renverse. Ses lèvres articulèrent un cri silencieux de souffrance, puis son corps s'avachit. Mort.

Monk se rua dans le jardin :

— Creed !

Painter se releva d'un bond et se précipita à sa suite.

Le jeune héros gisait sur le dos. Touché de trois balles à la poitrine, il avait la bouche écumante de sang et, conscient de ce qui l'attendait, il ouvrait des yeux comme des soucoupes.

Monk s'agenouilla près de lui et ôta sa veste pour comprimer les plaies :

— Accroche-toi !

Hélas, il n'y avait plus rien à faire. Une mare de sang s'était formée sur le sol compact. Il devait s'agir de balles à tête creuse, qui s'étaient déformées lors du choc.

Creed chercha à tâtons la main de Monk et l'agrippa solidement. Son collègue la recouvrit de son autre paume :

— John...

Le malheureux rendit son dernier souffle. Sa main glissa. Monk essaya de la rattraper, comme si cela servait à quelque chose, mais le regard de Creed était devenu vitreux.

— Non, gémit Monk.

Au moment de lui apporter un maigre réconfort, Painter entendit un nouveau bruit. Il se plaqua au sol. Le vacarme provenait du trou fumant, dont un groupe émergeait tant bien que mal entre deux quintes de toux.

Une silhouette sonda les environs, puis foula le jardin d'un pas chancelant.

— Gray...

16 h 22

Ils n'avaient eu que quelques secondes.

Gray savait que la fille ferait sauter sa bombe dès qu'elle aurait mis le pied dehors. Après la disparition du dernier soldat, il s'était donc élancé vers la croix celtique pour actionner la roue. Les moines avaient dû concevoir un mécanisme permettant de renvoyer les sépultures dans l'antre des ténèbres.

L'idée lui était venue tout naturellement.

Qui actionne la roue fait pivoter le sol.

Il avait eu raison.

Les cercueils avaient basculé sous terre et le plancher orné du motif en spirales avait réapparu.

Le temps que le sol se rabatte, Gray avait hurlé à Kowalski de jeter la mallette au fond du caveau. Les dalles de pierre ne suffiraient peut-être pas à les protéger, mais ils n'avaient pas le choix. Après quoi, ils avaient détalé au fond de la salle et s'étaient tous jetés à plat ventre.

Soulevées par le souffle de l'explosion au-dessus d'un brasier incandescent, les spirales du sol étaient retombées aussitôt. Une fumée épaisse et brûlante s'en était échappée mais, comme dans un conduit de cheminée, elle fut en grande partie aspirée à l'intérieur du tunnel.

Au sous-sol, en revanche, le dangereux incendie continuait de faire rage.

Les dalles étaient en train de cuire. À l'écart, la triple spirale en bronze commença à rutiler dans le brouillard de fumée.

Une fusillade éclata à la surface, puis, d'un seul coup, les tirs cessèrent.

Gray ignorait ce qui se passait. D'autres détonations retentirent et quelqu'un hurla. Cette voix-là lui était familière. Il en frémit presque de soulagement.

Monk.

Malgré la chaleur torride, il ramena ses compagnons à l'entrée du tunnel. Des cadavres gisaient partout, cernés par des militaires français. Il trébucha dans le jardin.

— Ils sont avec nous ! mugit Painter en jouant des coudes.

Gray ne comprit ni ce que son patron fabriquait à Clairvaux ni *comment* il avait débarqué là-bas mais, pour les explications, il faudrait attendre. D'un coup d'œil à la ronde, il repéra un récipient en pierre et en or coincé au pied d'un buisson.

Le canope.

Il courut le ramasser. Par chance, le couvercle n'avait pas bougé.

— C'est la clé de l'Apocalypse.

— Gardez-la en lieu sûr, Pierce.

Painter ne paraissait pas surpris par la présence de Seichan, qui se planta devant lui en secouant la tête.

— Il fallait tenter le coup, souffla-t-il, énigmatique.

— Ça a quand même foiré. Depuis le début, je me doutais que la Guilde ne me referait plus confiance à 100 %.

La jeune espionne observa la seule victime qui n'avait pas vraiment réussi à s'échapper.

— Et je n'aurais pas dû croire ces salauds.

La tête tournée vers le ciel, Rachel semblait hébétée. Ils étaient tous libres, mais elle restait prise au piège.

Ses jambes tremblaient.

La chaleur, le stress l'avaient usée jusqu'à la corde.

Le visage baigné de soleil, elle s'effondra.

22 h 32
Troyes, France

Quelques heures plus tard, Gray était assis sur un banc devant la chambre de Rachel. Monk et un interniste français étaient à l'intérieur. La patiente avait été placée sous perfusion d'antibiotiques et, bien qu'elle soit tirée d'affaire, il s'en était fallu d'un cheveu. On avait dû l'évacuer par hélicoptère vers l'hôpital de Troyes.

Au moins, elle avait repris conscience.

Gray caressa son pansement à la main. Ses plaies avaient été débridées, recousues et bandées, mais il était loin d'être guéri.

Une porte s'ouvrit. Seichan sortit de sa chambre en blouse d'hôpital. Un paquet de cigarettes à la main, elle se demandait sûrement où fumer. À la vue du commandant, elle se figea.

Comment devait-elle réagir ? Gray sentit qu'elle serait obligée de s'habituer à une telle insécurité. La Guilde était à ses trousses. Les États-Unis avaient toujours un mandat d'arrêt contre elle. Painter avait dû user de tout son talent pour faire passer sous silence l'hospitalisation de la jeune femme. D'ailleurs, il tentait toujours d'éteindre un bon millier de feux et de tenir le monde à distance...

Aucun membre du groupe, hélas, ne pourrait se cacher éternellement.

Gray tapota le siège à côté de lui.

Après moult hésitations, Seichan approcha. Elle avait la moitié du visage bandée. Au lieu de s'asseoir, elle resta debout, les bras croisés. Son regard voilé par la morphine fixa la porte de Rachel.

— Je n'ai pas empoisonné ton amie, murmura-t-elle d'une voix rauque.

Juste après l'opération, elle n'aurait pas dû essayer de parler, mais elle en avait besoin.

— Je sais, acquiesça Gray. Elle souffre d'une double pneumonie. Trop de pluie, trop de stress et une légère infection virale.

Son interlocutrice se laissa tomber sur le banc.

Painter avait déjà raconté une bonne partie de l'histoire. Un mois auparavant, il avait localisé Seichan grâce à son implant. Elle n'avait pas trouvé le mouchard toute seule. Elle avait même été choquée, furieuse et blessée que le directeur de Sigma lui révèle leur trahison, mais il lui avait fait une proposition très alléchante : travailler pour lui et tenter une dernière fois d'infiltrer la Guilde. Les autorités la recherchaient pour interrogatoire. Or, elle constituait sa meilleure chance d'identifier le cerveau de l'organisation.

Après avoir accepté l'offre, elle avait attendu la mission idéale pour faire ses preuves auprès des gros bonnets de la Guilde et regagner leur confiance. Jamais elle n'aurait cru se retrouver en conflit direct avec Gray mais, une fois l'opération lancée, il n'était plus possible de revenir en arrière.

— Il fallait que je protège ma couverture, expliqua Seichan.

Elle parlait autant de l'empoisonnement que du subterfuge global.

— J'ai échangé les Thermos à Hawkshead et, tout en faisant semblant d'intoxiquer Rachel, j'ai détruit le produit mortel. Je savais que des espions surveillaient nos moindres gestes. Mon téléphone était sur écoute et j'avais déjà des doutes sur Wallace Boyle.

Ses soupçons venaient certainement moins de la personnalité trouble du professeur que de ses propres penchants paranoïaques mais, en l'occurrence, elle avait eu raison de s'y fier.

— Ce n'est qu'une fois en France, quand on s'est tous séparés, que j'ai pu m'éloigner de Wallace et voler un portable à carte. Après avoir éliminé mes assassins en forêt...

— Tu as averti Painter que la mission était un fiasco.

— J'étais obligée de saboter ma couverture, confirma-t-elle. Il nous fallait de l'aide.

Et comment !

Painter lui avait demandé de continuer à jouer la comédie. Comme Wallace n'avait toujours pas été démasqué et que le bilan s'alourdissait dans le Middle West, la planète avait besoin de la fameuse clé... même si cela impliquait de fricoter avec le diable.

Un long silence gêné s'abattit entre eux. Prête à détaler, Seichan tripota son paquet de cigarettes.

Au bout d'un moment, Gray remit sur le tapis un sujet qui le taraudait :

— Il y a longtemps, tu m'as affirmé être du côté des gentils et œuvrer *contre* la Guilde en tant qu'agent double. C'était vrai ?

La jeune femme fixa le sol, puis répondit avec dureté :

— Quelle importance aujourd'hui ?

Gray soutint son regard farouche. Il tenta de la percer à jour, mais c'était un véritable mur. Lors de précédentes missions où leurs chemins s'étaient croisés, elle avait toujours fini par lui donner un coup de main. Ses méthodes étaient brutales (par exemple, le meurtre du conservateur vénitien), mais qui était-il pour la juger ? Ils n'avaient pas le même parcours. Il devinait chez elle un passé de solitude, de survie difficile et de mauvais traitements qui le dépassait totalement.

Un grincement de porte lui épargna de répondre. Monk sortit, suivi par l'interniste de l'hôpital. Son regard oscilla entre Gray et Seichan. L'ambiance encore tendue créait une impression glaciale.

Monk salua le départ du médecin, puis indiqua la porte :

— Rachel est fatiguée. Vous pouvez la voir quelques minutes... mais *pas plus*. Au fait, Vigor est sorti du coma ce matin et, à ce que j'ai entendu dire, il n'est pas près de se taire. Quoi qu'il en soit, je crois que la nouvelle a aidé sa nièce à remonter la pente.

Gray se leva.

Seichan aussi, mais elle se tourna vers sa chambre.

Il la retint :

— Pourquoi n'entres-tu pas avec moi ? Tu le lui dois. C'est toi qui lui as fait vivre un enfer. Va lui parler.

Soupir aux lèvres, elle parut considérer sa proposition comme une obligation doublée d'une punition auxquelles elle ne pouvait se soustraire. Le commandant n'avait pas voulu jouer au père Fouettard mais, au moins, il l'avait fait réagir.

Rachel était assise dans son lit. Elle sourit en voyant entrer Gray mais, lorsqu'elle vit qui l'accompagnait, elle se rembrunit, les prunelles étincelantes de rage.

— Comment te sens-tu, ma grande ?

— Eh bien, je n'ai pas de poison dans le sang.

Seichan savait que la pique lui était spécialement destinée, mais elle ne réagit pas et s'assit à côté de la patiente.

Rachel s'écarta aussitôt.

Les doigts sagement posés sur les barreaux métalliques, son ennemie ne desserra pas les dents et la laissa déverser sa colère silencieuse sur elle. Quand Rachel se renfonça enfin sous les draps, l'Eurasienne murmura sans froideur ni sanglots dans la voix :

— Je suis désolée.

Gray resta en retrait. Seichan avait autant besoin de parler que Rachel avait besoin de l'entendre et, comme les deux femmes discutaient désormais calmement, il regagna la porte. Leur conversation ne le regardait pas.

De retour dans le couloir, il vit Monk serrer son téléphone portable entre ses mains.

— Tu as parlé à Kat ?

Assis sur le banc, l'homme hocha lentement la tête.

— Elle t'en veut toujours de t'être mis en danger ?

Il continua d'acquiescer sans mot dire.

Après quelques instants, Gray, qui connaissait bien son ami, se risqua à demander :

— Comment te sens-tu ?

Monk soupira. Un long silence plus tard, il lâcha sur un ton calme qui dissimulait un océan de douleur :

— C'était un bon gosse. J'aurais dû mieux le surveiller.

— Tu ne pouvais pas...

Monk lui coupa la parole, pas parce qu'il était fâché mais juste fatigué :

— Tu sais, je ne suis pas sûr d'être prêt à en parler.

Gray respecta sa décision. Pour l'instant, ils se satisfaisaient déjà de leur compagnie mutuelle.

Un sifflotement familier s'éleva du fond du couloir. Kowalski apparut, le pas léger. Il s'en était tiré sans une égratignure mais, par mesure de sécurité, il ne pouvait pas quitter l'enceinte de l'hôpital.

Il tenait quelque chose dans sa grosse paluche mais, dès qu'il aperçut ses collègues sur le banc, il fourra l'objet derrière son dos. Gray se rappela son étrange fixation à Hawkshead :

— C'est un cadeau pour Rachel ?

Kowalski s'arrêta, penaud. Pris en flagrant délit, il révéla un superbe nounours blanc déguisé en infirmière. Il le contempla quelques secondes, lorgna la chambre de la lieutenante Verona, puis tendit l'animal en fusillant son collègue du regard :

— Bien sûr.

Gray prit l'ours et Kowalski s'éloigna d'un air bougon. Il ne sifflotait plus.

— C'était quoi ce cirque ? s'étonna Monk.

Son ami s'adossa au mur :

— Tu sais, je ne suis pas sûr d'être prêt à en parler.

CHAPITRE 33

23 octobre, 10 h 14
Washington, D.C.

Ils se retrouvaient tous dans le bureau du sénateur Gorman au Congrès.

Painter était assis près du général Metcalf. De l'autre côté se tenait le Dr Lisa Cummings, jambes croisées.

Du bout de sa chaussure, elle effleura le pantalon de Painter. Ce n'était pas un hasard. Les deux amants avaient été séparés trop longtemps et, depuis son retour de vacances, Lisa s'était rendue plusieurs fois dans le Middle West pour gérer la crise sanitaire. Résultat : ils profitaient à fond des rares moments passés ensemble.

Metcalf poursuivit ses explications sur la fabrication du composé antifongique.

Painter avait déjà lu le rapport. Au lieu d'écouter, il observa le reflet de sa petite amie dans la vitre. Les cheveux relevés en chignon banane, Lisa portait un tailleur strict en accord avec l'ambiance de la réunion. Il s'imagina défaire son chignon, déboutonner son corsage...

— Nous traitons par aspersion chaque champ de production, ce qui représente un rayon de sécurité de vingt-cinq kilomètres autour des sites. L'Agence de protection de l'environnement a aussi chargé la garde nationale de tester des échantillons de végétation sur un périmètre de cinquante kilomètres supplémentaires.

— Tous les champs contaminés de la planète ont été nettoyés et traités, confirma Gorman. Espérons que nous aurons endigué le fléau à temps.

— Sinon, nous serons prêts, intervint Lisa. Les premiers essais humains sont concluants : nos patients ont bien réagi. Pour le milieu médical, ce sera une aubaine sur toute la ligne. Certes, nous disposions déjà d'antibiotiques puissants mais, en cas d'infection généralisée, notre arsenal de médicaments antifongiques était limité et desservi par sa toxicité élevée. Grâce à ce nouveau composé facilement disponible...

— Et libre de droits, renchérit Painter.

Elle hocha la tête :

— On réussira à juguler la catastrophe.

— En parlant de liberté, reprit le sénateur, après ma visite du site de production Viatus dédié au médicament miracle, je suis passé voir Ivar Karlsen.

Painter dressa l'oreille. Le P-DG attendait son procès dans une prison norvégienne et continuait de gérer ses affaires depuis sa cellule. À titre de réparation partielle, il avait mis bénévolement toutes les ressources biotechnologiques de sa société au service de la fabrication du remède. C'était impressionnant de voir la vitesse à laquelle ils avaient lancé la production de masse.

Lisa avait tenté d'expliquer à Painter que l'antidote était dérivé d'un lichen propre à l'Afrique subsaharienne, que sa structure chimique attaquait un stérol spécifique des membranes cellulaires fongiques, ce qui rendait le produit à la fois efficace et sûr pour traiter plantes ou mammifères.

Le patron de Sigma n'avait pas retenu le quart des détails. L'essentiel pour lui, c'était que le traitement fonctionne.

— Vous auriez dû voir sa cellule, lâcha Gorman. On se croirait presque au Ritz.

— En tout cas, il ne quittera pas son hôtel de si tôt, ajouta Painter.

Si tant est qu'il soit libéré un jour, vu son âge avancé.

Metcalf se leva :

— Si le débat est clos, on m'attend au siège du DARPA.

Le sénateur lui serra la main :

— Je reste à votre entière disposition. N'oubliez pas que je vous suis redevable.

Les mots étaient adressés au général, mais Painter remarqua le coup d'œil de Gorman dans sa direction.

Après les événements en Norvège, ils avaient dû révéler l'existence de Sigma Force. De toute façon, le sénateur n'aurait fait qu'aggraver la situation en s'acharnant à découvrir la vérité. Ils s'assuraient aussi le soutien d'un allié de poids au Congrès. D'ailleurs, les agences de renseignements américaines commençaient à voir Sigma d'un autre œil. Pour une fois, les loups avaient cessé de hurler à leur porte. Ils n'étaient peut-être pas encore en laisse, mais Painter disposait d'une plus grande marge de manœuvre pour consolider son équipe.

Comme la Guilde chercherait à l'anéantir, il savait qu'il en aurait besoin.

Painter accompagna Metcalf et Lisa dans les couloirs du Capitole. Il attendait toujours la confirmation du général sur un point très sensible :

— Monsieur...

— C'est votre problème. Je ne peux pas annuler son mandat d'arrestation. Ses crimes ont trop de ramifications internationales. Il faudra qu'elle garde un profil bas et, par *bas*, j'entends « ramper dans les égouts ».

Metcalf le fixa du regard.

— Enfin, si vous croyez qu'elle constitue un atout...

— J'en suis persuadé.

— Alors, soit... mais à vous de porter le chapeau.

Quel bonheur d'être soutenu avec tant d'enthousiasme ! Après avoir pris congé, Metcalf se dirigea vers une autre réunion politique. Painter se retrouva donc seul auprès de Lisa lorsqu'ils ressortirent dans l'air frais du matin.

Il consulta sa montre. L'oraison funèbre débutant une heure plus tard, il avait juste le temps de prendre une douche et de se changer. Malgré le soleil éclatant, il était d'humeur maussade. John Creed avait donné sa vie pour sauver la sienne. Depuis qu'il envoyait ses agents affronter les pires dangers, Painter s'était forgé une carapace. C'était le seul moyen de rester sain d'esprit et d'assumer les choix difficiles.

Là, impossible.

Pas avec Creed.

Une main se glissa dans la sienne. Lisa se pendit à son bras :

— Ça va s'arranger.

Elle avait raison mais, quelque part, il se sentit encore plus mal. Aller de l'avant signifiait *oublier*. Pas complètement mais, au moins, un peu.

Et il ne voulait pas oublier le sacrifice de John.

Pas même le plus petit détail.

15 h 33

Monk et Kat se promenaient main dans la main au cimetière militaire d'Arlington. En cette froide journée d'automne, le feuillage des chênes majestueux étincelait de mille feux. Les obsèques étaient terminées depuis une heure, mais Monk n'était pas encore prêt à partir.

Kat n'avait pas soufflé mot.

Elle comprenait.

Tout le monde était venu. Même Rachel avait fait le déplacement, mais elle repartait à Rome dès le lendemain pour ne pas laisser son oncle seul trop longtemps. Vigor avait quitté l'hôpital à peine deux jours plus tôt et il se rétablissait bien.

La lente balade avait ramené Monk et Kat à leur point de départ. La tombe de John Creed trônait sur un tertre, à l'abri d'un cornouiller. L'arbre, qui avait déjà perdu ses feuilles, dressait sa silhouette squelettique dans le ciel bleu mais, au printemps, ses branches se couvriraient de fleurs blanches.

C'était un bel endroit.

Monk avait attendu que les autres aient pris congé pour rester en tête à tête avec son collègue défunt. Or, quelqu'un était toujours agenouillé là-bas, les mains cramponnées à la stèle. Tout dans sa posture suggérait un chagrin immense.

Le jeune inconnu portait un uniforme militaire d'apparat. Monk se rappela vaguement qu'aux funérailles, il affichait la même raideur que ses camarades. *A priori*, lui aussi avait eu besoin de temps supplémentaire pour faire ses adieux.

L'agent Sigma sentit les doigts de son épouse se crisper et il se tourna vers elle. Elle l'entraîna à l'écart. Conscient qu'elle devait être mieux informée que lui, il lui lança un regard interrogateur.

— C'est le partenaire de John.

Kat ne faisait pas allusion à un simple camarade d'armée. Monk n'était pas au courant. Soudain, il se rappela une conversation avec Creed. Lorsqu'il l'avait taquiné pour savoir ce qui lui avait valu d'être chassé de l'armée après deux campagnes en Irak, le nouveau s'était montré laconique.

Ne demandez pas.

Monk avait cru qu'il lui conseillait de se mêler de ses oignons mais, en réalité, Creed avait répondu à sa question.

Ne demandez pas, n'en parlez pas.

Kat préféra laisser le malheureux pleurer en paix :

— Il est toujours en service.

Monk lui emboîta le pas. Il comprenait à présent pourquoi le garçon s'était tenu si droit aux obsèques. Même après la mort de Creed, leur histoire devait rester secrète. Il avait dû attendre d'être seul pour lui dire vraiment au revoir.

Kat se blottit contre son mari. Il la prit par la taille. Chacun savait ce que l'autre pensait. Ils ne voulaient jamais être obligés de se faire un tel adieu.

21 h 55

Debout sous la douche, les paupières closes, Gray entendit les tuyaux de son appartement ronfler. Il allait bientôt manquer d'eau chaude.

Stoïque, il savoura les derniers instants de vapeur brûlante. Ses muscles endoloris payaient le prix d'un rude entraînement. Pourtant, après une mission aussi éprouvante, il aurait dû mettre la pédale douce. Ses points de suture à la main lui avaient été retirés à peine deux jours auparavant.

Après un ultime cliquetis, l'eau devint glacée. Gray ferma le robinet, attrapa une serviette et se sécha dans l'étuve de sa salle de bains.

Le bref jet d'eau froide lui rappela la tempête de Bardsey. Quelques heures plus tôt, il avait vérifié auprès du père Rye que Rufus s'adaptait bien à sa nouvelle vie de chien de presbytère. Il s'était ensuite assuré qu'Owen Bryce avait reçu l'argent nécessaire aux réparations du bateau qu'ils lui avaient dérobé.

Après une violente série d'intempéries, la vie reprenait son cours sur l'île.

Gray s'était aussi renseigné sur les reines brunes et les Madones noires. Son interlocuteur étant un puits de science, il y avait fort à parier que le commandant reçoive une facture de téléphone très salée. Un détail intéressant avait néanmoins retenu son attention : selon certains historiens, la Madone noire dérivait du culte de la déesse Isis, reine mère d'Égypte.

Encore un lien avec la vallée du Nil !

Hélas, après l'explosion qui avait ravagé les caves du cloître, les preuves avaient disparu : cercueils en verre, corps embaumés et même le précieux livre de Malachie... Tout était parti en fumée.

Au fond, ce n'était peut-être pas un mal. Il valait mieux ignorer l'avenir.

La prophétie de Malachie sur les papes se terminait néanmoins sur un grand mystère. D'après l'oncle de Rachel, le saint homme avait numéroté tous les souverains pontifes de sa liste sauf le dernier, *Petrus Romanus*, celui qui devait assister à la fin du monde. L'ultime pape apocalyptique n'avait reçu aucun matricule.

Depuis son lit d'hôpital, Vigor avait expliqué :

— Des spécialistes en ont déduit qu'il restait peut-être un nombre indéfini de papes entre le saint-père actuel et le dernier... et donc que le monde durerait un peu plus longtemps.

Gray l'espérait de tout cœur.

Il se noua une serviette autour de la taille et regagna sa chambre. Il n'était pas seul.

— Je croyais que tu partais, souffla-t-il.

Entortillée dans les draps, elle laissait apparaître une longue jambe nue jusqu'à la hanche. Lorsqu'elle s'étira, un bras par-dessus la tête, aussi féline qu'une lionne au réveil, un bout de sein sortit. Elle souleva la couverture. Son corps resta caché sous les plis et replis des draps, mais l'invitation était claire.

— Encore ?

Elle haussa le sourcil en silence, puis esquissa un sourire.

Gray soupira et se débarrassa de sa serviette.

Le travail d'un homme n'était jamais terminé.

ÉPILOGUE

23 octobre, 23 h 55
Washington, D.C.

Painter emprunta le dernier escalier qui menait au tréfonds de son QG.

Il était presque minuit. Le moment n'était guère approprié pour visiter une morgue, mais le colis venait d'arriver. Il fallait agir vite. Après quoi, toutes les preuves seraient détruites, incinérées sur place.

Le Dr Malcolm Reynolds, légiste en chef de Sigma Force, l'attendait sur le seuil :

— Entrez, le corps est prêt.

D'emblée, le directeur fut assailli par une odeur de viande trop cuite qui aurait mal tourné. Une silhouette recouverte d'un drap était étendue sur la table. Juste à côté : un cercueil dont le médecin avait fait sauter le cachet diplomatique.

Ils avaient eu un mal de chien à l'exfiltrer en douce du territoire français et à le transférer à Washington sous une fausse identité.

— Ce n'est pas joli joli, prévint Malcolm. Le corps est resté plusieurs heures dans la fournaise avant que quelqu'un songe à l'évacuer.

Painter avait le cœur bien accroché. Il rabattit le drap et révéla la dépouille du Dr Wallace Boyle. L'Écossais avait le visage bouffi, noirci d'un côté et rouge violacé de l'autre. La moitié carbonisée avait dû rester plaquée contre le sol en brique de la salle souterraine. À en croire Gray, la charge incendiaire cuisait littéralement les pierres.

— Aidez-moi à le rouler sur le ventre, demanda Painter.

Ensemble, les deux hommes retournèrent le cadavre.

— Il me faut de quoi le raser.

Tandis que Malcolm s'éclipsait, son patron contempla le corps émacié. Wallace s'était vanté d'appartenir à l'Échelon, nom qui, selon Seichan, désignait les véritables leaders de la Guilde. Elle n'avait aucune autre information, sinon une rumeur plus sombre, une histoire dont elle n'avait entendu parler qu'une fois.

Le légiste revint armé d'une tondeuse électrique et d'un rasoir jetable. En deux temps trois mouvements, Painter ratiboisa la nuque de Wallace et, lorsqu'il lui fit la peau toute lisse, il eut la preuve que la rumeur était vraie.

Un motif à peine plus gros que l'ongle du pouce était tatoué à la base du crâne. Il représentait des outils de maçon : un compas à cheval sur une équerre.

Le symbole évoquait la franc-maçonnerie, organisation fraternelle internationale, mais l'image centrale était fausse. D'ordinaire, les deux instruments de mesure encadraient la lettre *G*, qui signifiait « Grâce de Dieu » ou « Géométrie ».

Parfois aussi, elle voulait dire « Guilde ».

Painter savait que l'organisation terroriste de Seichan n'avait pas de nom véritable. Du moins, on n'en parlait pas aux niveaux inférieurs de la hiérarchie. Le symbole et son lien avec les francs-maçons faisaient-ils allusion à une appellation plus répandue ?

Un croissant de lune et une étoile figuraient au milieu du tatouage. Painter n'avait jamais rien vu de pareil. Quelle que soit l'identité des gens concernés, ils n'étaient pas francs-maçons.

Une fois le tatouage exposé au grand jour, il se raidit. Il avait trouvé ce qu'il cherchait.

— Brûlez le corps, Malcolm. Qu'il n'en reste plus que des cendres.

Personne ne devait savoir ce qu'il avait appris. Les anciens maîtres de Seichan restaient très mystérieux, mais il venait d'ajouter deux pièces à l'immense puzzle.

Le nom *Échelon*... et l'étrange *symbole*.

Voilà qui ferait déjà l'affaire.

L'histoire n'était toutefois pas terminée... ni pour l'un ni pour l'autre.

Juste avant son départ, Malcolm lança :

— Qu'est-ce que ça veut dire ?

Conscient de la vérité, Painter répondit :

— Qu'une guerre se prépare.

MOT DE L'AUTEUR :
VÉRITÉ OU FICTION

Dans le livre, tout est vrai... sauf ce qui ne l'est pas, alors pourquoi ne pas boucler notre aventure en cherchant la petite bête ? D'abord, mon intrigue est née de deux éléments distincts. J'en ai découvert l'existence séparément, mais je savais qu'ils étaient liés d'une manière ou d'une autre et que Sigma ne pourrait pas s'empêcher de mener l'enquête.

L'histoire de la croix celtique. Une analyse surprenante et fascinante affirme que cette croix servait jadis d'instrument de navigation. Si vous souhaitez plus de détails, de schémas et d'explications, je vous recommande la lecture captivante de *The Golden Thread of Time*[1] de Crichton Miller.

L'histoire de l'Angleterre néolithique. Il est très possible que des Égyptiens aient établi des colonies en Angleterre. Pour de plus amples informations, plongez-vous dans *Kingdom of the Ark*[2] de Lorraine Evans. En ce qui concerne les Fomoires rencontrés en Irlande par l'envahisseur celte, des historiens ont émis l'hypothèse que leur description (peau

---

1. Littéralement « Le Fil d'or du temps ». À consulter en anglais. *(N.d.T.)*
2. Littéralement « Le Royaume de l'Arche ». À consulter en anglais. *(N.d.T.)*

sombre et maîtrise de l'agriculture) faisait allusion à une tribu perdue d'Égyptiens.

Symboles ancestraux. Le roman évoque un certain nombre de symboles et leur fréquente transformation ou réinterprétation au cours des siècles. Sachez que mes théories se fondent sur des faits avérés, notamment l'histoire des croix de consécration gravées dans les églises médiévales.

Saints. Comme mentionné au début du livre, Malachie est un saint irlandais du XIIe siècle connu pour son pouvoir miraculeux de guérison et sa prophétie des papes. Sa dépouille repose à l'abbaye de Clairvaux. Détail insolite, les ruines de cet édifice religieux se situent bien dans une prison de haute sécurité créée à l'initiative de Napoléon Ier. Des visites guidées y sont organisées toute l'année. Les histoires concernant la vie de saint Bernard (miracle de la lactation, liens avec l'ordre des Templiers, culte de la Madone noire) sont véridiques. Pour en savoir plus sur les saints et la culture celtes, je vous conseille de lire *How the Irish Saved Civilization*[1] de Thomas Cahill et *The Quest for the Celtic Key*[2] de Karen Ralls-MacLeod et Ian Robertson.

En ce qui concerne les prophéties, voici comment Malachie évoque les derniers papes de l'histoire :
   a. **Paul VI (1963-1978)** est décrit par la devise *Flos Florum*, « la fleur des fleurs ». Ses armoiries comportaient trois fleurs de lys.
   b. **Jean-Paul Ier (1978)** est surnommé *De Medietate Lunae*, « de la moitié de lune ». Sa papauté a duré un mois, d'une demi-lune à l'autre.
   c. **Jean-Paul II (1978-2005)** reçoit le qualificatif de *De Labore Solis*, ou « le soleil au travail », métaphore cou-

---

1. Littéralement « Comment les Irlandais ont sauvé la civilisation ». À consulter en anglais. *(N.d.T.)*
2. Littéralement « À la recherche de la clé celtique ». À consulter en anglais. *(N.d.T.)*

rante des éclipses solaires. Le souverain pontife est né le jour même d'une éclipse solaire.
  d. **Benoît XVI (2005-)** est considéré comme *De Gloria Olivae*, « la gloire de l'olivier ». Or, l'ordre bénédictin, duquel le saint-père tire son nom, a choisi pour symbole le rameau d'olivier.
  e. **Enfin, il y a le dernier pape, celui qui est censé assister à la destruction du monde :** *Petrus Romanus*. Sa description est la plus longue de toutes.

En latin :
In persecutione extrema S.R.E. sedebit Petrus Romanus, qui pascet oves in multis tribulationibus : quibus transactis civitas septicollis diruetur, et Iudex tremendus iudicabit populum suum. Finis.
Traduction :
Durant la persécution finale de la Sainte Église romaine régnera Pierre le Romain, qui guidera son troupeau au sein de nombreuses épreuves. Après quoi, la ville aux sept collines sera détruite et le Juge terrible scellera le destin des hommes. Fin.

Comme Vigor l'a expliqué à Gray, *Petrus Romanus* n'a pas reçu de numéro, contrairement à ses prédécesseurs. D'aucuns y voient la preuve que d'autres souverains pontifes régneront entre Benoît XVI et l'ultime pape. À mon humble avis, seul l'avenir nous dira la vérité.

Et pécheurs.
  a. **Biocarburants.** La quantité de maïs nécessaire pour remplir d'éthanol le réservoir d'un 4x4 nourrirait en effet quelqu'un pendant un an. Beaucoup de gens croient aussi que le passage d'une agriculture *nourricière* à une agriculture *énergétique* a fait flamber les prix de l'alimentation.
  b. **Produits OGM.** Des tonnes d'articles et de livres ont été écrits pour défendre ou, au contraire, fustiger l'alimentation dérivée d'OGM. Si vous n'avez pas peur des lectures dérangeantes, je vous recommande deux

ouvrages. En ce qui concerne la réglementation laxiste du secteur, *Semences de tromperie*[1] de Jeffrey M. Smith vaut le détour. Pour une vision encore sinistre de la réalité, *OGM, semences de destruction*[2] de F. William Engdahl m'a donné froid dans le dos, en particulier au sujet des cultures contraceptives mentionnées durant l'intrigue.

   c. Abeilles. Savons-nous ce qui tue nos abeilles ? Selon l'ouvrage très bien documenté *A Spring without Bees*[3] de Michael Schacker, il existe une réponse, mais elle serait à la fois rejetée et passée sous silence. En France, pourtant, les abeilles sont bien de retour.

   d. Armes de destruction. Au fil du roman, je cause un maximum de dégâts en utilisant des couteaux à air comprimé, des ogives thermobariques ou encore des bombes cinétiques à boules de feu. Toutes ces armes sont réelles.

Surpopulation. Le Club de Rome existe vraiment et accomplit un travail remarquable. Dans son rapport intitulé *Halte à la croissance ?*, il expose le scénario apocalyptique décrit par Ivar Karlsen, à savoir que, si on ne fait rien pour l'empêcher, le monde se dirige vers un point de bascule au-delà duquel 90 % de la population pourrait disparaître du globe.

Le Livre de l'Apocalypse. Comme indiqué en introduction, il s'agit d'un ouvrage historique et certaines entrées y sont en effet accompagnées de la curieuse mention « *ravagé* ». Les informations ont été recueillies à une époque gangrenée par les tensions récurrentes entre chrétiens et païens, surtout au niveau des régions limitrophes.

Géographie mon amour. La plupart des endroits cités existent, de même que les histoires qui y sont associées.

   1. Publié aux Éditions Myoho. *(N.d.T.)*
   2. Publié aux Éditions Jean-Cyrille Godefroy. *(N.d.T.)*
   3. Littéralement « Un Printemps sans abeilles ». À consulter en anglais. *(N.d.T.)*

a. La forteresse d'Akershus se situe à l'entrée du port d'Oslo et les paquebots de croisière aiment y accoster. En ce qui concerne les exécutions, je n'ai rien inventé non plus, notamment la fin tragique du faux-monnayeur Henrik Christofer Meyer, qui a payé ses crimes de sa vie et a eu le front marqué au fer rouge par le roi Frédéric IV.
b. La Chambre forte mondiale de graines du Svalbard est un entrepôt surnommé « le Bunker de l'Apocalypse ». Tous les détails de l'installation sont fidèles, y compris un de ses principaux moyens de défense : les ours blancs.
c. L'île de Bardsey est bien Avalon. Les légendes qui s'y rapportent sont historiques, notamment celles sur le tombeau de Merlin, la crypte de Lord Newborough et les vingt mille saints enterrés sur place. L'immémorial pommier de Bardsey continue de produire des fruits et on en achète maintenant des boutures. Quant aux féroces courants marins qui cernent l'île, ils n'ont rien d'imaginaire non plus. N'entreprenez donc la traversée en bateau que par un temps splendide !
d. La région anglaise du Lake District est un monde enchanteur parsemé de cromlechs et, bien sûr, c'est le pays natal du dévoué poney Fell. On y trouve une quantité industrielle de tourbières, mais aucune n'est aussi boisée ni aussi explosive que celle du livre. Il n'empêche que certains feux de tourbe brûlent en sous-sol depuis des siècles, résistant aux hivers les plus neigeux. On utilise ces brasiers pour fabriquer le meilleur scotch du monde (enfin, ça, c'est une autre histoire). Les momies des tourbières existent aussi réellement... de même que la boutique de Hawkshead spécialisée dans les ours en peluche (Sixpenny Bears).

Allez donc y acheter un nounours à Kowalski... Il l'a bien mérité.

REMERCIEMENTS

Tout écrivain a besoin de bases solides. Sans fondations, il ne peut bâtir sur rien et je ne fais pas exception à la règle. Je remercie donc les personnes qui m'épaulent depuis des années, à commencer par les membres de mon cercle littéraire, gage de ma sincérité et de mon travail fructueux : Penny Hill, Judy Prey, Dave Murray, Caroline Williams, Chris Crowe, Lee Garrett, Jane O'Riva, Sally Barnes, Denny Grayson, Leonard Little, Kathy L'Ecluse et Scott Smith. Une pensée particulière à Steve Prey, qui m'a été de précieux conseil sur les cartes et les schémas préliminaires.

En dehors de ce groupe, Carolyn McCray et David Sylvian me poussent toujours à aller de l'avant dans la réussite comme dans l'adversité. Pour ses nombreuses années passées à m'aider avec les histoires, les articles et les explosifs en tout genre, je suis aussi très reconnaissant à Cherei McCarter.

Comme je ne peux pas faire autrement (parce qu'il m'oblige à l'écrire), je remercie Steve Berry de m'avoir aiguillé sur mon intrigue principale, mais je vous assure en toute liberté que c'est un grand écrivain et un ami encore plus merveilleux.

Enfin, je ne saurais oublier des personnes essentielles à chaque étape de mon travail de création : mon éditrice Lyssa

Keusch et sa collègue Wendy Lee, ainsi que mes agents Russ Galen et Danny Baror. Ces quatre-là constituent les véritables racines de l'auteur que je suis devenu.

Comme toujours, j'ajoute que toute erreur éventuelle de fait ou de détail m'incombe entièrement.

Composé par Nord Compo Multimédia
7, rue de Fives, 59650 Villeneuve-d'Ascq

Imprimé en France par

à La Flèche
en mars 2012

FLEUVE NOIR
12, avenue d'Italie
75627 PARIS – CEDEX 13.

N° d'impression : 68230
Dépôt légal : avril 2012